本书受教育部人文社会科学研究青年基金项目
"清代顺治至雍正时期歌行与叙事研究"（17YJC751013）项目资助

清代前期歌行体与叙事研究

姜克滨 著

人民出版社

序

叶君远

　　近年来，清诗研究得到越来越多学者的重视，涌现了一大批高质量的学术成果。姜克滨于十几年前跟我读博士，博士期间主要研究以吴伟业、钱谦益、陈子龙等为代表的诗人歌行作品艺术风格与成就。姜克滨博士毕业后，到山东一所本科院校任教，在工作之余，继续研究清代前期诗歌，并成功申报了教育部项目。他在此学术领域精耕细作，先后在学术期刊上发表了十几篇清诗研究的论文，在歌行体与叙事诗研究方面小有创获。他在前期研究的基础上，完成了著作《清代前期歌行与叙事研究》，即将交付人民出版社出版，嘱我为序，我欣然允之。

　　清代前期，叙事诗极盛。张应昌《清诗铎》收诗近 2000 首，多为叙事诗。钱仲联主编的《清诗纪事》，收录 7000 余位诗人作品，皆为纪事诗作。以诗歌反映时政，成为有清一代诗坛总的风气。在众多的叙事诗中，歌行体叙事诗尤为值得关注。在众多体裁的叙事诗中，成就最高、影响最大的是歌行体叙事诗，名篇佳作如《圆圆曲》《永和宫词》《五芳井歌》《白头宫女行》等。吴伟业歌行，自成一体，称"梅村体"，以元白之体，融四杰格律与传奇特色于一炉，更代表了此时期歌行的艺术成就。姜克滨选取清代前期歌行作为研究课题，视角比较新颖，选题具有一定的学术价值。

　　依我所见，该书有以下几个特点。第一，歌行诗体研究有新视角。歌行是中国古典诗歌的一种重要体裁，胡应麟在《诗薮》中说"古诗窘于格调，近体束于声律，惟歌行大小短长，错综阖辟，素无定体，故极能发人才思。李、杜之才，不尽于古诗，而尽于歌行"。学术界专论歌行的专著不多，清代歌行研究专著则更为少见。该书对学术界流行的"大歌行观"提出了自己的看法，作了适当的修正，探究了歌行诗体的产生与演变，着重考察了歌行体叙事诗在清代前期的新变及与小说、戏曲的关系，有力地推进歌行诗体研究，为中国古代诗歌史的构建提供了参考。第二，宏观考察与个案研究相结合。该书宏观考察了清代前期宗唐与宗宋在不同流派的诗人创作中的嬗变，以钱谦益、吴伟业、钱澄之、陈维崧等诗人的歌行为个案进行微观探讨，较为全面地反映了此时期歌行创作的艺术风貌。第三，文献梳理与理论思辨相结合。清代前期，著名诗人数以百计，别集众多，歌行创作风格迥异。该书对清诗总集和别集中的歌行进行了分类研究，对十几位诗人进行了专题探讨，几乎涉及了此时期所有的重要诗人，在文献的梳理上下了一定的功夫。该书提出了一些较有创新性的观点，如清代"诗史"观自觉的观点等。该书归纳总结了清代前期诗人从"诗史"到"心史"的创作转型，探讨了"心史"创作的文学史意义。该书还借鉴了西方叙事学理论，着重分析了歌行叙事策略以及"意象叙事""比兴叙事"等特点。

总体看来，该书所论在前人基础上有所拓展与深化，多数观点能言之成理，持之有据，其中不乏新意之笔。当然，此书也有不足。由于选题较大，时间跨度大，所涉及的诗人众多，且清代前期社会政治状况复杂，学术思潮多变，因而该书论述难免顾此失彼。例如在论及诗人创作艺术风格，除几位大家之外，对有些有相当特色的诗人的考论，就流于表面，不够严密，未能深入。如能更多一番钩沉稽古、发微抉隐的功夫，那么相关研究或许能够有耳目一新的发现，成为总论题更有分量的支撑。虽然该书有如上不足，但瑕不掩瑜，其学术含金量还是较高的。

姜克滨博士已年逾不惑，一直潜心向学，与我通话或见面时，总向我请教学术问题。他一直研究清代歌行体与叙事诗，笔耕不辍，相信他陆续会有新的研究成果出版。欧阳文忠公曾有言："文章如精金美玉，市有定价，非人所能以口舌定贵贱也。"文章如此，学术专著亦然。希望克滨在学术的道路上，跬步而不休，积小流以成江海，学有所成！

目　录

绪　论

　　歌行，又称作七言歌行，是源于汉魏，盛行于唐代的一种古代诗歌体裁。歌行作为诗中一体，因其自由的体制，易于发挥诗人的才思，许多著名诗人都有佳作。胡应麟在《诗薮》中说，"古诗窘于格调，近体束于声律，惟歌行大小短长，错综阖辟，素无定体，故极能发人才思。李、杜之才，不尽于古诗，而尽于歌行"。① 歌行体以长篇为外在特点，以写法自由为内在灵魂，自唐至晚清延续不衰，显示出强大的生命力。当代歌行体的研究，基本上集中于唐代，宋元明以后的歌行，学者较少关注。歌行的界定，现在学界尚有争议，对歌行体的体性特征仍然有探讨的余地。而清代歌行，研究者则仅聚焦于梅村体，有关歌行的专著与论文并不多见。清代顺治至雍正时期是一个民族矛盾与社会矛盾急剧变化的时期，战乱频仍，在一系列的历史巨变背景下产生了很多反映民生疾苦、时事变革的优秀歌行作品。清代顺治至雍正时期诗歌是清诗研究的一个重点，涌现了一批高质量的学术成果。但是，这些学术成果主要聚焦于清诗的个案研究，如吴伟业、钱谦益、王士禛等，少有宏观层面的分析与研究，对诗歌流派、诗体以及叙事诗的演进关注不够。而清诗的流派、地域、诗体、叙事性是清诗研究中不可忽视的重要因素。

　　清代顺治至雍正时期一般被认为是清代前期。关于清代前期的界定，学界无统一看法，前后界限也无统一标准，长者达百年，短者数十年。如赵永纪《清初诗歌》中对清初的界定是："清初，这里是指清廷入主中原之后的顺治、康熙两朝，约八十年（1644—1722）的一段时期。"② 本书限定清代前

---

① 胡应麟：《诗薮》，上海古籍出版社 1979 年版，第 55 页。
② 赵永纪：《清初诗歌》，光明日报出版社 1993 年版，第 1 页。

期的时间界线为清代顺治朝至清代雍正朝，即 1644—1735 年,92 年时间。^①
清代前期是中国古代歌行创作的高峰之一，诗人在继承前人歌行的基础上，
创作了大量优秀作品，表现出独特的艺术风貌。这一时期也涌现了不少歌行
大家，特别是吴伟业、钱谦益、钱澄之，王士禛在《分甘余话》卷二中说：
"明末暨国初歌行，约有三派：虞山源于杜陵，时与苏近；大樽源于东川，参
以大复；娄江源于元白，工丽时或过之。"^②当代对此歌行三大家的专题研究
是比较少的。^③除此之外，清代前期的著名诗人几乎都创作了大量优秀的歌
行作品，如吴嘉纪、施闰章、屈大均、宋琬、吴兆骞、陈维崧、王士禛、朱
彝尊等。歌行作家之多，歌行作品之好，可谓盛况空前。清代前期的歌行作
品多与史事相关，叙事作品众多，叙事手法多样，在中国叙事诗发展史上占
有重要地位。关于此时期歌行研究，目前尚无专著出现。从文体角度切入，
对歌行进行分期研究，是当今学术界歌行研究动向之一。对清代前期的歌行
作家、作品作一番细致梳理，对重要的歌行作家、作品进行深入分析，不仅
十分必要，而且对于我们把握清代诗歌创作整体艺术面貌和诗风演变大有
裨益。

有唐一代，许多著名的诗人如卢照邻、骆宾王、高适、岑参、李白、杜
甫、白居易等，都写过大量的歌行作品，唐代歌行是歌行研究的重点。与之
相对照，清代歌行的研究是比较少的，存在着较大的研究空间。歌行文体的
研究首先要从其界定开始，而清代歌行的研究与清前的歌行演变关系密切，
因此对整个的歌行研究状况作一番回顾是很有必要的。

歌行作为诗体名称，是一个后起的概念，加上历代的歌行观不一致，使
歌行的界定成为一个颇为棘手的难题。历代诗人学者对歌行这一诗体的认识
存在着较大的分歧，争论的核心点在于歌行、乐府和七古的区分。歌行的分
期研究则主要集中在唐代，大多数学者都认为歌行是唐代得以定型的诗体。
早在 1986 年，王志民在《内蒙古师大学报》第 1 期发表《唐人七言歌行论略》

---

① 本书所限定的时间段，基本上涵盖了论文所涉及的诗人及其诗歌创作，个别诗人的作品
可能超出此时间段。本书为了行文的方便，清代前期即指清代顺治至雍正时期。

② 王士禛：《分甘余话》，中华书局 1989 年版，第 53 页。

③ 陈子龙主要的文学创作时期在明代，一般被归为明代诗人，本书认同此种观点。

一文认为"唐代的七言古诗，不论是否用了乐府古题，也不论是否即事名篇、自创新题，大多数都可以称之为七言歌行"。他对唐代重要的歌行诗人作了简明的论述，分析比较了不同时期的歌行特点。1987年，郝朴宁在《云南师范大学学报》第3期发表《歌行诗的形成过程》一文，把"非拟古乐府的歌辞文学称为歌行诗"。1990年，王从仁在《上海师范大学学报》第3期发表《七言歌行体制溯源》是较早研究歌行体的论文。他回顾了歌行的起源演变，对现存魏晋至盛唐前期所有的七言诗，作了一番全面统计和系统分析。他认为歌行：句式上来源于七言古诗；韵脚的频繁转递，源于六朝小赋；在诗句的平仄调配上，则源于新起之律诗；各单元的蝉联，则吸收了六朝民歌的顶真手法。日本学者松浦友久在其专著《中国诗歌原理》中对歌行作如下界定："①不采用拟古乐府题，②没有乐器伴奏，③具有歌吟性诗题（歌、行、曲……）、韵律（杂言、七言）和措辞（蝉联体、双拟对……）的歌辞作品。"①他认为中唐的新乐府属于狭义的歌行，他从诗题与表现手法来突出了歌行的体制特点，见解比较独特。1993年，尚定在《文学评论》第6期发表《卢骆歌行的结构模式与艺术渊源》一文，对七言古诗的源流因变作了详细的探索，并认为"（歌行体）主要是通过卢、骆几篇长篇歌行体力作的创作实践而得以完成的"。1996年到1998年，林心治在《渝州大学学报》发表了一系列关于歌行的论文。他在《歌行的基本含义及其由来》一文中认为："白居易、元稹、李绅等人最早提出这一诗体新念，而正式将歌行体用于诗歌分类的是北宋初李昉等人所编《文苑英华》。"他在《〈文苑英华〉歌行体性辨》中对《文苑英华》选录的歌行作品进行了分类统计和体例分析。他在《歌行含义的衍变兼论歌行之体格》一文中对歌行作了如下界定："第一，以七言和七杂言相间为基本句式。第二，多取乐府民歌常用句式与修辞手法或引律入古，骈散间行，以求音调抑扬，声情流转。第三，章法结构上注重复沓层递，且常数句构成一小节，一节一韵，逐节转换，平仄互递，从而形成明朗的节奏和宛曲流动的韵致。第四，仿乐府'依乐名篇'的命题方式，以歌、行、篇、吟、

① ［日］松浦友久著：《中国诗歌原理》，孙昌武、郑天刚译，辽宁教育出版社1990年版，第287—288页。

曲、咏、哀等乐府中有或未有之名目为题。"①1997年，葛晓音在《文学遗产》第5期《初盛唐七言歌行的发展——兼论歌行的形成及其与七古的分野》一文中从字法句式和篇法结构等方面对歌行形制体调的规范作了一番探讨，对初盛唐时期的不同诗人的歌行风格作了概括和总结。1999年，张采民在《论初唐七言歌行体》中归纳七言歌行的体性特征为："（1）采用七言长短句式；（2）不再沿用乐府旧题，而是自创新题；（3）篇幅宏大；（4）自由换韵，而且往往平仄互换；（5）题材广泛，特别注重重大题材的选择；（6）'浑浩条畅'的表达方式。"②他还认为"七言歌行的体性特征在初唐时期已基本完成，因而它已从乐府诗中分离出来，成为一种独立的诗体"。文中对初唐时期的歌行创作新特点作了全面的剖析。2002年，马承武在论文《李白歌行特征论》中将歌行界定为"歌行属于古体诗一类，其源出自于乐府与古诗；题多沿袭乐府古题或自创新题，显示出某些乐调特征；句式以七言为主或兼有杂言；多指事咏物，抒情写意，主体性较强；体势流贯奇放、开阖多变。它是在唐代最终成型的新诗体。"③李中华、李会在《光明日报》（2003年11月12日）发表《唐代七古、七言歌行辨体》一文，从体性方面对七古与歌行进行了比较与区分，他们认为："七言歌行的目的是拟歌词，其体性是由适于演唱的歌词所规定的。而七言古诗，则是一种主要提供案头阅读的诗体。因此从文学风格意义上说，二者具有差异性。"朱丽霞、肖晓阳在《山东社会科学》2005年第1期发表《柏梁体与歌行体的形成》一文认为："柏梁体"作为一种诗歌范式对七言歌行体的定型起到了奠基作用。2006年，薛天纬研究唐代歌行的力作《唐代歌行论》出版，把歌行研究向前大大推进了一步。《唐代歌行论》是迄今为止第一部对歌行一体进行专门研究的著作。书中对歌行体的渊源、流变作了细致梳理，并且对唐代重要的歌行诗人和作品作了深入分析，对各种歌行观作了归纳，可谓是当代歌行研究的集大成之作。正如沈文凡、沈媛媛在《当代歌行研究综论》中所言："这部著作对歌行发展的特质有

---

① 林心治：《歌行含义的衍变兼论歌行之体格》，《渝州大学学报》1998年第2期。
② 张采民：《论初唐七言歌行体》，《南京师范大学学报》1999年第4期。
③ 马承武：《李白歌行特征论》，《华中师范大学学报》2002年第6期。

宏观与微观两方面精准的把握、其研究角度也具有独特性。"① 书中把歌行诗体学定义为"歌行是七言（及包含了七言句的杂言）自由体（即古体）诗歌"②。汤华泉在《七言歌行的体式与李白歌行的特征》一文中认为："七言歌行产生于汉魏，发展于齐梁，依其句式、韵式、修辞手法和后出的声律诸种构成要素，形成了古七言体、骚体、乐府杂言体、齐梁体、赋体等体式，各体都有自己的独特形态。李白在歌行创作中全面吸收了之前歌行创作的艺术经验，接受了各体式的深刻影响，从而使他的歌行形成了有别于前人和时人独特的体式特征。"③2007 年，薛天纬在《歌行诗体论》一文中对各种歌行观进行了总结："歌行诗体学概念之纷争，可归纳为'大歌行'观及四种主要的'小歌行'观。'大歌行观'即明代胡应麟所说'七言古诗，概曰歌行'。"④ 论文中所持的观点与其专著《唐代歌行论》一书是一致的，四种小歌行观分别是：第一，区分歌行与乐府（古题乐府）—清人钱良择的歌行观；第二，区分歌行与新题乐府（即新乐府）—松浦友久的歌行观；第三，以"歌辞性诗题"为歌行的必备条件—宋人宋敏求的歌行观；第四，以"律化"来区分歌行与古诗—今人马茂元先生的歌行观。薛先生对主要的几种歌行观进行了详细论述，力主大歌行观，在学术界产生了较大影响。2014 年，南生桥在《歌行体的"入律"和"仿古"》⑤ 一文中把歌行体分为"入律"和"仿古"两种形式，并对两种形式的歌行发展历史进行了概述。歌行体的体性研究与分段研究是近年来歌行诗体研究的一个热点，如付尚书 2012 年硕士论文《武后时期歌行体研究》，重点阐述了武后时期歌行体的发展状况、发展成就等。

　　歌行研究在宏观层面主要侧重于初唐、盛唐时期的歌行创作，常常与体性研究结合在一起；在微观层面研究重点转向卢照邻、骆宾王、李白、杜甫等歌行大家。1987 年，潘慧惠在《杭州学院学报》第 4 期发表《论骆宾王的七言歌行》，专门论述了骆宾王的七言歌行，认为骆宾王的七言歌行骨

---

① 沈文凡、沈媛媛：《当代歌行研究综论》，《内蒙古民族大学学报》（社科版）2009 年第 5 期。
② 薛天纬：《唐代歌行论》，人民文学出版社 2006 年版，第 497 页。
③ 汤华泉：《七言歌行的体式与李白歌行的特征》，《学术研究》2007 年第 5 期。
④ 薛天纬：《歌行诗体论》，《文学评论》2007 年第 6 期。
⑤ 南生桥：《歌行体的"入律"和"仿古"》，《咸阳师范学院学报》2014 年第 5 期。

力翩翩、气势雄放，在开启一代诗风中建立了历史功绩。张晶在《中州学刊》第 6 期发表的《绮而有质，艳而有骨——初唐歌行略论》中认为：初唐歌行辞采华美，却又兼备风骨，对一些重要歌行诗人、作品作了分析评价。周裕锴在 1988 年第 4 期《天府新论》发表的《王杨卢骆当时体——试论初唐七言歌行的群体风格及其嬗递轨迹》，深入探讨了初唐四杰的歌行创作，论述了初唐歌行音乐性和骈偶化特征，认为"初唐歌行情韵宛转的独特风格，本身就有极高的审美价值，流风余韵，嗣响无穷。至于它那鲜明的群体特征，尤为清晰地显示出齐梁诗风向盛唐气象过渡的演进轨迹。"张浩逊在《唐都学刊》1989 年第 4 期发表的《浅说岑参的七言歌行体送别诗》，对岑参的歌行体送别诗进行了专题讨论，认为："七言歌行体送别诗，也显露出他好奇的性格和在艺术上的创新出奇精神。"薛天纬在《文学遗产》1999 年第 6 期发表的《李杜歌行论》，对唐代成就最高、最有代表性的歌行诗人李白和杜甫作品进行了全面梳理和论说，以通观李、杜歌行在唐代抒情诗领域所作的杰出贡献，并通过李、杜歌行展示盛唐歌行的本质。赵淑平在《沈阳师范学院学报》2002 年第 3 期发表的《盛唐七言歌行简论》对李白、杜甫的歌行进行了比较研究，认为李白意气豪迈，章法多变；杜甫则用冷静的客观描写，寓情感于叙述之中。马承武在《华中师范大学学报》2002 年第 6 期发表的《李白歌行特征论》，从七古、乐府与歌行的关系入手，认为李白变初唐歌行的"规制"，形成了酣畅淋漓、纵横恣肆、雄奇奔放、跌宕多姿的风格特征。于兵在《社会科学辑刊》2004 年第 2 期发表的《李白七言歌行成就述要》中对李白歌行作了专题论述，认为："李作清新俊爽，飘逸豪放，无工可见，无迹可求，是七言歌行的极致。"王艳花在《甘肃社会科学》2009 年第 1 期发表的《论李白的歌行体送别诗》，对李白的歌行体送别诗作了一番研究，并认为："李白的歌行体送别诗在形式篇制与思想内容方面具有开拓性，而艺术表现则多因袭其歌行体的特点，这类诗对以岑参为代表的后世诗人的送别诗创作产生了重要影响。"魏耕原在《杜甫研究学刊》2016 年第 1 期发表的《杜甫歌行论》，认为杜甫歌行的最大特点是长于铺叙，诸如场面描写、事态的铺叙、事物的描绘，均为生动逼真。近几年来，不少学者开始关注李、杜之外诗人的歌行，如魏景波、魏耕原的《李颀歌行体人物诗与盛唐气象》①，向铁生、姜爱喜的《论顾况歌行的诗歌史意义》②，韩雨恬的《试论韦应物歌行体诗》③，张琪的《沈宋古体歌行诗研究》（华侨大学2015 年硕士论文）等。唐代歌行体诗歌研究现状，存着一定的不足。如成果偏少，论文数量不多，以"歌行"为题的学位论文只有两篇，专题性的论著只有《唐代歌行论》一本。歌行诗人的研究也有许多不足。如目前学界研究热点集中在初唐与盛唐几位诗人，对许多诗人的歌行作品缺乏研究，对晚唐诗人及唐以后的诗人歌行作品缺乏关注。

　　清代歌行研究热点在于梅村体，吴伟业作为清初的歌行大家吸引了许多学者的目光。朱则杰先生在《社会科学战线》1984 年第 3 期发表了《吴梅村歌行对唐人歌行的继承与发展》，把吴梅村歌行与唐代四杰歌行、元白体作了比较，认为："梅村对唐人歌行的学习，既有继承，又有发展，独具一格，崭然自立于中国古代诗家之林。"沐金华在《盐城师专学报》1988 年第2 期发表的《论梅村体》是较早研究梅村体的论文，认为梅村体特点为：一叙事性强；二奇曲变幻的结构技巧；三用典繁多；四格律工整。何振球在《苏州大学学报》1989 年第 1 期发表的《论杨圻的梅村体歌行》对近代诗人杨圻的梅村体歌行作了简要评述，从题材、结构、立意、风格等方面分析了杨圻歌行的特点，认为艺术构思精巧和清丽凄婉是杨圻梅村体歌行艺术特色的两个方面。伍福美在《华中师范大学学报》1992 年第 5 期发表的《试论"梅村体"诗歌的叙事艺术》对"梅村体"叙事技巧进行了探讨，并且归纳如下：第一，多头式叙事方式和非线向性故事演绎；第二，叙事中作家思维的跳跃性；第三，韵律转换的叙事功能；第四，蝉联句法在叙事中的独特运用。程相占在《山东大学学报》1996 年第 1 期发表的《论"梅村体"的用典》考察了梅村体用典的根源与特点，并且探讨了用典与"梅村体"深层意蕴的内在联系。林启柱在《渝州大学学报》1999 年第 2 期的《梅村体在文学史上的地位和影响》认为："吴伟业的叙事诗是中国古典叙事诗发展史上

①　魏景波、魏耕原：《李顾歌行体人物诗与盛唐气象》，《文史哲》2012 年第 1 期。
②　向铁生、姜爱喜：《论顾况歌行的诗歌史意义》，《北京师范大学学报》2018 年第 3 期。
③　韩雨恬：《试论韦应物歌行体诗》，《研究生论坛》2012 年第 3 期。

的一个里程碑……吴伟业的影响主要体现在梅村体这一用于叙事的长篇体制上。"2002 年，叶君远《论"梅村体"》一文，对梅村体的体性特征作了详尽分析，言简意赅归纳为："吴梅村的叙事歌行是其最擅长、最有特色、成就最高的审美创造，在严格意义上代表着史称之'梅村体'。'梅村体'具有'事俱按实'、以人系事、富于故事性和戏剧性、强烈的抒情性以及雅俗相融、融汇众美、自成面目等创作个性和创造品格，是我国古典叙事诗自汉唐以来的新发展。"① 王于飞在《苏州大学学报》第 3 期发表的《七言歌行的演变与"梅村体"》，以对"梅村体"的艺术分析为切入点，以七言古诗的声律特征为核心，对七言古诗的演变进程探本溯源，梳理出七言歌行中"齐梁体"和"盛唐体"两种不同体式在各阶段的演进轨迹。文章还分析了"梅村体"产生的原因及其在七言歌行体发展过程中的特殊地位。张宇声在《淄博学院学报》2000 年第 4 期发表的《论"梅村体"所受李杜歌行之影响》一文探讨了"梅村体"的艺术渊源，认为："梅村体"主要受杜甫影响；而受杜甫影响则在其"诗史"精神、现实态度、叙事艺术等大方面，在"梅村体"的大量诗歌中都有突出的表现。② 2003 年，魏中林、贺国强的《诗史思维与梅村体》一文认为："诗史思维构成吴梅村诗史运思的主要特征。诗心与史思的结合贯穿于'梅村体'史诗的四个部分之中，并渗透在叙事特点和意象营造等诗艺层面上。"③ 陈卓在《安庆师范学院学报》2004 年第 4 期发表的《"梅村体"对唐代七言歌行的继承与发展》，对梅村体产生渊源作了探索，认为："梅村体"较全面地继承了历史上七言歌行的优秀传统，尤其以唐诗为宗，学习借鉴初唐"四杰体"、杜甫"少陵体"和元、白"长庆体"最为突出。曾垂超在《厦门教育学院学报》2004 年第 4 期发表的《"梅村体"辨》对"梅村体"界定进行了回顾与总结，认为梅村体指的是吴伟业七古长篇叙事诗。叶君远先生在《社会科学辑刊》2005 年第 1 期发表的《论"梅村体"的形成和发展》，把梅村体的研究向前推进一步。文章把梅村体的形成过程分为萌芽、

---

① 叶君远：《论"梅村体"》，《南京师范大学文学院学报》2002 年第 6 期。

② 张宇声：《论"梅村体"所受李、杜歌行之影响》，《淄博学院学报》（社会科学版）2000 年第 4 期。

③ 魏中林、贺国强：《诗史思维与梅村体》，《文学遗产》2003 年第 3 期。

确立、大放异彩三个阶段，对三个阶段题材内容、感情色彩和艺术风貌的不同点进行了比较，认为：这种差异，除了源自诗人自觉的艺术追求，时代风云变幻的影响不能不说是具有决定性的因素。由田晓春整理发表严迪昌先生遗稿《"梅村体"论》（《语文知识》2007年第3期），认为梅村体当指吴伟业长篇歌行，对"梅村体"诗史品格进行了论述，严先生认为梅村体是一个动态的体性风格，丽词藻采是梅村歌行的形态标识。"梅村体"的"凄丽苍凉"，实不止仅存于其歌行，同样体现于如《赠寇白门》等近体诗作中。"梅村体"应是吴伟业诗作整体构架而成。尚永亮在《文史哲》2010年第6期发表了《论吴梅村对元白长篇的创作接受——兼论梅村体与长庆体之异同》一文，考察清代论者视野中的"梅村体"与"长庆体"的关联和区别。2016年至2017年，李瑄连续发表了一系列有关梅村体的论文，如《"梅村体"歌行与吴梅村剧作的异质同构：题材、主题与叙事模式》①、《"梅村体"的界定》②、《"梅村体"歌行的文体突破及其价值》③等，对梅村体的体性特征进行了深入探讨，认为梅村体的叙述角度、结构设置、语言修辞等方面都有戏曲模式的渗透。

　　关于梅村体的学位论文，如中山大学曾垂超2002年的硕士学位论文《论梅村体》，论文首先对梅村体进行了界定，并且梳理了梅村体的创作情况，重点探讨了梅村体的特征，最后评价了梅村体在中国文学史上地位，论述了梅村体对后世的深远影响。再如2007年安徽大学陈卓的硕士论文《论"梅村体"对唐代七言歌行的继承与发展》，论文比较全面论述了梅村体的渊源与特点。有关梅村体的博士论文，如山东大学程相占1992年的博士论文《吴伟业与中国古代叙事诗》，论文下篇第五章论述了"梅村体"的叙事意象、用典与意蕴等。2006年首都师范大学张金环的博士论文《论吴伟业的诗史观》，第三章第一节专门论述了梅村体创作风貌的发展演变。认为吴伟业本人的"诗史"观是形成"梅村体"的核心思想，决定了"梅村体"的独特风貌。

　　除了梅村体歌行，学术界开始关注清代前期其他诗人的歌行作品。如

---

① 李瑄：《"梅村体"歌行与吴梅村剧作的异质同构：题材、主题与叙事模式》，《浙江学刊》2016年第1期。
② 李瑄：《"梅村体"的界定》，《中国社会科学院研究生院学报》2016年第5期。
③ 李瑄：《"梅村体"歌行的文体突破及其价值》，《文学遗产》2017年第3期。

2010年山东大学赵碧霄的硕士论文《张笃庆与其歌行诗研究》，对张笃庆的生平与交游进行了考证，对其歌行诗艺术风格进行了探索。江苏师范大学2018年硕士论文《宋琬歌行体诗歌研究》，对宋琬歌行诗的抒情内容与叙事手法等进行了细致分析。对清代诗歌叙事理论方面研究的论文也比较少，如陈少松的《清代叙事诗及其理论初探》（《南京师大学报》1991年第3期）、李亚锋的《明清之际诗歌叙事意识的积淀》（《学习与探索》2007年第2期）等。对清代叙事诗作专题研究的博士论文有陈中伟的《清代叙事诗研究》，对清代所有体裁的叙事诗作了一番研究。从以上研究现状可以看出，清代歌行体叙事诗尚存在着巨大的研究空间。

有些专著也论及清代歌行。如叶君远的《吴伟业评传》，其中第十二章第三节专门论述了梅村体的特征。徐江的《吴梅村研究》第六章专门讨论吴伟业歌行的"诗史"特征。刘世南《清诗流派史》在论述清诗不同诗人、流派时，对一些诗人的歌行作品也多有分析评论，如吴梅村、陈维崧等。朱则杰《清诗史》和严迪昌《清诗史》都有专节论述梅村体，涉及了一些歌行作家、作品，一般为总论、通论性质，专门论述歌行的段落比较少。裴世俊《钱谦益诗歌研究》第六章第四节专论钱谦益的各体诗歌，对其七言律诗、绝句，五言排律进行了深入分析，认为钱谦益七律为清代第一，但对钱谦益的七言古诗（多数为歌行），尚未进行详细论述。系统论述吴伟业、钱谦益等作家歌行的论文与专著尚未见到，对歌行分题材、分流派进行研究的论文也不多见，由此可见，清代前期的歌行具有较大的研究空间。

本书将基于前期发表的成果，探讨清代顺治至雍正时期歌行成就，诗体、流派的产生与演变，以诗体和叙事为切入点探究清代顺治至雍正时期歌行艺术成就，挖掘和梳理歌行体在清代顺治至雍正时期的发展与变化，研究叙事诗在清代前期的革新，揭示歌行与小说、戏曲的文体互动影响关系，有力地推进清代诗歌研究，为中国古代诗歌史的构建提供参考。本书将采用文本细读与理论思辨相结合的方法，对清代顺治至雍正时期诗人的诗歌总集与别集作梳理与分析，重点研究"梅村体"在清初的流传与接受，歌行诗体的"雅与俗"艺术趋向的演变，歌行流派"宗唐与宗宋"的渊源与流变，歌行体叙事诗的叙事话语、叙事策略等。

第一章　歌行的界定与清代前期
歌行诗风嬗变

本章重点论述歌行体的渊源与界定，概述歌行体在中国古代诗歌史上的发展与演变，重点介绍清代以前的重要歌行作家、歌行作品，揭示其不同的诗学宗尚，深入分析歌行的不同艺术风貌。本章分为两节，第一节对歌行体进行科学的界定，重点论述其文体渊源与特征；第二节概述清代前期歌行宗唐与宗宋的诗风嬗变。

第一节　歌行体的渊源与界定

由于歌行体的动态演进，历代学者对其体性特征认识不一，使歌行体的界定成为难题。回顾七言歌行的起源，以及在汉魏南北朝的发展演变，直到初唐歌行成熟，总括歌行的特点，本书将歌行定义为：歌行是源于汉魏，定型于陈代，成熟于初唐的一种诗体。初唐以后，句数不少于十句的七言体（齐言或杂言）自由（古）体诗歌都属于歌行。歌行体的特点如下：第一，篇幅长，句数多于或等于十句。第二，七言体，以七言为主，间以杂言。第三，音节和谐，富有音乐性。换韵方式自由，转韵格式多为四韵一转或一韵到底，押韵多平仄互换。多用蝉联句式、顶真手法。第四，多有歌吟性的诗题，以"歌""行""歌行""引""曲""篇""词"等名篇。此歌行定义总体上是对"大歌行观（七言古诗即歌行）"的修正，更突出了歌行篇幅、用韵、写法等方面的特点，因此更加科学严密，明确了歌行的内涵与外延，利于我们进行下一步研究。

一、歌行体的渊源与定型

歌行是中国古代诗歌的重要体裁之一，是成熟于初唐并在唐代得以兴盛的一种诗体。唐代许多著名的诗人如卢照邻、骆宾王、高适、岑参、李白、杜甫、白居易等，都写过大量的歌行佳作。但对"歌行"的界定，国内外学术界尚无公认的明确定义，歌行、乐府、七古三种文体常常呈现混用的局面。① 唐诗研究专家葛晓音曾说"在古典诗歌的各种体裁中，歌行又是最难界定的"②，其中原因是多方面的，一方面"歌行"是后起的概念，体性在不同时期动态发展；另一方面不同时代文人学者对其认识不统一，在界定时众说纷纭。歌行的体性研究状况，论文绪论部分已经做了介绍，此处不再重复。20 世纪 90 年代，褚斌杰先生在《中国古代文体概论》中对歌行体虽没有明确下定义，但对歌行体诗歌的特点作了一番言简意赅的总结：

> 一般说来，歌行体篇幅多属较长的，它语句声韵灵活自由，便于抒情叙事。它以七言句式为主，但根据作者感情的起伏，叙事的需要，可以兼用杂言句，甚至还可以应用散文句式、语气词入诗，押韵、转韵也很自由。因此，形式灵活自由，风格通俗酣畅，是歌行体作品的特色。③

从褚先生的总结来看，歌行的文体特点是比较明确的，无论从篇幅、声韵、句式等方面都与一般的七言古诗不同。歌行的界定，国内许多学者各持一说，比较有影响的观点是薛天纬先生的"大歌行观"。他把歌行诗体学定义为"歌行是七言（及包含了七言句的杂言）自由体（即古体）诗歌"④。薛天纬先生认为："只有'大歌行'观才能揭示歌行最本质的诗体特征，明确歌行诗体的内涵和外延。"薛天纬先生的歌行观在学界较有影响，其专著《唐

---

① 多数学者倾向于将歌行与七古、乐府分别看待，因其诗体特点有较大不同。也有学者将三者统一看作七古，如王锡九先生《唐代的七言古诗》（江苏教育出版社 1991 年版）一书主张将七言古诗概念涵盖乐府、骚体、歌行，把歌行看作七古的一部分，对三种诗体未作详细的区分，见此书第 10—12 页。王锡九先生持此种观点的专著有《宋代的七言古诗》《金元的七言古诗》等。

② 葛晓音：《初盛唐七言歌行的发展》，《文学遗产》1997 年第 5 期。

③ 褚斌杰：《中国古代文体概论》，北京大学出版社 1990 年版，第 145 页。

④ 薛天纬：《唐代歌行论》，人民文学出版社 2006 年版，第 497 页。

代歌行论》更以 37 万字的篇幅来加以论证，对歌行的界定，本书似无必要再谈。但薛先生的"大歌行观"虽对于阐释歌行的形成和发展有极大帮助，但也有不完美的一面：界定过于宽泛，不够准确和严密。"大歌行观"中，歌行体与七古、乐府诗的诗体界线变得模糊不清，特别是将七言四句的绝句、七言八句的七古都看作歌行，似乎不妥。并且在歌行渊源与形成方面，本书与薛先生观点不同，因此，对"歌行"的探讨尚有余地，有必要对歌行进行一番更严格的界定。对歌行进行科学的界定是歌行研究的第一步，明确歌行在古代诗体分类中的归属，对歌行诗歌的研究具有重要意义。歌行自唐代就有"长句"之称，唐以后诗人也多以"长言""长歌"指代，篇幅长是歌行体的一大特征，从篇幅加以界定不失为比较科学的方法。本节从歌行体的形成、确立入手，探讨歌行体的文体特征，依托前人的研究成果，力求对歌行体作一番新的界定。

歌行界定之难在于歌行、乐府和七古的区分。七言古诗都称作歌行的"大歌行观"，直接来源于胡应麟的观点。事实上，胡应麟所说"七言古诗，概曰歌行"，"概"字亦有"大体，大略"的意思，并非说所有的七言古诗都是歌行。他在《诗薮·外编》卷三，论及诗体曾说："甚矣，诗之盛于唐也！其体，则三、四、五言、六、七、杂言，乐府、歌行，近体、绝句，靡弗备矣。"① 他在《诗薮》一书中，多次用七言古诗与歌行两个概念，如"自唐人以七言长短为歌行，余皆别类乐府矣"；"七言古，唐歌行之未成者。王、卢出，而歌行咸中矩度矣。"②（《诗薮·内编》卷三，古体下）在胡应麟的诗体观念中，七古并不等同于歌行，他认为初唐王勃、卢照邻的七言古诗才算作成熟的歌行。由此可见，他把歌行体与七言古诗是并列的，并没有直接把七言古诗看作歌行。明代吴讷《文章辨体序说》（古诗·七言）中对歌行与七言古诗作了对比，他说："驯至唐世，作者日盛。然有歌行，有古诗。歌行则放情长言，古诗则循守法度，故其句语格调亦不能同也。"③ 显然，吴讷认

---

① 胡应麟：《诗薮》，上海古籍出版社 1979 年版，第 163 页。
② 胡应麟：《诗薮》，上海古籍出版社 1979 年版，第 41、47 页。
③ 吴讷：《文章辨体序说》，人民文学出版社 1962 年版，第 32 页。

为歌行与七言古诗分属两体，二者在句法、风格方面也有许多不同点。明代徐师曾在《文体明辨序说》中也持相同意见，他认为："然乐府歌行，贵抑扬顿挫，古诗则优柔和平，循守法度，其体自不同也。"①七言古诗与歌行在唐以后的诗歌选集与别集中也不是一个概念，七言古诗、乐府、歌行经常单独分列。如明初的高棅编《唐诗品汇》中于五言古诗24卷、七言古诗13卷外，单独附列一"歌行长篇"体，并说："歌行长篇，唐初独骆宾王有《帝京篇》《畴昔篇》，文极富丽。至盛唐绝少，李杜间有数首。……姑略骆宾王一首，元白各一首附于此集之后，以备一体，为学者之助云。"②高棅虽然没有给歌行明确定义，但已经明显意识到歌行与七言古诗分属两体。古人早就意识到了歌行与七言古诗、乐府之差别，对歌行有着明确的认识，对其诗体概念有清晰的体认。但是古人在界定歌行时，往往不是从严格的科学概念出发，因而存在不少缺憾。如明代徐师曾《文体明辨序说》中认为"按歌行有有声有词者，乐府所载诸歌是也；有有词无声者，后人所作诸歌是也。其名多与乐府同，而曰咏，曰谣，曰哀，曰别，则乐府所未有。盖即事命篇，既不沿袭古题，而声调亦复相远，乃诗之三变也。故今不入乐府，而以近体、歌行括之，使学者知其源之有自，而流之有别云。"③他把"不入乐府"的诗歌区分为近体与歌行，对歌行与乐府并未作科学严格的区分。清代钱木庵在《唐音审体》中说："歌行本出于乐府，然指事咏物，凡七言及长短句不用古题者，通谓之歌行，故《文苑英华》分乐府、歌行为二。"④钱木庵的歌行定义实际上区分了古乐府与新乐府，把新题乐府看作歌行，是小歌行观的一种。

对于歌行，学术界虽然没有明确的界定，但对歌行的一些方面达成了共识：歌行是七言古诗（齐言或杂言），歌行与乐府诗关系密切，歌行是初唐成熟并盛行唐代的新诗体。而实际上，我们考察歌行产生的历史，不难发现歌行是一个后起的概念，在不同的历史时期内涵也有细微的差异。要对歌行进行界定，必然要考察歌行的起源问题，而我们在考察歌行起源问题时，往

---

① 徐师曾：《文体明辨序说》，人民文学出版社1962年版，第105页。
② 高棅：《唐诗品汇》，上海古籍出版社1988年影印本，第271页。
③ 徐师曾：《文体明辨序说》，人民文学出版社1962年版，第106页。
④ 钱木庵：《唐音审体》，《清诗话》本，上海古籍出版社1978年版，第781页。

往把它与乐府诗中"歌""行"两个名称混为一谈，使歌行的起源变得纠缠不清。在乐府诗歌中"歌""行""歌行"并不是诗体的名称，只是表明音乐曲调的不同。郭茂倩《乐府诗集》中以"行"为题的诗歌达一百多种，如《从军行》《相逢行》《春江行》等；以"歌"为题的诗歌有五十多种，如《悲愁歌》《鸡鸣歌》等；"歌、行"二字并用的题目如《长歌行》《短歌行》等。郭茂倩《乐府诗集·杂曲歌辞》题解引《宋书·乐志》曰："汉魏之世，歌咏杂兴，而诗之流乃有八名：曰行，曰引，曰歌，曰谣，曰吟，曰咏，曰怨，曰叹，皆诗人六义之馀也。至其协声律，播金石，而总谓之曲。"① 所谓"诗之流乃有八名"意思是诗歌有八种不同的名称，而多种歌辞名称之间并无严格的界线，往往可以相通。明代胡应麟《诗薮》中就说："汉、魏，歌、行、吟、引，率可互换，唐人稍别体裁，然亦不甚远也。"② 明代吴讷《文章辨体序说》中也有类似看法，他是对歌行诗题总结后得出结论："故本其命篇之义曰篇；因其立辞之意曰'辞'；体如行书曰'行'；述事本末曰'引'；悲如蛩螿曰'吟'；委曲尽情曰'曲'；放情长言曰'歌'；言通俚俗曰'谣'；感而发言曰'叹'；愤而不怒曰'怨'：虽其立名弗同，然皆六义之余也。"③ 薛天纬先生在《唐代歌行论》一书中通过大量的统计也得出结论："在汉乐府的'歌辞性诗题'中歌与操、引、辞是相通的；行与吟是相通的；'歌行'不是一个独立的'歌辞性字样'，仍属于'行'。"④ 他还把歌行的渊源推至上古，并分为先秦、汉、魏晋、南北朝及隋四个时期，考察了唐朝以前歌行起源、演进的情况，非常详尽细致。

歌行作为诗体名称，不过沿用了乐府诗中"歌行"名称，内涵已经大为改变，歌行一词是诗体的代称。当将"歌行"作为一种诗歌体裁来看待时，它与乐府诗中的"歌行"二字，已经有了很大的区别。"歌行"一词实际上经历了漫长的演变才变成一种诗体名称的。"歌行"一词的内涵演变正如李会玲《歌行本义考》一文中总结的那样："'歌行'一词的使用经历了三个阶

① 郭茂倩：《乐府诗集》，中华书局 1979 年版，第 884 页。
② 胡应麟：《诗薮》，上海古籍出版社 1979 年版，第 48 页。
③ 吴讷：《文章辨体序说》，人民文学出版社 1962 年版，第 33 页。
④ 薛天纬：《唐代歌行论》，人民文学出版社 2006 年版，第 39 页。

段：一，与'行'一起作为乐府歌诗的题名，代表与乐曲歌舞相对的'歌辞'；二，不用作题名时，用作'歌辞'的通称；三，用作诗体名称。"① 因此，讨论"歌行体"的确立与乐府"歌""行"的起源是两个不同的命题，同称为"歌行"，实际上分属于两个不同的概念。当乐府诗不再配乐演唱以后，创作者只是沿用乐府旧题，模仿乐府诗的内容与风格来写作，诗歌已经不入乐，与乐曲音乐已经相关不大了。"歌""行""歌行"字样已经变成了一种符号，既不能表示出音乐曲调，也不是诗体的名称。因此歌行体的溯源应当从七言诗入手，而不是讨论乐府中的"歌、行"起源。歌行体作为诗体，虽然它在某些方面遗留了乐府诗歌的特征，但是把"歌行体"分解为"歌""行"来分别探讨它的起源是不妥当的，必然将乐府与"歌行体"对等来看待，抹杀了二者的区别。如此类推的话，歌行诗体中不少诗题"曲""谣""吟""辞""篇"等，也必须一一探讨它们的起源，依次循环，可能永远也无法说清楚"歌行"体的起源。在宋以后的诗话与文学批评中，一些诗人学者，往往把"歌行"拆解为"歌"与"行"来说明"歌行体"的文体特征，用非文体的概念将"歌""行"组合起来阐释"歌行体"，有点缘木求鱼的意味，导致了更多的混乱。如宋代词人姜夔《白石道人诗说》"守法度曰诗，载始末曰引，体如行书曰行，放情曰歌，兼之曰歌行。悲如蛩螿曰吟，通乎俚俗曰谣，委曲尽情曰曲。"② 这样解释歌行，虽然指出了"歌行体"诗歌的某些特点，但不能算作是科学的概念。"体如行书"让人费解，"放情"二字也不是歌行体的本质特征，这些都说明了姜夔在把握诗歌文体方面的局限。后代的文体学者一般也未从严格的文体定义入手来探讨歌行，如明代吴讷《文章辨体序说》认为："体如行书曰'行'……放情长言曰'歌'"③；明人徐师曾《文体明辨序说》说法是："放情长言，杂而无方者曰'歌'；步骤驰骋，疏而不滞者曰'行'；兼之曰'歌行'。"④ 对于此类解释，实际都是承袭了姜夔的界定，只不过又添加了一些文体特征，并未明确说明"歌行"的体制、风格、用韵等限

---

① 李会玲：《歌行本义考》，《武汉大学学报》（人文社科版）2006 年第 6 期。
② 姜夔：《白石诗说》，人民文学出版社 1983 年版，第 30 页。
③ 吴讷：《文章辨体序说》，人民文学出版社 1962 年版，第 33 页。
④ 徐师曾：《文体明辨序说》，人民文学出版社 1962 年版，第 104 页。

定，存在不少缺憾。歌行的溯源从七言诗开始是比较正确的途径。本书在论述歌行渊源时，将七言诗作为其直接渊源之一。在这方面许多学者已经做了大量的工作，如 1993 年尚定写过一篇《卢骆歌行的结构模式与艺术渊源》，对七言古诗的源流因变作了详细的探索，并认为"（歌行体）主要是通过卢、骆几篇长篇歌行体力作的创作实践而得以完成的"①。

　　歌行体制虽然比较自由，但有其基本固定的格式。歌行的形成过程，我们可以把歌行的基本特征作为标志加以划分。首先为七言诗，然后是"四句一转韵"格式的固定，第三则是押韵的"平仄互换"。从这三个标准来衡量，可以将七言歌行演变划分为三个阶段：两汉至魏晋（发轫期）、南北朝至隋（形成期）、初唐（成熟期）。② 歌行体自两汉魏晋发轫，历经南北朝、隋代的演变，直至初唐才得以成熟。歌行的渊源，须从七言诗谈起。七言诗是中国古代诗歌演变中不可缺少的一环，在诗体演变中具有重要作用。严羽在《沧浪诗话·诗体》中总结道："《风》、《雅》、《颂》既亡，一变而为《离骚》，再变而为西汉五言，三变而为歌行杂体，四变而为沈、宋律诗。五言起于李陵、苏武（或云枚乘），七言起于汉武《柏梁》……"③ 严羽把歌行看作是五言诗之后诗体的一大变化，并且他认为七言诗起源于汉代柏梁体。相传汉武帝时的君臣联句《柏梁台诗》，句句用韵，后人称为"柏梁体"。但因诗中人名、官名多与武帝时代不合，经清代顾炎武考证，《柏梁台诗》为后人伪作。④ 近现代学者则多认为七言诗源自民间歌谣，后被引入文人笔下，成为一种新诗体。七言诗的产生并不比五言诗晚，但文人大量创作，开始在文坛盛行，要比五言诗晚。⑤ 褚斌杰先生认为：文人仿作的第一首完整的七言诗是张衡的《四愁诗》。不同于柏梁体的一韵到底，《四愁诗》出现了转韵，

---

① 　尚定：《卢骆歌行的结构模式与艺术渊源》，《文学评论》1993 年第 6 期。

② 　薛天纬在《唐代歌行论》中将汉代作为乐府歌行的形成期，魏晋为文人歌行的形成期，本书观点与之有较大差异。

③ 　严羽：《沧浪诗话校释》，人民文学出版社 1983 年版，第 48 页。

④ 　对这个问题，学界还有争论，游国恩先生认为柏梁台诗为伪作，王力先生则持相反意见，本书取游先生观点。

⑤ 　余冠英、褚斌杰等学者持此种观点，梁启超、陈镜凡等学者认为七言诗从楚辞而来，也有学者认为七言诗从《诗经》而来，今取第一种意见。

诗第一章:"我所思兮在太山,欲往从之梁父艰。侧身东望涕沾翰。美人赠我金错刀,何以报之英琼瑶。路远莫致倚逍遥,何为怀忧心烦劳。"前三句用一韵,后四句换用一韵。明代吴讷《文章辨体序说》中说:"张衡四愁诗四首,每首七句,前三句一韵,后四句一韵,此则后人换韵体也。"[1]张衡的《四愁诗》中"兮""之"等词语还留有楚辞的痕迹,重章复沓的结构类于民歌。第一首成熟的七言诗,文学史家一般认为是曹丕的《燕歌行》二首。其一为:

> 秋风萧瑟天气凉,草木摇落露为霜。群燕辞归雁南翔,念君客游多思(文选作思断)肠。慊慊思归恋故乡,君何淹留寄他方?贱妾茕茕守空房,忧来思君不敢忘,不觉泪下沾衣裳。援琴鸣弦发清商,短歌微吟不能长。明月皎皎照我床,星汉西流夜未央。牵牛织女遥相望,尔独何辜限河梁?[2]

诗歌叙述了一位女子对丈夫的思念,笔调婉转,语言清丽。此诗无论从形式,还是从内容,都可算作一首成熟的七言诗。诗歌融写景抒情、写人叙事为一体,别具一种千回百转、凄凉哀怨的情韵。《燕歌行》句句用韵,押平声韵,长达15句,为柏梁体。《燕歌行》是一个乐府题目,属于《相和歌》中的《平调曲》。许学夷在《诗源辨体》中说:"子桓乐府七言燕歌行,用韵祖于柏梁,较之四愁,则体渐敷叙,语多显直,始见作用之迹。此七言之初变也。"[3]曹丕的另一长篇七言诗《大墙上蒿行》,有75句,三百多字,句式有三字句,九字句都有,写法极为自由,如同抒情小赋。这种七言长短句的体制,成为后代歌行体的主要特征之一。

七言诗从曹丕《燕歌行》确立,在晋代继续发展,从押韵方式来看,此时期的七言诗主要为柏梁体。从曹丕到鲍照,现存28首七言诗,据王从仁先生的统计,其中有26首为柏梁体,"这一时期,是柏梁体的一统天下,但已孕育着新的变化"[4]。许学夷在《诗源辨体》中说:"晋无名氏乐府七言白纻舞歌,用韵祖于燕歌,而体多浮荡,语多华靡,然声调犹纯,此七言之再变

---

[1] 吴讷:《文章辨体序说》,人民文学出版社 1962 年版,第 32 页。

[2] 逯钦立辑校:《先秦汉魏晋南北朝诗》,中华书局 1983 年版,第 394 页。

[3] 许学夷:《诗源辨体》,人民文学出版社 1987 年版,第 75—76 页。

[4] 王从仁:《七言歌行体制溯源》,《上海师范大学学报》1990 年第 3 期。

也。"① 对七言诗进行革新创造贡献最大的当推鲍照。他不仅创作了大量的七言诗，而且他在七言诗声韵方面作了不少创新，如变逐句押韵为隔句押韵，可以自由换韵等，从而推动了七言诗向歌行的演化，并为后代七言歌行体的成熟奠定了基础。明代胡应麟在《诗薮》（内编卷三）中说："歌行至宋益衰，惟明远颇自振拔，行路难十八章，欲汰去浮靡，返于浑朴，而时代所压，不能顿超。"② 鲍照的《拟行路难》十八首就是其七言诗的代表作品。如《拟行路难》其六：

> 对案不能食，拔剑击柱长叹息。丈夫生世会几时，安能蹀躞垂羽翼？弃置罢官去，还家自休息。朝出与亲辞，暮还在亲侧。弄儿床前戏，看妇机中织。自古圣贤尽贫贱，何况我辈孤且直！③

此诗中的五言句达 7 句，比七言句还多出 2 句。这种五、七言句混用的情况在鲍照七言诗中比较常见，这说明鲍照为了抒发感情的需要，有意识地变换句式，使诗歌在自由表达内心情绪方面有更大空间。许学夷在《诗源辨体》中评曰："《行路难》体多变新，语多华藻，而调始不纯，此七言之三变也。"④ 杂言七言诗，不仅仅是句式的变化，它带来的是诗人对七言诗形式的一种创新。而这种多变的句式，或整齐的七言句，或七言为主，杂以五言、三言句，成为唐代歌行常见的体制。清代冯班《钝吟杂录》中说："歌行之名，本之乐章，其文句长短不同，或有拟古乐府为之，今所见如鲍明远集中有之，至唐天宝以后而大盛，如李太白其尤也。"⑤ 鲍照的七言诗在用韵方面，不是一韵到底，而是采用中间换韵的形式。

魏晋时期的七言诗，虽然自由换韵，但很不规则，远未形成固定的格式。南北朝至隋代是七言歌行的形成期，其体制在此阶段得以定型。此时期诗人创作了大量七言拟乐府诗，拟乐府诗是歌行演化的一个重要阶段。后代文人的拟乐府诗，不但改为七言，而且很多已经不入乐。清代冯班《钝吟杂

---

① 许学夷：《诗源辨体》，人民文学出版社 1987 年版，第 96 页。

② 胡应麟：《诗薮》，上海古籍出版社 1979 年版，第 45 页。

③ 逯钦立辑校：《先秦汉魏晋南北朝诗》，中华书局 1983 年版，第 1275 页。

④ 许学夷：《诗源辨体》，人民文学出版社 1987 年版，第 117 页。

⑤ 冯班：《钝吟杂录》，《清诗话》本，上海古籍出版社 1978 年版，第 40 页。

录》中说："大略歌诗分界，疑在汉、魏之间。伶伦所奏，谓之乐府；文人所制，不妨有不合乐之诗。"①鲍照以后，南北朝的诗人开始大量用七言诗来拟作乐府诗。虽是乐府旧题，但用七言句来写，句法、内容、风格呈现出特殊的风貌。他们开始讲究句法，采用对偶修辞，篇幅开始加长，这一时期的代表诗人有萧衍、萧纲、萧绎以及王筠、吴均、刘孝威、江总等，他们都写过一些七言诗。梁武帝萧衍写过不少七言诗，其代表作如《河中之水歌》：

> 河中之水向东流，洛阳女儿名莫愁。莫愁十三能织绮，十四采桑南陌头。十五嫁为卢家妇，十六生儿字阿侯。卢家兰室桂为梁，中有郁金苏合香。头上金钗十二行，足下丝履五文章。珊瑚挂镜烂生光，平头奴子擎履箱。人生富贵何所望，恨不早嫁东家王。②

全诗七言 14 句，中间换韵，具有浓郁的民歌风味。诗的风格与汉乐府诗很相似，与当时流行的民谣关系密切。萧衍的其他七言诗，也是民谣性质的作品。如《东飞伯劳歌》"东飞伯劳西飞燕，黄姑织女时相见"，全诗有 10 句，中间换韵。七言 10 句的体制为后来的诗人所效仿，如陈代陈瑜所作《东飞伯劳歌》也是七言 10 句，隋代辛德源《东飞伯劳歌》亦是七言 10 句。七言诗在梁陈文人手中在民歌的基础上加以创新，看一下南北朝诗人的七言诗，我们能清楚地看到七言诗的演变趋向。梁代王筠所作《行路难》（七言 20 句），以七言来写传统乐府旧题。这样的例子再如吴均的《行路难五首》，其一曰：

> 洞庭水上一株桐，经霜触浪困严风。昔时抽心曜白日，今旦卧死黄沙中。洛阳名工见咨嗟，一剪一刻作琵琶。白璧规心学明月，珊瑚映面作风花。帝王见赏不见忘，提携把握登建章。掩抑摧藏张女弹，殷勤促柱楚明光。年年月月对君子，遥遥夜夜宿未央。未央彩女弃鸣箎，争先拂拭生光仪。茱萸锦衣玉作匣，安念昔日枯树枝。不学衡山南岭桂，至今千载犹未知。③

此诗以齐言的七言句叙述了一个寓言故事。诗歌叙述了一棵洞庭桐树枯死

---

① 冯班：《钝吟杂录》，《清诗话》本，上海古籍出版社 1978 年版，第 40 页。
② 逯钦立辑校：《先秦汉魏晋南北朝诗》，中华书局 1983 年版，第 1520—1521 页。
③ 逯钦立辑校：《先秦汉魏晋南北朝诗》，中华书局 1983 年版，第 1727—1728 页。

后被洛阳名匠做成琵琶，后见赏于皇帝，被宫人当作宝物的故事。诗歌前面四句一换韵，后面六句一换韵，比较有规律。吴均《行路难五首》虽然采用的乐府旧题，诗被收入《乐府诗集》，但是前两首，句首已不用"君不见"开篇，不仅句式变为七言，而且内容、风格与以往乐府诗不同。显然吴均在创作时已经对乐府旧题作了突破，《乐府诗集·杂曲歌辞十》（卷70）《乐府解题》曰："《行路难》，备言世路艰难及离别悲伤之意，多以君不见为首。"[1] 许学夷在《诗源辨体》中说："吴均乐府七言及杂言有行路难，本于鲍明远而调多不纯，语渐绮靡矣。此七言之四变也。"[2] 吴均的七言诗与唐代的新乐府并无二致。虽然采用旧题，但已经不入乐，内容与世路艰难主题已经分离，在很多方面具有了歌行的特征。

七言诗发展至梁代，已经初具歌行的特征，如四句一转，平仄互递，但转韵格式和平仄呈不规律状态。整个梁代的七言诗，其中七言八句4首，七言四句26首，其余七言十句以上的有20首，其体制方面的特点如表1-1所示[3]。

表1-1　梁代七言诗押韵情况表

作者	篇名	句数	转韵情况	押韵平仄情况
萧衍	河中之水歌	14	6 8	平
	东飞伯劳歌	10	2 2 2 2 2	仄 平 平 仄 平
吴均	行路难其一	20	4 4 6 6	平
	行路难其二	20	4 4 6 6	平 仄 平 平
	行路难其三	16	4 6 6	平 仄 平

---

[1] 郭茂倩：《乐府诗集》，中华书局1979年版，第997页。
[2] 许学夷：《诗源辨体》，人民文学出版社1987年版，第127页。
[3] 此表根据逯钦立辑校《先秦汉魏晋南北朝诗》一书统计而成，王从仁先生已经做过相关统计，见其《七言歌行体制溯源》（《上海师范大学学报》1990年第3期）论文中表格。本表在其基础上扩充完备，在歌行形成期问题上，本书与王先生观点一致，但对统计材料的分析与歌行界定等问题上，本书与王先生观点不同。表中的阿拉伯数字指每几句换一个韵部，如"6 8"是指前6句押一个韵部，后8句押一个韵部。

作者	篇名	句数	转韵情况	押韵平仄情况
	行路难其四	12	4 2 6	平 仄 平
	行路难其五	22	8 6 8	仄 平 平
萧子显	燕歌行	24	4 8 8 4	平 平 平 仄
刘孝威	赋得香出衣诗	10	6 4	平
萧纲	东飞伯劳歌	10	2 2 2 2 2	平 平 平 仄 平
	东飞伯劳歌其二	10	2 2 2 2 2	平 仄 平 仄 平
王筠	行路难	20	10 4 6	平 仄 平
萧绎	燕歌行	22	6 4 4 4 4	平 平 仄 平 平
	秋辞	16	6 6 4	平
费昶	行路难一	12	4 2 6	平 仄 平
	行路难其二	20	6 4 6 4	仄 平 仄 平
戴暠	度关山	34	6 6 6 10 2 4	仄 平 仄 平 仄 平
沈君攸	薄暮动弦歌	12	柏梁体	平
	羽觞飞上苑	14	6 8	平
	桂楫泛河中	18	柏梁体	平

从上表可以看出，在梁代，七言诗的换韵成为非常普遍的现象。吴均的《行路难》和萧绎的《燕歌行》在体制上与初唐歌行已经比较接近，转韵格式多为四句一转，或六句、八句一转。平仄相间的押韵方式如戴暠《度关山》和费昶《行路难》等，总体来看，七言诗自梁代开始已经开始产生分化。许学夷在《诗源辨体》中说："梁简文以下乐府七言，调多不纯，语多绮艳，此七言之五变也。"[①] 七言诗从篇幅看，有七言四句，七言八句，七言长篇。七言四句体，萧纲有9首，萧绎有10首，在26首诗中，类似七绝形式的有15首。七言八句体，如沈约的《四时白纻歌》，为柏梁体，一韵到底。七言

---

① 许学夷：《诗源辨体》，人民文学出版社1987年版，第129页。

诗的三种形式都已经具备,七言四句发展为七绝,七言八句发展为七古,七言长篇则发展为歌行。

歌行的定型在陈代,陈代的多数七言诗具备了四句一转和韵脚平仄互递的特征,成为真正意义上的歌行。王从仁在《七言歌行体制溯源》一文中认为:"韵脚的平仄互递和句式的四句一转,都包孕着深刻、复杂的时代因素……这两个因素具有充沛的活力,左右着歌行体制的进一步发展,到了陈代,歌行体便基本定型。"[1]王从仁在论文中对陈代七言诗进行了统计,本书撷取其要点,再加以补充说明。陈代具备歌行特征的七言诗如表1-2所示。

表1-2 陈代七言诗押韵情况表

作者	篇名	句数	转韵情况	押韵平仄情况
徐伯阳	日出东南隅行	16	4 4 4 4	平 仄 平 仄
徐陵	杂曲	20	4 4 4 4 4	平 仄 平 仄 平
傅縡	杂曲	20	4 4 4 4 4	平 仄 平 仄 平
阮卓	赋得黄鹄一远别诗	16	4 4 4 4	平 仄 平 仄
江总	杂曲其二	16	4 4 4 4	平 仄 平 仄

从上表可以看出,陈代诗人创作的七言诗,已经具备"四句一转"和"平仄互递"特征,这种创作规则被很多诗人遵守。从创作时间看,徐伯阳的《日出东南隅行》可以看作现存的第一首歌行:

> 朱城璧日启朱扉,青楼含照本晖晖。远映陌上春桑叶,斜入秦家缃绮衣。罗敷妆粉能佳丽,镜前新梳倭堕髻。圆笼袅袅挂青丝,铁钩冉冉胜丹桂。蚕饥日晚暂生愁,忽逢使君南陌头。五马停珂遣借问,双脸含娇特好羞。妾婿府中轻小吏,即今来往专城里。欲识东方千骑归,蔼蔼日暮红尘起。[2]

诗歌前四句押上平声"微"韵,"罗敷妆粉"以下四句押去声"霁"韵,"蚕

---

[1] 王从仁:《七言歌行体制溯源》,《上海师范大学学报》1990年第3期。

[2] 逯钦立辑校:《先秦汉魏晋南北朝诗》,中华书局1983年版,第2470页。

饥日晚"等四句押下平声"尤"韵，末四句押上声"纸"韵。诗歌为标准的四句一转韵，而且押韵平仄互换，在形式上与初唐歌行已经相差不大。歌行中用了不少叠词，如"晖晖""袅袅""冉冉""蔼蔼"，也有对仗工整的偶句"圆笼袅袅挂青丝，铁钩冉冉胜丹桂"，这些都加强了诗歌的韵律，使诗歌顺口可歌。《日出东南隅行》有较浓的乐府和民歌风调，在内容方面，诗歌为汉乐府民歌《陌上桑》的改编，情节与《陌上桑》一致。除了《日出东南隅行》，徐陵的《杂曲》和傅縡、江总的《杂曲》，都带有明显的乐府民歌风格，在题材写法上比较类似。

北朝和隋代七言长篇有 11 首，其中代表作如北朝庾信的《杨柳歌》《燕歌行》，隋代卢思道的《从军行》和薛道衡的《豫章行》等。此时期的七言长篇，多数可以称作歌行，但其转韵格式并不是规则的"四句一转"，有时六句一转，或八句一转，这种转韵形式实际上是"四句一转"的变格形式。如庾信《燕歌行》：

> 代北云气昼昏昏，千里飞蓬无复根。寒雁嗈嗈渡辽水，桑叶纷纷落蓟门。晋阳山头无箭竹，疏勒城中乏水源。属国征戍久离居，阳关音信绝能疏。原得鲁连飞一箭，持寄思归燕将书。渡辽本自有将军，寒风萧萧生水纹。妾惊甘泉足烽火，君讶渔阳少阵云。自从将军出细柳，荡子空床难独守。盘龙明镜饷秦嘉，辟恶生香寄韩寿。春分燕来能几日，二月蚕眠不复久。洛阳游丝百丈连，黄河春冰千片穿。桃花颜色好如马，榆荚新开巧似钱。蒲桃一杯千日醉，无事九转学神仙。定取金丹作几服，能令华表得千年。①

诗歌押韵情况如下：诗歌前六句押上平"十三元"韵，"属国"以下四句押上平"六鱼"韵，"渡辽"以下四句押上平"十二文"韵，"自从"以下六句押上声"二十五有"韵，"洛阳"以下八句押下平"一先"韵。诗歌间用平声、仄声韵，虽用乐府旧题，内容写的是边塞征戍生活，体制方面类似于唐人歌行。清代刘熙载在《艺概》中说："庾子山《燕歌行》开唐初七古，《乌夜啼》

① 逯钦立辑校：《先秦汉魏晋南北朝诗》，中华书局 1983 年版，第 2352 页。

开唐七律。"①庾信等南北朝诗人的努力创新，使歌行体逐步成熟起来。隋朝文人多拟乐府古题，促使七言诗吸收了乐府诗歌的许多特点，逐步向歌行转化。卢思道的《从军行》体制方面已经与初唐歌行差距不大。

> 朔方烽火照甘泉，长安飞将出祁连。犀渠玉剑良家子，白马金羁侠少年。平明偃月屯右地，薄暮鱼丽逐左贤。谷中石虎经衔箭，山上金人曾祭天。天涯一去无穷已，蓟门迢递三千里。朝见马岭黄沙合，西望龙城阵云起。庭中奇树已堪攀，塞外征人殊未还。白雪初下天山外，浮云直上五原间。关山万里不可越，谁能坐对芳菲月？流水本自断人肠，坚冰旧来伤马骨。边庭节物与华异，冬霰秋霜春不歇。长风萧萧渡水来，归雁连连映天没。从军行，军行万里出龙庭。单于渭桥今已拜，将军何处觅功名？②

诗歌的押韵情况如下：前八句押下平"一先"韵，"天涯"以下四句押上声"四纸"韵，"庭中"以下四句押上平"十五删"韵，"关山"以下八句押入声"六月"韵，末四句押下平"九青"韵。平仄互换格式为：平仄平仄平。诗中大量运用对偶句式，写军队出征的豪迈气势以及思妇对征人的思念，诗人从两个视角来写，一是征人的角度，一是思妇的角度，诗歌的第一部分写出征的过程，笔势阔大，格调昂扬；第二部分写季节变换，时间流逝，思妇对征人的思念之情跃然纸上，风格婉约，与第一部分形成鲜明对照。由此可见，隋代诗人在七言歌行写作方面，技巧已经比较熟练，抒情与叙事的结合也水乳交融，体现出很高的艺术水平。这些方面的努力为七言歌行的最后成熟作了充分的铺垫。

歌行体产生之初，与乐府关系密切，很多作者用七言诗写乐府旧题，可称为拟乐府诗，实际上是对乐府诗的一种革新。这充分说明了歌行在形成过程中融合了乐府诗的许多特点，而后代学者"乐府歌行"称呼反映了乐府与歌行多方面的相似性。从歌行的形成过程可以看出，七言诗的演化向两方面延伸，一是七言短歌，不超过十句，格式规整，一般为齐言形式。另一种则

---

① 刘熙载：《艺概》，上海古籍出版社1978年版，第57页。
② 逯钦立辑校：《先秦汉魏晋南北朝诗》，中华书局1983年版，第2631页。

是歌行，篇幅较长，一般多于十句，个别长达数百句，七言句式为主，也夹杂不少三言、五言句式。初唐是歌行的成熟阶段，歌行是七言古诗的变体形式。这表明汉代以后的乐府诗，不仅在形式上具有了七言，而且内容也开始摆脱乐府旧题的限制，逐渐成为歌行体。

我们有必要谈一下乐府诗与歌行的区分。歌行与乐府有很多相同点，如有歌吟性题目，体制灵活，节奏明快等。但歌行是一种诗体，而乐府诗只是一种诗歌门类，并不是诗体名称。正如明代胡应麟所言："世以乐府为诗之一体，余历考汉、魏、六朝、唐人诗，有三言、四言、五言、六言、七言、杂言、近体、排律、绝句，乐府皆备有之。(内编卷一)"[1]自汉以后，乐府诗的文体特征开始变得复杂，与其他诗体的交融，使乐府诗与其他诗体界线变得模糊不清，以致胡应麟质疑乐府诗是否算作诗中一体。后代研究乐府诗的学者一般以"古乐府"与"新乐府"来区分乐府诗的时代差异。自汉至魏晋，乐府诗兴盛，诗人的创作一般按照乐府诗的体制来写，乐府诗一般入乐，多为五言诗，或间以杂言句式。南北朝以后，特别是唐宋，乐府渐不入乐，文人所作乐府诗一般为拟作，或者自创新题，以七言句式来写，名为乐府，实际上与汉代乐府诗差别很大。明人徐师曾在《文体明辨序说》中说："(乐府)梁陈至隋，新声日繁；唐宋以来，制作甚富。然较诸古辞，则相去远矣。"[2]以七言写成的乐府诗，在体制上与歌行已经非常接近，虽然不少诗人仍然采用乐府旧题，句法、结构、风格与五言古乐府已不同类，看作歌行更符合实际。清人冯班在《钝吟杂录》中对乐府诗的新变与歌行的产生有很精彩的论述：

> 晋、宋时所奏乐府，多是汉时歌谣，其名有《放歌行》、《艳歌行》之属，又有单题某歌、某行，则歌行者，乐府之名也。魏文帝作《燕歌行》，以七字断句，七言歌行之滥觞也。沿至于梁元帝，有《燕歌行集》，其书不传，今可见者，犹有三数篇。于时南北诗集，卢思道有《从军行》，江总持有《杂曲文》，皆纯七言，似唐人歌行之体矣。徐、庾诸赋，其体亦大略相近。诗赋七言，自此盛也。迨及唐初，卢、骆、王、杨大

---

[1] 胡应麟：《诗薮》，上海古籍出版社 1979 年版，第 12 页。

[2] 徐师曾：《文体明辨序说》，人民文学出版社 1962 年版，第 103 页。

篇诗赋，其文视陈、隋有加矣。(《论歌行与叶祖德》)

七言创于汉代，魏文帝有《燕歌行》，古诗有"东飞伯劳"，至梁末而七言盛于时，诗赋多有七言，或有杂五七言者，唐人歌行之祖也。声成文谓之歌。曰"行"者，字不可解，见于《宋书乐志》所载魏、晋乐府，盖始于汉人也。至唐有七言长歌，不用乐题，直自作七言，亦谓之歌行。故《文苑英华》歌行与乐府又分两类。(《古今乐府论》)①

歌行虽与乐府有多方面的承袭关系，但经过漫长的演化，在题材和风格方面与乐府诗有着很多不同点。按照现代严格的学术界定，乐府并非诗体的名称，而仅仅是一个诗歌类别。薛天纬在《歌行诗体论》一文中也认为："乐府(即古题乐府)是一个诗歌类别的名称，所指并非一种诗体；歌行则是一个诗体名称……两者其实并无可比性。"②解玉峰在《汉唐"乐府诗"辨正》一文中认为：

"乐府(诗)"这一指称所对应的"诗"极其宽泛：从是否入乐来看，既有确曾入乐者，也有可能从未入乐者；从创作看，既有以入乐为目的者，也有完全未曾属意者；自诗体看，既有格律严整的近体诗，也有古体诗，而所谓古体又可以是杂言、也可是齐言，齐言又包容三言、四言、五言、七言等各体。从理论上说，所有文字皆可入唱，但是否曾入唱或者入唱之事被载录，都有极大的偶然性，我们不能因为某些"诗"曾有幸入唱，而推论这些"诗"是特别的一类——"乐府诗"或"声诗"。以现代学术的眼光看，"乐府(诗)"以及与此相近的"声诗"，由于其所指过于宽泛，都不宜直接作为中国古代诗歌分类中的一类"诗体"来看待。③

歌行在其形成过程中吸取了乐府民歌的诸多因素，逐渐成为一种新诗体，而七言歌行的偶化与律化最终在初唐四杰手中得以成熟。

二、歌行体的界定

唐代建立后，七言诗一方面沿着短歌的体制发展，即七言四句或七言八

---

① 冯班：《钝吟杂录》，《清诗话》本，上海古籍出版社 1978 年版，第 41、37 页。

② 薛天纬：《歌行诗体论》，《文学评论》2007 年第 6 期。

③ 解玉峰：《汉唐"乐府诗"辨正》，《文学遗产》2016 年第 4 期。

句，另一方面长篇七言诗演化为歌行体。初唐的诗歌创作，主要是以唐太宗
及其群臣为中心展开，在五言诗极为风行的诗坛，不少诗人已经开始创作七
言诗。如褚亮、陆敬、沈叔安等人，他们的创作多篇幅较短，以抒情见长，
注重辞采，带有南朝风韵。如陆敬《七夕赋咏成篇》（《全唐诗》卷 33）：

> 凤驾鸣鸾启闾阖，霓裳遥裔俨天津。五明霜纨开羽扇，百和香车动
> 画轮。婉娈夜分能几许，靓妆冶服为谁新。片时欢娱自有极，已复长望
> 隔年人。①

多奉和应制之作，写歌舞升平之景，虽华美典雅，但掩饰不了内容的空虚与
贫乏。初唐的王绩也写过七言诗，风格平淡自然，技巧也比较成熟。如其
《北山》诗（《全唐诗》卷 37）：

> 旧知山里绝氛埃，登高日暮心悠哉。子平一去何时返，仲叔长游
> 遂不来。幽兰独夜清琴曲，桂树凌云浊酒杯。槁项同枯木，丹心等
> 死灰。②

诗中有两个五言句，非纯七言诗。诗句表现了他内心深处的失落以及怀才不
遇后的难以释怀，对隐居生活的向往等。而杨师道、上官仪等人则尝试写七
言长篇，实为新兴歌行，讲究对偶、声韵，体现出了一些新特点。如上官仪
《和太尉戏赠高阳公》（《全唐诗》卷 40）：

> 薰炉御史出神仙，云鞍羽盖下芝田。红尘正起浮桥路，青楼遥敞御
> 沟前。倾城比态芳菲节，绝世相娇是六年。惯是洛滨要解佩，本是河间
> 好数钱。翠钗照耀衔云发，玉步逶迤动罗袜。石榴绞带轻花转，桃枝绿
> 扇微风发。无情拂袂欲留宾，讵恨深潭不可越。天津一别九秋长，岂若
> 随闻三日香。南国自然胜掌上，东家复是忆王昌。③

全诗皆为七言，凡 18 句，平仄韵互换，对仗工整，辞藻华丽，具有绮艳的
特点。由此可见，初唐的诗人已经熟练驾驭七言形式来创作，工于五言的上
官仪，其七言诗也带有"绮错婉媚"的特点。初唐诗人大量创作歌行是在四

---

① 彭定求等：《全唐诗》，中华书局 1960 年版，第 456 页。
② 彭定求等：《全唐诗》，中华书局 1960 年版，第 481 页。
③ 彭定求等：《全唐诗》，中华书局 1960 年版，第 507 页。

杰之后，许多著名的诗人都有佳作流传。

一种诗歌体裁作为"体"之特征，可以从诗体句法、章法以及用韵等内部要素入手，也考察诗歌内容、风格等外部要素，所有这些因素演变的过程实际上也是该诗体"体性"特征的确立过程，也即作为诗体区别于其他诗体的独立过程。初唐四杰的七言古诗已经具备了歌行的多数特征，标志着歌行体的成熟。明代胡应麟在《诗薮》中说："歌行之赡，极于畴昔、帝京。（内编卷一，古体上）"①初唐四杰，特别是卢照邻、骆宾王的七言歌行，在句法、声韵、风格等方面相当完善，在歌行体诗歌的发展史上占重要地位。明代胡应麟在《诗薮》中说："至王、杨诸子歌行，韵则平仄互换，句则三五错综，而又加以开合，传以神情，宏以风藻，七言之体，至是大备。（内编卷三，古体下）"②胡应麟此段话总结了王、杨等四杰的歌行特点，如押韵、词句、格调等，歌行作为七言诗中之一体开始兴盛起来。初唐四杰，卢、骆长于歌行，王、杨工于五律。《全唐诗》中王勃只有三首歌行《临高台》《采莲曲》《秋夜长》，七言短诗6首，其中名篇如《滕王阁诗》（七言8句），诗中虽不乏律句，但仍属七古。初唐歌行的代表作是卢照邻的《长安古意》和骆宾王的《帝京篇》《畴昔篇》。这三篇歌行的出现，标志着歌行体的成熟，卢、骆的长篇七言歌行为后世确立了标准，奠定了歌行的体性特征。除此之外，卢、骆二人都写过《行路难》，骆宾王还有《艳情代郭氏答卢照邻》《代女道士王灵妃赠道士李荣》等歌行作品。简言之，卢、骆七言歌行融合了七言古诗与骈赋的特点，也吸收了南朝乐府和近体诗的格律特色，形式上以七言为主，间以杂言，句式参差错落，具情韵与气势。如卢照邻的《长安古意》：

> 长安大道连狭斜，青牛白马七香车。玉辇纵横过主第，金鞭络绎向侯家。龙衔宝盖承朝日，凤吐流苏带晚霞。百丈游丝争绕树，一群娇鸟共啼花。啼花戏蝶千门侧，碧树银台万种色。复道交窗作合欢，双阙连甍垂凤翼。梁家画阁天中起，汉帝金茎云外直。楼前相望不相知，陌上

---

① 胡应麟：《诗薮》，上海古籍出版社1979年版，第3页。
② 胡应麟：《诗薮》，上海古籍出版社1979年版，第46页。

相逢讵相识。借问吹箫向紫烟，曾经学舞度芳年。得成比目何辞死，愿作鸳鸯不羡仙。比目鸳鸯真可羡，双去双来君不见。生憎帐额绣孤鸾，好取门帘帖双燕……意气由来排灌夫，专权判不容萧相。专权意气本豪雄，青虬紫燕坐春风。自言歌舞长千载，自谓骄奢凌五公。节物风光不相待，桑田碧海须臾改。昔时金阶白玉堂，即今唯见青松在。寂寂寥寥扬子居，年年岁岁一床书。独有南山桂花发，飞来飞去袭人裾。①

此诗长达 68 句，少见的七言长篇，如此巨制，为唐前所未见。诗歌铺陈了长安城的繁华与豪门的追逐享乐的生活，既写出了长安的热闹图景，也描绘了形形色色的市井人物，极具感染力，感情充沛，富有气势。

《长安古意》在体制方面有以下几个特点：第一，为七言长篇。诗歌采用齐言的七言句，长达 68 句，在篇幅上与七言短诗，七言四句或八句的体制形成了鲜明的对比。七言诗篇幅的加长，字数的增加，不仅使内容丰富，而且使诗歌声韵、风格等方面有新的特点。而初唐以后的歌行体诗歌，都自觉遵行了长篇的体制，以长篇而区别于其他诗体。篇幅的长度对于歌行体的界定尤为重要，这一点常被学者忽略，如果没有了篇幅长度的限制，七言歌行与七言短诗则成为一体，歌行之体性特征将消失。第二，偶句与蝉联句式的大量运用。诗歌中对仗工整的偶句可谓比比皆是，如"片片行云著蝉鬓，纤纤初月上鸦黄""生憎帐额绣孤鸾，好取门帘帖双燕""北堂夜夜人如月，南陌朝朝骑似云"等。除了偶句，还有大量的蝉联句，如"生憎帐额绣孤鸾，好取门帘帖双燕。双燕双飞绕画梁，罗纬翠被郁金香。片片行云著蝉鬓，纤纤初月上鸦黄。鸦黄粉白车中出，含娇含态情非一"。以顶真格蝉联而下，使诗句浑然一体，顺口可歌。第三，韵律和谐，富有音乐性。虽然是七言长篇诗歌，但流丽婉转，节奏抑扬起伏，具有圆美流转如弹丸的艺术魅力。诗歌大致四句一换景或转意，诗韵随之转换，灵活巧妙，使诗歌在抒情写物方面自由性更大。押韵也比较自由，平仄韵互换。除此之外，双声、叠韵词语和重复词大量运用也增加了诗歌的音乐美感，富有民歌风致，如"片片""纤纤""隐隐""遥遥""夜夜""朝朝"等。卢照邻为增强诗歌音乐性，也在长

① 彭定求等：《全唐诗》，中华书局 1960 年版，第 519 页。

篇七言诗中运用律句，如"龙衔宝盖承朝日，凤吐流苏带晚霞。百丈游丝争绕树，一群娇鸟共啼花"。诗句平仄已经符合七言律诗的要求，体现了诗人在诗歌声韵方面的追求。

与卢照邻《长安古意》相媲美的是骆宾王的《畴昔篇》，以七言叙事，开创了后代歌行体叙事诗之先河。《畴昔篇》长达 200 句，有 1200 多字，长篇之极轨，除歌行体诗歌外，其他诗体只能望洋兴叹。《畴昔篇》顾名思义，是诗人对往昔生活的回忆：

> 少年重英侠，弱岁贱衣冠。既托裹中赏，方承膝下欢。遨游灞水曲，风月洛城端。且知无玉馔，谁肯逐金丸。金丸玉馔盛繁华，自言轻侮季伦家。五霸争驰千里马，三条竞骛七香车。掩映飞轩乘落照，参差步障引朝霞。池中旧水如悬镜，屋里新妆不让花。意气风云倏如昨，岁月春秋屡回薄。上苑频经柳絮飞，中园几见梅花落。当时门客今何在，畴昔交朋已疏索……①

诗人从自己少年写起，历述自己的生平遭际，颠沛流离之苦，如"脂车秣马辞乡国，萦辔西南使邛僰""十年不调为贫贱，百日屡迁随倚伏"等诗句。诗人在诗中还回顾了自己的多难经历，其中有仪凤三年（768 年）遭诬陷下狱以及遇赦出狱等情节，从某种程度上说是作者一生的小传。

> 紫禁终难叫，朱门不易排。惊魂闻叶落，危魄逐轮埋。霜威遥有厉，雪柱遂无阶。含冤欲谁道，饮气独居怀。忽闻驿使发关东，传道天波万里通。涸鳞去辙还游海，幽禽释网便翔空。舜泽尧曦方有极，谗言巧佞傥无穷。谁能跼迹依三辅，会就商山访四翁。②

当时骆宾王任侍御史，因上疏论事忤怒武后，被诬以贪赃罪名下狱。诗中叙事与抒情相结合，反映了作者坎坷的人生经历，表达了自己对政治仕途的厌倦，对世态炎凉的感慨。诗歌五七言杂用，四句一转韵，平声韵与仄声韵换用，非常自由灵活。五言、七言的转换与诗歌的节奏相合，内容的衔接过渡非常自然，体现了作者高超的写作技巧。骆宾王对七言长篇诗体已经有

---

① 彭定求等：《全唐诗》，中华书局 1960 年版，第 835 页。
② 彭定求等：《全唐诗》，中华书局 1960 年版，第 837 页。

熟练的驾驭能力，这是歌行体达到成熟的标志。

偶句、律化以及顶真手法是初唐歌行与前代歌行的显著区别，此类因素的增加使歌行更具音乐性，富有节奏感。以卢、骆歌行为标志，歌行体性特征在初唐已经比较完备，但歌行的界定还须考虑唐代以后的发展情形，以使歌行定义能涵盖所有的七言长篇古诗。歌行是一种写法极其自由的诗体，既有一定的法度和规则，又可以稍加变化，这样使歌行在正调之外出现变调。七言柏梁体可以看作是歌行的变调，柏梁体句句用韵，不换韵，但也为七言长篇，在多方面具有歌行的特征。柏梁体随着七言诗的产生，一直与歌行的发展相始终，理应归入歌行体。曹丕《燕歌行》是第一首成熟的七言诗，也属柏梁体。柏梁体诗歌在唐代产生了新的变化，如王勃《秋夜长》（《全唐诗》卷55）：

> 秋夜长，殊未央，月明白露澄清光，层城绮阁遥相望。遥相望，川无梁，北风受节南雁翔，崇兰委质时菊芳。鸣环曳履出长廊，为君秋夜捣衣裳。纤罗对凤凰，丹绮双鸳鸯，调砧乱杵思自伤。思自伤，征夫万里戍他乡。鹤关音信断，龙门道路长。君在天一方，寒衣徒自香。①

诗歌句句用韵，但句式为杂言，以七言为主，有三言、五言。诗歌还运用了蝉联句式如："层城绮阁遥相望。遥相望，川无梁""调砧乱杵思自伤。思自伤，征夫万里戍他乡"，这已经与魏晋南北朝时期的柏梁体有了较大差别。唐代的柏梁体作品再如杜甫《饮中八仙歌》，长达22句，一韵到底。《丽人行》长26句，全诗押上平"十一真"韵，也是一韵到底。《哀王孙》有28句，通篇押上平"七虞"韵。再如韩愈的《山石》长20句，押上平"五微"韵，也是一韵到底，他的《石鼓歌》有66句，全诗押下平"五歌"韵，也是一韵到底。此类诗歌还有很多，在句式、风格、修辞方面有歌行的特征，所不同的是，押韵方式无换韵和韵脚的平仄变化。唐代柏梁体可看作歌行的变调，从诗体范畴划入歌行是比较合适的。

歌行以初唐的七言长篇为标志，确立了一种新诗体的范型。回顾七言歌行的起源，以及在汉魏时期的发展，南北朝时期的定型，直到初唐得以成

---

① 彭定求等：《全唐诗》，中华书局1960年版，第671页。

熟。综括歌行的发展状况，严格限定歌行的内涵与外延，我们不妨把歌行的诗体学定义为：歌行是源于汉魏，在陈代定型，成熟于初唐的一种诗体，初唐以后，句数不少于 10 句的七言体（齐言或杂言）自由（古）体诗歌都属于歌行。歌行体的特点如下：第一，篇幅长，句数多于或等于十句。第二，七言体，以七言为主，间以杂言。第三，音节和谐，富有音乐性。换韵方式自由，转韵以四韵一转为基本格式，间有六句、八句一转，押韵多平仄互换，或一韵到底。多用蝉联句式、顶真手法。第四，多有歌吟性的诗题，以歌、行、歌行、引、曲、篇、词等名篇。歌行的篇幅是歌行诗体的一大特点，而篇幅的长短在文体界定当中也起着重要作用。众所周知，绝句和律诗的区别就是在句数上，一个为四句，一个为八句，平仄的要求是相似的。而在宋词中，小令、中调和长调就是因篇幅长短来区分的两种词体，词的字数和句数不一样，平仄和格调也不一样。小令的体制短小，一首多则五六十字，少则二三十字。慢词的篇幅较长，少则八九十字，多则一二百字。元曲亦然，小令与套数的区别也是在篇幅长度上，小令是单只曲子，调短字少；套数是由同一宫调的若干首曲牌连缀而成，属于套曲。歌行的篇幅是其区别于七言古诗的最大特征，一般七言古诗多为七言四句或七言八句，很少长达数十句，上百句。这可能是因为古诗比较注重法度，讲究精炼，所以篇幅和句数控制在一定范围之内。歌行则不然，以篇幅长为特点，以长篇巨制为佳。清人有把歌行喻为词之长调者，清代陆蓥在《问花楼词话》中说："词有长调，犹诗有歌行。昔人状歌行之妙云：昂昂若千里之驹，泛泛若水中之凫，是真善言歌行之妙者矣。余谓歌行以驰骋变化为奇，若施之长调，终非正格。王元美云：歌行如骏马蓦坡，一往称快。长调如娇女弄花，百媚横生。二语真词家秘密藏。"①

对于歌行以篇幅见长，古往今来的学者、诗人有一致的观点。盛唐时期的王维大约有 26 首七言诗，七言 8 句的七言古诗，如《寒食城东即事》《赠吴官》等；歌行则为长篇，如《夷门歌》（七言 12 句）、《陇头吟》（七言 10 句）、《老将行》（七言 30 句）等。纵观初唐、盛唐时期歌行，七言 10 句体是歌行

① 唐圭璋编：《词话丛编》，中华书局 1986 年版，第 2543 页。

体诗歌的最短体制，一般情况下歌行的篇幅都要长于 10 句。在"歌行"作为诗体名称出现之前，诗人岑参就以"长句""杂句""杂言"来称呼歌行，如《与独孤渐道别长句兼呈严八侍御》诗，诗歌有 36 句；《送张献心充副使归河西杂句》，诗歌有 20 句。他创作了大量脍炙人口的歌行，如《白雪歌送武判官归京》(18 句)、《轮台歌奉送封大夫出师西征》(18 句)、《走马川行奉送出师西征》(17 句) 等。他也写了不少七言古诗，如下面几首(《全唐诗》卷 199)：

> 秦州歌儿歌调苦，偏能立唱濮阳女。座中醉客不得意，闻之一声泪如雨。向使逢着汉帝怜，董贤气咽不能语。(《醉后戏与赵歌儿》)

> 火山六月应更热，赤亭道口行人绝。知君惯度祁连城，岂能愁见轮台月。脱鞍暂入酒家垆，送君万里西击胡。功名只向马上取，真是英雄一丈夫。(《送李副使赴碛西官军》)

> 秦山数点似青黛，渭上一条如白练。京师故人不可见，寄将两眼看飞燕。(《入蒲关先寄秦中故人》)

岑参的七言古诗一般为四句、六句或八句，而他的歌行至少为十句，鲜明地将两种诗歌体裁分开。岑参在十句以上的诗歌中，往往采用杂言句式。以七言为主，混杂使用五言句、三言句，或者九言句、十言句，来表现丰富复杂的思想感情。如下面一首歌行《邯郸客舍歌》：

> 客从长安来，驱马邯郸道。伤心丛台下，一带生蔓草。客舍门临漳水边，垂杨下系钓鱼船。邯郸女儿夜沽酒，对客挑灯夸数钱。酩酊醉时日正午，一曲狂歌垆上眠。①

由此可见，歌行体的首要特点体现在它是一种篇幅长于十句的七言古诗，当七言古诗篇幅加长时，诗人往往习惯混杂五言、三言句式，来自由调整节奏，更好地表现诗歌内容。明代吴讷和徐师曾在探讨歌行时都以"放情长言"来说明歌行的特征，还有王世贞、谢榛等人以"长篇""长篇古风""七言歌行长篇"等来代指歌行体。这些术语虽不是从严格科学内涵和外延来界定，但他们突出了歌行"长言"的特点，即篇幅长，"放情"二字则说明歌

---

① 本页所引岑参诗见彭定求等：《全唐诗》，中华书局 1960 年版，第 2055—2063 页。

行诗体的抒情性，正因为篇幅长，所以诗人可以在歌行诗中纵横驰骋，随意挥洒，得以尽情放歌。

歌行除了篇幅长度有一定限度外，句法、声韵的灵活是其一大特点，使歌行体诗歌音乐性十足。在歌行中，诗人可以采用整齐的七言句式，也可以分段落采用五言与七言交错的句式，个别地方用三言句，杂言句，非常灵活，给诗人以极大的创作空间。明代的胡震亨称之为"七言长短句"，意谓歌行体句式参差不一，与句式整齐的古诗、律诗差别较大。押韵格式也是一样，可以一韵到底，也可以四句一转韵，也可以六句、三句一转韵，押韵可以押平声韵，也可以押仄声韵，使整首诗歌的节奏舒缓自如，随意开合。歌行体的自由灵活特点与近体诗严格的格律、平仄相参照，对诗人的才思束缚较少，因而许多著名诗人如李白、杜甫都有大量歌行传世。盛唐歌行体风行一时，成为与律诗并驾齐驱的一种诗体，与歌行体本身诗体的特点是分不开的。歌行在形成过程中，吸收了民歌与乐府诗的许多特点，采用多种修辞手法，大量运用双声叠韵词。虽然多数七言歌行不能配乐演唱，但诗歌内在的音乐性使之成为顺口可歌，易于吟诵。歌行的句法多顶针、回文、对偶等，时用重章复沓句式，层叠往复，流畅圆转的声调中又增添了摇曳多姿的情味。如刘希夷的《公子行》前六句："天津桥下阳春水，天津桥上繁华子。马声回合青云外，人影动摇绿波里。绿波荡漾玉为砂，青云离披锦作霞。"短短6句诗，重复了"天津""青云""绿波"三个词语，这与古诗中力避重复的写作方法是很不一样的。

歌行体诗歌往往以歌辞性的诗题为标志，诗人在创作歌行时，一般以歌吟性诗题名篇，这种作法在初唐以后几乎成为一种惯例。所谓歌吟性诗题，就是诗歌题目中有"歌""行""歌行""篇""曲""吟""词""引"等字眼，这是歌行借鉴了乐府诗题的结果，也从一个侧面说明了歌行与乐府的渊源关系。乐府的歌吟性诗题表明了诗歌在配乐演唱时的不同曲调，是诗歌音乐性的一个标志。初唐和唐以后的歌行很少能配乐演唱，但歌吟性的诗题却保留了下来，用来突出歌行诗体的富有音乐性特点。虽然歌吟性诗题是区分歌行体的一个标志，但却不是唯一的标志，有的歌行不带歌吟性诗题，体制、句法、风格皆属于歌行。如卢照邻《长安古意》和张若虚《春江花月夜》等。

有的诗歌带有歌吟性诗题却非歌行，如同样是《从军行》，隋代卢思道的《从军行》是歌行体，初唐杨炯的《从军行》"烽火照西京，心中自不平"则是一首五言诗，盛唐时期王维《从军行》"吹角动行人，喧喧行人起"也是一首五言诗。五言诗与七言歌行很明显分属两体，但可能采用同一歌吟性诗题。单凭歌吟性诗题来区别歌行体诗歌，有时会遇到棘手的问题，一诗两个题目，无法判定诗的体裁。如刘希夷的《代悲白头翁》（又名《白头吟》）"洛阳城东桃李花，飞来飞去落谁家。"如果以《代悲白头翁》来看，不属于歌吟性诗题，不属于歌行。如果以《白头吟》为题，则属于七言歌行，那么此诗的体裁可能无法确定。日本学者松浦友久在其专著《中国诗歌原理》中对歌行的界定就是必须有"歌吟性诗题"，这种界定是不完备的，作为概念界定有不周延之处。歌吟性诗题，是从乐府诗题而来，而后代的诗人在很多情况下，只是借用乐府古题，写法、主题与古乐府相去甚远。初唐以后，许多诗人借用乐府古题，以七言诗写同一题目，有的诗人则自创新题，后代学者称之为新乐府。唐代的新乐府，相当大的一部分是七言歌行，明代胡应麟在《诗薮》中说："唐人李、杜、高、岑，名为乐府，实则歌行。"① 无论采用乐府旧题，还是自创新题，只要为七言古诗，篇幅多于 10 句，应该都属于歌行的范畴。歌行体在唐代是不断发展的一种诗体，自初唐定型以来，李、杜、元、白等诗人，都为歌行发展作出了巨大贡献。

　　"歌行"虽早在初唐得以确立，但作为诗体名称的"歌行"，最早见于元稹《乐府古题序》："近代唯诗人杜甫《悲陈陶》、《哀江头》、《兵车》、《丽人》等，凡所歌行，率皆即事名篇，无复倚傍。"②（《元氏长庆集》卷23）元稹很明确地指出了杜甫《兵车行》之类诗歌的特点，以歌行称之，把歌行作为一种诗体来看待。白居易在《与元九书》中也提到歌行："近岁韦苏州歌行，才丽之外，颇近兴讽；其五言诗文，又高雅闲淡，自成一家之体，今之秉笔者，谁能及之？……如张十八古乐府，李二十新歌行。"③ 在这句话中歌行与五言

---

① 胡应麟：《诗薮》，上海古籍出版社 1979 年版，第 13 页。
② 元稹：《元稹集》，中华书局 1982 年版，第 255 页。
③ 白居易：《白居易集》，中华书局 1979 年版，第 965 页。

诗相对，很明显指的是一种诗体。白居易所说的歌行是指韦应物的《长安道》《酒肆行》《金谷园歌》《温泉行》《骊山行》等作品和李绅的新乐府，白居易已经用"歌行"来指代一种诗体名称了。选录文学作品，将歌行单独列为一体的是北宋初年李昉等人所编《文苑英华》，专立"歌行"一类，与乐府分列。严乐府与歌行之辨是《文苑英华》划分诗歌体类的基本原则，歌行诗体的独立性早已被宋人所广泛认同。但宋人的歌行观也有混乱矛盾之处，正如林心治先生所言"《英华》通过选录作品对歌行体制作了初步界定，但也存在选录失当的弊病"①。例如歌行一门中选录七言四句体4首，五言体19首；卢照邻《长安古意》、骆宾王《帝京篇》等歌行被排除在外；高适的《燕歌行》七言转韵歌行被归入乐府一门等。《文苑英华》选录中存在的问题，给后代诗歌分类和诗体研究乃至诗歌创作带来很多不良影响，也是造成后代歌行观混乱的原因之一。

歌行体是一种动态发展的新诗体，在不同的时期具有不同的特点。但总体来看，其基本体制是比较固定的，发展的方向也不外乎两个趋势：骈与散，即律化与非律化（散化）。歌行在演化过程中，一方面吸收了律诗的特点，诗中开始出现大量律句；另一方面又在体制方面迈向更自由的程式，出现散文的结构与句式。歌行的两种体貌，刘熙载称为近体与古体，他在《艺概》卷二中说：

> 七古可命为古近二体：近体曰骈、曰谐、曰丽、曰绵，古体曰单、曰拗、曰瘦、曰劲。一尚风容，一尚筋骨。……唐初七古，节次多而情韵婉，咏叹取之；盛唐七古，节次少而魄力雄，铺陈尚之。伏应转接，夹叙夹议，开合尽变，古诗之法。近体亦俱有之，惟古诗波澜较为壮阔耳。②

刘熙载所说七古，实即歌行。他将歌行体分为两种风格，即律化歌行与散化歌行。他对比了两种风格的歌行，所谓"节次"指转韵。在歌行律化方面代表诗人如唐代王维、清代吴伟业等，歌行散化方面代表诗人如唐代韩

---

① 林心治：《文苑英华歌行体性辨》，《渝州大学学报》（哲学社会科学版）1997年第2期。
② 刘熙载：《艺概》，上海古籍出版社1978年版，第72页。

愈、宋代苏轼等。歌行体制以长篇为外在特点，以写法自由为其内在灵魂，自唐至晚清，延续不衰，显示出强大的生命力。七言歌行介于古、近体之间，较少韵律、格调方面的束缚，自由的外在形式给七言歌行带来了其他诗体无法比拟的艺术表现力。歌行在初唐是赋化的歌行，以铺陈场景、物态为能事，繁富壮丽是其特点。而盛唐歌行，则呈现异彩纷呈的局面。李白的歌行以抒情见长，如《将进酒》《天马歌》《襄阳歌》等，无不气势豪迈，抒情酣畅淋漓，超逸绝伦。杜甫的歌行则体现出别样风貌，如他的《兵车行》《丽人行》《茅屋为秋风所破歌》等，则以叙事性见长，以歌行写时事，具有了"诗史"特点。歌行的体性风格在李白等诗人的努力下，变得更加丰富多彩。中唐时期元白的歌行，也是继承了前代歌行的特点，而加以创新，取得了很高的成就，如白居易的《长恨歌》和《琵琶行》，元稹的《连昌宫词》等。歌行的演变正如明代胡应麟在《诗薮》中总结的那样："歌行则太白多近骚，王、杨多近赋，子美多近史，然皆非三古诗比。"①唐以后的歌行也是基本上沿着歌行体的三种风貌不断演进，历经宋、元、明的发展，直到清代吴伟业手中又大放异彩，有清一代"梅村体"歌行，影响直至晚清。歌行体也是明清诗话中极为重视的一种诗体，尽管许多学者限于时代所限，并未给歌行体一个科学严谨的界定，但歌行体的源流、演变等许多重要问题，明清学者已经做了相当深入的研究。歌行在初唐以后的演变过程，正如清代诗人学者冯班在《钝吟杂录》所言：

> 迤于天宝，其体渐变。然王摩诘诸作，或通篇丽偶，犹古体也。李太白崛起，奄古人而有之，根于《离骚》，杂以魏三祖乐府，近法鲍明远，梁、陈流丽，亦时时间出，谲辞云构，奇文郁起，后世作者，无以加矣。歌行变格，自此定也。子美独构新格，自制题目，元、白辈祖述之，后人遂为新例，陈、隋、初唐诸家，渐渐灭矣。今之歌行，凡有四例：咏古题，一也；自造新题，二也；赋一物、咏一事，三也；用古题而别出新意，四也。太白、子美二家之外，后人蔑以加矣。（《论歌行与叶

① 胡应麟：《诗薮》，上海古籍出版社 1979 年版，第 34 页。

祖德》）①

歌行的体性特征虽然复杂，但并非无体性可言。对歌行进行科学而严格的界定，是进行歌行体诗歌研究的第一步，将其界定为："句数不少于 10 句的七言体（齐言或杂言）自由体诗歌"，这一定义能准确突出歌行的本质特征，有利于我们把握歌行的特点，为我们顺利进行下一步研究奠定基础。

第二节　清代前期歌行宗唐与宗宋诗风嬗变

本节概述唐代至宋代重要的歌行作家与作品，特别是对清代歌行作家影响深远的作家、作品。唐代重要的歌行诗人有李白、杜甫、李颀等，对清代的宗唐派歌行影响很大。宋代歌行代表诗人有苏轼，苏轼的歌行体现出宋代歌行的议论化、散文化特点，对清代"宗宋"诗人影响颇大。在清代前期，宗唐与宗宋的创作趋向在不同流派的诗人创作中不断嬗变，诗人在取法唐宋诸诗人的基础上能创新变化，形成了不同的艺术风格。

一、清代以前歌行诗论略

有唐一代，歌行作品数以千计，名家辈出，可以说是歌行的繁荣期。盛唐时期著名歌行诗人如高适、岑参、王维、李颀、李白、杜甫、孟浩然、王昌龄等皆有歌行佳作流传，中唐时期诗人如元结、柳宗元、刘禹锡、元稹、白居易、韩愈等，晚唐时期诗人如李商隐、温庭筠、韦庄等，都创作了不少歌行作品。唐代七言歌行的发展概况正如明代胡应麟在《诗薮》中所言：

> 唐七言歌行，垂拱四子，词极藻艳，然未脱梁陈也。张、李、沈、宋，稍汰浮华，渐趋平实，唐体肇矣，然而未畅也。高、岑、王、李，音节鲜明，情致委折，浓纤修短，得衷合度，畅乎，然而未大也。太白、少陵，大而化矣，能事毕矣。②

---

① 冯班：《钝吟杂录》，《清诗话》本，上海古籍出版社 1978 年版，第 41 页。

② 胡应麟：《诗薮》，上海古籍出版社 1979 年版，第 50 页。

胡应麟把唐代整个歌行的发展脉络勾勒得比较明晰，对歌行艺术风格的归纳也很精炼。清代毛先舒在《诗辩坻》中对七言歌行风格的演变论道："七言歌行……唐代卢骆组壮，沈宋轩华，高岑豪激而近质，李杜纤佚而好变，元白迤逦而详尽，温李朦胧而绮密。"① 唐代重要的歌行诗人与唐代歌行的发展演变在薛天纬《唐代歌行论》② 一书中有详细论述，本书不再重复，只对清代有影响的诗人如李颀、杜甫、苏轼等作简要介绍。

李颀的歌行作品约有 33 首，其中名作如《古从军行》《别梁锽》《听董大弹胡笳声兼寄语弄房给事》等。李颀的歌行题材多样，手法不一，或抒情，或叙事，笔调飘逸，音韵和谐。李颀歌行的最大特点是在歌行诗中叙事，并且描绘人物形象，促进了歌行叙事诗的发展。

李颀在歌行诗中叙事，诗中人物形象鲜明。在李颀歌行中出现的人物有文人、侠士、道士等，组成了当时社会的人物群像。李颀叙事写人为主的诗歌，有研究者称之为"人物素描诗"。正如王友胜在《李颀诗中人物形象简论》一文中所言，"李颀的人物素描诗塑造了丰富生动的盛唐人物群像"③。梅圭在《李颀诗歌成就辨析》中认为："在艺术上匠心独运，独辟蹊径，为后世留下了一系列各具特色的人物肖像"④，李颀歌行在叙事写人方面取得的成就为学者所公认。李颀歌行中的人物形象大体可以分为三类：第一，帝王与大臣形象。如《王母歌》中汉武帝，《行路难》中汉家名臣杨德祖，《送陈章甫》中陈章甫。第二，神仙形象。如《鲛人歌》中的鲛人，《王母歌》中西王母。第三，侠士、道士、文人形象。如《别梁锽》中侠士梁锽，《送王道士还山》中王道士，《送刘方平》中诗人刘方平，《送刘十》中诗人刘十等。李颀歌行在叙述一个个故事时，把刻画人物形象放到了重要位置，叙事写人，成为其歌行创作出发点之一，这在当时抒情诗歌占主流的诗坛是有独具特色的。

李颀叙事歌行注重人物性格塑造，细节真实，富有传奇特色。外貌描写、动作描写、神态描写成为李颀常用的艺术表现手法。这方面的代表作有

---

① 毛先舒：《诗辩坻》，《清诗话续编》本，上海古籍出版社 1983 年版，第 46 页。

② 薛天纬：《唐代歌行论》，人民文学出版社 2006 年版。

③ 王友胜：《李颀诗中人物形象简论》，《中国文学研究》2002 年第 1 期。

④ 梅圭：《李颀诗歌成就辨析》，《云南师范大学学报》（哲学社会科学版）1996 年第 4 期。

《别梁锽》：

> 梁生倜傥心不羁，途穷气盖长安儿。回头转眄似雕鹗，有志飞鸣人
> 岂知。虽云四十无禄位，曾与大军掌书记。抗辞请刃诛部曲，作色论兵
> 犯二帅。一言不合龙额侯，击剑拂衣从此弃。朝朝饮酒黄公垆，脱帽露
> 顶争叫呼。庭中犊鼻昔尝挂，怀里琅玕今在无。时人见子多落魄，共笑
> 狂歌非远图。忽然遣跃紫骝马，还是昂藏一丈夫。洛阳城头晓霜白，层
> 冰峨峨满川泽。但闻行路吟新诗，不叹举家无担石。莫言贫贱长可欺，
> 覆篑成山当有时。莫言富贵长可托，木槿朝看暮还落。不见古时塞上
> 翁，倚伏由来任天作。去去沧波勿复陈，五湖三江愁杀人。①

在此诗中，李颀刻画了一个倜傥不羁，有雄才大略的豪杰。人物形象栩栩
如生，性格跃然纸上。"回头转眄似雕鹗"一句描绘了梁锽的神武英姿，以
雕鹗作比突出了他目光之锐利；"抗辞请刃诛部曲，作色论兵犯二帅"两句，
犯上直谏，放言论兵则反映出梁锽的刚直不屈；"朝朝饮酒黄公垆，脱帽露
顶争叫呼"二句则又描绘了梁锽不得志的潇洒与不拘礼节，一位个性鲜明的
侠客形象已经塑造得很丰满。而下文"忽然遣跃紫骝马，还是昂藏一丈夫"
两句，则展现了这样一个情景——众人笑其落魄之状，在一片嘲笑声中，梁
锽以突然遣跃紫骝马的惊人之举，让取笑他的人大吃一惊，表现了他的英雄
本色。诗歌以一系列情节和细节描写，场面描写，淋漓尽致地刻画了一位豪
放直爽，桀骜不驯的英雄形象。此篇歌行在一定程度上可以看作一篇唐传
奇，具有小说化之特色。诗歌与唐代传奇《虬髯客传》中描写的侠客形象有
异曲同工之妙，充分表现了李颀歌行的艺术魅力。而形象的人物刻画，生动
的细节描写，在李颀歌行中并不鲜见，再如《送陈章甫》：

> 四月南风大麦黄，枣花未落桐阴长。青山朝别暮还见，嘶马出门思
> 旧乡。陈侯立身何坦荡，虬须虎眉仍大颡。腹中贮书一万卷，不肯低头
> 在草莽。东门酤酒饮我曹，心轻万事皆鸿毛。醉卧不知白日暮，有时空
> 望孤云高。长河浪头连天黑，津口停舟渡不得。郑国游人未及家，洛阳

---

① 彭定求等：《全唐诗》，中华书局 1960 年版，第 1352 页。

行子空叹息。闻道故林相识多，罢官昨日今如何。①

此诗约作于陈章甫罢官返乡之际，虽为送别诗，却以刻画人物而著称。"陈侯立身何坦荡，虬须虎眉仍大颡"两句中，用外貌描写突出了陈章甫的豪杰形象。"东门酤酒饮我曹，心轻万事皆鸿毛"一句以东门饮酒场景，写出了主人公放纵达观的行为，丝毫没有沉沦之意。而"醉卧不知白日暮，有时空望孤云高"一句则又展现了主人公内心的复杂情状，醉卧与望天两个细节微妙地表现了主人公表面疏狂下深藏内心的无奈与苦闷。此诗写出了陈章甫罢官前后的生活，采用白描手法，外貌、行动描写，使人物神态惟妙惟肖，主人公英武与清高的品格鲜明生动。李颀歌行尤重人物形象刻画，往往深入人物内心，抓住人物个性，在叙事写人方面有独到之处，这也构成了李颀歌行创作的个性风貌。而李颀成功的人物刻画手法不仅见于其七言歌行，在五言古诗中也很常见，如《赠张旭》一诗中"露顶据胡床，长叫三五声"的细节描写将张旭之狂表现得淋漓尽致。李颀歌行以白描、细节来展现人物性格的艺术手法为后代作家所继承发展，如杜甫的《饮中八仙歌》、吴伟业的《雁门尚书行》《圆圆曲》等。

李颀对歌行的贡献还在于创作了不少咏史题材的歌行，开创了以歌行写史事的先河。正是由于歌行长短不一的句式，灵活自由的押韵方式，诗人在歌行中叙事咏史有了挥洒的空间。李颀咏史题材的歌行代表作如《绝缨歌》：

> 楚王宴客章华台，章华美人善歌舞。玉颜艳艳空相向，满堂目成不得语。红烛灭，芳酒阑，罗衣半醉春夜寒，绝缨解带一为欢。君王赦过不之罪，暗中珠翠鸣珊珊。宁爱贤，不爱色，青娥买死谁能识，果却一军全社稷。②

此诗取材于《韩诗外传·卷七》历史故事："楚庄王赐其群臣酒，日暮酒酣、左右皆醉，殿上烛灭，有牵王后衣者，后挖冠缨而绝之。"③故事中楚庄王胸怀大度，不追究调戏王后的军官，使军官全力报恩，保全社稷的故事。而整

---

① 彭定求等：《全唐诗》，中华书局 1960 年版，第 1353 页。

② 彭定求等：《全唐诗》，中华书局 1960 年版，第 1356 页。

③ 韩婴撰，许维遹校释：《韩诗外传集释》，中华书局 1980 年版，第 256 页。

个曲折的历史故事，在诗人笔下变得摇曳多姿。诗歌一开始描绘了楚王大宴群臣，美人歌舞的场景，"满堂目成不得语"一句则写出了军官对王后的爱慕之情，实际上为下文调戏情节作好了铺垫。而在一片混乱的情景下，军官趁机调戏，"绝缨解带一为欢"，在黑暗中发生的一幕将故事推向了高潮。楚王知道后，赦免了调戏王后的军官，体现爱贤不爱色的主题。"果却一军全社稷"为故事结尾，反衬出楚王赦免军官之高明。诗歌叙事层次分明，首尾呼应，故事性强，体现出作者高超的叙事技巧。咏史题材的歌行还有《郑樱桃歌》，取材于晋书，以石虎与郑樱桃故事，借古讽今，抒发历史兴亡感叹。诗中铺陈了郑樱桃得宠时的豪奢场面，反衬出石虎的不理朝政，荒淫误国。

李颀还有几首描写音乐的歌行，如《听安万善吹觱篥歌》《听董大弹胡笳声兼寄语弄房给事》《琴歌》，描写音乐的手法对后世影响深远。《听董大弹胡笳声兼寄语弄房给事》歌行采用了一连串比喻来形容弹琴者董庭兰技艺之高超，"嘶酸雏雁失群夜，断绝胡儿恋母声""长风吹林雨堕瓦""迸泉飒飒飞木末，野鹿呦呦走堂下"以三个特定的场景描绘，来衬托琴声悠扬动听、变化无穷的艺术魅力。值得称道的是，李颀用想象的三个场景来描摹无形的音乐，不仅开拓了描写音乐的手法，而且营造了美好的意境，展现了音乐给听者带来的精神愉悦。李颀描写音乐的艺术手法对后世作家有深远的影响，白居易《琵琶行》中描写琵琶声一段与李颀《听董大弹胡笳声兼寄语弄房给事》中描绘琴声有异曲同工之妙，吴伟业《琵琶行》中描写音乐手法与李颀同出一辙。

总之，李颀歌行不仅有高超的叙事技巧，而且刻画了个性鲜明的人物形象，开创了歌行叙事写人传统，对后世歌行影响很大，明末陈子龙、清代吴伟业都深受他的影响。他注重人物外貌、行为刻画，用细节表现人物内心世界，使人物各有性情，各有面目。李颀歌行的高度艺术成就，与高、岑、王并称而毫不逊色。

除了李颀，杜甫的歌行对清代诗人影响深远，学杜成为清代前期诗人的一种风尚。杜甫歌行风貌与李白歌行迥然不同，以叙事性见长，《诗薮》中以"杜甫歌行近史"言之，颇为精当。李白歌行"以气为宗"，杜甫则"以意为主"，就像胡震亨在《唐音癸签》卷六引王世贞评语："五言古选体及七言歌行，太白以气为主，以自然为宗，以俊逸高畅为贵；子美以意为主，以独造为宗，以奇拔沉雄为贵"①，此段话说明了李、杜二人七言歌行的区别。清代田雯在《古欢堂杂著》中说："子美为诗学大成，沉郁顿挫，七古之能事毕矣。"② 表明了杜甫歌行的高度成就。杜甫歌行约有 82 首，名作如《兵车行》《饮中八仙歌》《丽人行》《哀江头》《洗兵马》《茅屋为秋风所破歌》《观公孙大娘弟子舞剑器行》等。与李白歌行多拟乐府旧题不同，杜甫歌行多用新题。杜甫歌行多"即事名篇，无所依傍"，研究者多以新乐府名之，杜甫歌行叙事多以旁观者的角度叙述，与李白歌行中总伴有一个抒情主人公不同。杜甫歌行在叙事同时，加以主观评论，多具"史评"面目。清代刘熙载在《艺概》中说："杜陵五七古叙事，节次波澜，离合断续，从史记得来，而苍莽雄直之气，亦逼近之。"③

杜甫歌行多以叙事笔法展现一个具体场景，通过一个情节来表现主旨和抒发感情。如《丽人行》中描写了杨氏兄妹游宴曲江的场景，详细刻画了他们的体态、服饰，以及宴饮情景，反映了皇帝的昏庸和朝政的腐败。诗歌以杨氏兄妹的豪奢、骄横揭示了玄宗后期的荒淫生活以及当时混乱黑暗的统治，讽刺之意尽显笔端。杜甫歌行这种"史评"式的写作模式，反映了他自觉的"诗史"创作理念，用诗歌来叙事，用"史笔"来评论朝政得失。类似的作品如《洗兵马》，反映九节度使兵围邺城的历史事件，其中也穿插着作者的主观评论。仇兆鳌在《杜诗详注》所引蔡宽夫评语曰："唯老杜《兵车行》、《悲青坂》、《无家别》等篇，皆因时事，自出己意立题，略不更蹈前人陈迹，真豪杰也。"④ 杜甫歌行艺术手法高超，如表现安史之乱王孙境遇的《哀王孙》，虽通篇一韵，但并不单调。叶燮在《原诗》中评论道："至如杜之哀王孙，终篇一韵，变化波澜，层层掉换，竟似逐段换韵者，七古能事，至斯已极，非学者所易步趋耳。"⑤

---

① 胡震亨：《唐音癸签》，上海古籍出版社 1981 年版，第 57—58 页。
② 田雯：《古欢堂杂著》，《清诗话续编》本，上海古籍出版社 1983 年版，第 700 页。
③ 刘熙载：《诗概》，《清诗话续编》本，上海古籍出版社 1983 年版，第 2426 页。
④ 仇兆鳌：《杜诗详注》，中华书局 1979 年版，第 117 页。
⑤ 叶燮：《原诗》，《清诗话》本，上海古籍出版社 1978 年版，第 608 页。

　　杜甫歌行除了"诗史"特征外，还以细节描写传神而著称。注重细节描绘，在歌行中塑造人物，李颀已开先河，杜甫则有过之而无不及。杜甫在以人物为中心的歌行作品中，往往以传神之笔来表现人物的个性风貌，在场面描绘上，则又以一系列的比喻来穷形尽相，使读者有身临其境之感。如其名作《饮中八仙歌》：

> 知章骑马似乘船，眼花落井水底眠。汝阳三斗始朝天，道逢麹车口流涎，恨不移封向酒泉。左相日兴费万钱，饮如长鲸吸百川，衔杯乐圣称世贤。宗之潇洒美少年，举觞白眼望青天，皎如玉树临风前。苏晋长斋绣佛前，醉中往往爱逃禅。李白一斗诗百篇，长安市上酒家眠，天子呼来不上船，自称臣是酒中仙。张旭三杯草圣传，脱帽露顶王公前，挥毫落纸如云烟。焦遂五斗方卓然，高谈雄辩惊四筵。①

《饮中八仙歌》可谓是嗜酒名士的群像，刻画了八个不同个性的人物形象。首先诗歌以"骑马似乘船"来刻画贺知章的醉态，以"落井水底眠"的夸张之笔表现他的醉意，一个憨态可掬的酒仙形象已经让读者忍俊不禁，寥寥数语，人物嗜酒放达之个性已跃然纸上。以"口流涎"细节来表现汝阳王对酒的酷爱，左相李琎之的豪饮，杜甫以"饮如长鲸吸百川"来形容他超人的酒量。名士崔宗之的风流倜傥，诗歌中以"举觞白眼望青天"的神态来表现，"醉中往往爱逃禅"抓住了苏晋嗜酒而得意忘形的特点。"天子呼来不上船"一句摹写李白狂傲之性格，实为点睛之笔。而"脱帽露顶""挥毫落纸"写出了"草圣"张旭的狂放不羁性格，还有他高超的书法技艺。"高谈雄辩惊四筵"刻画出焦遂酒后雄辩的气势。此首七言歌行，以简省的笔墨，生动描绘了八个各具面目的"酒仙"形象，一韵到底，一气呵成，体现出杜甫高超精妙的写作技巧。仇兆鳌《杜诗详注》引王嗣奭《杜臆》评曰："此系创格，前古无所因，后人不能学。描写八公，各极生平醉趣，而都带仙气。或两句，三句、四句，如云在晴空，卷舒自如，亦诗中之仙也。"②清代张谦宜在《茧斋诗谈》中对此诗评论道："饮中八仙歌，一路如连山断岭，似接不接，

---

① 《全唐诗》（第7册），中华书局1960年版，第2259—2260页。
② 仇兆鳌：《杜诗详注》，中华书局1979年版，第85页。

似闪不闪，极行文之乐事。用史记合传例为歌行，须有大力为根。至于错综剪裁，又乘一时笔势兴会得之，此有法而无法者也。"① 杜甫场面描绘的杰作如《观公孙大娘弟子舞剑器行》，杜甫一连用了四个比喻来刻画公孙大娘舞蹈的出神入化，"霍如羿射九日落，矫如群帝骖龙翔。来如雷霆收震怒，罢如江海凝清光"，"四如"句式详尽描绘了舞蹈的千姿百态。此种句式为后代诗人所继承，如吴伟业《再观打冰词》用的就是四如句式。

杜甫还开创了一个新的咏物门类——歌行体题画诗。杜甫题画诗别具一格，艺术手法为人称道。沈德潜在《说诗晬语》中评价道："唐以前未见题画诗，开此体者老杜也。其法全不粘画上议论，如题画马、画鹰，必说到真马、真鹰，复从真马、真鹰开出议论，后人可以为式。又如题画山水，有地名可按者，必写出登临凭吊之意。题画人物有事实可拈者，必发出知人论世之意。"②

杜甫歌行，以其极高的艺术成就，为后世作家树立了典范。"诗史"的叙事理念、传神的细节描写，对后代歌行作家影响很大，例如清初吴伟业、钱谦益歌行，就深受杜甫的影响。对于杜甫歌行的巨大成就，沈德潜在《唐诗别裁集》中曾赞道："少陵七言古，如建章之宫，千门万户；如巨鹿之战，诸侯皆从壁上观，膝行而前，不敢仰视；如大海之水，长风鼓浪，扬泥沙而舞怪物，灵蠢毕集。别于盛唐诸家，独称大宗。太白以高胜，少陵以大胜。执金鼓而抗颜行，后人那能鼎足！"③ 清代施补华在《岘佣说诗》也说"少陵七古，学问、才力、性情，俱臻绝顶，为自有七古以来之极盛。"④

歌行盛于唐代，宋、元、明时期的创作虽然难与唐代匹敌，但也出现了不少歌行大家，如宋代苏轼、黄庭坚、陆游等，金代元好问，元代如萨都剌、杨维桢等，明代如高启、李梦阳、何景明、王世贞等。他们的歌行往往在继承前人的基础上加以创新，形成不同的风格，有着自己的特色。时代的变迁，诗人个性的差异，使不同朝代的歌行呈现多姿多彩的风貌。

---

① 张谦宜：《絸斋诗谈》，《清诗话续编》本，上海古籍出版社 1983 年版，第 828 页。
② 沈德潜：《说诗晬语》，《清诗话》本，上海古籍出版社 1978 年版，第 551 页。
③ 沈德潜：《唐诗别裁集》，上海古籍出版社 1979 年版，第 201 页。
④ 施补华：《岘佣说诗》，《清诗话》本，上海古籍出版社 1978 年版，第 985 页。

宋代歌行与唐代歌行的律化相较，则以"散化"为其主要特征。宋代诗人往往"以文为诗"，以散文句式、句法入诗，歌行呈现散文化趋向。同时，宋代诗人喜欢议论，多引典故，较少注意对偶与平仄，风格多以平淡、畅达为主。宋代歌行多以韩诗为宗，在诗歌音乐性方面稍逊一筹，而在诗歌气势上，则有着自己的特点。对于宋代歌行，当代学者关注较少，相关研究也比较薄弱。本书限于篇幅，不可能对宋代所有的歌行诗人作深入系统的研究，仅对苏轼的歌行作简单论述。

苏轼是继韩愈之后把"散化"歌行推向另一个高峰的标志性诗人。苏轼歌行吸收唐代大家之长，在韩愈"以文为诗"的基础上多有创新，形成雄健奔放的特色。李重华在《贞一斋诗说》中说："赵宋诸家，欧、梅始变西昆旧习，然亦未诣其盛。至坡公始以其才涵盖今古，观其命意，殆欲兼擅李、杜、韩、白之长；各体中七古尤阔视横行，雄迈无敌，此亦不可时代限者。"① 王士禛在《渔洋诗话》中评曰："七言歌行：杜子美似史记，李太白、苏子瞻似庄子，黄鲁直似维摩诘经。七言歌行，至子美、子瞻二公，无以加矣；而子美同时，又有李供奉、岑嘉州之创辟经奇；子瞻同时，又有黄太史之奇特。"② 苏轼的古体诗有一千多首，在古体中又以歌行见长，苏轼的歌行名作如《石鼓歌》《游金山寺》《王维吴道子画》《百步洪》《荔枝叹》《登州海市》《吴中田妇叹》等。

苏轼歌行名篇迭出，成就之高，足与李、杜、韩相抗衡。苏轼歌行往往纵情驰骋，章法结构和气势节奏变化多端。清代潘德舆在《养一斋诗话》卷十中对苏轼歌行评论道："其七古豪纵处，他日自谓'文如万斛泉水，不择地涌出'是也。"③ 苏轼歌行的代表作当推《石鼓歌》：

> 冬十二月岁辛丑，我初从政见鲁叟。旧闻石鼓今见之，文字郁律蛟蛇走。细观初以指画肚，欲读嗟如箝在口。韩公好古生已迟，我今况又百年后。强寻偏旁推点画，时得一二遗八九。我车既攻马亦同，其鱼维

---

① 李重华：《贞一斋诗说》，《清诗话》本，上海古籍出版社 1978 年版，第 927 页。
② 王士禛：《渔洋诗话》，《清诗话》本，上海古籍出版社 1978 年版，第 212 页。
③ 潘德舆：《养一斋诗话》，《清诗话续编》本，上海古籍出版社 1983 年版，第 2157 页。

鳞贯之柳。古器纵横犹识鼎，众星错落仅名斗。模糊半已似瘢胝，诘曲犹能辨跟肘。娟娟缺月隐云雾，濯濯嘉禾秀稂莠。漂流百战偶然存，独立千载谁与友。上追轩颉相唯诺，下揖冰斯同鷇彀。忆昔周宣歌《鸿雁》，当时籀史变蝌蚪。厌乱人方思圣贤，中兴天为生耆耇。东征徐虏阚虓虎，北伏犬戎随指嗾。象胥杂沓贡狼鹿，方召联翩赐圭卣。遂因鼓鼙思将帅，岂为考击烦朦瞍。何人作颂比《嵩高》，万古斯文齐岣嵝。勋劳至大不矜伐，文武未远犹忠厚。欲寻年岁无甲乙，岂有名字记谁某。自从周衰更七国，竟使秦人有九有。扫除诗书诵法律，投弃俎豆陈鞭杻。当年何人佐祖龙，上蔡公子牵黄狗。登山刻石颂功烈，后者无继前无偶。皆云皇帝巡四国，烹灭强暴救黔首。六经既已委灰尘，此鼓亦当遭击剖。传闻九鼎沦泗上，欲使万夫沉水取。暴君纵欲穷人力，神物义不污秦垢。是时石鼓何处避，无乃天公令鬼守。兴亡百变物自闲，富贵一朝名不朽。细思物理坐叹息，人生安得如汝寿？①

此诗作于嘉祐六年（1061年），苏轼初登仕途，到凤翔府任职时所作。苏轼参观凤翔遗址，有感而发，作《凤翔八观》组诗八首，《石鼓歌》为其中最著名的一首。唐代韩愈、韦应物皆作有《石鼓歌》，特别是韩愈之作，被看作是"以文为诗"的典范。苏轼《石鼓歌》别出新意，结构、手法与前人不同，以才学为诗，以议论为诗，有鲜明的宋代歌行特点。诗歌为柏梁体，押上声"有韵"，一韵到底。首两句"冬十二月岁辛丑，我初从政见鲁叟"交代了初见石鼓的时间、缘起。诗歌开头是散文的写法，以具体的时间来展开叙事。"文字郁律蛟蛇走"一句统领全文，写出了石鼓的古拙、庄严、美妙。接下来，作者用了大量的笔墨描绘了石鼓的"古""妙"特征。石鼓之古朴、斑驳，一一见于作者笔下。"娟娟"两句以比喻手法突出了石鼓上文字的奇特，石鼓虽历经岁月沧桑，但字迹却模糊可辨。"忆昔周宣歌《鸿雁》"一句开始回顾石鼓之历史。作者追溯石鼓的原始，歌颂周王攘外的武功，以及石鼓的由来。"自从周衰更七国，竟使秦人有九有"两句，则引出了石鼓在历史变迁中所经受的浩劫。秦朝焚书坑儒，废除礼乐，多暴政。诗中穿插了秦始皇、

---

① 苏轼，王文诰辑注：《苏轼诗集》，中华书局1982年版，第101—105页。

李斯刻石颂功的历史，"传闻九鼎沦泗上，欲使万夫沉水取"两句反衬出幸存至今石鼓的宝贵。诗歌最后四句感叹了石鼓历史之久远，情态之古妙。

整首歌行全面描绘石鼓的"古、妙、真、高"特征，以散文笔法，借物抒情，以石鼓寓历史兴亡之感叹。清代王文诰对此诗评曰："起叙见鼓，极力铺排，仍不犯实。忽用'上追'、'下揖'二句一束，乃开拓周、秦二段之根，其必用周、秦分段者，不但鼓之盛衰得失可与可感，本意以秦之暴虐形容周之忠厚。秦固有诗书之毁，而文字石刻独盛于秦，明取引巧，以周、秦串作，一反一正之间，处处皆《石鼓文》地位矣。"[1]翁方纲《石洲诗话》卷四对此诗评曰："苏《石鼓歌》，《凤翔八观》之一也。凤翔，汉右扶风，周、秦遗迹皆在焉。昔刘原父出守长安，尝集古篆、敦、镜、甋、尊、彝之属，著《先秦古器记》一编。是则其地秦迹尤多，所以此篇后段，忽从嬴氏刻石颂功发出感慨，不特就地生发，兼复包括无数古迹矣。非随手泛泛作《过秦论》也。苏诗此歌，魄力雄大，不让韩公，然至描写正面处，以'古器'、'众星'、'缺月'、'嘉禾'错列于后，以'郁律蛟蛇'、'指肚'、'箝口'浑举于前，尤较韩为斟酌动宕矣。"[2]苏轼此类金石题材的歌行对清代诗人影响很大。

章法多变、句式错综是苏轼歌行的一大特点。如苏轼《游金山寺》一诗，前面部分写游览之景，写金山寺的山水与深夜炬火的江上夜景，最后四句抒发感慨，点明主题。此诗与韩愈《山石》诗写法类似，都是以游览顺序结构全篇。苏轼另一种分合的结构的诗歌如《王维吴道子画》诗，开头总叙王维、吴道子画的崇高地位，以"道子实雄放"等十句诗评吴画，接着又以"摩诘本诗老"等十句诗评王画，最后六句诗比较了二人之画的不同特点。时分时合的结构，使诗歌有参差错落之致，与苏轼散文章法非常相似。在此诗中，苏轼用了五言、七言、九言句，长短不一，在雄健的气势中体现和谐的韵律。苏轼歌行的句式往往超越前人，九言、十言以上的句子比比皆是，甚至有长达十六字的句子。苏轼在《欧阳少师令赋所蓄石屏》一诗中，用九言句如"崖崩涧绝可望不可到""摹写物像略与诗人同"，十一言句如"我恐毕宏

---

① 苏轼，王文诰辑注：《苏轼诗集》，中华书局1982年版，第105页。

② 翁方纲：《石洲诗话》，《清诗话续编》本，上海古籍出版社1983年版，第1407页。

韦偃死葬虢山下",十六言句如"独画峨眉山西雪岭上万岁不老之孤松",这种句式为苏轼所独创。

想象奇特、多议论也是苏轼歌行的一大特点。苏轼歌行刻画景物,多用想象、夸张手法,多议论之笔。此方面的代表作如《登州海市》:

> 东方云海空复空,群仙出没空明中。荡摇浮世生万象,岂有贝阙藏珠宫。心知所见皆幻影,敢以耳目烦神工。岁寒水冷天地闭,为我起蛰鞭鱼龙。重楼翠阜出霜晓,异事惊倒百岁翁。人间所得容力取,世外无物谁为雄。率然有请不我拒,信我人厄非天穷。潮阳太守南迁归,喜见石廪堆祝融。自言正直动山鬼,岂知造物哀龙钟。伸眉一笑岂易得,神之报汝亦已丰。斜阳万里孤鸟没,但见碧海磨青铜。新诗绮语亦安用,相与变灭随东风。①

此诗作于元丰八年(1085年),苏轼至登州做知州期间所写。开头前六句,作者想象了海市的景象,"荡摇浮世生万象",在虚无缥缈的空中出现各种幻影。接着在天寒水冷的季节,看到了海市,"重楼翠阜",让人惊叹。作者于海市景象大发议论,"人间所得容力取"等四句将海市之景与自身所受的政治打击联系起来,认为挫折并非上天责难。这几句诗体现出苏轼旷达、乐观的性格。"潮阳太守南迁归"几句引韩愈事作比,韩愈自言以正直感动山鬼,苏轼则认为天神对自己亦很眷顾。诗歌最后写到海市消失的景象,"斜阳万里孤鸟没,但见碧海磨青铜",末两句抒发感慨。全诗正面描写海市的诗句仅两三句,其余为议论,以议论为诗的特色非常明显。清代施补华在《岘佣说诗》中评价道:"登州海市诗,虽不袭退之衡山,而风格近似,盖情事略同之故也。"②

苏轼歌行还以博喻而著称,在诗中描写景物或情态时,用一连串的比喻来加以形容,穷形尽相,以达到栩栩如生的艺术效果。如歌行《百步洪》其二,赵翼《瓯北诗话》中说:"东坡大气旋转,虽不屑于句法、字法中别求新奇,而笔力所到,自成创格。如百步洪诗'有如兔走鹰隼落,骏马下注千

---

① 苏轼,王文诰辑注:《苏轼诗集》,中华书局1982年版,第1387—1389页。
② 施补华:《岘佣说诗》,《清诗话》本,上海古籍出版社1978年版,第989页。

丈坡。断弦离柱箭脱手，飞电过隙珠翻荷。'形容水流迅驶，连用七喻，实古所未有。"① 精彩的比喻让人惊叹苏轼的才华，正如施补华所说："人所不能比喻者，东坡能比喻；人所不能形容者，东坡能形容。比喻之后，再用比喻；形容不尽，重加形容。此法得自华严、南华。东坡秧马歌、水车诗，皆形容尽致之作，虽少陵不能也。"②

苏轼歌行在宋代诗人中是首屈一指的，清代施补华《岘佣说诗》说道："东坡最长于七古，沉雄不如杜，而奔放过之；秀逸不如李，而超旷过似之，又有文学以济其才。有宋三百年无敌手也。"③ 清代田雯在《古欢堂杂著》中也说："眉山大苏出欧公门墙，自言为诗文如泉源万斛，是其七言歌行实录。神明于子美，变化于退之，开拓万古，推倒一世"④。苏轼歌行多样化的结构、散文化的笔法，以及多议论的特点，代表了歌行的另一种风貌，对清代诗人产生了重要影响。

二、清代前期宗唐与宗宋歌行的演变

本节概述清代前期歌行宗唐与宗宋诗风的演变，以考察清代诗人在取法前人的基础上的融汇与创新。

清代前期基本上延续了明末的诗学主张，宗七子者，"诗必盛唐"，嗣公安者则宗宋人，宗唐派与宗宋派分成两大阵营。纳兰性德《原诗》中说："世道江河，动成积习，风雅之道，而有高髻广额之忧。十年前之诗人，皆唐之诗人也，必嗤点夫宋；近年来之诗人，皆宋之诗人也，必嗤点夫唐。万户同声，千车一辙。"⑤ 明末竟陵派将诗歌引入"幽深孤峭"一途，清代前期诗人钱谦益、吴伟业等，有着自觉的诗学批判反思意识，从复古主义的泥潭中解脱出来，向唐代和宋代诗人学习，倡导了新的诗风，在钱、吴二人的创作与理论引导下，众多诗人求变创新，促进了清代前期诗歌创作的繁荣。朱庭

---

① 赵翼：《瓯北诗话》，人民文学出版社 1963 年版，第 60 页。

② 施补华：《岘佣说诗》，《清诗话》本，上海古籍出版社 1978 年版，第 989—990 页。

③ 施补华：《岘佣说诗》，《清诗话》本，上海古籍出版社 1978 年版，第 989 页。

④ 田雯：《古欢堂杂著》，《清诗话续编》本，上海古籍出版社 1983 年版，第 701 页。

⑤ 纳兰性德：《通志堂集》，上海古籍出版社 1979 年影印版，第 557—558 页。

珍《筱园诗话》中曰："钱牧斋厌前后七子优孟衣冠之习，诋为伪体，奉韩、苏为标准，当时风尚，为之一变。其识诚高于前后七子，才力学问亦似过之……有学集乃晚年诗，惟七律尚有沉雄博丽之篇，七古则好以驰骋为豪，五言亦好征引涂泽，精华竭矣。"①钱谦益对前后七子的诗学批判，使清初诗坛的创作风气为之一变。在诗学宗尚方面，钱谦益虽标举韩愈、苏轼，但在实际创作中，他的诗歌所宗法的诗人众多，例如七律，其晚年的《后秋兴》组诗明显效法杜甫《秋兴》组诗，意欲谱写明清异代之"诗史"。钱牧斋《后秋兴》诗共十三叠，规模宏大，在古代文学史上是很少见的，韵律之严密，抒情之沉郁，亦让人叹为观止。如果再加上四首自题诗，凡一百单八首。这一百多首"秋兴"诗作，从一个侧面诠释了钱谦益折节仕清后的心路历程。钱谦益善于使事用典，词彩藻丽。这组诗，既有唐诗的情韵，也有宋诗的理趣，从而呈现出一种典丽宏深的格调。在歌行方面，钱谦益以文为诗，以议论为诗，具典型的宋诗风貌。

在清初的歌行流派中，诗人的诗学宗尚也不一致，有宗唐一派，有宗宋一派，亦有唐宋兼宗者。在歌行创作方面，清初流派众多，王士禛在《分甘余话》卷二中说："明末暨国初歌行，约有三派：虞山源于杜陵，时与苏近；大樽源于东川，参以大复；娄江源于元白，工丽时或过之。"②钱谦益作为虞山派的首领，在歌行创作方面成就巨大。不同于单纯地宗唐或者宗宋，钱谦益"唐宋兼宗"，歌行既有杜甫歌行的沉郁，也有苏轼歌行的豪放，为清代前期的诗人树立了学习的榜样。在其歌行诗中，往往通过一系列典雅的语言和典故，含蓄而又有节制地把沉痛的故国之思表达出来。在虞山诗派中，诗人诗学宗尚也是多样的，如冯班，他的诗歌情思宛转，辞藻精丽，诗学温庭筠、李商隐，抒发亡国之痛、故国之思，往往婉而多讽，具晚唐诗风韵。以陈子龙为代表的云间诗派，诗学李颀，也受时代诗人何景明的影响；以吴伟业为代表的娄东派，则诗学元稹、白居易，在具体的诗歌创作中，也不墨守宗唐，也学宋代苏轼、陆游。

---

① 朱庭珍：《筱园诗话》，《清诗话续编》本，上海古籍出版社1983年版，第2355页。
② 王士禛：《分甘余话》，中华书局1989年版，第53页。

清代前期，诗人由宗唐转为宗宋的诗人也不在少数。如朱彝尊，在未仕清时，他的诗歌学习杜甫、李白，其《捉人行》等诗歌具杜诗的现实主义风格。而其晚年归田之后，学习北宋的黄庭坚，其《斋中读书十二首》，以议论为诗，评述经学、诗学，如同学术散文，是典型的以文为诗，带有宋诗的格调。在清初的三十年间众多诗人之中，尊唐派占主流，明七子的诗学主张仍有很大的影响。在康熙年间，宗宋派兴起，即使宋诗派最为鼎盛的时期，仍然有不少诗人坚持宗法唐诗。所以在清代前期，宗唐与宗宋实际一直并存，而且此消彼长，诗坛上的争论也是绵绵不休。

清代前期的歌行诗人，在宗尚方面取法唐宋诸家。他们或宗唐，学杜甫、李颀、高适、岑参等；或宗宋，学苏轼、陆游等，因此歌行呈现出多种不同的风格。例如吴伟业的"梅村体"，以元、白体制兼初唐风韵，更对盛唐诸家多有借鉴，形成了独特的风貌。此时期歌行与明代的明显区别是宋诗风的倡导，诗歌不专学盛唐，唐宋兼宗，以文为诗，以学问为诗，以议论为诗。钱谦益的歌行，多以金石、文物为题材，这一点在宋诗整体上就体现得比较明显。陈维崧前期歌行多学初唐，模仿"梅村体"，后期多学苏轼，有宋诗风格。清初，宗宋诗风由钱谦益首先倡导，钱谦益取法的宋代诗人有苏轼、黄庭坚、陆游等，在其歌行创作中，宋诗特色尤为明显。钱谦益对宋诗的学习与倡导对当时的诗歌创作影响是巨大的，因为他是当时的文坛领袖，儒林宗匠，黄宗羲在悼诗中曾用"四海宗盟五十年"来评价他，可见钱谦益在清初诗坛声望之高。黄宗羲也倡导宋诗，但他并非一味宗宋，而是要唐宋兼宗，要善于融汇创新。他在《张心友诗序》中说：

> 诗不当以时代而论，宋、元各有优长，岂宜沟而出诸于外，若异域然；即唐之时，亦非无蹈常袭故充其肤廓而神理蔑如者，故当辨其真与伪耳。……夫宋诗之佳，亦谓其能唐耳，非谓舍唐之外能自为宋也。于是缙绅先生间谓余主张宋诗。噫！亦冤矣。①

由此可见，清初的诗人并不囿于宗唐宗宋，很多诗人对唐宋诗有自觉的认识与体悟，在实际的诗歌创作中，他们往往取法唐宋诸家，在模仿与借鉴

① 黄宗羲：《南雷诗文集》，《黄宗羲全集》（第十册），浙江古籍出版社1985年版，第48页。

的同时，能自我创新，形成自己的风格。

清代前期的诗人，如顾炎武、王夫之、阎尔梅、申涵光、杜濬等，都是宗唐派，但也有诗人在宗唐之中，融唐音宋调于一炉，形成了自己的风格。此方面的代表有顾炎武，他的《劳山歌》就是此时期歌行体山水诗的代表作。顾炎武（1613—1682 年），初字忠清，明亡后改字宁人，从学者称之为亭林先生，江苏昆山人。顾炎武是明清之际与王夫之、黄宗羲齐名的学者，在经学、史学、哲学、地理学等学术领域均有很深的造诣，著有《亭林诗文集》《日知录》《音学五书》等。他有着崇高的人格，文学方面也有很高的成就，其诗作风格苍凉沉郁、悲壮激昂，以七律见长。顾炎武歌行数量不多，初学七子，多咏史之作，如《义士行》对救护赵氏孤儿的程婴、公孙杵臼义士进行赞美。朱庭珍在《筱园诗话》中说："宁人诗甚高老，但不脱七子面目气习，其用典使事，最精确切当，以读书多，故能擅长。"[1]顾炎武一生足迹遍天下，每到一处名胜古迹，多咏怀之作，他的歌行《劳山歌》描绘了劳山秀美的风光：

> 劳山拔地九千丈，崔嵬势压齐之东。下视大海出日月，上接元气包鸿濛。幽岩秘洞难具状，烟雾合沓来千峰。华楼独收众山景，一一环立生姿容。上有巨峰最崱屴，数载榛莽无人踪。重崖复岭行未极，洞壑窈窕来相通。天高日入不闻语，悄然众籁如秋冬。奇花名药绝凡境，世人不识疑天工。云是老子曾过此，后有济北黄石公。至今号作神人宅，凭高结构留仙宫。吾闻东岳泰山为最大，虞帝柴望秦皇封。其东直走千余里，山形不绝连虚空。自此一山莫海右，截然世界称域中。以外岛屿不可计，纷纭出没多鱼龙。八神祠宇在其内，往往棋置生金铜。古言齐国之富临淄次即墨，何以满目皆蒿蓬。捕鱼山之旁，伐木山之中。犹见山樵与村童，春日会鼓声逢逢。此山之高过岱宗，或者其让云雨功。宣气生物理则同，旁薄万古无终穷。何时结屋依长松，啸歌山椒一老翁。[2]

此诗是顾炎武过即墨，游崂山时所作，是一首充满浪漫主义色彩的七言歌

---

① 朱庭珍：《筱园诗话》，《清诗话续编》本，上海古籍出版社 1983 年版，第 2351 页。
② 顾炎武：《顾亭林诗文集》，中华书局 1983 年版，第 326—327 页。

行。顾炎武在诗中追溯了崂山的历史，从远景到近貌，从高耸的山势到奇花异草，洋洋洒洒，描绘了崂山"崔嵬势压齐之东"的险峻和"烟雾合沓来千峰"的秀美，让人有身临其境之感。诗歌开头以"势拔九千丈""下视大海"等句描绘出崂山的巍峨山势，先声夺人，与李白《蜀道难》手法类似。而"幽岩秘洞""华楼独收"两句，以极富概括力的语言将崂山独特美景刻画得淋漓尽致。而诗歌后半部分，"云是老子曾过此"句以下开始回顾崂山历史，叙述了有关的历史掌故，以考据入诗。诗歌结尾表现了作者对崂山的眷恋之情。在此诗中，顾炎武还通过"古齐国之富"与"满目皆蒿蓬"的现状作对比，对动荡不安的社会现实作了讽刺。王冀民《顾亭林诗笺释》中论道：

> 余初读此歌，但爱其辞之恣肆，讶其山之巨测，而于山之得名未尝
> 措意。及读劳山图志序，乃谓齐俗誇诞，好为神仙之说，而人情以罕为
> 贵，又从而张皇之。于是穷山巨海，时邀万乘之贺，而供张除道，尽
> 废四民之业，齐人苦之，始有劳山之名。夫"劳"亦作"崂"、"牢"，
> 先生独释"劳"为劳民之"劳"，盖取义深而示诫远，而不论其然与不
> 然也。①

顾炎武的《劳山歌》为清初歌行体山水诗中的杰作，诗歌融唐宋于一炉，句式呈现散文化的特点，在写景中穿插议论，用韵一韵到底，首尾浑然一体，富有气势。顾炎武《日知录》卷三十一中还有《劳山考》一文，旁征博引对《史记》中的错误进行了纠正。《劳山歌》中的考证诗句表现出一种宋诗倾向——以学问为诗，以议论为诗，体现出了"学人之诗"的特点。关于清代前期的山水诗，时志明在《山魂水魄——清代前期节烈诗人山水诗论》一书中认为："明清之交的节烈诗人能在那个腥风血雨的严酷环境里以其独具的慧心，独特的审美眼光创作出数量丰赡、质量上乘的山水诗作，不仅在清代山水诗史上，即使在整个古典山水诗史上确属异数。"②该书对清代前期的殉节诗人和遗民诗人的山水诗进行了全面研究，可以参看。

宗宋诗风的真正转向是在康熙十年（1671年），吴之振、吕留良、吴自

---

① 王冀民：《顾亭林诗笺释》，中华书局1998年版，第395页。
② 时志明：《山魂水魄——明末清初节烈诗人山水诗论》，凤凰出版社2006年版，第4页。

牧编选的《宋诗钞》刊行。该书旗帜鲜明地标榜宋诗，在当时产生了广泛的影响。吴之振在《宋诗钞》序中说：

> 自嘉、隆以还，言诗家尊唐而黜宋，宋人集覆瓿糊壁，弃之若不克尽，故今日搜购最难得。黜宋诗者曰"腐"，此未见宋诗也。宋人之诗，变化于唐，而出其所自得，皮毛落尽，精神独存。不知者或以为"腐"。后人无识，倦于讲求，喜其说之省事而地位高也。则群奉"腐"之一字，以废全宋之诗。故今之黜宋者，皆未见宋诗者也……宋之去唐也近，而宋人之用力于唐也尤精以专，今欲以卤莽剽窃之说，凌古人而上之，是犹逐父而祢其祖，固不直宋人之轩渠，亦唐之所吐而不飨非类也。……故臭腐神奇，从乎所化。嘉、隆之谓唐，唐之臭腐也。宋人化之，斯神奇矣。①

吴之振在此序中大力褒扬宋诗，对宋诗评价甚高。他并非故意抬高宋诗的地位，而是在维护唐诗的同时，对于明季以来盛行之伪唐诗，扫荡不遗余力。他从诗歌演变的角度，揄扬宋诗，确是道出了宋诗的真精神。吴之振诗学苏轼、黄庭坚、杨万里，吕留良诗学苏、黄、陈师道、陈与义、范成大等，体现出鲜明的宗宋特点。《宋诗钞》的刊行与传播在康熙诗坛引发了学宋诗潮，此时期的著名诗人都受其影响，如汪琬、陈维崧、宋荦、姜宸英、叶燮、朱彝尊、查慎行等。他们学习宋代诗人的诗法，以文为诗，以议论为诗，在歌行创作上呈现不同的艺术风格。初学唐诗后学宋诗的诗人如宋荦，他后期主学苏轼，诗作气势奔放，笔力豪迈。如其《吴汉槎归自塞外，邀同王阮亭祭酒毛会侯大令钱介维小集作歌以赠，用东坡海市诗韵》诗：

> 塞外长白横长空，吴君廿载冰霜中。岂意玉关得生入，云霄重望蓬莱宫。哀笳听罢鬓毛改，纵横老笔偏能工。鱼皮之衣捕貂鼠，曾披榛莽寻黄龙。甫草寓书感生别，题诗惨绝梅村翁。归来两公已宿草，惟君杯抱犹豪雄。时平好献《大礼赋》，少陵遇合无终穷。相逢一笑快今日，俯仰况复当春融。谈诗命酒皆老辈，何惜倾倒玻璃钟。楛矢石砮夸创见，君之所得亦已丰。夜阑醉眼望天汉，恍惚鸭绿磨青铜。世间万事一

---

① 吴之振、吕留良、吴自牧：《宋诗钞》，中华书局 1986 年版，第 3 页。

海市，且看梅萼开春风。①

诗歌所记为吴兆骞自塞外归来之事。吴兆骞为江南才子，后因顺治十四年南闱科场案被流徙宁古塔，谪居塞外二十三年，在康熙二十年（1681 年），在纳兰容若、徐乾学、顾贞观等诸多友人的帮助下，得以赎罪放还。此首歌行用苏轼《登州海市》韵，写法上也受苏轼影响。不同于苏轼写海市蜃楼的虚幻，宋荦此诗表达对吴兆骞归来的喜悦之情，也对其遭遇充满了同情。作者从塞外的风光写起，使用了一些特殊意象如"长白""冰霜""哀笳""鱼皮之衣"等，以含蓄之笔写了吴兆骞无辜被遣戍宁古塔二十三年的不幸遭遇。诗歌结尾诗人慨叹世事变幻、人生无常，抒发了万事如同海市，及时行乐的思想。诗歌一韵到底，气势奔放，感情起伏，具典型的苏诗风貌。杨际昌《国朝诗话》中说："商丘宋公七言古诗，心摹手追于眉山，得其清放之气，各体亦秀，以台阁人成山林格者也。"②

　　清代前期是一个歌行集大成的时代。诗人多方面继承了前人优秀的文学传统，宗唐与宗宋诗风一直在此消彼长的演变中不断发展，在社会巨变的背景下，诗人以自己的个性之笔，或学唐，或宗宋，或唐宋兼宗，创作了大量不同风格的歌行作品。清代前期吴伟业歌行的风华情韵，钱谦益歌行的笔势豪迈，都以杰出的艺术成就屹立于诗坛。而在二人影响下形成的歌行流派，名家名作更是异彩纷呈，唐音宋调，并驾齐驱，形成了清代前期歌行创作云蒸霞蔚的繁荣景象。

---

① 沈德潜：《清诗别裁集》，河北人民出版社 1997 年版，第 255 页。
② 杨际昌：《国朝诗话》，《清诗话续编》本，上海古籍出版社 1983 年版，第 1693 页。

第二章　清代前期歌行总论

　　清代前期是中国古代叙事诗创作的高峰期，也是歌行诗的创作高峰期。众多优秀歌行诗人和歌行作品的出现成为此时期歌行兴盛的标志。清代前期的歌行诗人，不仅广泛学习前人的创作技巧，而且创作重点转向了国事与民生，有着强烈的现实主义色彩和鲜明的时代色彩。

　　清代前期叙写时事的歌行大部分可以称作"诗史"，诗歌在叙事方面有杰出的成就。清代以前，抒情诗发展已十分成熟，唐宋诗歌，名家辈出，清代诗人已很难超越。中国古代诗歌《尚书·尧典》有"诗言志"之说，后有陆机"诗缘情"说，抒情是诗歌的主要表现功能。相比起抒情占主流的诗坛，叙事诗一直处于被冷落的地位。因此在叙事诗方面，有较大的开拓空间，清代诗人有意创造，在叙事诗方面取得了很高成就。清代叙事歌行占了歌行诗的绝大多数，清代歌行叙事特征在一定程度上代表了清诗的风格特色。钱仲联先生在《清诗纪事》前言中说："中国古典诗歌创作思想历来以'言志'、'缘情'为传统，重抒情而不重叙事……叙事性是清诗的一大特色，也是所谓'超元越明，上追唐宋'的关键所在。"[1]清代歌行叙事往往涉及军国大事，明清之际的重要战争、清初的抗清活动，几乎都在诗中得到反映。清代前期，歌行写战争几乎成为一时的创作风尚，许多著名的诗人都参与了创作，叙述战争的歌行数不胜数，宏大的史诗叙事成为此类诗歌的共同特征。

　　本章重点论述清代前期诗人的诗史观，探究"诗史"与叙事的关系，并对此时期的歌行进行分类归纳，概括歌行的创作风格与特色。

---

[1]　钱仲联：《清诗纪事》，江苏古籍出版社 1987 年版，第 3、5 页。

第一节　清代前期的诗史观与歌行创作的兴盛

歌行在清代前期得以兴盛，有着多方面的原因。一方面与社会巨变、时代更替密切相关，另一方面也与当时的诗风和诗人创作观念有很大关系。明代以复古为主潮的诗歌创作，在清代前期社会的沧桑变革中渐渐被诗人所扬弃。他们不再单纯以模拟为能事，创作了许多反映国计民生的歌行作品。在诗论方面，易代之际的文人士大夫，以自觉的诗史观创作诗歌，以诗纪史，而歌行体的自由灵活特征有利于发挥诗人的创作才华，也促进了清代前期歌行创作的繁荣。

明代歌行多以复古模拟为能事，清代歌行则多有变化，在社会巨变背景下产生了大量叙事歌行，叙事性成为清代诗歌的一大特色。《清诗纪事》收录了七千余家的叙事诗篇，而多数为歌行体叙事诗。清代歌行的叙事性大大增强，在注重叙事技巧的同时，人物形象刻画也较为成功。此类诗歌往往具备完整生动的故事情节，且结构多变，在叙事方面达到了很高的成就。在清诗选集中的叙事歌行作品数以百计，优秀的叙事歌行作品层出不穷。明清易代，社会动荡不安，饥荒、战乱、苛政等无时无刻不在威胁人民的生活，多灾多难的社会现实为诗人创作提供了丰富的诗歌题材。清代前期的诗人以批判和创新的精神开辟新的创作道路，叙事歌行为他们提供了一展创作才华的广袤空间。清代前期的诗人在创作歌行时，往往与时事相关，具备"诗史"特征。"以诗纪史"的创作理念实际上源自诗人对叙事诗特点和功能的自觉把握，代表了清代前期诗人"诗史"观的自觉。清代歌行的兴盛正是在明清诗风转换的背景下产生的，这对于我们全面把握清代诗歌有重要意义。清代前期的歌行，也正是在这一场诗坛变革的背景下，呈现出了新特色，在新诗风的引领下，优秀歌行作家如雨后春笋般崛起于诗坛。

清代前期为歌行创作的高峰，为什么此时期会涌现如此众多的歌行诗人？作品被誉为"诗史"的诗人达十几位，如吴伟业、钱谦益、钱澄之、吴嘉纪等，诗歌反映时事，成为一时的创作潮流，原因何在？清代前期诗人的诗史观有何特点？这是本节主要解决的问题。

　　清代前期歌行在借鉴唐宋名家的基础上，将更多的目光聚集于社会变革和民生疾苦，真实表现了易代之际的社会面貌，"诗史"成为此时期歌行的最大特色。记载重大时事的歌行在整个清代前期歌行中占相当大的比例，其中著名的篇章如吴伟业《圆圆曲》《雁门尚书行》、归庄《悲昆山》、宋征舆《参军行》等。表现社会矛盾、人民生活的歌行也在一定程度上反映了当时的社会面貌，如朱彝尊《马草行》、吴伟业《捉船行》、钱澄之《水夫谣》、宋琬《田家词》等，歌行以叙事之体起到了"纪史""补史"之作用。清代前期，学杜成为诗坛的主流，无论是钱谦益、吴伟业，还是钱澄之等人，都继承了杜甫诗歌现实主义传统，诗歌多反映社会现实，清代前期的时事政治、民生疾苦成为诗歌的主要表现内容。清代前期的诗人从动荡的社会政治入手，找到了诗歌创作的源泉。清代前期叙事歌行的兴盛，一方面使此时期成为中国古代叙事诗的高峰，另一方面也影响了整个清代的诗歌，对清诗"叙事性"特色的形成起到了重要作用。而叙事歌行的创作则源于清代前期诗人"诗史观"的自觉，正是对"诗史"自觉的体认，历史意识的加强，以诗史思维渗透诗歌创作，才使叙事诗兴盛起来。可以说自觉的"诗史"观是清代前期长篇叙事歌行繁荣的重要原因。孙之梅在《明清人对诗史观念的检讨》一文中认为："清初叙事诗极盛，具有诗史价值的诗作也极多，应该说时会所成，还与'诗史'观念得到重新认定有关。"①

　　清代前期，诗人在"诗史"创作方面取得了很高成就。而诗史源于诗人的"史笔"，以"史笔作诗"，使诗歌具"史体"。诗人对诗歌的历史价值重新认识，倡导诗歌要"补史之阙"，继而提出了"诗可以正史之讹"的新观点；还提出了"以心为史""史外传心之史"的新观念，对诗人主体性和诗歌抒情性重新认定。清代前期"诗史"创作在叙事技巧方面远胜前代，诗歌通过多种叙事手法来展现历史事件。叙事手法的演进和诗歌艺术水平的提高使此时期的诗史创作与以前的"诗史"创作拉开了差距，达到了一个新的高度。

　　诗与史的关系论述，最早见于先秦时期《孟子》一书中："王者之迹熄

---

① 孙之梅：《明清人对诗史观念的检讨》，《文艺研究》2003 年第 5 期。

而诗亡，诗亡然后春秋作。"①（《孟子·离娄章句下》）孟子认为当周王朝的
风化之迹开始消失，诗的讽咏教化作用也随之而消亡，当诗消亡后，《春秋》
等褒贬类史书开始产生。孟子此句话表明诗在一定程度上是保存"王者之迹"
的，诗与史存在着一定的相关性。叶朗在《中国美学史大纲》中认为："《春
秋》何以代诗而兴？因为诗也是一种《春秋》。"② 有的学者则进一步认为，"诗
亡然后春秋作"也代表了文体递变和记史方式的演变，如陈来生《"诗亡而
后春秋作"新解：韵文史诗向散文史书的嬗递》一文就认为："不但可以从政
治义理上解读成'《诗》亡而后《春秋》作'，更可以从记史方式的韵散嬗递
上解读成'诗'亡而后'春秋'作。'诗'指'史诗'类记史记事韵文，而
'春秋'则指散文体史书。《诗》亡而后《春秋》作是历史叙事方式的重大转
变。"③ 诗与史都具有"纪史"的功能，"诗亡然后春秋作"可以看作后代"诗史"
说的滥觞。而最早提出"诗史"概念的则是唐代孟棨，他在《本事诗》一书
中说："杜逢禄山之难，游离陇蜀，毕陈于诗，推见至隐，殆无遗事，故当
时号为诗史。"④ 孟棨认为，杜甫"诗史"之称在于其诗中反映了安史之乱的
史事，杜甫以诗的形式记载了安史之乱动荡的社会现实。当时的一些历史事
件，杜甫诗中皆有记载，如《悲陈陶》《悲青坂》《洗兵马》等。北宋宋祁《新
唐书》中亦称杜甫"世号诗史"，而杜甫"诗史"之称屡见于宋代诗话，如
叶梦得《石林诗话》卷上曰："长篇最难，晋魏以前，诗无过十韵者。盖常
使人以意逆志，初不以序事倾尽为工。至老杜述怀北征诸篇，穷极笔力，如
太史公纪、传，此固古今绝唱。"⑤"诗史"经宋人阐发得到了后代诗人学者
的普遍认同，"诗史"也成为杜甫诗歌的主要特色。明代杨慎曾对"诗史"
说提出过质疑，其《升庵诗话》卷十一中说："宋人以杜子美能以韵语纪时事，
谓之'诗史'，鄙哉宋人之见，不足以论诗也。夫六经各有体，易以道阴阳，

① 杨伯峻：《孟子译注》，中华书局 1960 年版，第 192 页。
② 叶朗：《中国美学史大纲》，上海人民出版社 1985 年版，第 256 页。
③ 陈来生：《"诗亡而后春秋作"新解：韵文史诗向散文史书的嬗递》，《社会科学》2004 年
　　第 6 期。
④ 孟棨：《本事诗》，《历代诗话续编》本，中华书局 1983 年版，第 15 页。
⑤ 叶梦得：《石林诗话》，《历代诗话》本，中华书局 1981 年版，第 411 页。

书以道政事，诗以道性情，春秋以道名分。"① 杨慎此说在于强调诗的抒情文学特质，并未从根本上否定"诗史"说。"诗史"发展到清代前期，诗人对其有了更深层次的认识，诗人的"诗史观"是一种自觉的诗史观，对前人"诗史观"来说是一种超越与革新。

"诗史"观发展到清代前期，成为"自觉"的诗史观。众多诗人以杜甫为宗，以"诗史"为创作法则，创作了很多反映社会时事变革和个人生活经历的诗篇。"诗史"成为当时诗人主流的创作理念之一，李世英、陈水云在《清代诗学》一书中就认为："清初诗学理论上的旗帜一是'性情说'，一是'诗史说'。"② 此书第一章对"诗史"分为三层来解读：1."以诗存史"，2."以诗补史"，3."诗为史外传心之史"，作者从清诗选本、吴伟业"梅村体"的论述出发，进而论证诗史的深层内涵是"心灵史、情感史"。清代前期反映时事的诗歌很多，人民生活和社会变革往往见于诗中，与史书相比较，诗歌所反映的内容更具体、更生动。邓之诚在《清诗纪事初编》序中说："书史但称是时之盛，民生疾苦，不能尽知。唯诗人咏叹，时一流露，读其诗而时事大略可睹。"③

清代前期诗人自觉的诗史观多半源自史家之笔与诗人之诗的联合，被称作"诗史"的诗人一般都具有史家的身份。史家与诗人身份的二重性，对于清代前期"诗史观"的自觉具有重要意义。兼具史家与诗人二重身份的典型诗人如吴伟业、钱谦益、钱澄之、黄宗羲、王夫之、屈大均等。他们的史学著作，黄宗羲有《弘光实录钞》《行朝录》，王夫之有《永历实录》，钱澄之有《所知录》，屈大均有《皇明四朝成仁录》等。吴伟业的史家身份一般被人忽略，其实他在史学方面也有建树，《清史稿》列传二百七十一载"伟业学问博赡，或从质经史疑义及朝章国故，无不洞悉原委"④。吴伟业所撰史书《绥寇纪略》是一部专门有关明末农民战争的重要文献，是研究清代前期社会历史的重要史料。他在明代曾为翰林院编修，担纂修国史之任，可以说

---

① 杨慎：《升庵诗话》，《历代诗话续编》本，中华书局1983年版，第868页。
② 李世英、陈水云：《清代诗学》，湖南人民出版社2000年版，第6页。
③ 邓之诚：《清诗纪事初编》序，上海古籍出版社1984年版，第3页。
④ 赵尔巽等：《清史稿》第四十四册，中华书局1977年版，第13326页。

吴伟业是名副其实的历史学家。史家与诗人的二重身份使吴伟业具备了自觉的历史意识，形成诗史的思维，诗与史有机地融合在一起。钱谦益也是兼具诗人与史家二重身份的诗人，其学问博赡，在史学方面造诣很深，钱谦益于弘光元年、顺治三年两次欲修明史，曾私撰《明史》，可惜毁于绛云楼火灾。邹式金《牧斋有学集序》中说："先生目下十行，老而好学，每手一编，终日不倦。尤留心于明史，博询旁稽，纂成一百卷，惜毁于绛云一炬，岂天丧斯文耶？"① 钱谦益治史的兴趣则有其深远的家学渊源，"从钱谦益的曾祖父钱体仁开始，这个家族以经史为根柢，著书立说，钱体仁的《虚窗手镜》、钱顺时的《资世文钥》、钱世扬的《古史谈苑》都是采摘史书而成，治史成为这个家族的家学渊源"② 。钱谦益见于《初学集》《有学集》的史书有《开国功臣事略》《北盟会编钞》等，这些史书著作虽未流传下来，但足可证明他是颇有造诣的历史学家。钱谦益《初学集》中《孙公行状》，以长达数千字的篇幅详细描绘了孙承宗一生的经历，可谓是孙承宗的人生传记。钱谦益的史学功底深厚，《有学集》中《太祖实录辩证》就是对明代实录的考证文章。钱谦益自觉的历史意识同诗文历史思维结合，成为其文学创作的主导。《金匮山房订牧斋先生有学集偶述十则》中说道："先生留心史事，其诗文皆史也。自绛云楼尽而青简销，往往借题拨闷。如序建文年谱，与初学集史氏致身考一篇互相发明。"③ 钱谦益注解杜诗，是他对杜甫"诗史"的自觉学习与继承，关于这一点，陈寅恪在《柳如是别传》中评价道："牧斋之注杜，尤注意诗史一点，在此之前，能以杜诗与唐史互相参证，如牧斋所为之详尽者，尚未之见也。"④ 史家与诗人的融合往往使诗人以史笔作诗，以诗纪史，诗与史以一种自觉的历史意识联结在一起。再如钱澄之，不仅是清代前期著名的诗人，而且撰写过史书《所知录·永历纪年》，他也是一位兼具史家与诗人二重身份的诗人。钱澄之《藏山阁集》中明代史料很多，对弘光、隆武、永历三朝时事记载详细，可以说是半部史书半部诗集。在《藏山阁集》的跋

---

① 钱谦益：《钱牧斋全集·牧斋杂著》，上海古籍出版社 2003 年版，第 952—953 页。
② 孙之梅：《钱牧斋与明末清初文学》，山东大学出版社 2010 年版，第 11 页。
③ 钱谦益：《钱牧斋全集·牧斋杂著》，上海古籍出版社 2003 年版，第 968 页。
④ 陈寅恪：《柳如是别传》，三联书店 2001 年版，第 1014 页。

语中,《叶德辉跋》说道:"文钞中有关朱明文献者,如纪阮大铖事,则明史本传所本,纪南都三疑狱,颇致疑于讯案诸人。"①《续修四库全书藏山阁集提要》中说:"集中诗文皆纪弘光、隆武、永历三朝事,如髯绝篇、皖髯纪略,载阮大铖死于仙霞岭上,盖出耿精忠所述,足证野史之误。"②从文献方面看,《藏山阁集》的史料价值也是很高的。除此之外,清代前期的诗人大都有深厚的史学功底,例如顾炎武、黄宗羲、王夫之等,一人身兼两任,促进了诗人"诗史思维"的形成,使诗人具有了自觉的诗史意识。

诗人与史家的两重身份使诗与史在个人创作中得以融合,突出表现以"史笔"入诗。诗人往往采用修史之笔,进行诗歌创作,从而形成"诗史"特色。黄宗羲在《谈孺木墓表》中曾说:

> 余观当世,不论何人,皆好言作史……榷而论之,史之体有三:年经而人与事纬之者,编年也;以人经之者,列传也;以事经之者,纪事也。③

清代前期,修史之风盛行。史家与诗人的融合往往使诗人以史笔作诗,诗与史从文体和写作方法方面开始自觉的联结。"史笔"入诗,表现在诗人往往用史体来叙事,诗歌如同不同体例的史书。黄宗羲所说史书的三体即编年体、纪传体、纪事本末体,在清代前期的叙事诗中都可以找到范例。钱澄之《藏山阁集》可以说是一部以编年为序的诗史,其中《生还集》七卷纪事起于甲申(1644年)止于永历二年(1648年),写江南兵事的诗歌如《悲愤诗》《三吴兵起纪事答友人问》等,写隆武时期兵事的诗歌如《虔州纪事》《虔州行》《虔州续歌》等。其《行朝集》纪永历庚寅时事,写湘赣战事诗歌如《麻河捷》《悲信丰》《悲南昌》,还有纪两广时事的《广州杂诗》《桂林杂诗》等。钱澄之《藏山阁集》可以看作一本纪录永历、隆武朝的编年史书。除了编年体,不少诗人也采用"以人系事"的方式来叙事,类似于纪传体史书。如吴伟业诗歌,显然是以人物为创作重点,吴伟业歌行,如同是许多历史人物的

---

① 钱澄之:《藏山阁集》,黄山书社 2004 年版,第 534 页。

② 钱澄之:《藏山阁集》,黄山书社 2004 年版,第 535 页。

③ 黄宗羲:《黄梨洲文集》,中华书局 2009 年版,第 118 页。

人生传记。"梅村体"歌行中出现的人物，如福王、田贵妃、吴三桂、孙传庭、陈圆圆、卞玉京等，几乎遍及当时社会的各个阶层。钱澄之《哀江南》以组诗形式为因抗清牺牲的陈子龙、夏允彝、祁彪佳、刘宗周、顾咸建等人立传，人数多达三十九人，将他们的抗清事迹彪炳史册。从"以人存史"的角度看，《哀江南》组诗如同《明史》"忠臣列传"。在纪事本末体方面，许多诗人的诗歌往往完整叙述一件史事。如宋徵舆《参军行》写崇祯十一年的贾庄之战，吴兆骞《榆关老翁行》写松山之战，《白头宫女行》写甲申之变等。由此可见，清代前期的诗人"史笔作诗"几乎成为诗人自觉的创作理念，他们的诗史思维和历史意识融合在一起，使诗歌在叙事方面达到了一个新的高度。

"史笔入诗"还体现在诗歌"诗序结合""以人存史"的纪史方式上，诗人往往兼用诗歌与散文两种形式来加强诗歌的叙事功能。清代前期的诗人多写诗序，特别是在一些叙事诗中，"诗序结合"往往能加强诗歌"纪事"功能，诗与序相得益彰。吴伟业的歌行很多以小序概述诗歌内容梗概，或点明诗歌所写人物、事件，使诗的叙事更加清晰。如《东莱行》诗前小序"为姜如农、如须兄弟作也"，点明了诗歌所写是崇祯朝时事"姜熊之狱"。而《琵琶行》则以序文的形式概述了诗歌的缘起，与诗歌相配合，完整地表现了事件的经过。《楚两生行》诗序以传奇笔法将苏昆生、柳敬亭的性情、经历作了详细描写，诗歌也是以两人经历为线索而展开，诗与文在叙事内容上是一致的。钱澄之《生还集》则多用小序来点明诗歌所叙之事，政治时事的变迁皆见于诗中。《生还集》中《咏史》组诗序"弘光元年避党祸作。是年诗几百篇，咏史二十首皆烬于震泽，闲居追忆，仅得此"[①]，点明了诗歌写作背景。其《虔州行》序"江右人来，言虔州以去年十月破，哀而赋之"，表明诗歌所写是虔州城破之事。《麻河捷》诗序"为武昌侯马进忠赋也。武昌破虏奏捷，晋封鄂国公。监军毛寿敦叙其战甚悉，援笔赋之"[②]，诗歌记载的是麻河之战的情形，钱澄之显然以诗歌来纪录战事，体现出他自觉的诗史意识。《哀江

---

① 钱澄之：《藏山阁集》，黄山书社 2004 年版，第 81 页。
② 钱澄之：《藏山阁集》，黄山书社 2004 年版，第 157、251 页。

南》小序:"江南死事者多人,四方或未尽知。各赋一章,备异时野史采择焉。"①《哀江南》以组诗的形式为抗清志士立传,简述他们的抗清事迹,赞美其英雄气概。而在诗句当中,钱澄之不时加以小注,使散文与诗融合在一起,加强了叙事效果,抗清志士的事迹一见即知。同样的手法也见于《悲湘潭》《悲信丰》等诗中。

史家与诗人身份的二重性的重要意义还在于诗人自觉对于这两种身份的认同,形成"诗史相通"的诗史观,以诗纪史成为一时的创作风尚。众多身兼二职的诗人对"诗与史"关系提出了新观点,对叙事诗的写作也有了新认识。吴伟业在《且朴斋诗稿序》一文集中阐述了他对"诗史"的看法,他认为:

> 古者诗与史通,故天子采诗,其有关于世运升降、时政得失者,虽野夫游女之诗,必宣付史馆,不必其为士大夫之诗也;太史陈诗,其有关于世运升降、时政得失者,虽野夫游女之诗,必入贡天子,不必其为朝廷邦国之史也。②

吴伟业此段话阐明了诗可以反映世运升降、时政得失,也具备史料价值,诗与史都具备记载社会政治状况的功能。这种"诗史相通"的诗史观是吴伟业创作大量叙事歌行的主要原因。钱谦益也认为"诗史相通""诗可续史",他在《胡致果诗序》(《有学集》卷十八)中说:

> 孟子曰:"诗亡然后春秋作。"春秋未作以前之诗,皆国史也。人知夫子之删诗,不知其为定史。人知夫子之作春秋,不知其为续诗。诗也,书也,春秋也,首尾为一书,离而三之者也。
>
> 三代以降,史自史,诗自诗,而诗之义不能不本于史。曹之赠白马,阮之咏怀,刘之扶风,张之七哀,千古之兴亡升降,感叹悲愤,皆于诗发之。驯至于少陵,而诗中之史大备,天下称之曰诗史。唐之诗,入宋而衰。宋之亡也,其诗称盛。皋羽之恸西台,玉泉之悲竺国,水云之醉歌,谷音之越吟,如穷冬冱寒,风高气慄,悲噫怒号,万籁杂作,古今之诗莫变于此时,亦莫盛于此时。至今新史盛行,空坑、崖山之故

---

① 钱澄之:《藏山阁集》,黄山书社 2004 年版,第 163 页。

② 吴伟业:《吴梅村全集》,上海古籍出版社 1990 年版,第 1205 页。

事，与遗民旧老，灰飞烟灭。考诸当日之诗，则其人犹存，其事犹在，残篇契翰，与金匮石室之书，并悬日月。谓诗之不足以续史也，不亦诬乎？①

钱谦益在诗序中阐明了自己对"诗史"的看法，他认为：在春秋战国时代，诗与史是统一的，诗与史是相通的。秦汉以后，诗与史开始分离，但诗的内容仍然反映历史。魏晋时期的曹植《白马篇》、阮籍《咏怀》诗等，虽为抒情诗，但内容也反映了社会政治，与当时的史事相关。到了唐代杜甫，诗才真正具备"史"的面目，"诗史"之称正源于此。宋代诗虽已经衰落，但在亡国之时，许多诗人的诗作有着鲜明的时代特色。他认为宋遗民谢翱、陆秀夫、汪元量等人的诗歌真实记载了易代之际的历史。对于已经故去的诗人来说，他们的诗歌不仅记载了历史的兴亡更替，而且也纪录了诗人一生的行迹，从这方面来看"其人犹存，其事犹在"，诗歌也就堪称"诗史"。钱谦益在《跋汪水云诗》中曾说："《湖洲歌》九十八首，《越洲歌》二十首，《醉歌》十首，记国亡北徙之事，周详恻怆，可谓诗史。"②诗歌成为纪录国家大事与诗人生平的载体，诗歌即是历史，诗也足以续史。钱谦益的"诗史观"既是对历代"诗史观"的总结，又在易代之际赋予了"诗史"以新的内涵。"诗与史通""以诗纪史"的思想是清代前期文人的共识，并非是钱谦益、吴伟业二人所独有。如屈大均在《东莞诗集序》中说：

> 昔夫子作春秋以继诗，诗虽亡而春秋不亡。故春秋者，诗之所赖以不亡者也。士君子生当乱世，有志纂修，当先纪亡而后纪存，不能以《春秋》纪之，当以诗纪之。③

"以诗纪史"必然导致诗歌写作方式与风格的转变，叙事与纪事成为诗歌的主要目的，一定程度上打破了"诗言志""诗缘情"的传统，在诗学理论方面有创新意义。

除了"诗与史通""以诗纪史"，清代前期诗人还倡导"补史之阙"，诗

---

① 钱谦益：《钱牧斋全集·有学集》，上海古籍出版社 2003 年版，第 800—801 页。

② 钱谦益：《牧斋初学集》，上海古籍出版社 1985 年版，第 1764 页。

③ 屈大均：《翁山文钞》，清康熙刻本影印，《四库禁毁书丛刊》集部第 120 册，北京出版社 2000 年版，第 133 页。

歌在一定程度上可以弥补史书的不足，完善史事的描述。如黄宗羲《南雷文约》卷四《万履安先生诗序》中说道：

> 今之称杜诗者，以为诗史，亦信然矣。然注杜者，但见以史证诗，未闻以诗补史之阙，虽曰诗史，史固无籍乎诗也。逮夫流极之运，东观兰台，但记事功，而天地之所以不毁，名教之所以仅存者，多在亡国人物。血心流注，朝露同晞，史于是而亡矣。犹幸野制遥传，苦语难销，此耿耿者明灭于烂纸错墨之余，九原可作，地起泥香，庸讵知史亡而后诗作乎？是故景炎、祥兴，宋史且不为之立本纪。非指南、集杜，何由知闽、广之兴废；非水云之诗，何由知亡国之惨；非白石、晞髪，何由知竺国之雙经，陈宜中之契阔，心史亮其苦心，黄东发之野死，宝幢志其处所，可不谓之诗史乎？元之亡也，渡海乞援之事，见于九灵之诗，而铁崖之乐府，鹤年席帽之痛哭，犹然金版之出地也，皆非史之所能尽矣。①

黄宗羲认为，诗可以补史之阙，诗与史可以互证。他以宋元为例，说明了诗歌在保存历史文献方面的作用。史书对一些史实记载不全，如果没有诗歌的描述，历史的真实面貌则不为人所知。元代所修《宋史》，不为南宋末代皇帝赵昰、赵昺立"本纪"，明显是史书的缺漏之处，而文天祥的《指南录》《集杜诗》详细记载了南宋末年的历史。再如南宋末年诗人汪元量，其诗歌可称"宋亡之诗史"，其《湖洲歌》98首，以七绝联章的形式记载了作者从杭州到幽州的所见所闻；《越州歌》20首，描述了元兵南下南宋半壁河山遭受蹂躏的惨状，体现了身处乱世的诗人对于国家兴亡强烈的责任感。汪元量亲身经历了宋元的易代之变，诗歌所记述的史实往往能补史之阙。南宋末年郑思肖、谢翱、黄震等人的作品，以诗补史，诗歌反映出社会的巨变与个人身世的变迁，是史书中所不能全部包含的。亡国之际，诗人对保存历史文献有自觉的意识，在当时特殊的社会背景下，诗成为保存历史的最佳方式，可以让后代人清楚知道历史的真相。魏禧在《魏叔子文集》外篇卷之十《纪事诗钞序》中说：

> 盖有《诗》亡而《春秋》作，圣人以史续诗。至杜甫诗多纪载当代事，

---

① 黄宗羲：《黄梨洲文集》，中华书局1959年版，第346页。

论者称曰"诗史"，则又以诗补史之阙。然后世有心之士，居其位而不
得行其志，与夫不得居其位者，于当世治乱成败得失之故，风俗贞淫奢
俭之源流，史所不及纪，与忌讳而不敢纪者，往往见之于诗。或直述其
事不加褒贬，或微词寓意以相征，盖不一而足，匪独子美唯然也。……
草野之人，不敢诵言朝廷之事，然观民情之苦乐，有司之所奉行，则其
得失可知也。①

魏禧认为杜甫"诗史"多记载时事，同时也具备"补史之阙"的功能。诗人
遭逢社会变故，将一朝兴衰治乱录于诗歌之中。诗歌中所表现的历史面貌，
一方面弥补了史书之不足，"史所不及纪"；另一方面，诗歌所纪更全面真实，
有史书"忌讳而不敢纪者"。明清易代，在官修史书中，忌讳之处、删改之
处屡见不鲜，而诗歌正好可以起到"补史之阙"的作用。陈平原在《说"诗
史"——兼论中国诗歌的叙事功能》一文中说道：

一旦外族入主中原，一代精英奋起抗击侵略的英雄事迹，自然难得
见于元人、清人修的宋史、明史。于是"史亡而后诗作"，虽"无关受
命之笔"，诗人也担负起写离乱颂豪杰、拾遗事表逸民的重担。②

诗人关注民生疾苦，通过亲身见闻反映朝政得失，有时客观纪录，有时则暗
寓褒贬，对史书来说是一个有益的补充。例如吴伟业的歌行如《永和宫词》
《萧史青门曲》《田家铁狮歌》等，描述周后、田妃、公主、外戚等人的境遇，
远比史书详细完整。陈光莹在《吴梅村讽喻诗研究》中说："改朝换代之际，
王孙的沉沦不见国史，梅村所咏，可补史阙。"③程穆衡在《吴梅村诗集笺注》
卷七《萧史青门曲》笺中曰：

按明史公主传但云：宁德公主，光宗女，下嫁刘有福。并无薨卒月
日，亦无事实。意有福当国变后，必有不可问者，故削而不书，此诗真
堪补史。④

---

① 魏禧：《魏叔子文集》，中华书局 2003 年版，第 539 页。
② 陈平原：《中国小说叙事模式的转变》，北京大学出版社 2003 年版，第 299 页。
③ 陈光莹：《吴梅村讽喻诗研究》，《古典诗歌研究汇刊》第五辑（第 18 册），花木兰文化出
版社 2009 年版，第 42 页。
④ 程穆衡：《吴梅村诗集笺注》，上海古籍出版社 1983 年版，第 455 页。

钱澄之在弘光朝针对当时"南明三大疑案",作有《假亲王》《假后》《假太子》三诗,详细记述了三案始末,对众说纷纭的疑案提出了自己的看法。由于作者对南明史事较为熟悉,因此三首诗可以起到"补史"作用,史料价值极高。谢国桢在《明末清初的学风》一书中曾说:"如清修《明史》号称体例谨严,可是把清兵南侵,残明在江南所建立的弘光、隆武、永历等三朝史事附于明崇祯帝本纪之后,削减了人民群众抗清的英勇的伟绩。"①钱澄之《藏山阁集》则对南明史事多有记载,对抗清史事多有描绘,诗歌在很大程度上弥补了史书的缺漏之处。再如归庄《悲昆山》所表现的清初反剃发斗争和清朝的大屠杀,在史书中轻描淡写,语焉不详,相比之下,诗歌更客观真实。

　　清代前期的诗人对诗歌的历史价值得以重新认识,继而提出了"诗可以正史之讹"的新观点。"诗史相通""以诗补史"说,诗歌的史料价值只是处于从属、次要的地位,而"诗可以正史之讹"则是对诗歌史料价值的重新认定,将"诗史"与史书等量齐观。在清代前期独特的时代背景下,"诗史"是更客观的历史,杜濬在《程子穆倩放歌序》中说:

　　　　国固不可无史,史之敝或臧否不公,或传闻不实,或识见不精,则其史不信。于是,学者必旁搜当日之幽人悫士,局外静观,所得于国家兴衰治乱之故。人材消长,邪正之数,发而为诗歌、古文词者以考证其书。然后执笔之家不得用偏颇影响之说,以淆乱千古之是非漫作也。故世称子美为诗史,非谓其诗可以为史,而谓其诗可以正史之讹也。盖其关系如此。……而穆倩果有七言放歌一百五十韵之作,其言尤在阉党复肆之时,余固痛定思痛者。一日,持以示余,余喟然而叹:君之此作,可谓创见,古未有是也。夫以樊宗师、刘复愚之奇笔追写陈、陶斜白马驿之孤愤,使异日虽有秽史,不得乱真,此其用心,伊可传矣。②

杜濬此段话明确提出了他的"诗史观"——"诗可以正史之讹"。他指出史书也存在"不信"之缺点,或者因为对事件的评价不公正,或者因为采自传

---

①　谢国桢:《明末清初的学风》,上海书店出版社 2006 年版,第 86 页。
②　杜濬:《变雅堂文集》,《四库禁毁书丛刊》集部第七十二册,清康熙刻本影印,北京出版社 2000 年版,第 356 页。

闻不真实，或者作者的识见不精湛，这些因素影响了史书的真实可信度。而诗人目睹国家兴亡变迁，在其诗歌中得以表现，这些诗歌都可以作为史料来对照史书的记载是否真实公允。从这个意义上说，"诗史"是更真实的历史，它可以纠正官修史书的缺点。官修史书由于统治者的立场，往往有所忌讳，对许多历史事实避而不谈。谢国桢在《明末清初的学风》一书中说：

> "前四史"和魏晋南北朝的史书，容或记载朝野的遗闻、社会风俗的情状、农民的暴动、畸士异人科技学家的事迹，但是到宋代以后的史书，只成其官样文章，动涉忌讳，或避而不谈。……所以在明、清时代的官修"正史"中，不但农民起义的事迹难以窥见全貌，就是一个时代的政治、经济状况，于"正史"记载中也看不清楚。①

鲁迅也在《华盖集·忽然想到（四）》中说："历史上都写着中国的灵魂，指示着将来的命运，只因为涂饰太厚，废话太多，所以不容易察出底细来。"②由于史书的缺陷与疏漏，历史真相往往被遮蔽，"诗史"的存在正好可以起到"去伪存真"的作用。由于诗歌的记载，撰写史书的人就不能单纯采信偏颇的说法，从而混淆了事实之真相。称杜甫为"诗史"，其诗并不仅仅反映了社会历史，更重要的是他的诗歌在一定程度上可以纠正史书记载的错讹之处。杜濬此论将"诗史"提到了前所未有的高度，"诗史"独立于史书之外，是别一种"历史"，在一定程度上有着更高的真实性和更客观的立场。杜濬"诗可以正史之讹"说法的提出有其时代背景。明末，权阉魏忠贤把持朝政，明宫之事，纷繁复杂，众说纷纭。在阉党执政期间，多歪曲事实，真相多被蒙蔽。例如"晚明三大疑案"，关于此时期的史书记载也是相互矛盾，存在不少漏洞。相比之下，诗人诗歌中的记载反而更加真实可信，一方面许多诗人即是事件的当事人，另一方面诗人纪史的立场比阉党、史官的立场更客观。因此杜濬看到穆倩之诗时，就认为其诗反映了阉党时政，抒一己之孤愤，可称"诗史"。别外，穆倩诗歌的价值还在于"正史之讹"，"异日虽有秽史，不得乱真"，诗歌反映历史真相，所以必将传于后世。杜濬的"诗史"

---

① 谢国桢：《明末清初的学风》，上海书店出版社 2006 年版，第 86—87 页。
② 鲁迅：《鲁迅全集》第 3 卷，人民文学出版社 2005 年版，第 17 页。

观抓住了"诗史"的"核心"本质特征，带有鲜明的明清易代时代色彩，对前人的诗史观来说是一种超越。在《变雅堂文集》杜濬《程子穆倩放歌序》后的评论中，许多诗人、学者肯定了杜濬"诗可正史之讹"的主张，如魏禧、朱彝尊评论：

> 魏冰叔评：以诗为史，人人知之。以诗正史之讹，是穆倩苦心，是于皇创论，两不朽矣。文字明目张胆，浩气凌空。
>
> 朱锡鬯评：诗亡然后春秋作，诗与史原相管辖。予注五代史、金石文字之外，颇采诗以证事，于皇此作，光焰射人，足增千古诗人声价，匪特能传穆倩心事也。①

"诗可正史之讹"不仅肯定了诗歌的文学价值，也推崇了诗歌的史料价值，是一个大胆而又创新的理论。

"诗可正史之讹"在清代前期的诗人作品中也可以得到印证，明清之际的军国大事往往在诗中得到真实描述。如吴伟业创作的《临江参军》，叙述了崇祯十一年明朝与清兵的巨鹿之战的情形，主将卢象升兵败殉国的历史事件。吴伟业在《梅村诗话》中称：

> 余赠之诗曰："诸将自承中尉令，孤臣谁给羽林兵？"盖实事也。……余之诗又有曰："忧深平驳军南北，疏讼甘陈谊死生。"亦实事也。……余与机部相知最深，于其为参军周旋最久，故于诗最真，论其事最当，即谓之诗史可勿愧。②

吴伟业与杨廷麟相知最深，并且对整个事件非常熟悉，因此他说"诗最真，论其事最当"。正是因为吴伟业特殊的关系，所以《临江参军》所叙史事真实性方面胜过一般史书，同时对当时人们并不熟知的事件起到了"正伪"作用。《临江参军》既是在自觉"诗史"意识主导下的作品，也是严格以"诗史"实录精神创作的诗歌。显然，《临江参军》一诗更接近历史事实，比其他野史记载可信度高。吴伟业可以"正史之讹"的诗歌作品，再如《雁门尚

---

① 杜濬：《变雅堂文集》，《四库禁毁书丛刊》集部第七十二册，清康熙刻本影印，北京出版社 2000 年版，第 356 页。

② 吴伟业：《吴梅村全集》，上海古籍出版社 1990 年版，第 1136—1138 页。

书行》，诗中所记崇祯十六年十月，李自成破潼关，孙传庭战死一事。诗歌所写史事真实生动。钱澄之《藏山阁集》中《髯绝篇听司空耿伯良叙述诗以纪之》中对阮大铖之死描述也可"正史之讹"。关于阮大铖之死，野史有多种说法。钱澄之《髯绝篇听司空耿伯良叙述诗以纪之》中曰："上岭复下岭，顾笑群儿狞。忽踞磐石坐，呼之自已瞠。马箠击其辫，气绝不复生。"①表明阮大铖于仙霞岭僵仆而死。而关于此事的梗概，钱澄之详细交代了事实之来源，他在《皖髯事实》一文中说："以上投降后事得之耿君口。耿君字伯良，粤东反正，擢升司空，戊子冬在端州刘侍郎舟中，叙其事甚详。袁总宪在坐，属予纪之。并为髯绝篇一首。"②阮大铖之死，钱澄之诗中所叙虽未成定论，但是其中最为可信的一种说法。《明史·奸臣传》列传一百九十六载：

> 明年，大兵巢湖贼，士英与长兴伯吴日生俱擒获，诏俱斩之。事具国史。大铖偕谢三宾、宋之晋、苏壮等赴江干乞降，从大兵攻仙霞关，僵仆石上死。而野乘载士英遁至台州山寺为僧，为我兵搜获，大铖、国安先后降。寻唐王走顺昌。我大兵至，搜龙扛，得士英、大铖、国安父子请王出关为内应疏，遂骈斩士英、国安于延平城下。大铖方游山，自触石死，仍戮尸云。③

《明史》明显采用了钱澄之诗中所述事实，诗歌比野史更具真实性。

"诗可正史之讹"不仅表现在对诗歌特殊的史料价值的认识上，在对历史事件的评述、立场方面，"诗史"也不同于史书。例如吴三桂降清一事，《清史稿》因官方的立场对吴三桂少讽刺之笔，《清史稿·吴三桂传》列传二百六十一载："三桂引兵西，至滦州，闻其妾陈为自成将刘宗敏掠去，怒，还击破自成所遣守关将；遣副将杨坤、游击郭云龙上书睿亲王乞师"④，丝毫看不出褒贬的倾向性。尽管吴三桂在降清后叛乱，列传仍对吴三桂颇多褒扬之词，如：

> 世祖定京师，授三桂平西王册印，赐银万、马三。……八月，师

---

① 钱澄之：《藏山阁集》，黄山书社 2004 年版，第 243 页。
② 钱澄之：《藏山阁集》，黄山书社 2004 年版，第 437—438 页。
③ 张廷玉等：《明史》第二十六册，中华书局 1974 年版，第 7945 页。
④ 赵尔巽等：《清史稿》第四十二册，中华书局 1977 年版，第 12836 页。

还，赐绣朝衣一袭、马二，命进称亲王，出镇锦州，所部分屯宁、锦、中右、中后、中前、前屯诸地。三桂疏言丁给地五晌，各所房屋灰烬，地土硗薄，请增给；并为珅、云龙及诸将吴国贵、高得捷等请世职，属吏童达行等乞优擢；又以父襄、母祖氏、弟三辅并为自成所杀，疏乞赐恤；并如所请。①

《清史稿》对吴三桂人物的评价显然有失公允，在列传中多写其忠义、至孝之举。关于《清史稿》的缺憾，谢国桢在《明末清初的学风》一书中说："又民国初年所编修的《清史稿》，这是入民国以来政府中所编修的清史，而著者反以前清遗老的口吻，歌颂清朝的德政，则就不太合理了。"② 相比之下，吴伟业《圆圆曲》则揭下了吴三桂伪善的画皮，批判了其叛国投敌、不忠不孝的本质。《圆圆曲》中"恸哭六军俱缟素，冲冠一怒为红颜""全家白骨成灰土，一代红妆照汗青"四句将吴三桂钉在了历史耻辱柱上。清代胡薇元在《梦痕馆诗话·卷四》中说："此诗用《春秋》笔法，作金石刻画，千古妙文。长庆诸老，无此深微高妙，一字千金，情韵俱胜。"③

清代前期诗人对前人"诗史观"的超越还在于提出了"以心为史""史外传心之史"的新观念。诗歌并不仅仅记载历史事件，更重要的是反映了诗人在清代前期真实的情感与思想，是他们心灵的历史。"心史"之说，从纪史层面转向了诗人个体的情感、心灵，体现了诗人对"诗史"叙事与抒情双重功能的重视。屈大均倡导以诗歌表现遗民之"心史"，他在《翁山文钞》卷二《二史草堂记》中说：

予也少遭变化，屏绝宦情，盖隐于山中者十年矣，游于天下又二十余年，所见所闻，思以诗文一一载而传之。诗法少陵，文法所南，以寓其褒贬予夺之意，而于所居草堂名曰：二史。盖谓少陵以诗为史，所南以心为史云。……故其言曰：大宋不以有疆土而存，不以无疆土而亡，则其史亦不以有书而存，不以无书而亡可知矣。何者？其心在焉故也。

① 赵尔巽等：《清史稿》第四十二册，中华书局 1977 年版，第 12836—12837 页。
② 谢国桢：《明末清初的学风》，上海书店出版社 2006 年版，第 86—87 页。
③ 胡薇元：《梦痕馆诗话》，《玉津阁丛书》甲集第 1 册，光绪至民国间刊本。

> 嗟乎！君子处乱世，所患者无心耳，心存则天下存，天下存则春秋亦因
> 而存。不得见于今，必将见于后世，奚必褒忠诛逆，义正词严，尽见于
> 声诗之间，以犯世之忌讳为乎？①

屈大均在清初隐居山中，与清朝抱不合作态度，保持气节，不仕新朝。他以诗歌来表现自己在清初的真实情感，后世读者读其诗就可以知其志，诗歌具有"心史"之功能。他的所见所闻，通过诗文加以纪录，国家与民族的历史并未因明朝灭亡而消失，有诗人则有"心史"，心存而天下存。如果说以往"诗史"说重点关注了国事与时事，那么"心史"之说则侧重于作家个人的生活经历和情感历程。作家个人在历经朝代更替的过程中，也经受了战火与品节的考验，以复杂的经历和丰富的情感书写了一部个人的"心灵史"。屈大均"所见所闻，思以诗文一一载而传之"，其诗文完全可以看作是他的年谱，是他的个人之史。鼎革之际，除了殉节诗人，无论是遗民诗人，还是入仕诗人，易代之变给他们的心灵带来了巨大的投影。身为贰臣的诗人往往背负着沉重的道德枷锁，在他们的诗歌中往往表现出故国之思与自我忏悔的双重情结。吴伟业在《且朴斋诗稿序》中说：

> 人谓是映薇湎情结绮、缠绵燕婉时，余谓是映薇絮语连昌、唏吁
> 慷慨时也。观其遗余诗曰："菰芦十载卧蓬蓬，风雨为君叹索居。"出处
> 相商，兄弟之情，宛焉如昨。又曰："山中已着还初服，阙下犹悬次九
> 书。"则又谅余前此浮沉史局，掌故之责，未能脱然。嗟乎！以此类推
> 之，映薇之诗，可以史矣，可以谓之史外传心之史矣。②

吴伟业指出映薇之诗，除记载其行动外，还抒发了兄弟之情。而明清之际诗人的情感多承载着家国之痛，在书写历史之外，更是诗人的"传心之史"。"史外传心之史"也是吴伟业诗歌的一大特点。"心史"说的提出对传统的"诗史"观是一个突破，是对诗人主体性和诗歌抒情性的重新认定。田晓春在《诗史与心史》一文中说："从'诗史'到'心史'，看似一字之易，却关乎

---

① 屈大均：《翁山文钞》，《四库禁毁书丛刊》集部第一百二十册，清康熙刻本影印，北京出版社 2000 年版，第 165 页。

② 吴伟业：《吴梅村全集》，上海古籍出版社 1990 年版，第 1206 页。

立场、视角的大转移，是由史家的和受政治摆布的传统诗学观的立场回到文学的主体'人'的立场中来。"① 如吴伟业的叙事歌行，无论是《鸳湖曲》《雁门尚书行》，还是《萧史青门曲》《听女道士卞玉京弹琴歌》等，在叙明朝事当中无不寄寓深沉的亡国之痛，对明朝的悼念和身世飘零之感，如同一根红线将他的一系列作品串连起来。诗歌不仅真实纪录了明清易代之历史，也是作者思念故国的见证。而吴伟业诗歌中对失节的真诚忏悔，则鲜明表现出他在清初的凶险境遇和内心思想感情的变化。如《遣闷》诗："故人往日燔妻子，我因亲在何敢死！憔悴而今至于此，欲往从之愧青史。"再如《临终诗四首》之一"忍死偷生廿载余，而今罪孽怎消除？受恩欠债应填补，总比鸿毛也不如。"② 此类诗歌，无一不是内心情感的真实表白，是作者的"心史"。他是以"实录"的精神来表现自己在清初的心理与情感，是他个人情感的历史。赵园在《明清之际士大夫研究》中曾说："读吴伟业文集，你不难感知那自审的严酷，与自我救赎的艰难。这是一种罪与罚，也令人想到宗教情景。"③

再如投降清朝的钱谦益，在其《有学集》中对明朝充满怀念之情，同时由于他暗中抗清之经历，诗歌中情感的变化，思想的表达，都可以窥见他真实的心灵，从这方面说，"心史"才是他诗歌的写照。例如其《投笔集》可谓钱谦益抗清的乐章，创作起于明永历十三年（1659年），止于康熙二年（1663年）。作者的思想感情随郑成功抗清事迹起落，情感与史事相联系，抗清的成败得失无不牵动作者的心，从这方面说，诗史也是心史。乾隆正是因为读其诗，发现了他内心的反清意识，才下令将著作加以禁毁。《清史列传》贰臣传乙编载：

> 乾隆三十四年六月，谕曰："钱谦益本一有才无行之人，在前明时身跻膴仕。及本朝定鼎之初，率先投顺，洊陟列卿。大节有亏，实不足齿于人类。……今阅其所著初学集、有学集，荒诞悖谬，其中诋谤本朝之处，不一而足。夫钱谦益果终为明朝守节不变，即以笔墨腾谤，尚在

---

① 田晓春：《诗史与心史》，《徐州师范大学学报》1998年第2期。
② 吴伟业：《吴梅村全集》，上海古籍出版社1990年版，第260、531页。
③ 赵园：《明清之际士大夫研究》，北京大学出版社1999年版，第14页。

情理之中；而伊既为本朝臣仆，岂得复以从前狂吠之语，列入集中？其
意不过借此以掩其失节之羞，尤为可鄙可耻！……"①

钱谦益虽大节有亏，但其有学集中的诗歌多有故国之思。贰臣之诗，重在表
现愧悔心态；而遗民之诗，则重在表现不屈气节。钱澄之的诗歌真实记载了
诗人的行迹，如同一本年谱，诗人的行动与思想的变化都隐含于内。钱澄之
的诗歌还是他一生抗清、出生入死的战争日记，如其《行路难》以六十四首
的篇幅详细叙述了他逃难于粤，九死一生，时刻面临被掳、被杀的凶险状
况。他在《生还集》自序中说："其间遭遇之坎坷，行役之崎岖，以至山川
之胜概，风俗之殊态，天时人事之变移，一览可见。披斯集者，以作予年谱
可也。诗史云乎哉？"② 谢国桢在《明末清初的学风》一书中评曰："在钱秉镫
的《藏山阁集》中，可以见到其一生出处的大节和他奔走王事的崎岖道路，
艰难困苦坚贞不阿的气节，及所处的境遇。"③ 钱澄之的《生还集》将易代之
际诗人的所作所为表露无遗，诗史意识的微观层面转向了诗人的个人生活经
历，从诗人之经历来折射整个社会的沧桑巨变。

　　清代前期诗史观的自觉更体现于诗人杰出的诗歌创作中，诗歌纪录明清
时事，"诗史"写作成为当时诗人共同的创作倾向。诗人不仅将目光投向了
波澜壮阔的社会时事，也关照诗人所见所闻，从不同的角度，以叙事诗反
映整个的时代面貌。钱仲联在《清诗纪事》前言中说道："以诗歌叙说时政，
反映现实成为有清一代诗坛总的风气，十朝大事往往在诗中得到表现，长篇
大作动辄百韵以上。作品之多，题材之广，篇制之巨，都达到了前所未有的
水平。"④ 最能反映清代前期"诗史"风貌的当属吴伟业的叙事诗，吴伟业的
叙事名篇多数为歌行。吴伟业的叙事诗记载了清代前期的重大时事，这种与
时事密切相关的诗歌创作，绝对不是一种巧合，是吴伟业自觉的诗史观的结
果。吴伟业可称"诗史"的诗歌有很多，如反映松山之战的《松山哀》，反
映甲申之变的《圆圆曲》等。吴伟业自觉的诗史观在于其诗歌创作的前瞻性，

---

① 王钟翰点校：《清史列传》第二十册，中华书局 1987 年版，第 6577 页。

② 钱澄之：《藏山阁集》，黄山书社 2004 年版，第 400 页。

③ 谢国桢：《明末清初的学风》，上海书店出版社 2006 年版，第 17 页。

④ 钱仲联：《清诗纪事》，江苏古籍出版社 1987 年版，第 4 页。

首先将视角转向了国家大事，用诗歌反映时代变革，诗歌所纪之事，关系国家兴亡，史存则诗存，诗歌的价值即体现于此。赵翼在《瓯北诗话》中对吴伟业诗史观的自觉评价道：

> 梅村身阅鼎革，其题咏多有关于时事之大者。如《临江参军》《南厢园叟》《永和宫词》《洛阳行》《殿上行》《萧史青门曲》《松山哀》《雁门尚书行》《临淮老妓行》《楚两生行》《圆圆曲》《思陵长公主挽词》等作，皆极有关系。事本易传，则诗亦易传。梅村一眼觑定，遂用全力结撰此数十篇。为不朽计，此诗人慧眼，善于取题处。①

吴伟业对时政变化的敏感性是清代前期众多诗人的共同特征，在国家危急存亡的时刻，几乎每一次大的历史事件都可以在诗人诗集中找到对应的纪事诗歌。诗史观的自觉促进了叙事纪史类诗歌的兴盛，而诗人个性和诗歌风格的差异使清代前期"诗史"具有不同的面貌。钱谦益自觉的诗史观也影响了其诗歌创作，其《牧斋初学集》中反映时事的作品有很多，如《五芳井歌》反映崇祯九年清军攻破定兴城一事，《群狐行》写魏忠贤阉党集团倒台一事，《壬申九月得莱城解围报》写崇祯五年明朝平定孔有德叛乱一事等。他后期的诗史创作主要源于其抗清经历，代表作是他的《投笔集》。陈寅恪在《柳如是别传》中曾说："《投笔集》诸诗，摹拟少陵，入其堂奥，自不待言。且此集牧斋诸诗中颇多军中之关键，为其所身预者，与少陵之诗仅为得诸远道传闻及追忆平居者有异。故就此点而论，《投笔》一集实为明清之诗史，较杜陵尤胜一等，乃三百年来绝大著作也。"② 钱谦益《投笔集》中反映的军国大事，很多是其亲身经历之事，与传闻不同，具备很高的史料价值。钱仲联曾评价道："（钱谦益）特别是《投笔》一集，从郑成功进军长江写起，一直写到桂王殉国，中间贯穿了自己与柳如是策划支援义军的事实，极为沉郁苍楚。"③ 顾炎武的《京口即事》《江上》诸诗，无一不与抗清时事有关，史可法赴扬州、郑成功攻长江等史事皆从其诗中得到反映。清代前期的诗人多从"实录"精

---

① 赵翼：《瓯北诗话》，人民文学出版社1963年版，第131页。
② 陈寅恪：《柳如是别传》，三联书店2001年版，第1193页。
③ 钱仲联：《梦苕庵论集》，中华书局1993年版，第225页。

神出发，诗歌真实纪录了易代之际的风云变幻和人们的遭遇，与史书无异。

清代前期诗史观的自觉还体现在诗人对诗歌艺术性的追求上，诗歌的文学艺术成就往往与史料价值相得益彰。清代前期的叙事诗在对叙事技巧方面远胜前代，他们往往通过多种叙事手法来展现历史事件，正是叙事手法的演进使此时期的叙事诗与以前的"诗史"拉开了差距。如果诗歌仅仅单纯以记载"史事"为目的，不讲究文学性，不追求诗歌艺术性，那么此类史诗就丧失了"诗"的文学特质。钱锺书在《宋诗选注·序》中就表达了自己对"诗史"看法，强调诗的文学特质。

> 下面选了梅尧臣的《田家语》和《汝坟贫女》，注释引了司马光的《论义勇六札子》来印证诗里所写当时抽点弓箭手的惨状。这是一种反映方式的例子。我们可以参考许多历史资料来证明这一类诗歌的真实性，不过那些记载尽管跟这种诗歌在内容上相符，到底只是文件，不是文学，只是诗歌的局部说明，不能作为诗歌的惟一衡量。也许史料里把一件事情叙述得比较详细，但是诗歌里经过一番提炼和剪裁，就把它表现得更集中、更具体、更鲜明，产生了又强烈又深永的效果。反过来说，要是诗歌缺乏这种艺术特性，只是枯燥粗糙的平铺直叙，那么，虽然它在内容上有史实的根据，或者竟可以补历史记录的缺漏，它也只是押韵的文件，例如下面王禹偁《对雪》的注释里所引的李复《兵馈行》。因此，《诗史》的看法是个一偏之见。诗是有血有肉的活东西，史诚然是它的骨干，然而假如单凭内容是否在史书上信而有征这一点来判断诗歌的价值，那就仿佛要从爱克司光透视里来鉴定图画家和雕刻家所选择的人体美了。①

清代前期的叙事诗虽多被称为"诗史""实录"，但并非历史资料，本质上仍然是文学作品，在诗歌艺术方面也达到了很高成就。清代前期的"诗史"创作并非平铺直叙，不是"历史文件"，在叙事技巧和艺术手法上与史书有着很大的区别。陈平原在《说"诗史"——兼论中国诗歌的叙事功能》一文中说道：

> 诗歌要求高度概括，在极其有限的语言中，勾勒一个时代的典型现象，当然不能满足简单实录。也许无法直接证之某人某事，背景相对虚

---

① 钱锺书：《宋诗选注·序》，三联书店 2002 年版，第 3 页。

了些，但却有更大的概括性，符合更高意义上的"历史真实"。顾炎武的"一朝长平败，伏尸遍冈峦。胡装三百舸，舸舸好红颜"，录下了正史不载的清兵入关后的暴行。①

诗歌所叙之事，比起具体史实来，更具典型性，更有代表性。诗歌是对社会现实的高度提炼和加工，寄寓着作者的情感，因此诗歌比史书更具打动人心的艺术魅力。顾炎武诗歌所写之事，并非实指，却将清初清兵屠杀、抢掠的暴行反映出来。

清代前期诗人在进行诗史创作时，在叙事方面也有很大的创新，如多种叙事顺序和多线索叙事、小说化的人物形貌刻画等。清代前期的诗人在反映时事的诗歌中，往往从不同的角度触及重大事件，在叙事技巧上精益求精，在诗歌叙事方面取得了杰出成就。"诗"与"史"的融合，表现在诗人吸收了"史"的叙事手法，同时也注重了"诗"的抒情、比兴等特征。如以"梅村体"著称的吴伟业，其代表作多数为叙事诗，复杂多变的叙事手法远胜前人。如倒叙手法，在清以前的叙事诗当中，诗人很少用倒叙手法，而在清代前期的诗人当中，倒叙、插叙则成为诗人惯用的叙事手法，如吴伟业、钱澄之等。吴伟业《圆圆曲》中开头四句已经将事件的结局说出，以倒叙起笔，在倒叙之中又详细叙述了陈圆圆的身世，其中插叙了吴三桂与陈圆圆相识的经历，诗歌后半部分，浣纱女伴又回顾了陈圆圆往日的经历，也是倒叙手法。诗歌打破时空的写法，将纷繁的历史事件一线统领，故事曲折动人，人物个性鲜明，富有传奇色彩。在《萧史青门曲》中，吴伟业以宁德公主为线索，描绘了四位公主的不同生平，这样繁杂的叙事在以前的诗歌中是难以见到的。钱澄之的《虔州行》也是运用倒叙手法的名篇。作者在写虔州之战时，并未直接写战事，而是先描绘了战后虔州场面的荒凉恐怖景象。中间回顾了虔州城战前的繁华，才转入对战争的描绘。这种灵活多变的叙事模式使诗歌的故事性大大增强，曲折的情节引人入胜。清代前期的诗人，在进行诗史创作时，用多种文学体裁和艺术表现手法，来表现易代之际的风云变幻。在叙事同时，感时哀世的感情也十分真挚，故国之思也屡见于诗中，抒情与叙事

---

① 陈平原：《中国小说叙事模式的转变》，北京大学出版社 2003 年版，第 299 页。

往往能有机融合在一起。顾炎武的《淄川行》反映的是清代前期孙之獬被农民起义军所杀的史实，作者并未直写其事，而是借鉴了民歌比兴手法，模仿民歌的形式，使诗歌格外通俗生动。钱谦益描写魏忠贤倒台之事的歌行《群狐行》，采用比兴手法，将魏阉比作狐与枭。钱澄之有一首以寓言形式反映郑成功战事的歌行《痴虎行》，以比兴手法隐喻战事。作者以惋惜之情铺写郑成功攻长江一事，诗中慨叹郑氏战术失误："嗟哉虎何痴，蛟龙勿失江湖波，虎豹势在深山阿。深山盘盘守尔拙，少年骄捷奈尔何！"①作者在诗后自注："此为郑氏而发"，小注画龙点睛，让人明白诗意所指。从中可以看出清代前期的诗人在"诗史"创作时，采用多变的艺术手法来叙事，在叙事中往往情节与人物并重，史与诗能水乳交融，增强了诗歌的表现力与感染力。

　　清代前期诗史观的自觉，促使诗人更多地关注社会时事变化、民生疾苦，使诗歌真实反映了社会面貌。"诗史"式的写作，使诗人将写作重点聚焦于重大时事与民众生活，从而促进了叙事诗的繁荣，也形成清诗叙事特色。清代前期的诗人在继承前人诗史观的基础上，重视了诗歌在特殊时代背景下的历史价值，"补史之阙""正史之讹"等观点都发前人之未发，新颖而独特，引领了一时的创作风尚。"史外传心之史"说则对诗歌的文学性有了更深层次的认识，发展了诗史创作的叙事手法，将叙事诗创作推向了一个高峰。相较于其他诗体，长篇歌行更具叙事优势，众多诗人的叙事歌行创作，使清代前期的歌行在叙事技巧和人物刻画上胜过前人，取得了很高的成就。

第二节　清代前期歌行创作总论

　　清代前期歌行反映社会的广度已经触及了社会的各个层面，有关时政和民生疾苦的作品可谓比比皆是。由于此时期作家众多，作品数量巨大，本节采取点面结合的方式来加以论述。清代前期歌行创作有着强烈的现实主义色彩，诗人不仅关注易代之际的政治变革，也把批判苛政、反映民生作为创

---

①　钱澄之：《藏山阁集》，黄山书社 2004 年版，第 157 页。

作重点。本节先对清代前期的歌行进行分类，然后选取代表作进行艺术分析，归纳歌行作品的艺术特色，力求在宏观上把握清代前期歌行创作的整体面貌。

清代前期是一个特殊的历史时期，不同的政治态度与身世遭遇，对诗人诗歌创作影响很大，诗人心态的复杂性往往使诗歌呈现多样化的风格。为了更清楚地分析诗歌内涵，使论文表述更方便，我们有必要对诗人进行大体分类。清代前期的诗人，学界一般分为三种类型：第一种是"入仕诗人"，清朝建立后在朝廷为官者，如钱谦益、吴伟业、龚鼎孳、宋琬、施闰章等；第二种是"殉节诗人"，忠于明朝，一心抗清，最终殉节者，如陈子龙、夏完淳、张煌言等；第三种是既未殉节，又未在清廷做官者，一般称为"遗民诗人"，如顾炎武、黄宗羲、王夫之、屈大均、吴嘉纪、钱澄之等。[①] 同一种类型的诗人，在诗歌创作方面有较多的相同点，但由于诗人境遇和个性的不同，作品也呈现出多样化的风格。

清代前期是一个社会剧烈动荡的时期。从明代崇祯年间开始，自然灾害不断，战争频繁，人民生活非常贫困，但朝廷为了加强税收，催科不已，加派不断。而在统治者上层，奸臣当道，当权者只知勾心斗角，争权夺利，国家已经处于崩溃的边缘。整个明朝摇摇欲坠，而这时候天灾不断，粮食歉收，水灾、旱灾、蝗灾使人民食不果腹，衣不蔽体。由于国库空虚，朝廷的赋税也越派越多，正供之外，又有"练饷""剿饷""辽饷"等名目，许多百姓被逼无奈，铤而走险，起义反抗朝廷，一时间遍布烽火，人民流离失所，处于水深火热之中。郑廉在《豫变纪略》卷三中对明朝时局评曰："是时，明室之亡决矣。外则防边，内则剿寇，无饷无兵，而将士不用命，士大夫袖手高谈，多立门户，虽贤者不免。"[②] 而边境崛起的后金，与明军数次交战，多次侵入内地。后金势力不断强大，最终建立清朝，大举南下，清军在征服北方、南方的过程中，往往烧杀抢掠，无恶不作，野蛮的屠城

---

① 此处参考傅璇琮、蒋寅主编：《中国古代文学通论》（清代卷），辽宁人民出版社 2005 年版，第 23 页。

② 郑廉：《豫变纪略》，《甲申史籍三种校本》，中州古籍出版社 2002 年版，第 118 页。

惨剧一再上演，给当时人们带来了无穷的灾难。

清初虽然社会稳定下来，但大大小小的起义不断，战争也很频繁。清朝为镇压反清起义，往往采取残酷的压榨政策，并且一度实行不平等的民族政策。"圈田""剃发"引起的民族矛盾和阶级冲突，也使当时的社会动荡不安。人民生活困苦，田园荒芜，许多城镇变成一片废墟。在社会经济缓慢恢复的过程中，满、汉官僚相互勾结，多加赋税，使不少人家破人亡。从诗歌的题材看，清代前期诗歌所反映的社会生活的深度和广度都达到了一个新的水平。

为了从宏观上了解清代前期歌行的题材内容，我们对清诗选集中清代前期的歌行进行分类，列表统计；同时对著名诗人别集中的歌行选择归纳，然后选取有代表性的歌行作品进行重点解读和剖析，这样有利于把握清代前期此阶段歌行的特点。我们采用的清诗选集主要有《清诗纪事》《清诗汇》，根据题材内容，可以大致分为战争动乱、苛政民生、咏物题画、题赠送别、山水风景五类，以期概观清代前期歌行创作的状况。

表 2-1 《清诗纪事》与《清诗汇》中反映战争动乱歌行类统计表

诗歌出处	歌行作者及诗歌题目	数量统计
清诗纪事	张镜心《临江行》；邢昉《广陵行》《井金行》；李确《听杨太常弹琴诗》谈迁《新城帅府行》；阎尔梅《惜扬州》；陈确《盐州篇》；余楁《蜀都行》；胡承诺《故宫行》；傅占衡《海棠树引》；杜濬《初闻镫船鼓吹歌》；钱秉镫《长干行》《沙边老人行》《虔州行》《麻河捷》《悲湘潭》《悲信丰》《悲南昌》《湖熟种菜歌》；方文《大明湖歌》；韩昌《汤御史行》《红毛行》；归庄《悲昆山》；魏耕《湖州行》；祁班孙《时孝子寻亲诗》；吴嘉纪《难妇行》；徐芳《楚宫老妓行》；戴移孝《死戍墓歌为给事姜贞毅先生作》；李邺嗣《江上吊三弦女子歌》；徐枋《怀旧篇长句一千四百字》；陈祚明《皇姑行》《瘦马行》；曾燦《羊城歌》；冷士嵋《海天别》；魏礼《卓烈妇》；屈大均《抱松妇操》；陈恭尹《赠昆来》；潘问奇《长安旧第行》；周岐《宜兵行》；叶襄《端午》；何云《七夕行》；李沂《听杨怀玉弹琴歌》；胡山《烟雨楼》；方中通《题结粤难文至感泣书此》；刘坊《哀龙江》；钱谦益《五芳井歌》；龚鼎孳《为赵友题所藏杨龙友画册》《大风行》；吴伟业《听女道士弹琴歌》《茸城行》《圆圆曲》；陈之遴《白头宫女行》；彭而述《四战歌》；马之瑛《濑水行》；高珩《后长恨歌》；法若真《登虎丘》；宋徵与《参军行》；施闰章《射乌楼行》；余缙《陇上行》；黎士弘《印无数》；李继白《出兵行》；李煜《鸟船行》；吴兆骞《榆关老翁行》《白头宫女行》《浚稽曲》；	65

诗歌出处	歌行作者及诗歌题目	数量统计
清诗汇	申涵光《邯郸行》；李郃嗣《杜鹃行》《死戍墓歌》；杜濬《初闻镫船鼓吹歌》；吴伟业《洛阳行》《听女道士弹琴歌》《圆圆曲》《雁门尚书行》；龚鼎孳《金陵篇用李空同汉京篇韵》；曹溶《出门行》；赵进美《蔡州行》；宋徵舆《参军行》《襄阳曲》；梁儒《潼关行》；吴兆骞《榆关老翁行》《白头宫女行》；	16

表 2-2 《清诗纪事》与《清诗汇》中反映苛政民生类歌行统计表

诗歌出处	歌行作者及诗歌题目	数量统计
清诗纪事	蒋臣《脱粟行》；朱鹤龄《湖翻行》《刈稻行》；吴嘉纪《海潮叹》；韩洽《江南曲》；文点《催花谣乙亥十月作》；吴祖修《检田篇》；王挺《观海篇》；魏象枢《剥榆歌》；魏裔介《秧行歌》《哀流民》；许缵曾《睢阳行》；邢昉《捉船行》；王时敏《春雨歌》；谈迁《河上行》；吴嘉纪《江边行》《邻翁行》《打鲥鱼》；韩洽《霽篲行》；陈孝逸《力夫行》；陈之遴《冰车行》；吴伟业《悲歌赠吴季子》姚文然《封船谣》；宋琬《诏狱行》；蒋超《差官行》；施闰章《孤儿行》《卖船行》；余缙《鱼蛮行》；查诗继《后马草行》；王益朋《补锅匠行》；丁澎《风霾行》；秦松龄《里两翁诗》《德州谣》；	33
清诗汇	朱鹤龄《苦寒行》《湖翻行》；钱澄之《湖孰种菜歌》；宋琬《市驴行》《诏狱行》《捕鱼行》；魏象枢《剥榆歌》；田茂遇《孤儿行》；查诗继《炮夫行》《后炮夫行》《后马草行》；	11

表 2-3 《清诗纪事》与《清诗汇》中反映咏物题画类歌行统计表

诗歌出处	歌行作者及诗歌题目	数量统计
清诗纪事	林古度《新燕篇》《新柳篇》；邢昉《题杨日补所藏杨龙友画云山图》《黄子仙裳才情妙美走山泽樵门名丁亥春渡江来视其师陈澹仙先生古谊过人殆有季布严仲子之风盖不徒隐于樵者也赋短歌》；陈确《黄楝头歌》；陈子升《崇祯皇帝御琴歌》；冷士嵋《文太史椅歌为姜仲子赋》；爱新觉罗福临《西山天太山慈善寺题壁诗》；吴伟业《通玄老人龙腹竹歌》《画中九友歌》《田家铁狮行》《题崔青蚓洗象图》；王士禄《诏罢高丽贡鹰歌》《普庵堂吴道子水陆画轴歌》；严沆《报国寺双松歌》；	15

续表

诗歌出处	歌行作者及诗歌题目	数量统计
清诗汇	黄宗羲《青藤歌》；傅山《李宾山松歌》；恽日初《观王石谷画山水歌》；陈瑚《破山璎珞树歌》；冒襄《宣德铜炉歌为方坦菴年伯赋》；归庄《题福源寺罗汉松》；吴伟业《京江送远图歌》；呼谷《宝剑篇》；吕师濂《老柏行》；屈大均《王不菴作卧龙松歌为余寿诗以酬之》；龚鼎孳《为赵友沂题所藏杨龙友画册和钱牧斋先生韵》；宋琬《古银槎歌》；周亮工《群鸦寒话图歌》；王士禄《诏罢高丽贡鹰歌》；程可则《题赵承旨击鞠图》《吴渔山为余仿营丘早雪图》；陈廷敬《书湘北秋水渔父图》；	17

表 2-4　《清诗纪事》与《清诗汇》中反映题赠送别类歌行统计表

诗歌出处	歌行作者及诗歌题目	数量统计
清诗纪事	徐波《赠范校书双玉》；徐开任《送仲兄司理邵陵》；钱秉镫《放歌赠吴鉴在》；顾炎武《吴兴行赠归高士祚明》；归庄《送瞿公子入广西》；魏耕《欲谒虞山钱大宗伯途中书怀先寄柬呈览》《醉时歌与朱廿二》；祁班孙《文选楼差别姜十七廷梧之兖州寄怀张五杉》《青春行赠女弟□》《遥送吴汉槎》《同杨生听琵琶女侑酒帐中女故客维扬与扬颜旧》；许承钦《将相谈兵歌题蔡怀真画册》；陈廷会《荡荡之水歌赠汪魏美》；吴嘉纪《一钱行赠林茂之》《篆隶印章歌赠何龙若》；顾景星《喜遇方三素伯于长干》；李邺嗣《赠语溪曹黄门歌》；周篔《寄彭仲谋兼柬令弟羡门》；屈大均《秋夜恭怀先业师赠兵部尚书岩野陈先生并寄家世兄恭尹》；陈允衡《拭剑篇》；彭孙贻《寄如皋冒辟疆》；叏丹生《吴江观倪文正公赠徐忠裳公书画幢子作歌留赠计生》；吕师谦《御香歌》；曹溶《对酒行严氏山楼同如须作》；上官松石《哭李琳枝》；施闰章《忆昔行寄宋荔裳陇西》《寄蒋虎臣金坛》；王广心《送董苍水游楚粤》；王士禄《闻大司马五弦李公罢遣歌姬遥呈此歌》；吴兆骞《闰四月朔日将赴辽左留别吴中诸故人》《奉送巴大将军东征逻察》；	31
清诗汇	孙奇逢《刘佐五设榻兼赠宝刀》；陆世仪《送闽中林衡者游中原长歌》；冒襄《送别程明士》；冒褒《送别陈其年》；彭孙贻《寄如皋冒辟疆》；周篔《寄彭仲谋兼柬令弟羡门》；赵进美《送宋玉叔还莱阳》；吴百朋《赠宋荔裳》；叶封《赠别林萤伯户部》；王广心《大梁行送林平子》；曹尔堪《送胡循蜚由衡州左迁商丘丞》《终南结茅歌赠本尔上人》《送孙无言归黄山歌兼示王西樵彭鸿曳》；吴绮《芜城歌赠送屈翁山》；刘体仁《赠归元公》；梁儒《云中行赠王广生》；李天馥《送宋荔裳按蔡四川》；杜臻《长啸歌赠孙雪菴》；陈肇昌《望是故乡行次韵送毛子霞隐君归郢》	19

表 2-5 《清诗纪事》与《清诗汇》中山水风景类歌行统计表

诗歌出处	歌行作者及诗歌题目	数量统计
清诗纪事	徐波《楞伽山观串月》；吴嘉纪《滩舟吟》；恽格《山楼曲》；陶季深《追和花游曲》；李雯《大涤山行上黄石斋先生》；宋琬《栈道平歌为贾膠侯尚书作》；	6
清诗汇	顾炎武《劳山歌》；胡承诺《陵阳山水歌》；邢昉《同龙友石门洞观瀑布歌》；钱谦益《放歌行赠栎园道人游武夷》；宋琬《天生桥歌》；焦贲亨《观卢岩瀑布放歌》；吴兆骞《海郎山灵湫神女歌》；	7

从上面几个表可以看出清代前期战争时事题材类的歌行数量占了绝对优势，而且大部分歌行佳作都属此类。歌行体的送别诗也很多，但大多属于题赠应酬，艺术性不高。清代前期的歌行侧重于叙事，多数与战争时事有关。通过列表统计，我们发现文学价值较高、艺术性强的作品大多集中以下两类中：一是反映时事与战争的歌行，二是反映民生与苛政的歌行，而且多为叙事诗。通过对事件的描绘来反映社会现实，注重叙事手法与技巧的革新是清代前期歌行作家的共同点。《清诗铎》题材分类如海塘、田家、蚕桑、催科、税敛、力役、科派、刑狱、灾荒、吏胥、差役等类，清代前期的歌行也涵盖了这些题材，集中反映了清代前期复杂的社会矛盾和人民真实生活状况。由于清代前期歌行作家众多，数以百计，而他们的作品数以千计，在论文有限的篇幅内，不可能对每一位作家、每一部作品作详细介绍。下面结合清代前期的歌行分类，选取代表作进行概括介绍，总论清代前期歌行艺术特点如下。

一、宏大的诗史叙事

"诗史"泛指反映某一历史时期历史事件、有历史意义的诗歌。清代前期叙写时事的歌行大部分可以称作"诗史"。清代前期的歌行体叙事诗，篇幅宏大，长者达几百字，在叙事方面有杰出的成就。由于歌行体体制比较灵活，篇幅长，给了诗人叙事写人的空间，所以清代著名的叙事诗几乎都是歌行体。可以说，能够代表清代叙事诗最高成就的就是歌行体叙事诗，而叙事性是清诗的一大特色,所以清代歌行叙事特征在一定程度上代表了清诗的风格特色。钱仲联先生在《清诗纪事》前言中说:"中国古典诗歌创作思想历来以'言志'、'缘情'为传统,重抒情而不重叙事……叙事性是清诗的一大特色,也是所谓'超元越明,上追唐宋'的关键所在。"①清代歌行多写史事,诗歌所涉及的往往都是军国大事,明清之间的重要战争,清初的抗清活动,几乎都在诗中得到反映。清代前期,歌行写战争几乎成为一时的创作风尚,许多著名的诗人都参与了创作,叙述战争的歌行数不胜数,宏大的诗史叙事成为此类诗歌的共同特征。

明清歌行诗人所写战争时事,多关系国家命运,往往为重大题材,如吴伟业《圆圆曲》所写山海关之战,《松山哀》写松山之战等,战事影响了明清战局,为历史发展的关键点。诗歌在叙事时,采用不同的艺术手段,展现了清代前期广阔的社会现实,如同宏大的史诗。吴伟业、钱谦益等诗人后面还要专节论述,本节选取其他代表诗人作品加以说明,如表 2-6 所示。

表 2-6 清代前期部分反映战争的歌行统计表

作者	诗歌题目	诗歌所反映战争时事
宋徵舆	参军行	崇祯十一年贾庄之战
归庄	悲昆山	1645 年昆山反剃发斗争,清兵屠城
方雯	大明湖歌	崇祯十一年清兵攻破济南
魏耕	湖洲行	"顺治二年六月,明长兴县民金有鉴奉通城王盛澂起兵,复湖洲,进攻长兴,不克,吏员王士麟死之。"(徐鼒《小腆纪年》)
魏卫	羊城歌	"顺治三年,十二月丁亥(十五日),降将李成栋以我大清兵取广州。"(徐鼒《小腆纪年》)
陈之遴	白头宫女行	1644 年甲申之变

从上表可以看出,诗人多写重大时事和战争,有着鲜明的时代色彩。正因为战事关系重大,所以诗人在把握此类题材上,显示出了杰出的创作才

---

① 钱仲联:《清诗纪事》,江苏古籍出版社 1987 年版,第 3、5 页。

能，在叙事性方面取得很高的成就。清代前期的叙写战争的歌行往往有完整的故事和曲折动人的情节，结构方面复杂多变，远非前代所比。同时，诗歌中场面描写、细节描写往往能刻画出个性鲜明的人物，这些都标志着叙事诗在清代前期阶段达到了一个新的高度。反映时事与战争的歌行，许多著名诗人都有佳作，此处选取宋徵舆的《参军行》和归庄的《悲昆山》为代表作加以论述。先看《参军行》：

> 檀州军败沸南陷，铁骑西山逼云栈。九门辛苦坐公卿，按兵不动有高监。玉堂美人胡不平，上书北阙苦论兵。参军新命一朝下，单骑夜出长安城。是时主将卢司马，独将西兵兵力寡。不教国士死黄沙，别遣参军向城下。参军不行司马嗔，参军既行军伍陈。北向再拜谢至尊，曰臣象升死国恩。鼓声阗阗军出垒，司马一呼创者起。三万边兵夜合围，孤军虽胜终斗死。朝廷颇轻死事功，翻疑讼疏多雷同。司马几受斫棺惨，参军一官成转蓬。呜呼权臣报复有如此，疆场谁肯抚孤忠。①

宋徵舆（1617—1667 年）字辕文，江南华亭人。顺治四年（1647 年）进士，官至副都御史。宋徵舆的《参军行》表现了崇祯十一年的贾庄之战，叙述了贾庄之战的经过，塑造了卢象升忠君爱国的英雄形象。在这首叙事歌行中，宋徵舆展现了明朝统治者内部的重重矛盾，书写了史事，既是"诗史"也是"史评"。沈德潜在《清诗别裁集》中对此诗的叙事进行了分析："此纪贾庄之败也。高监，名起潜，参军，杨廷麟。时枢辅杨嗣昌嫉卢忠烈正直，不与援兵。高起潜拥兵坐视。忠烈与大军战，重创死。嗣昌诬以降，又诬以遁，几至斫棺。廷麟力辩其冤，得免。忠佞颠倒如此，明社所以屋也。后参军亦以守城死。"② 关于此诗的详细写作背景，《明史》列传第一百四十九中载：

> 十二月十一日，进师至钜鹿贾庄。起潜拥关、宁兵在鸡泽，距贾庄五十里而近，象升遣廷麟往乞援，不应。师至蒿水桥，遇大清兵。象升将中军，大威帅左，国柱帅右，遂战。夜半，虏簸声四起。旦日，骑数万环之三匝。象升麾兵疾战，呼声动天，自辰迄未，炮尽矢穷。奋身

---

① 沈德潜：《清诗别裁集》，河北人民出版社 1997 年版，第 35 页。
② 沈德潜：《清诗别裁集》，河北人民出版社 1997 年版，第 35 页。

斗，后骑皆进，手击杀数十人，身中四矢三刃，遂仆。掌牧杨陆凯惧众之残其尸而伏其上，背负二十四矢以死。仆顾显者殉，一军尽覆。大威、国柱溃围乃得脱。

起潜闻败，仓皇遁，不言象升死状。嗣昌疑之，有诏验视。廷麟得其尸战场，麻衣白网巾。一卒遥见，即号泣曰："此吾卢公也。"三郡之民闻之，哭失声。顺德知府于颍上状，嗣昌故靳之，八十日而后殓。明年，象升妻王请恤。又明年，其弟象晋、象观又请，不许。久之，嗣昌败，廷臣多为言者，乃赠太子少师、兵部尚书，赐祭葬，世廕锦衣千户。福王时，追谥忠烈，建祠奉祀。[①]

《参军行》以参军杨廷麟经历为明线，以朝廷争斗为暗线，将贾庄之败的前前后后完整地表现出来。杨廷麟因为力主抗战，得罪了主和派杨嗣昌，被派往军中。《明史》列传第一百六十六中载："时嗣昌意主和议，冀纾外患，而廷麟痛诋之。嗣昌大恚，诡荐廷麟知兵。帝改廷麟兵部职方主事，赞画象升军。象升喜，即令廷麟往真定转饷济师。无何，象升战死贾庄。嗣昌意廷麟亦死，及闻其奉使在外，则为不怿者久之。"[②]杨廷麟因为卢象升的"别遣参军向城下"而得以侥幸生存，差点被奸人所害。《参军行》一诗对卢象升虽着墨不多，但其忠义精神通过动作、语言描写刻画得很鲜明。"北向再拜"的动作和"曰臣象升死国恩"的语言，表现出卢象升为国捐躯的从容与镇定。"鼓声阗阗军出垒，司马一呼创者起"两句写出了贾庄战斗的激烈，卢象升的英勇无畏。在众寡悬殊的情况下，卢象升壮烈牺牲。行文至此，已将贾庄之败写完，而作者又描述了卢象升战死之后的遭遇，将批判的矛头直指误国的奸臣与昏庸的朝廷。"司马几受斫棺惨，参军一官成转蓬"的悲凉结局，增添了诗歌的悲剧气氛，给人以强烈的心灵震撼。诗歌借英雄之死，忠臣被贬，力图揭示明朝灭亡的根源，有深沉的历史兴亡感。

清代前期歌行以多种叙事角度反映了当时复杂多变的政治局势。写清初剃发斗争和清军屠杀暴行的作品，归庄《悲昆山》就是代表作之一。清军攻

---

① 　张廷玉等撰：《明史》第二十二册，中华书局 1974 年版，第 6765 页。
② 　张廷玉等撰：《明史》第二十三册，中华书局 1974 年版，第 7114 页。

陷南京以后，遭到了江南人民的英勇抵抗。当时记载清军屠城的史料笔记如《扬州十日记》《嘉定屠城略》等，真实再现了当时的历史。归庄《悲昆山》一诗则以诗歌形式展现了清军惨无人道的屠杀昆山百姓的情形：

> 悲昆山！昆山城中五万户，丁壮不得尽其武。愿同老弱妇女之骸骨，飞作灰尘化作土。悲昆山！昆山有米百万斛，战士不得饱其腹，反资贼虏三日谷。悲昆山！昆山有帛数万匹，银十余万斤。百姓手无精器械，身无完衣裙。乃至倾筐箧，发窦窖，叩头乞命献与犬羊群。呜呼！昆山之祸何其烈！良繇气懦而计拙。身居危城爱财力，兵锋未交命已绝。城陴一旦驰铁骑，街衢十日流膏血。白昼啾啾闻鬼哭，乌鸢蝇蚋争人肉。一二遗黎命如丝，又为伪官迫惬头半秃。悲昆山，昆山诚可悲！死为枯骨亦已矣，那堪生而俯首事逆夷！拜皇天，祷祖宗，安得中兴真主应时出，救民水火中。歼郅支，斩温禺，重开日月正乾坤，礼乐车书天下同！①

关于此诗的写作背景，《小腆纪年附考》中载："(1645年闰六月乙未十五日)，南都之亡也，知县杨永言逃于泗桥参将陈宏勋家，县丞阎茂才遣使纳款。是月十一日，剃发令下，城中大哗。室瑜、集璜、大任，奉前狼山总兵王佐才为主。宏勋、永言亦率壮士数百人入城，裹粮移檄，为久守记。已而宏勋率舟师迎战而败，志尹殁于阵，城遂陷。"②史书记载对屠城一事比较隐晦，而归庄《悲昆山》一诗可以"补史之阙"，并且归庄亲身参与昆山保卫战，亲闻目睹，因此诗歌更具有史料价值。当时剃发斗争引发的屠城之祸，在江南各地都可以看到，陈舜系在《乱离见闻录》中对广东剃发斗争有如下记载：

> 盖兵于十五早凭文武官行香入城，一旦满城皆剃头结辫，戴红缨帽，家家贴大清顺民于门。告示晓谕，留头不留发，留袖不留手，留裙不留足等语。先是乙酉秋，海珠寺侧流血水三日，至是有屠城之变，兵民死者数万，妇女给兵丁，房屋属官。③

---

① 归庄：《归庄集》，中华书局1962年版，第37—38页。
② 徐鼒：《小腆纪年附考》，中华书局1957年版，第389—390页。
③ 陈舜系：《乱离见闻录》，《明史资料丛刊》第三辑，江苏人民出版社1983年版，第248页。

归庄《悲昆山》一诗反映的情形与之相类似，是清代前期人民反清斗争的一个缩影。

归庄为清代前期的反清志士，在诗中表现了他的反清思想与悲愤慷慨之情。全诗以清兵昆山屠杀为背景而展开，叙事手法以场面描绘为主，以不同的叙事片断组合成一幅完整的图画。诗歌连用三个"悲昆山"咏叹，将诗人内心对清军的强烈仇恨表达出来。五万生灵化为尘与土，金银、米帛被掠一空，幸存者叩头乞命，一派生灵涂炭的景象。清军屠城后的场景，归庄用"街衢十日流膏血。白昼啾啾闻鬼哭，鸟鸢蝇蚋争人肉"三句来加以概括，将清军屠杀人民的惨状鲜明地表现出来，让人有惊心动魄之感。而在异族压迫下的人民，被逼剃发，"头半秃"的形象揭示了幸存者被侮辱、征服的处境。诗歌结尾作者呼唤英明君主，能够复兴明朝，救民于水火之中，体现了诗人崇高的民族气节与英雄不屈的革命精神。诗歌饱含深情，沉郁悲壮，叙事与抒情相互融合，句式参差错落，换韵自由，为清代前期歌行诗中的杰作。

明清之际战争频繁，诗人多用歌行写战事，以多种叙事手法来展现波澜壮阔的易代战争，如同分章节的战争史诗。在写法上，作者往往采用正面描写，表现战争的残酷和战争对时局的影响，这种宏大的诗史叙事在清代以前的歌行中是很少见的。

二、多故国之思的感伤抒情性

明清鼎革，不仅仅是朝代之更替，更重要的是少数民族入主中原。在这场易代之变中，一方面是残酷的战争，是无数生命的陨落，是一场空前的大浩劫；另一方面是儒家传统和封建伦理的缺失，人们的道德观和价值观让位于生存的需要，所谓的"忠、孝、节、义"等伦理道德被许多人抛之脑后，其中不乏许多文人士大夫。顾炎武有"亡天下"之说，他在《日知录·正始》中说："有亡国，有亡天下。亡国与亡天下奚辨？曰：易姓改号，谓之亡国；仁义充塞，而至于率兽食人，人将相食，谓之亡天下。"[①] 对于有爱国思想和

---

① 黄汝成：《日知录集释》，上海古籍出版社 1984 年版，第 1014 页。

正义感的知识分子来说，这不仅是一个朝代的灭亡，而且是一个礼崩乐坏的末世。因此在诗中抒发自己的亡国之痛和对世事变迁的嗟叹，成为此时期诗人的共同点，作品风格多以感伤为主。

从诗人的群体来看，殉节诗人之诗，富有爱国精神和忠君思想，如陈子龙、夏允彝等；遗民诗则充满故国之思，感伤沉痛风格成为他们诗作的共同点，如顾炎武、归庄、屈大均等；而身仕二姓的入仕诗人，也在诗中抒发家国之痛，失节的自责也在诗中得以呈现，如吴伟业、钱谦益、龚鼎孳等。清代前期歌行中，亡国之痛与身世飘零的感叹往往在诗中交织在一起，形成诗歌感伤的抒情风格。如以下诗句：

> 可怜千古帝王城，熊罴虎豹相追随。岸上莽烟烧义骨，行间血吻吞鲜脂。（张镜心《临江行》）
>
> 魂魄茫茫复何有？尚有生人来酬酒。九州不肯罢干戈，生人生人将奈何！（邢昉《广陵行》）
>
> 千家万户陇头哭，哭声直上干扶桑。扶桑不炤周余苦，忍使白骨堆远土。（陈孝逸《力夫行》）
>
> 繁华久触高明忌，满目新亭人似寐。长堑偏容鼓角过，斜阳最耐兴亡事。（龚鼎孳《金陵篇用李空同汉京篇韵》）①

明清易代所带来的黍离之悲、沧桑之感，成为清初歌行的主要特点。诗人面对破败的家园，频繁的战争，心中的悲号、哀叹，发之于诗，让人读之不禁动容。这一时期的歌行作品很难见到喜悦、乐观的作品，多愁苦之音。

清代前期歌行，多“故国之思”的遗民诗则成为最富有时代精神的作品。《清史稿》列传第二百八十七遗逸一：

> 天命既定，遗臣逸士犹不惜九死一生以图再造，及事不成，虽浮海入山，而回天之志终不少衰。迄於国亡已数十年，呼号奔走，逐坠日以终其身，至老死不变，何其壮欤！②

在清初的艰险的社会条件之下，很多士人不与清朝政府合作，选择了多

---

① 钱仲联：《清诗纪事》，江苏古籍出版社 1987 年版，第 21、25、1172、1365 页。

② 赵尔巽等：《清史稿》第四十五册，中华书局 1977 年版，第 13815—13816 页。

种多样的生活方式。赵园在《明清之际士大夫研究》中说："士的谋生手段
的匮乏，是士的历史的结果。当着面对具体的谋生手段的问题时，士人自不
难发现，作宦、力田、处馆、入幕，几乎构成了他们基本的生存空间。"①遗
民诗人多怀亡国之痛，或寄情翰墨，或隐居乡里，或浪迹江湖，典型代表有
陈恭尹。陈恭尹（1631—1700 年），字元孝，号半峰，晚年号独漉子，又号
罗浮布衣，广东顺德县龙山乡人，著名抗清志士陈邦彦之子。在清初诗坛，
他与屈大均、梁佩兰同称岭南三大家。对明代史事与先朝的怀念，寄托对明
代皇帝的哀思，也是当时许多遗民诗人创作的主题之一。如陈恭尹《崇祯皇
帝御琴歌》：

> 孤桐何生生峄阳，天家巧斫含宫商。乾坤四序在胸臆，七宝交盘双
> 凤皇。烈皇宵衣坐璇殿，欲奏南薰和赤县。朱丝七轸轸七弦，一时进绝
> 君王前。君王三月骑龙去，神物潜行越河泗。罗浮道士搜遗弓，五拜亲
> 瞻翔凤字。来归泣语临秋浦，白日晶晶倏飞雨。况乃风高水波立，海隅
> 咫尺非吾土。豹之斑，下人间。鳄之横，出深阻。掩君泪，为君吟。彼
> 琴者木木有心，四海男儿何至今？②

此为咏物诗，通过崇祯皇帝古琴的流落来反映国破家亡与明清易代之变。明
思宗朱由检（1611—1644 年），年号崇祯，1628 年登基，在位 17 个年头。
崇祯十七年，李自成起义军攻入北京时自缢。清人入关，谥怀宗，后改庄烈
帝。此首歌行，回顾了崇祯皇帝生前在皇宫弹奏古琴的场景，也记叙了古琴
流落民间被道士所得的经过。作者睹物伤怀，感叹世事变幻，以"海隅咫尺
非吾土"含蓄地表达了心中的无限感伤与对先帝的怀念。诗歌沉郁悲壮，情
感浓烈，有很强的感染力。杨圻在《独漉诗笺》序中对其评曰：

> 独漉之怀抱身世家痛国变与乎？崎岖闽楚之际，彷徨黄河太行之
> 间，孤危飘泊，志盖有为。言则有物，而后可知其诗之所以美也。盖其
> 志存朱明，意图恢复，实亭林一流人物。迨郑成功、张煌言兵败出海，
> 知大势无可复为，于是行吟孤愤以诗人终其身。观其《增江集》"吹台

---

① 赵园：《明清之际士大夫研究》，北京大学出版社 1999 年版，第 336 页。

② 陈恭尹：《独漉堂集》，中山大学出版社 1988 年版，第 74 页。

归舟怀别翁山"诸诗，忠爱悱恻，拳拳故国，较之同时梅村且或有过。①

陈恭尹的生平经历在遗民中很有代表性，清代前期顾炎武、归庄、屈大均等遗民与陈恭尹有着同样的故国之思，凄怆悲愤的情怀。他们诗中多写国变后的沉痛，漂泊无依的孤独，表现出感伤哀婉的美学风格。

清代前期歌行中，叙述时事与战乱的歌行，往往通过对事件的叙述来渗透故国之思，民生题材的歌行在表现社会苛政的过程中，也体现出作者悲天悯人的情怀，感伤的抒情性成为此时期歌行的共同特征。遗民诗人往往以诗寄情，多以象征手法来表达内心的哀思与感慨，我们以吴嘉纪诗歌为例来说明此点。严迪昌先生在《清诗史》中对吴嘉纪评价很高："诗情寒苦、诗风真朴的吴嘉纪能于艰危清贫的生活处境中守正持正、独标洁志，诚可和顾炎武并称高名。"② 吴嘉纪诗歌除了"诗史"特点，还表现了他的遗民生活，反映了他清初的遭遇，诗歌以强烈的主观抒情性为特点。如《忆昔行赠门人吴麐》：

> 忆昔北兵破芜城，几千万家流血水。史相尽节西城楼，吴麐之父同日死。麐母少年麐垂髫，避乱金陵踪迹遥。信音忽到乌衣巷，涕泪双沾朱雀桥。毁容截发母心苦，织素教儿夜常午。亲授汉书与孝经，提携六岁至十五。满地旌旗未罢兵，移家来住海边城。致富懒师范少伯，执经偏就郑康成。悠悠户外谁同调？霜雪饥寒身自蹈。只思当路赋缁衣，不信时人讥皂帽。四海为家何处还？凄凉八口去茅山。离别终年愁落月，琴书一棹遇邗关。旅舍沽醪重话故，自言篆学攻朝暮。石上吾初运铁刀，镌成人日如铜铸。此艺前推何雪渔，以刀刻石如作书。僻壤穷陬传姓字，残章断迹胜琼琚。麐也何君同一里，须知助腕有神鬼。手底灵奇甫著名，城中车马多寻尔。昨日空囊今有钱，籴粮籴菽上归船。辛苦高堂头已白，好凭微技养余年！③

吴嘉纪此首诗歌以对往事的回忆，描绘了易代之际遗民的困苦生活与凄凉处

① 陈恭尹著，陈荆鸿笺：《独漉诗笺》，广东人民出版社2009年版，第5页。
② 严迪昌：《清诗史》，浙江古籍出版社2002年版，第139页。
③ 吴嘉纪著，杨积庆笺校：《吴嘉纪诗笺校》，上海古籍出版社1980年版，第449—450页。

境，感情忧郁沉痛。诗歌先叙述了昔日清兵破芜城的情形，"几千万家流血水"一句将清军的残忍屠杀一笔写出，引出下文对悲惨遭遇的回忆。吴麐之父死于抗清斗争，吴麐之母毁容截发，以织素为生，将吴麐抚养成人。在兵荒马乱的年代，吴麐一家人数次搬迁。而颠沛流离之苦，让一家人常常处于饥寒之中，"霜雪饥寒身自蹈""凄凉八口去茅山"等句，形象写出清初遗民和普通民众悲惨的生活。而作者贫居陋巷，"以刀刻石"为生，生活之困苦可想而知。诗歌中的故国之思与身世飘零之感真挚生动，对气节的坚守，让读者为之动容。陆廷抡在《陋轩诗序》中说："吴子诗自三事而外，怀亲忆友，指事类情，多缠绵沉痛，而于高岸深谷，细柳新蒲之感尤甚。予读之往往不及终卷而罢。"①

吴嘉纪诗歌多写亲身见闻，往往以白描手法来展现清初人民的苦难生活，诗歌中的悲痛与感慨之情渗透于字里行间。严迪昌先生在《清诗史》中曾说："因为吴野人生活层面最切近赤贫者，故而他笔下的民生疾苦特见真实具体，大多是身同感受的哀唱，与旁观者人道怜恤之作迥异。"② 如其《过兵行》中"女泣母泣难相亲，城里城外皆飞尘。鼓角声闻魂已断，阿谁为诉管兵人？"四句，表达了对清兵的痛恨与谴责，有深沉哀伤的情调。周亮工《吴野人陋轩诗序》中说："因出其手录陋轩诗一帙示余，余读之，心怦怦动。已又见其寄舟次札子，有'夕阳残照，于时宁儿'之语，则不禁凄心欲绝。"③康发祥《伯山诗话后集》："野人著陋轩诗钞十二卷。其歌行之妙，直逼老杜；余诗亦如九秋唳鹤，三峡啼猿，布衣之中，罕有其匹。"④吴宓在《吴宓诗话》明遗民诗条中说道："吴嘉纪之乐府诗及五古、七古，写悲惨之实事，真挚动人。"⑤

清代前期的诗人经历明朝灭亡，异族入侵的历史巨变，目睹了人民流离失所、妻离子散的惨状，诗歌中多抒发国家沦丧的痛苦，在风格上感伤凄

---

① 吴嘉纪著，杨积庆笺校：《吴嘉纪诗笺校》，上海古籍出版社 1980 年版，第 495 页。
② 严迪昌：《清诗史》，浙江古籍出版社 2002 版，第 148 页。
③ 吴嘉纪著，杨积庆笺校：《吴嘉纪诗笺校》，上海古籍出版社 1980 年版，第 487 页。
④ 吴嘉纪著，杨积庆笺校：《吴嘉纪诗笺校》，上海古籍出版社 1980 年版，第 517 页。
⑤ 吴宓：《吴宓诗话》，商务印书馆 2005 年版，第 315 页。

婉，具有强烈的主观抒情特征。清代前期的诗人，经历易代之变，影响了诗人的创作心理。无论是入仕诗人，还是遗民诗人，在诗歌创作中，对前朝的怀念，亡国之思的嗟叹成为一时的创作风尚。这种创作风气使清代前期的诗歌创作情感真挚，有着浓郁的抒情性，诗歌成为反映诗人复杂心理的一面镜子。

第三章　钱谦益歌行论

钱谦益、吴伟业在清初诗坛与歌行引领两大诗派，而以吴伟业为首的娄东诗派和以钱谦益为代表的虞山诗派在当时影响很大。以往研究多集中于钱谦益的七律，而对他的歌行较少关注。本章重点论述钱谦益诗学宗尚以及歌行的特点，通过对其歌行的分析论述，揭示其艺术风貌。

钱谦益是清代前期的著名学者、诗人，他的诗歌在清初诗坛地位极其重要。其歌行与律诗都取得了很高成就，他的歌行诗内容广泛，题材多样。既有诗史类创作，也有流连山水之作，题画诗、咏物诗也有精彩之作。清代前期歌行作家，多以唐代为宗，钱谦益则以学宋为主，以文为诗。对于其在歌行诗方面的成就，朱庭珍《筱园诗话》曾说："钱牧斋……所为诗长于七言，以七律七古为上，七绝次之，五言则工候甚浅。"[1]本章先论述钱谦益宗宋诗风，再具体论述其歌行艺术特色。

第一节　钱谦益的诗学批判与宗宋诗风的形成

钱谦益（1582—1664 年），字受之，号牧斋，江苏常熟人。明万历三十八年（1610 年）一甲三名进士，他是东林党的领袖之一，官至礼部侍郎。因党争，屡次被斥。马士英、阮大铖在南京拥立福王，钱谦益依附之，为礼部尚书。后降清，为礼部侍郎。但仅为官五个月，他就告病归，晚年秘密参与抗清斗争，1664 年卒。著作有《初学集》110 卷、《有学集》50 卷、《投

---

[1]　朱庭珍:《筱园诗话》,《清诗话续编》本, 上海古籍出版社 1983 年版, 第 2355 页。

笔集》2卷、《苦海集》1卷等。钱谦益因为有谄事马士英、降清等劣迹，后人对其诗歌的评价莫衷一是。章太炎在《訄书·别录甲》中云：

> 谦益为人，徇名而死权利。江南故党人所萃，已以贵官擅文学，为其渠率，自喜也。郑成功尝从受学，既而举舟师入南京，皖南诸府皆反正。谦益则和杜甫《秋兴》诗为凯歌，且言新天子中兴，已当席稿待罪。当是时，谓留都光复在俾倪间，方偃卧待归命，而成功败。……后二年，吴三桂弑末帝于云南，谦益复和《秋兴》诗以告哀。凡前后所和百章，编次为《投笔集》，其悲中夏之沉沦、与犬羊之傲扰，未尝不有余哀也！①

钱谦益人品史有定论，抗清之举，陈寅恪先生在《柳如是别传》考证甚详，相关的论文和专著已经做了深入讨论②，本书不作赘言。论文主要对其诗学成就和诗歌艺术成就作一番研究。

清代前期歌行流派纷呈，风格迥异。钱谦益歌行雄奇奔放，在写法上较多借鉴唐宋诗人的作品。例如他的《华山庙碑歌》模仿韩愈《石鼓歌》，以学问为诗，以议论为诗，具有散文化的特点。他的歌行也吸收了苏轼歌行特点，能自成面目。在清初诗坛，歌行诗人多学初唐、盛唐，而钱谦益歌行呈现出宋诗的格调，他在歌行方面多学韩愈、苏轼，这在清初诗坛是很特殊的。这与他在诗学方面"宗宋"趋向有关，因此有必要对钱谦益"宗宋"诗风作一番介绍。

宗宋诗风的形成与钱谦益对七子诗学、竟陵派的批判密切相关，钱谦益不盲从于前人之说，对当时的不良诗风进行了深刻的反思。对宋诗的提倡，不仅是诗学宗尚的改变，更重要的是对七子、竟陵诗论进行合理的修正。钱谦益对七子、公安、竟陵的批判对于扭转不良诗风有重要意义，这一点钱仲联先生在《梦苕庵论集》中这样说道：

> 但他（钱谦益）终于尽破旧说，于七子则斥其"牵率模拟，剽贼于

---

① 章炳麟著，徐复注：《訄书详注》，上海古籍出版社2000年版，第901—902页。
② 见严迪昌：《清诗史》，浙江古籍出版社2002年版，第362—64页；裴世俊：《钱谦益诗歌研究》，宁夏人民出版社1991年版，等。

声、句、字之间"，于公安则斥其为"鄙俚"，于竟陵则斥其为"破碎断落""词旨蒙晦""如木客之清吟，如幽独君之冥语"，都可以说是洞见症结，击中要害。①

钱谦益对前后七子、竟陵派的批评集中体现于《列朝诗集小传》一书中。在丙集李少师东阳条中，他对李梦阳的复古理论进行了抨击：

> 北地李梦阳，一旦崛起，侈谈复古，攻窜窃剽贼之学，诋諆先正，以劫持一世；关陇之士，坎壈失职者，群起附和，以击排长沙为能事。王、李代兴，挑少陵而祢北地，目论耳食，靡然从风。吾友程孟阳读怀麓之诗，为之擿发其指意，洗刷其眉宇，百五十年之后，西涯一派焕然复开生面，而空同之云雾，渐次解驳，孟阳之力也。余尝与曲周刘敬仲论之曰："西涯之诗，原本少陵、随州、香山，以迫宋之眉山、元之道园，兼综而互出之。其诗有少陵，有随州、香山，有眉山、道园，而其为西涯者自在。试取空同之诗，汰去其吞剥寻扯吘牙龃齿者，求其所以为空同者，而无有也。"②

钱谦益此论指出了李梦阳模拟复古的最大弊病，并且把李梦阳与李东阳作了对比。同样是效法前人，李东阳之诗兼宗唐宋，诗中有创新之处，自有其性情面目。而李梦阳倡"诗必盛唐"，却生吞活剥，专以模仿为能事，诗中已经尽是古人声调，丧失了自己的个性风格。以临摹、剽窃为作诗法门的明末诗人，其诗作徒具古人形骸而已，叶燮在《原诗》中评论道："惟有明末造，诸称诗者，专以依傍临摹为能事，不能得古人之兴会神理，句剽字窃，依样葫芦，如小儿学语，徒有喔咿，声音虽似，都无成说，令人哕而却走耳。乃妄自称许曰：此得古人某某之法。"③钱谦益对明代复古诗歌思潮的批判，他以"新"来看待诗歌的发展演变，不再单纯迷信古人，不株守一隅。学习古人之诗，不能限于字句，重要的是得其精神，这样诗歌才能不断创新发展。他在《列朝诗集小传》丙集李副使梦阳条中说道：

---

① 钱仲联：《梦苕庵论集》，中华书局 1993 年版，第 196 页。
② 钱谦益：《列朝诗集小传》，上海古籍出版社 1983 年版，第 245—246 页。
③ 叶燮：《原诗》，《清诗话》本，上海古籍出版社 1978 年版，第 571 页。

献吉以复古自命，曰古诗必汉魏，必三谢；今体必初盛唐、必杜；舍是无诗焉。牵率模拟剽窃于声句字之间，如婴儿之学语，如童子之洛诵，字则字、句则句、篇则篇，毫不能吐其心之所有，古之人固如是乎？天地之运会，人世之景物，新新不停，生生相续，而必曰汉后无文，唐后无诗，此数百年之宇宙日月尽皆缺陷晦蒙，直待献吉而洪荒再辟乎？①

钱谦益把李梦阳诗歌比喻为婴儿学语，童子洛诵，鄙薄之意现于笔端。他还认为李梦阳以剽窃为能事的诗歌创作丝毫表达不出内心真实情感，"唐后无诗"的说法也违反了诗歌发展的客观规律。

公安"性灵派"的崛起为明代诗坛带来了一股清新空气，诗人重视个性、性情，使不少诗人从古人的声调、字句中解脱出来。在明代中期，特别是万历中期，李梦阳、王世贞等前后七子的诗学主张统治诗坛，而崇尚个性，抒写性情的诗人如徐渭、汤显祖，虽然不乏优秀的诗篇，但无法与王、李之说相抗衡。袁宏道在《瓶花斋集》卷之九《答梅客生开府》中说："今代知诗者，徐渭稍不愧古人，空同才虽高，然未免为工部奴仆，北地而后，皆重俚也。公然侈为大言，一倡百和，恬不知丑。"② 公安三袁的"性灵说"在当时诗坛发动了一场文学变革，一扫七子复古主义诗风。"独抒性灵，不拘格套"的创作理念，易于让诗人摆脱学步效颦的处境，能够大胆表现诗人自我情感。公安三袁的诗学主张，将创新精神引入诗坛，使诗歌创作走上了一条新路。钱谦益在《列朝诗集小传》丁集袁稽勋宏道中评论道：

万历中年，王、李之学盛行，黄茅白苇，弥望皆是。文长、义仍崭然有异，沉痼滋蔓，未克艾剃。中郎以通明之资，学禅于李龙湖，读书论诗，横说竖说，心眼明而胆力放，于是乃昌言击排，大放厥辞。以为唐自有诗，不必选体也。初、盛、中、晚皆自有诗，不必初、盛也。欧、苏、陈、黄各有诗，不必唐也。……中郎之论出，王、李之云雾一扫，天下之文人才士始知疏瀹心灵，搜剔慧性，以荡涤摹拟涂泽之病，

---

① 钱谦益：《列朝诗集小传》，上海古籍出版社1983年版，第311页。
② 袁宏道著，钱伯城笺校：《袁宏道集笺校》，上海古籍出版社1981年版，第734页。

其功伟矣。机锋侧出，矫枉过正，于是狂瞽交扇，鄙俚公行，雅故灭裂，风华扫地。竟陵代起，以凄清幽独矫之，而海内之风气复大变。①
公安派过分注重个人性情，诗的题材、意境不能不受限制，而对诗歌风雅传统的忽视，又使诗歌呈现鄙俚粗率的趋向。代之而起的竟陵派追求"幽深孤峭"的诗风，使诗歌创作重新陷入另一种格套。才力、学养的缺乏，使钟、谭二人诗歌浅薄琐碎，错谬百出，故弄玄虚，钱谦益斥为"鬼趣""诗妖"，把他们的诗歌看作是亡国之音。《四库全书总目提要》（卷一九〇）中也说："万历以后，公安倡纤诡之音，竟陵标幽冷之趣，幺弦侧调，嘈囋争鸣。佻巧荡乎人心，哀思关乎国运，而明社亦于是乎屋矣。"②

钱谦益在《列朝诗集小传》一书中对钟惺、谭元春进行了猛烈而又辛辣的批判，对竟陵诗派不良的诗风进行了不遗余力的讽刺和鞭挞：

（钟提学惺）其所谓深幽孤峭者，如木客之清吟，如幽独君之冥语，如梦而入鼠穴，如幻而之鬼国，浸淫三十余年，风移俗易，滔滔不返。余尝论近代之诗，抉摘洗削，以凄声寒魄为致，此鬼趣也。尖新割剥，以噍音促节为能，此兵象也。鬼气幽，兵象杀，著见于文章，而国运从之，以一二轻才寡学之士，衡操斯文之柄，而征兆国家之盛衰，可胜叹悼哉！……钟谭之类，岂亦五行志所谓诗妖者乎！

（谭解元元春）谭之才力薄于钟，其学殖尤浅，谫劣弥甚，以俚率为清真，以僻涩为幽峭，作似了不了之语。以为意表之言，不知求深而弥浅；写可解不解之景，以为物外之象，不知求新而转陈。无字不哑，无句不谜，无一篇章不破碎断落。一言之内，意义违反，如隔燕吴；数行之中，词旨蒙晦，莫辨阡陌。原其初，岂无一知半解，游光掠影，居然谓文外独绝，妙处不传，不自知其识之堕于魔，而趣之沉于鬼也。③

钱谦益对竟陵派的批判虽嫌刻薄，但却指出了竟陵派诗歌的根本缺陷。晚明时期，钟、谭二人《诗归》风行一时，而《诗归》是以评点方式来渗透竟陵

①　钱谦益：《列朝诗集小传》，上海古籍出版社1983年版，第567页。
②　永瑢等撰：《四库全书总目提要》（第38册），商务印书馆1931年版，第85页。
③　钱谦益：《列朝诗集小传》，上海古籍出版社1983年版，第571—572页。

诗学的诗选。钟、谭二人从古诗字句开始求新求异，以冷僻之境为尚，表面上是创新，本质实为倒退。七子的模拟从声调开始，竟陵派的模拟则着眼于字句，二者并无本质的不同。赵翼《瓯北诗话》中曾论道："后来学唐者：李、何辈袭其面貌、仿其声调，而神理索然，则优孟衣冠矣；锺、谭等又从一字一句，标举冷僻，以为得味外味，则幽独君之鬼语矣。"① 毛先舒《诗辨坻》卷四中说："王、李之弊，流为痴肥，钟、谭克药欲砭一时之疾，不虞久服更成中瘠耳。又其材识本嵬琐，故不能云救，每变愈下。"② 宋荦《漫堂说诗》中也说道："李于鳞唐诗选，境隘而辞肤，大类已陈之刍狗；钟谭诗归，尖新诡僻，又似鬼窟中作活计，皆无足取。盖诗道本广大，而彼故狭小之；诗道本灵通变化，而彼故拘泥而穿凿之也。"③

　　而在清代前期诗坛，竟陵诗风流行一时，引人误入歧途，使本来已走下坡路的明代诗歌更是雪上加霜，更加一蹶不振。竟陵诗派的理论与创作确实存在着很大的弊病，引起了许多文人学者的不满与攻击。顾炎武在《日知录》卷十八中对钟、谭《诗归》的荒谬之处进行了指摘：

　　　　又近日盛行《诗归》一书，尤为妄诞。魏文帝《短歌行》："长吟永叹，思我圣考。""圣考"谓其父武帝也，改为"圣老"，评之曰："圣老字奇。"《旧唐书》李泌对肃宗言："天后有四子，长曰太子宏，监国而仁明孝悌。天后方图称制，乃鸩杀之，以雍王贤为太子。贤自知不免，与二弟日侍于父母之侧，不敢明言，乃作《黄台瓜辞》，令乐工歌之，冀天后悟而哀愍。其辞曰：'种瓜黄台下，瓜熟子离离。一摘使瓜好，再摘使瓜稀。三摘犹尚可，四摘抱蔓归。'而太子贤终为天后所逐，死于黔中。"其言四摘者，以况四子也，以为非四之所能尽，而改为"摘绝"。此皆不考古而肆臆之说，岂非小人而无忌惮者哉！④

钟、谭二人学识有限，对诗句妄加删改，主观臆测，对诗句原意歪曲之处比比皆是。这种割裂字句，随意窜改，故作高深的评点方式对年轻一代诗人有

<hr />

① 赵翼：《瓯北诗话》，人民文学出版社1963年版，第124页。
② 毛先舒：《诗辨坻》，《清诗话续编》本，上海古籍出版社1983年版，第76页。
③ 宋荦：《漫堂说诗》，《清诗话》本，上海古籍出版社1978年版，第417页。
④ 顾炎武：《日知录》第六册，商务印书馆1900年版，第125—126页。

很坏的影响，无怪乎钱谦益称钟、谭二人为"诗妖"了。钱锺书先生在《谈艺录》中对竟陵派也有评论："竟陵钟谭辈自作诗，多不能成语，才情语气，盖远在公安三袁之下。……以作诗论，竟陵不如公安；公安取法乎中，尚得其下，竟陵取法乎上，并下不得，失之毫厘，而谬以千里。"①钱先生还指出了钟、谭评诗的最大缺点："钟谭评诗，割裂字句，附会文义，常语看作妙，浅语说作深。"②

钱谦益的诗学贡献不仅在于对七子、公安、竟陵诗风的批判，而且在大力廓清诗坛迷雾的同时，在继承前人诗论的基础上，以"唐宋兼宗"的诗学主张，在清代前期诗坛走出了一条新路。凌凤翔在《牧斋初学集序》中说："（七子）此后诗派总杂，一变于袁宏道、钟惺、谭元春；再变于陈子龙，号云间体，盖诗派至此衰微矣。牧斋宗伯起而振之，而诗家翕然宗之，天下靡然从风，一归于正。"③钱谦益不仅提出了明确的诗学主张，而且在诗歌创作上也取得了高度成就，足以引导一时诗歌创作风尚，使清代前期诗歌表现出新的风貌。钱谦益对宋诗的倡导实际上源于他对茶陵诗派与公安派诗论的继承与革新，对苏轼的推崇，以及对欧阳修、陈师道、黄庭坚的诗的肯定，都与两派的诗学主张有很大的关联。而钱谦益在《书李文正公手书东祀录略卷后》一文中也一再强调李东阳之诗的多方面学习与创新，他说："诗则原本少陵、随州、香山以迨宋之眉山、元之道园、兼综而互出之。"（《初学集》卷八十三）④李东阳之诗，诗学唐宋名家，对宋诗、元诗不执偏见，已见宗宋之端倪。七子诗学主张"诗必盛唐"，对宋诗则贬抑过甚，以诗歌似宋为耻，如何景明在《何大复集》卷三十二《与李空同论诗书》中说："近诗以盛唐为尚，宋人似苍老而实疏卤，元人似秀峻而实浅俗。今仆则不免元习，而空同近作，间入于宋"⑤，何景明此言是对李梦阳诗的一种贬低。而在明末诗坛，在七子与竟陵互争高低的局势下，也有不少诗人独辟蹊径，在诗歌创

---

①　钱锺书：《谈艺录》，三联书店 2008 年版，第 250 页。

②　钱锺书：《谈艺录》，三联书店 2008 年版，第 262 页。

③　钱谦益：《牧斋初学集》，《钱牧斋全集》，上海古籍出版社 2003 年版，第 2229—2230 页。

④　钱谦益：《钱牧斋全集》，上海古籍出版社 2003 年版，第 1759 页。

⑤　何景明：《何大复集》，中州古籍出版社 1989 年版，第 575 页。

作方面呈现出不同的特色。对宋诗的倡导，公安派袁宏道早有此论，他在《锦帆集》之四《丘长孺》中说：

> 初、盛、中、晚自有诗也，不必初、盛也。李、杜、王、岑、钱、刘，下迨元、白、卢、郑，各自有诗也。不必李杜也。赵、宋亦然，陈、欧、苏、黄诸人，有一字袭唐者乎？又有一字相袭者乎？至其不能为唐，殆是气运使然，犹唐之不能为选，选之不能为汉魏耳。今之君子，乃欲概天下而唐之，又且以不唐病宋……诗之奇之妙之工之无所不极，一代盛一代，故古有不尽之情，今无不写之景。然则古何必高，今何必卑哉？①

袁宏道以发展的眼光看待诗歌的演化，对宋诗，特别是苏轼、黄庭坚等人的诗歌，他非常赞赏，认为他们不模拟唐代，才自成一家。诗歌奇妙工拙，随时代而不断演进，古诗未必好，今诗也有高于古人之处。袁宏道对苏轼的推举，《明史·文苑》列传第一百七十六有记载：

> 先是，王、李之学盛行，袁氏兄弟独心非之。宗道在馆中，与同馆黄辉力排其说。于唐好白乐天，于宋好苏轼，名其斋曰白苏。至宏道，益矫以清新轻俊，学者多舍王、李而从之，目为公安体。然戏谑嘲笑，间杂俚语，空疏者便之。②

袁宗道作诗以白居易、苏轼为法，名其书斋白苏斋，可见他对白、苏二人的推崇。对苏诗的喜爱，实际上代表了袁宏道对宋诗的欣赏，这在很大程度上影响了诗人的创作。朱彝尊《静志居诗话》曾说：

> 嘉靖七子之派，徐文长欲以李长吉体变之，不能也。汤义仍欲以尤、萧、范、陆体变之，亦不能也。王百谷、王承父、屠长卿，虽迭有违言，然寡不敌众。自袁伯修出，服习香山、眉山之结撰，首以白、苏名斋，既导其源，中郎、小修继之，益扬其波，由是公安流派盛行。③

明代中叶公安派对宋诗开始推崇，袁宏道在《瓶花斋集》卷九《答陶石篑》

---

① 袁宏道著，钱伯城笺校：《袁宏道集笺校》，上海古籍出版社 1981 年版，第 284—285 页。
② 张廷玉等撰：《明史》第二十四册，中华书局 1974 年版，第 7398 页。
③ 朱彝尊：《静志居诗话》，人民文学出版社 1990 年版，第 464 页。

中说:"宋人诗长于格而短于韵,而其为文,密于持论而疏于用裁。然其中实有超秦、汉而绝盛唐者,此语非兄不以为决然也。夫诗文之道,至晚唐而益小,欧、苏矫之,不得不为巨涛大海。"① 袁宏道对宋诗的优点与缺点有着清楚的认识,他的评论比较客观,同时他认为宋诗是继晚唐诗歌而起,宋诗的兴盛,欧、苏功不可没。对于宋代诗人,袁宏道对苏轼极为欣赏,他在《瓶花斋集》卷之九《答梅客生开府》中说:

> 坡公诗文卓绝无论,即欧公诗,亦当以高、岑分昭穆,钱刘而下,断断乎所不屑。宏甫选苏公文甚妥,至于诗,百未得一。苏公诗无一字不佳者。青莲能虚,工部能实,青莲唯一于虚,故目前每有遗景;工部唯一于实,故其诗能人而不能天,能大能化而不能神。苏公之诗,出世入世,粗言细语,总归玄奥,悦惚变怪,无非情实。盖其才力既高,而学问识见,又迥出二公之上,故宜卓绝千古。至其道不如杜,逸不如李,此自气运使然,非才之过也。②

袁宏道认为苏轼在才力和学问方面都胜过李白、杜甫,而他诗歌方面缺点是因为时代风气的原因。对苏轼,对宋诗,袁宏道不吝赞美之词,袁宏道在《与李龙湖》书信中说:"苏公诗高古不如老杜,而超脱变怪过之,有天地来,一人而已……韩、柳、元、白、欧,诗之圣也;苏,诗之神也。彼谓宋不如唐者,观场之见耳,岂直真知诗何物哉?"③ 公安派对宋诗的观点正如钱锺书在《宋诗选注·序》中所说:"'公安派'捧得宋诗超过盛唐诗,捧得苏轼高出杜甫。"④ 袁宏道对苏轼的推崇,虽然有过高之嫌,但他目的在于抬高宋诗的地位,批驳七子轻视宋诗的倾向。公安派对宋诗的倡导,如袁中道在《珂雪斋集》卷十一《宋元诗序》中说:

> 宋元承三唐之后,殚工极巧,天地之英华,几泄尽无余。为诗者处穷必变之地,宁各出手眼,各为机局,以达其意所欲言,终不肯雷同剿袭,拾他人残唾,死前人语下。……吾观宋、元诸君子,其卓然者,才

---

① 袁宏道著,钱伯城笺校:《袁宏道集笺校》,上海古籍出版社 1981 年版,第 743 页。
② 袁宏道著,钱伯城笺校:《袁宏道集笺校》,上海古籍出版社 1981 年版,第 734 页。
③ 袁宏道著,钱伯城笺校:《袁宏道集笺校》,上海古籍出版社 1981 年版,第 750 页。
④ 钱锺书:《宋诗选注》,三联书店 2007 年版,第 9 页注 3。

既高，趣又深，于书无所不读，故命意铸词，其发脉也甚远，即古今异调，而不失为可传。①

袁中道对宋元诗也多赞赏，肯定了宋元诗人的创新精神。以袁宏道为代表的公安派虽提倡宋诗，但并未引领诗人学宋。同样，清初黄宗羲、吕留良、吴之振、陈讦等人也提倡宋诗，而创作却与之不相称，难以引领一时的诗学风尚。钱锺书在《谈艺录》中说："梨洲自作诗，枯瘠芜秽，在晚村之下，不足挂齿，而手法纯出宋诗。……要而言之。清初浙中如梨洲、晚村、孟举，颇具诗识而才力不副。"②

相比较而言，钱谦益对宋诗的倡导则改变了当时诗坛的风气。钱谦益提出了"儒者之诗"，强调了学问入诗，考证入诗。钱谦益在《牧斋有学集》卷十九《顾麟士诗集序》中说：

> 余惟世之论诗者，知有诗人之诗，而不知有儒者之诗。诗三百篇，巡守之所陈，大师之所系，采诸田畯红女途歌巷讴者，列国之风而已。曰雅，曰颂，言王政而美盛德者，莫不肇自典谟，本于经术。言四始则大明为水始，四牡为木始，嘉鱼为火始，鸿雁为金始。言五际则卯为天保，酉为祈父，午为采芑，亥为大明。渊乎微乎！非通天地人之大儒，孰能究之哉？苟卿之诗曰："天下不治，请陈佹诗。"炎汉以降，韦孟之讽谏，束广微之补亡，皆所谓儒者之诗也。唐之诗人，皆精于经学。韩之元和圣德，柳之平淮夷雅，雅之正也。玉川子之月蚀，雅之变也。后世有正考、父考、校商之名，颂以那为首，其必将有取于此。而世之论诗者莫能知也。
>
> 麟士于有宋诸儒之学，沉研钻极，已深知六经之指归，而毛、郑之诗，专门名家，故其所得者为尤粹。其为诗蒐罗杼轴，耽思旁讯，选义考辞，各有来自。虽其托寄多端，激昂俛仰，而被服雍雅，终不诡于经术。目之曰：儒者之诗，殆无愧焉。③

---

① 袁中道：《珂雪斋集》，上海古籍出版社1989年版，第497—498页。
② 钱锺书：《谈艺录》，三联书店2007年版，第367、372页。
③ 钱谦益：《牧斋有学集》，《钱牧斋全集》，上海古籍出版社2003年版，第823页。

钱谦益在此序中认为论诗者应当注意"儒者之诗"。他从《诗经》雅、颂中寻找渊源，认为诗歌"言王政而美盛德"，本于经术。他特别强调了儒者之诗的讽谏、政教功能，唐代诗人韩愈、柳宗元不仅精通经学，而且其诗为学人之诗，儒者之诗。对学问的重视，对经术的强调，体现了钱谦益对"以才学为诗"的肯定。钱谦益在创作方面也体现出"儒者之诗""学人之诗"的特点，他的诗歌多引经据典，诸子百家，佛学术语等在其诗中很常见。钱谦益对宋诗的推崇主要是通过编选《列朝诗集》实现的。钱谦益在《列朝诗集小传》一书中对沈周、程嘉燧等人极为欣赏，而他们的诗学宗尚即是"唐宋兼宗"，例如他对二人评论道：

> （石田先生沈周）石田之诗，才情风发，天真烂漫，舒写性情，牢笼物态。少壮模仿唐人，间拟长吉，分刊比度，守而未化，已而悔其少作，举焚弃之，而出入于少陵（杜甫）、香山（白居易）、眉山（苏轼）、剑南（陆游）之间，踔厉顿挫，沉郁老苍，文章之老境尽，而作者之能事毕。

> （松圆诗老程嘉燧）其诗以唐人为宗，熟精李、杜二家，深悟剽贼比拟之谬，七言今体约而之随州（刘长卿），七言古诗放而之眉山（苏轼），此其大略也。①

沈周与程嘉燧虽诗学主张并不完全一致，但都推崇苏轼，特别是程嘉燧七言古诗专学苏轼，以文为诗，有散文化倾向。

钱谦益以诗坛领袖的身份倡导宋诗，对当时的诗坛影响很大，诗风为之一变。《明史》列传第一七三文苑一："至启、祯时，钱谦益、艾南英准北宋之矩矱，张溥、陈子龙撷东汉之芳华，又一变矣。"②钱谦益倡导宋诗，在当时诗坛也具有重要意义，改变了宗唐的单极化趋势，以多元的诗歌宗尚带来了诗歌创作领域的变革。钱谦益"唐宋兼宗"，对扭转明末的不良诗风起到了关键性作用，从这个意义上说，诗至钱谦益为一变，钱谦益是开风气之先的功臣。朱庭珍《筱园诗话》中说道："钱牧斋厌前后七子优孟衣冠之习，

---

①　钱谦益：《列朝诗集小传》，上海古籍出版社 1983 年版，第 290、577 页。

②　张廷玉等撰：《明史》第二十四册，中华书局 1974 年版，第 7307—7308 页。

诋为伪体。奉韩苏为标准，当时风尚为之一变。其识诚高于前后七子，才力学问亦似过之。"① 钱谦益对宋诗的推崇直接影响了清初诗歌的转向，宋荦《漫堂说诗》中说："明自嘉、隆以后，称诗家皆讳言宋，至举以相訾謷，故宋人诗集，度阁不行。近二十年来，乃专尚宋诗。"② 贺裳《载酒园诗话》中说："天启、崇祯中，忽崇尚宋诗，迄今未已。"③ 黄宗羲提倡宋诗以及宋诗派的兴起都与钱谦益密切相关，正是钱谦益对宋诗的大力倡导，才使清初诗坛歌行出现唐音宋调，并驾齐驱的局面。

第二节　钱谦益歌行艺术特色

钱谦益在诗歌方面取得了很高成就，清代学者、诗人对其评价很高，如瞿式耜《牧斋先生初学集目录后序》中说："先生之诗以杜、韩为宗，而出入于香山、樊川、松陵，以迫东坡、放翁、遗山诸家，才气横放，无所不有。"④ 钱谦益诗歌融汇众美，唐宋兼宗，所以能自成一家。沈德潜在《清诗别裁集》中评曰：

> 生平著述，大约轻经籍而重内典，弃正史而取稗官，金银铜铁，不妨合为一炉。至六十以后，颓然自放矣。向尊之者，几谓上掩古人；而近日薄之者，又谓渐灭唐风，贬之太甚，均非公论。兹录其推激气节，感慨兴亡，多有关风教者，馀靡曼嘄杀之音略焉。见《初学》、《有学》二集中，有焯然可传者也。至前为党魁，后逃禅悦，读其诗者应共悲之。⑤

沈德潜编选《清诗别裁集》，以钱谦益为冠，对钱推崇备至，对其诗歌作了客观评价。凌凤翔《牧斋初学集序》中说："其学之淹博，气之雄厚，诚足以囊括诸家，包罗万有。其诗清而绮，和而壮，感叹而不促狭，论事广肆而

---

① 朱庭珍：《筱园诗话》，《清诗话续编》本，上海古籍出版社 1983 年版，第 2355 页。
② 宋荦：《漫堂说诗》，《清诗话》本，上海古籍出版社 1978 年版，第 416 页。
③ 贺裳：《载酒园诗话》，《清诗话续编》本，上海古籍出版社 1983 年版，第 453 页。
④ 钱谦益：《牧斋初学集》，上海古籍出版社 1985 年版，第 52 页。
⑤ 沈德潜：《清诗别裁集》，河北人民出版社 1997 年版，第 1 页。

不诽排，洵大雅元音，诗人之冠冕也。"①凌凤翔的评价突出了钱诗的学问化倾向，这种特点在其歌行诗中体现最为充分。钱谦益对宋代诗歌的学习与借鉴，刘世南在《清诗流派史》中这样概括：

> 在宋人方面，他主要学苏轼和陆游的踔厉顿挫、沉郁苍老，而又风神散朗，意度萧闲，时或鲜妍清切。……总之，钱诗以学杜为主，而出入于中晚及宋元，以求诗作的浑融流丽。②

钱谦益"学杜"主要体现于其七律作品，以《后秋兴》组诗为代表。钱诗出入宋、元，"学苏"主要体现于其歌行诗创作。钱谦益歌行以学韩愈、苏轼为主，往往以学问为诗，有散文化的特点。钱谦益的歌行约有119首，主要录存于其《初学集》《有学集》中。《初学集》是作者在明代所写的诗文集，此集的歌行多为反映时事、朝廷政治作品，也有金石、山水题材的作品。《有学集》是钱谦益入清后所作诗文，此集歌行内容丰富多样，题画、咏物类歌行有不少佳作。总括钱谦益歌行的特点，他的叙事歌行在叙事中兼有议论，或叙事中兼有比兴；他的金石、山水题材类歌行则表现出"以才学为诗""以文为诗"的宋诗特色，具有雄奇奔放的艺术风格。

钱谦益的叙事歌行主要反映了明代政治、时事，在歌行叙事中兼有议论。此类歌行作品与其《投笔集》七律同样具有"诗史"性质。钱谦益有自觉的诗史意识，他早年有仕宦经历，在明末动荡的时代背景下，他对国家大事极为关注。一方面他想通过做官来实现自己的人生抱负，另一方面他作为东林党人，处于党争的漩涡中，时局的变化与其息息相关。他写了许多反映朝政时事的歌行，例如《葛将军歌》，就是反映万历三十九年苏州市民反抗税监斗争的一首歌行。钱谦益歌行，在表现历史事件时，叙事兼有议论，注重场面的铺叙。对于此点，黄宗羲评曰："其叙事必兼议论，而恶夫剿袭，词章必贵乎铺序而贱夫雕巧，可谓堂堂之阵，正正之旗。"③此方面的代表作如《五芳井歌》：

---

① 钱谦益：《牧斋初学集》，《钱牧斋全集》，上海古籍出版社 2003 年版，第 2229—2230 页。
② 刘世南：《清诗流派史》，人民文学出版社 2004 年版，第 79 页。
③ 黄宗羲：《思旧录》，《黄宗羲全集》第一册，浙江古籍出版社 1985 年版，第 374 页。

丙子之秋虏再入，旁午军书刺闺急。独石边墙一夜隳，赤县黄图少完邑。定兴小邑大如斗，登陴死为朝廷守。羊马城前炮火飞，虾蟆车上雷声吼。肉薄登城踏积尸，丽谯漂血巷流脂。狼藉满城忠义鬼，骨撑骸拒知为谁？君不见奉常鹿大夫，奋髯嚼齿詈羯奴。峨冠整衣抗白刃，至今衫袖血模糊。又不见范家五芳井，妇姑母女同素绠。俄顷芳魂断辘轳，千古寒泉见形影。胡兵宵遁三辅清，乳燕连窠枝半倾。①

《五芳井歌》是钱谦益以清军攻破定兴城为历史背景创作的一首歌行，在诗中赞颂了英勇抗敌的忠臣和义不受辱的烈女。钱谦益《五芳井歌》是以"实录"精神创作的可称"诗史"的作品。崇祯九年七月二十七日，定兴城被清军攻陷。太常寺少卿鹿善继，登陴守南门，城破，为所擒，嚼齿怒骂，不屈而死。《明史》列传第一百五十五中载："鹿善继，字伯顺，定兴人。祖久征，万历中进士，授息县知县。……九年七月，大清兵攻定兴。善继家在江村，白太公请入捍城，太公许之。与里居知州薛一鹗等共守。守六日而城破，善继死。"②

《五芳井歌》诗歌开头以"丙子之秋虏再入"点明了战争发生的时间、起因。在清兵大军压境之时，定兴城危在旦夕。"独石边墙一夜隳，赤县黄图少完邑"两句形象描绘了守城局势之危急。在这时候，忠臣鹿善继登陴守南门，同清军展开了激烈的战斗。作者以"羊马城前炮火飞，虾蟆车上雷声吼。肉薄登城踏积尸，丽谯漂血巷流脂"四句诗对整个战争场面作了描绘，生动展现了战争的惨烈。作者以战火纷飞、炮声隆隆的场景，加上积尸、漂血等意象，渲染了一种阴森恐怖的氛围。作者在诗歌中对人物的刻画也有精彩之笔。对诗歌主人公鹿善继，以"奋髯嚼齿詈羯奴，峨冠整衣抗白刃"两句展现了他大义凛然的英雄气概，神态、动作描写极为传神，一个气贯长虹的豪杰形象跃然于纸上。作者在《五芳井歌》中以描绘战事为线索串连了两个故事，写完了鹿善继之后，又开始写范家妇姑母女壮烈投井之事。作者此处略写，仅以"俄顷芳魂断辘轳，千古寒泉见形影"两句写五位烈女自沉于

---

① 钱谦益：《牧斋初学集》，《钱牧斋全集》，上海古籍出版社2003年版，第436页。

② 张廷玉等撰：《明史》第二十二册，中华书局1974年版，第6889—6890页。

井的壮举。行文至此，已将定兴城破的主要事件叙述完毕。但作者在诗歌后半部分，以大篇的议论，表现了朝廷贤愚不分、功过颠倒的现实。

> 大开明堂论爵赏，帷筹庙算皆公卿。朝家彝典有伦次，先策功勋后节义。金貂石窌如等闲，悬纶绰楔非容易。奉常碧血埋荒丘，五芳井水空悠悠。尚书不肯判纸尾，词臣何处书词头？吁嗟乎！忠臣烈女心赤苦，魂魄犹思扫胡虏。人间金盌幸无恙，井底银瓶何足数！老夫触事泪滂沱，偪塞汍澜一放歌。此身不共奴酋死，忍死幽囚可奈何！①

清军退兵后，朝廷论功行赏，"大开明堂论爵赏，帷筹庙算皆公卿"两句讽刺了朝廷官员的昏庸无知。真正杀敌报国者，被埋荒丘；守贞不屈者，却难旌表。诗歌末尾以"此身不共奴酋死，忍死幽囚可奈何"抒发了作者内心的悲愤之情，作者时在刑部狱中，对国事忧心如焚，对自己蒙冤入狱也倍加愤慨。《五芳井歌》四句一转韵，音调婉转，已见初唐歌行体制。而议论化的笔法，大量典故的运用扩充了诗歌内涵，又呈现出宋诗的格调。议论部分几乎占到了一半的篇幅，诗歌如同一篇时政评论。

钱谦益叙事歌行多用顺叙手法，较少采用倒叙、插叙手法，叙事结构相对比较简单。但钱谦益歌行以议论见长，他往往在叙事歌行中穿插议论，以表达对时事和人生的看法。钱谦益歌行中的议论很常见，如：

> 君不见东方羯奴蹂几辅，去年血溅芦沟桥，今年尘暗平滦土。朝廷将吏尽贾竖，天子拊髀思文武。(《戏为拂水筑台歌赠嘉定夏生华甫》)

> 永贞求旧空黄土，元祐青编照千古。人生忠佞看到头，至竟延龄在何许？(《陆宣公墓道行》)

> 葛将军，今死矣。权奇傲俇谁与似？生惜不逢汉武帝，鸿渐之翼困闾里。(《葛将军歌》)

> 吁嗟乎！丹阳朋旧不可得，胜华通子谁省识？白刃有客致伯禽，青山无人吊李白。(《吁嗟行走笔示张子石》)②

---

① 钱谦益：《牧斋初学集》，《钱牧斋全集》，上海古籍出版社 2003 年版，第 436—437 页。

② 所引诗歌见《牧斋初学集》第 279、337、349 页，《牧斋有学集》第 527—528 页，《钱牧斋全集》，上海古籍出版社 2003 年版。

在《戏为拂水筑台歌》中钱谦益以清兵入侵之事，批判朝廷官吏，表达了对误国奸臣的痛恨。在《陆宣公墓道行》中钱谦益以唐代宰相陆宣公之事，借古讽今，于史论中暗寓时事。在《葛将军歌》中他对市民领袖葛诚进行了歌颂，更揭示了义士牺牲的社会原因。《吁嗟行》中作者谈人生哲理，有身世飘零之感。叙事兼有议论手法，拓宽了诗歌内涵，使诗歌富有理趣，体现了钱谦益对社会与人生更深层次的认识与感悟。

钱谦益歌行叙事中兼有比兴。钱谦益歌行叙事的另一特点还在于以比兴手法来叙时事。钱谦益歌行在反映时政时，有时并未直叙其事，而是以比兴手法，隐喻暗指，有言近旨远的艺术效果。钱谦益自万历三十八年（1610年）中进士以后，屡受奸人诬陷，直到崇祯十七年明亡，在前后长达三十五年的时间内，三起三落，可谓仕途坎坷。天启七年，思宗朱由检即位，对权倾一时的魏阉集团进行了打击。钱谦益久受阉党迫害、排挤，闻此消息，写了一首反映魏忠贤倒台之事的歌行《群狐行》：

> 一狐缢死锒琅珰，一狐缢死悬屋梁。群狐作孽两狐当，公然揶揄立道旁。昔日群狐假狐势，一狐为宰一狐帝。一朝狐败群狐跳，杀狐烹狐即尔曹。两狐就缢皆号咷，狐不生狐乃生枭。狐已死，枭尚肆，捕枭作羹亦容易。群狐群狐莫戏嬉，夜半睒忽雷火至。①

诗歌所叙事件为崇祯上台后安置魏忠贤于凤阳，魏忠贤在途中与李朝钦缢死，客氏与魏忠贤党羽多人被杀。《明通鉴》卷八十载：

> 十一月甲子，安置魏忠贤于凤阳。……己巳，魏忠贤自缢死。
>
> 时言者劾："崔呈秀为五虎之首，宜肆市朝。"奉旨"削籍，遣官逮问。"呈秀在家，闻忠贤死，列姬妾，罗珍宝，呼酒痛饮，尽一卮，即掷碎之。饮已，亦自缢死。
>
> 客氏及其子侯国兴、弟客光先与魏良卿皆伏诛。②

《群狐行》以寓言隐指政事，作者在诗歌中全用借喻手法，若不联系时代背景几乎难以索解。诗歌将魏阉集团比作狐狸与枭，反映了他对擅权误国的小

---

① 钱谦益：《牧斋初学集》，《钱牧斋全集》，上海古籍出版社2003年版，第160页。
② 夏燮：《明通鉴》第七册，中华书局1959年版，第3101—3103页。

人的强烈痛恨，对尚逍遥法外的余孽敲响了灭亡的钟声。诗歌开头所写两狐之死，两狐指魏忠贤与崔呈秀。魏忠贤勾结客氏，掌控朝政，贬逐忠良；广结党徒，翦除异己，实行恐怖的特务统治。朝廷群臣则为虎作伥，"公然揶揄立道旁"一句描绘了朝廷官员对魏忠贤的阿谀奉承。"一朝狐败群狐跳"写出魏忠贤倒台后，阉党成员纷纷作鸟兽散的情形。"狐不生狐乃生枭"一句指魏忠贤被杀后余孽犹存，奸诈小人仍然在兴风作浪。诗歌结尾"群狐群狐莫戏嬉，夜半眹忽雷火至"两句，作者告诫魏阉余孽，莫得意，灭亡的日子不远了。《群狐行》借鉴了《诗经》比兴手法，以寓言体写国家大事，构思新颖独特。诗歌语言浅俗易懂，内容却含蓄深远。

比兴叙事的手法在钱谦益歌行中较为常见，如《干将行》《玉堂双燕行送刘晋卿赵景之两太史谪官》等诗。《干将行》一诗表面题咏宝剑，实际上隐指时事。钱谦益在诗歌小注中曰："庚午五月十三日，伤临邑司马而作。"临邑司马指王洽，崇祯元年先以忤怒阉党被贬，后以边人不戒罪下狱死。诗中"莫耶旧恨今已矣，又见干将死狱中""可怜剑气一朝尽，黑狱沉沉埋血燐"四句以宝剑喻王洽，对朝廷冤杀忠臣表示了强烈愤慨。诗歌以"莫耶之剑""姑苏梧桐"等意象起兴，通篇以宝剑作比，对王洽的高尚品格进行了赞美。《玉堂双燕行送刘晋卿赵景之两太史谪官》也是以比兴手法写时事的作品，诗歌以双燕喻指刘同升、赵士春。崇祯朝，黄道周上疏劾杨嗣昌，崇祯帝大怒将其贬官。翰林刘同升、赵士春，给事何楷，御史林兰友疏救道周，一同被谪调。诗歌以"玉堂昼暖薰风香，双双燕尾摇仓琅"起兴，题写两人被贬之事。诗歌结尾"明年社日早归来，籋口衔泥补君屋"抒发了作者对两人再得重用、官复原职的美好期盼。诗歌具有浓郁的民歌风调，比兴手法运用极为娴熟。

钱谦益以学识渊博而著称，《清史稿》列传二七一文苑一中称："谦益为文博赡，谙悉朝典，诗尤擅其胜"[①]，他在史学、佛学、文学等方面均有精深造诣。钱谦益的博学往往现于诗中，具体表现就是用典多，以学问入诗，以散文笔法入诗。钱谦益金石、文物题材歌行作品最能体现此特点，这方面的

---

① 赵尔巽等：《清史稿》第四十四册，中华书局 1977 年版，第 13324 页。

作品如《新安王氏收藏目录歌》《松谈阁印史歌为郭胤伯作》等，代表作有《华山庙碑歌题华州郭胤伯所藏西岳华山庙碑》：

> 关中汲古有二士，郭髯赵崡俱嵯峨。伊余南冠系请室，摊书昼卧如中魔。郭生示我华山碑，欲比七发捐沉疴。展碑抚卷忽起坐，再三叹息仍摩抄。桓灵之际文颇盛，六经刻石正缪讹。开阳门外讲堂畔，车辆观写肩相摩。鸿都学生竞虫鸟，宣陵孝子群鹳鹅。石渠白虎事已远，皇羲篇成世则那。此碑传自延熹载，石经未立先镌磨。丈人行可逼秦相，一饭礼本先光和。郭香香察未遑辨，但见浓点兼纤波。锋刃屈折陷铁石，崭岩高下连巑嵯。古来书佐擅笔妙，后代学士徒口哆。久嗟石跌毁赑屃，却喜纸本缠蛟蛇。墨庄旧物落髯手，如出周鼎获晋牺。身领僮奴杂装治，手与心眼争烦授。灵偓缃帙巧纯缘，史明牙签细刮磋。收藏定可厌邺架，鉴赏况复穷虞戈。我昔遣祭入太学，肃拜石鼓拂白科。依稀二百七十字，维鳞贯柳存无多。晴窗归橅古则卷，按节自诵昌黎歌。去年登岱访古迹，开元八分半奯蒮。俗书刊落许公颂，斓班漫漶余蜻蜗。风霜兵火恣残蚀，此本疑有神护诃。圣世文章就熠熄，珠囊儒雅失纲罗。俦书不顾经若典，破体岂论隶与蝌。兔园村老议轩颉，乳臭儿子评丘轲。蹉驳指日还见斗，嚣凌祀海宁先河。少小亦思略识字，沉沦俗学悲喝唆。况闻中原战群盗，盗窃名字纷么麽。搜金剔玉殚屋壁，崩崖焚阙倾山河。汲冢书门遍烽燧，祈年岣嵝难经过。每怜耆旧委榛莽，谁集金石凌坡陁？郭髯连蹇赵崡死，老夫头白空吟哦。还碑梯几意惝恍，髯乎髯乎奈尔何！①

《华山庙碑歌》是一首以碑刻为主要内容的歌行，以学问为诗，叙事中兼有议论，有宋诗格调。作者以郭生"华山庙碑"为线索，叙述了有关的历史故事，中间穿插了自己的经历、现实的处境等，章法多变，如同一篇回忆散文。诗歌开头六句介绍了华山庙碑的缘起，关中两位喜好集录金石之士郭髯、赵崡，郭髯收藏华山碑，展示给作者观赏。钱谦益当时因人陷害而入狱，意志消沉，当看到华山碑时，精神为之一振，作者以"七发捐沉疴"来

---

① 钱谦益：《牧斋初学集》，《钱牧斋全集》，上海古籍出版社2003年版，第456—457页。

描绘自己心情的愉悦。"展碑抚卷忽起坐，再三叹息仍摩挲"两句突出了作者对古碑的喜爱和对悠久历史文化的嗟叹。"桓灵之际文颇盛"以下六句，作者回顾了汉代太学的历史，以及鸿都门学的盛况，经学风行一时，人们崇经刻石，"车辆观写肩相摩"反映了当时的热闹拥挤状况。《后汉书》卷八《孝灵帝纪》注："鸿都，门名也，于内置学。时其中诸生，皆勒州、郡、三公举召，能为尺牍辞赋及工书鸟篆者，相课试，至千人焉。"①作者以文物鉴赏家的眼光对华山碑作了一番鉴定，"此碑传自延熹载，石经未立先镌磨"。"浓点兼纤波"的碑文让人佩服书法的高妙，"纸本缠蛟蛇"式的文字让人看到了碑文的古朴。作者认为华山碑珍贵罕有，如同"周鼎晋牺"一般具备收藏价值。作者还对郭鬐善于收藏进行了肯定，回忆了自己早年所见石鼓的情形和登泰山访古迹的经历。"维鱮贯柳存无多"一句写出石鼓历经岁月沧桑后字迹已模糊难辨的情形，"斓班漫漶余蜷蜗"则写出泰山碑刻在风雨侵蚀下日渐湮没的现实。在经历风霜与战火后，华山碑却保存相对完好，让人感叹如有神护。"圣世文章就燔熄"以下，作者感叹了风雅不存，学问空疏，文化消亡的当代社会。"傩书不顾经若典，破体岂论隶与蝌。兔园村老议轩颉，乳臭儿子评丘轲"四句表现了明末礼崩乐坏，纲纪失常的情况，文化缺失，世风日下。诗歌末尾，作者由古及今，描绘了战争动荡的社会现状。在群盗横行的时代，对文化来说，也是一场浩劫。作者站在朝廷的立场，对起义的农民军大加指责，说他们"搜金剔玉殚屋壁，崩崖焚阙倾山河"。在战火纷飞的情况下，还有谁去收集金石、保存历史文献呢？"老夫头白空吟哦""鬐乎鬐乎奈尔何"两句表达了作者内心的痛苦与无奈。

　　《华山庙碑歌》是以金石、考古为题材的歌行，在写法上深受韩愈《石鼓歌》的影响，与李商隐《韩碑》和苏轼《石鼓歌》也有很多相似之处。诗中也化用了他们的诗句，如"皇羲篇成世则那"化用韩愈《石鼓歌》"无人收拾理则那"，再如"破体岂论隶与蝌"一句来自李商隐《韩碑》"文成破体书在纸"。但《华山庙碑歌》在内容的丰富性与叙事的复杂性上要超过前人，作者不仅叙述了华山碑的历史，而且还与石鼓、泰山古迹作了比较，突

① 范晔：《后汉书》，中华书局 1965 年版，第 341 页。

出了华山碑的文物价值。另外，作者融入了时代因素，对明末的社会背景的描述，使诗歌的内涵变得更加深厚。由华山碑到社会文化、秩序的重建，体现了作者忧时感世的情怀和保存历史文物的社会责任感。歌行的结构非常巧妙，先从郭鬐展示华山碑写起，再写石碑的历史。而中间又插叙了郭鬐收藏文物、作者早年祭拜石鼓和去年访岱古迹三件事情。最后作者又叙述了中原战争的局势，以及郭、赵二人命运。复杂的内容，以华山碑为线索贯穿起来，首尾呼应，浑然一体。作者在诗歌中展开天马行空的想象，现今往昔，来回转换。诗歌形散而神聚，散文化的笔法运用极为纯熟，是钱谦益"以文为诗"的典范之作。

钱谦益此类风格的歌行再如《新安王氏收藏目录歌》，是以收藏目录为题的歌行。作者在诗前小序中说："新安汪宗孝收藏金石古文法书名画彝器古玉甚富。殁后散落人间，独手书目录犹在。其子权奇装潢成帙。余方有沧桑之感，为作歌以识之。"[1]从此序可以看出，钱谦益在歌行中托物言志，抒发自己的故国之思，易代之悲。《新安王氏收藏目录歌》是典型的"以学问为诗"作品，诗中几乎句句用典，如"桓玄一厨今不亡"用《晋书》典故，"长吉家看古锦囊"引《李贺小传》等。歌行中多处化用韩愈诗句，如"邺侯万签曾未触""陆浑新火炎昆冈"等句，"君不见甲申以来百六殃"等句表达了作者对兵燹国变的哀叹。如《有学集》中《放歌行赠栎园道人游武夷》，诗中多用典故，诸子百家，无所不用，特别是多引佛经，如"金藏兴云雨如轴，金刚界结胎堪舆"[2]两句引《俱舍颂》《观佛三昧经》《长阿含经》等。作者在描写游武夷山过程中，融写景、抒情于一体，中间穿插了三皇五帝、共工、后羿等神话传说，为山水风景增添了许多文化内涵。

钱谦益歌行除了"以才学为诗"，还多用散文笔法，以句式多变为其特色。句式参差错落，长短不一，不避虚词长句，形式极为自由灵活。如《戏为天公恼林古度歌》：

金陵城中有一老生林古度，目眵头晕起太息。摩挲箱架繙玩占，彳

---

① 钱谦益：《牧斋有学集》，《钱牧斋全集》，上海古籍出版社 2003 年版，第 58 页。

② 钱谦益：《牧斋有学集》，《钱牧斋全集》，上海古籍出版社 2003 年版，第 266 页。

于乡邻卜著筮。对饭失箸寝失席，如鱼吞钩挂胸臆。蛙怒鼓腹气彭彭，蚓悲穴窍声唧唧。吟成五言四十字，字字酸寒句结辖。一吟啼山魈，再吟泣木客。三吟四吟天罔两纷来下，钟山动摇石城仄。山神社鬼不敢宁居号咷愬上帝，帝遣六丁下搜获。……雷胡为而作？乃是玉女投壶失笑天眼折。雷胡为而作？乃是东方小儿作使阿香掉雷车而扇霹雳。雷胡为而作？乃是女娲补天之余石，碎为炮车任腾掷。……眠不得，勿惊吓，乃是天公弄酒发性故与吟诗老生作戏剧。①

钱谦益在此首诗歌中将散文化的笔法发挥到了极致，诗歌可以看作诗体的散文。从内容方面看，充满了戏谑成分，轻松诙谐，笔调挥洒自如。从句式上看，三言、五言、七言、十一言等句式交替出现，变化多端。如"眠不得，勿惊吓"三言句，"目瞬头晕起太息"七言句，"三吟四吟天罔两纷来下"十言句，个别句式达到了十三言、十七言，如"山神社鬼不敢宁居号咷愬上帝""乃是东方小儿作使阿香掉雷车而扇霹雳"。另外，作者在句中不避虚词，用排比的问句，如"雷胡为而作？乃是女娲补天之余石"等，这种句式完全是散文化的句式。散文化的句式再如《放歌行赠栎园道人游武夷》，诗歌九言句如"砺君吴刚斫月之玉斧，扬君鲁阳指日之戈殳"，七言句如"秋风吹散孟尝客，廉公市门日旰虚"，五言句如"听我放歌行，请言造化初"，三言句如"酌君酒，揽子袪"等。句式的长短变化，打破了诗歌固有的整齐句式，具跌宕起伏之美。

钱谦益歌行还具有雄奇奔放的艺术风格。钱谦益歌行，风格以雄奇奔放，纵横浩荡为主，受韩愈、苏轼影响很大。朱庭珍在《筱园诗话》中评其歌行曰："七古则好以驰骋为豪。"②钱谦益歌行此种风格的形成，一方面得益于他渊博的学识，另一方面得益于其熟练的散文笔法。一方面，他能够在歌行中将各种典故信手拈来，随意点染；另一方面，他以散文笔法作诗，采用变化多端的句式来自由地抒情叙事。钱谦益歌行多百字以上的长篇，洋洋洒洒，在用韵上多一韵到底，气势豪迈，犹如长江黄河，一泻千里。在以上

---

① 钱谦益：《牧斋有学集》，《钱牧斋全集》，上海古籍出版社2003年版，第54—55页。
② 朱庭珍：《筱园诗话》，《清诗话续编》本，上海古籍出版社1983年版，第2355页。

《华山庙碑歌》《戏为天公恼林古度歌》等歌行中都可以看到这个特点。

钱谦益歌行雄奇奔放风格，典型体现于其山水诗中，特别是游黄山组诗。崇祯十四年，钱谦益与友人游览黄山，观瀑布、云海、奇松、怪石，在近二十天的时间里，几乎踏遍黄山的每一个角落，写下了展现黄山美景的一系列诗篇。黄山组诗有24首，歌行有11首，如《天都瀑布歌》《登始信峰回望石笥矼》《登炼丹台归宿天海》等，像一本连环山水画册，将黄山的各种景色一一展现于笔端。对于黄山组诗，严迪昌先生在《清诗史》中评价甚高：

> 以诗而论，钱谦益才情雄赡，笔势恢张，加之腹笥宏富，故在晚明即称大手笔。即以《初学集·东山诗集》卷二黄山纪游组诗言，毋论《天都瀑布歌》、《莲花峰》、《天都峰》，还是《登始信峰回望石笋矼》，无不有种磅礴雄奇气势，五七言古体写景的矫健入神，笔底境开，洵为史不多见之力作。①

钱谦益的歌行体山水诗以博喻而见长，想象丰富，以浓笔重彩刻画风景，让人有身临其境之感。如《天都瀑布歌》，整首歌行以龙为喻，从多个角度描绘了天都瀑布一泻万丈的磅礴气势。

> 初疑渴龙甫喷薄，抉石投奔声硠礚。复疑水激龙抝怒，捽尾下拔百丈洪。更疑群龙互转斗，移山排谷轰圆穹。人言水借风力横，那知水急翻生风。激雷狂电何处起？发作亦在风水中。波浪喧豗草木亚，搜搅轩簸心忡忡。潭中老龙又惊寤，绿浪濆涌轩窗东。山根飒拉地轴震，旋恐黄海浮虚空。亭午雨止云戎戎，千条白练回冲融。凭阑心坎舒撞舂，坐听涛濑看奔冲。愕眙莫讶诗思穷，老夫三日犹耳聋。②

天都峰，为黄山三十六峰最高峰，《天都瀑布歌》描绘了天都瀑布晴天与雨天不同的壮丽景象。作者在描绘瀑布时，用了层层递进的方式，用“初疑”“复疑”“更疑”三词由远及近，将瀑布全景展现出来。先写声响，用“抉石投奔”来形容瀑布的巨响，化用了韩愈《征蜀联句》。“捽尾下拔百丈

---

① 严迪昌：《清诗史》，浙江古籍出版社2002年版，第365页。

② 钱谦益：《牧斋初学集》，《钱牧斋全集》，上海古籍出版社2003年版，第645—646页。

洪"一句用"龙甩尾"形容水流下泻的迅急，用"群龙互转斗"来形容瀑布飞流直下、排山倒海的壮观景象。在瀑布倾泻的一刹那，水急生风，浪花飞溅，作者以"激雷狂电"来比喻。"潭中老龙又惊寤，绿浪渍涌轩窗东"两句写出瀑布流下天都峰，落入潭中，潭水喷涌的景象。在雷鸣般的轰响中，天已转晴，作者用"千条白练回冲融"来写瀑布全景，以"愕眙莫讶诗思穷，老夫三日犹耳聋"两句反衬了瀑布的瑰丽壮美，"三日犹耳聋"用了佛经典故。钱谦益在此首歌行中充分发挥了歌行体自由的体式特征，反复摹写，穷形尽相，将天都峰瀑布描绘得栩栩如生。《天都瀑布歌》一韵到底，雄浑奔放，带有明显的苏诗风貌。大胆的想象，奇异的夸张之笔，使歌行充满浪漫主义色彩。再如《登始信峰回望石笋矼》，描绘了始信峰的秀丽风光，"上视近天心气肃，下临无地魂魄悚。平铺万状尽云练，幻出千岚似丘垄"四句表现了始信峰之险峻，云彩之奇丽。在写法上与《天都瀑布歌》有类似之处。

钱谦益在歌行中常以形象的比喻和夸张之笔，来层层点染，铺张描绘，使诗歌气势恢宏。如《席间观李素心督学孙七岁童子草书歌》：

> 须臾笔下龙蛇出，折钗倒薤纷旗枪。拳如茧栗不盈握，放笔直欲隳堵墙。力如蓝田射伏虎，饮羽穿石激电光。势如卫公夜行雨，风鬟雾鬓不可当。书罢安闲妥衫袖，敛手拱揖归辈行。①

此段描绘七岁童子草书的场面，"龙蛇""旗枪""拳栗"等比喻，极为生动贴切，突出了孩童草书技艺的高超。"隳堵墙""射伏虎""饮羽穿石激电光"等以夸张之笔，突出了童子草书的敏捷与熟练。再如《题汴人赵澄临赵子固栈道图》：

> 蜀山崔嵬去天尺，千峰万嶂攒列戟。奔涛坼峡斗雷霆，削铁层层梯绝壁。青天鸟道瞰杳冥，终古蚕丛见开辟。地缩千盘云栈重，天廻四游阁道窄。牛车络绎不断头，飞走凌兢罕接翼。②

诗歌形象描绘了蜀山栈道的高峻、崎岖，化用了李白《蜀道难》句子，写法

---

① 钱谦益：《牧斋有学集》，《钱牧斋全集》，上海古籍出版社 2003 年版，第 319 页。
② 钱谦益：《牧斋有学集》，《钱牧斋全集》，上海古籍出版社 2003 年版，第 310 页。

上又别出新意，具有雄放的气势。

　　钱谦益在歌行方面的成就还在于对题材的新拓展。例如他的歌行体题画诗很有特色，艺术成就较高。题画诗是画家或诗人在画面上的题诗。唐代杜甫就创作了大量的题画诗，清代前期的题画诗则有明清易代的特殊内涵。此时期的诗人往往以诗画为媒介，常常以象征手法表达对故国的哀思和对清代统治的不满。钱谦益的歌行体题画诗在描写图画的同时融入自己的故国之思，或在对画面的描述中题写时事，带有鲜明的时代色彩。钱谦益的题画诗代表作如《题宋徽宗〈杏花村图〉》《为友沂题杨龙友画册》《石田翁画奚川八景图》《题汴人赵澄临赵子固栈道图》等。钱谦益的歌行体题画诗往往由画及人，融情于景，如《为友沂题杨龙友画册》：

　　　　杨生倜傥权奇者，万里骁腾渥洼马。双耳朝批贵筑云，四蹄夕刷令支野。空坑师溃缙云山，流星飞兔不可还。即看汗血归天上，肯余翰墨污人间。人间翰墨已星散，十幅流传六丁叹。披图涧岫几重掩，过眼烟岚尚凌乱。杨生作画师巨然，隐囊纱帽如列仙。大儿聪明添树石，侍女窈窕皴云烟。一昔龙蛇起平陆，奋身拼施乌鸢肉。已无丹磹并黄土，况乃牙签与玉轴。赵郎藏弆缃帙新，摩娑看画如写真。每于剩粉残缣里，想见刳肝化碧人。赵郎赵郎快收取，长将石压并手抚。莫令匣近亲身剑，夜半相将作风雨。①

此诗作于顺治十一年（1654 年），通过对杨龙友所画的神马的描绘，歌颂了他英勇抗清、为国捐躯的精神。杨龙友（1596—1646 年），名文骢，号山子，万历四十七年（1619 年）举人。隆武政权时，官至浙闽总督。后以率众抗击清军负重伤被执，谕降不屈，后被杀。杨龙友博学好古，善画山水，为当时著名的书画家。《明史》列传第一百六十五载：

　　　　杨文骢，字龙友，贵阳人。浙江参政师孔子。万历末，举于乡。崇祯时，官江宁知县。……文骢善书，有文藻，好交游，干士英者多缘以进。其为人豪侠自喜，颇推奖名士，士亦以此附之。……明年，衢州告急。诚意侯刘孔昭亦驻处州，王令文骢与共援衢。七月，大清兵至，文

---

① 钱谦益：《牧斋有学集》，《钱牧斋全集》，上海古籍出版社 2003 年版，第 192 页。

驄不能御，退至浦城，为追骑所获，与监纪孙临俱不降被戮。①
诗歌《为友沂题杨龙友画册》开头四句对杨龙友所画之马进行了描绘，表现了画家精湛的画技。诗歌通过"双耳""四蹄"的局部刻画展现了马之奔腾万里的矫健雄姿，"渥洼马"用《史记·乐书》典故代指神马。"空坑师溃缙云山"以下四句则画及人，由图画之马联想到作画之人。"空坑"指南宋文天祥兵败之地，诗中隐指杨龙友兵败之地浙江浦城。"即看汗血归天上，肯余翰墨污人间"两句以马喻人，表现了杨龙友宁死不屈、保持气节的崇高精神。"人间翰墨已星散，十幅流传六丁叹"以下四句，以画册的散失表现故国之思，语调沉痛，有沧桑之感。诗歌后半部分，"杨生作画师巨然"四四句正面描写杨龙友的画技，而作者写作重点在于表现人物的精神。"每于剩粉残缣里，想见刳肝化碧人"两句用刘向《新序·义勇篇》弘演和《庄子·外物篇》苌弘两个典故，表现杨龙友忠义精神，表现了作者对抗清英雄的缅怀。诗歌结尾"莫令匣近亲身剑，夜半相将作风雨"两句以夸张之笔点出杨龙友浩气长存，名垂青史。整首诗歌四句一转韵，分成不同的片段，或写画册，或写画技，或写人物，抒写了一曲英雄赞歌。邓汉仪在《诗观初集》中对此诗评曰："借马上生论却说出许大关系，想一代兴亡事迹，盘结胸中，固遇题辄发耶。"② 作者以实笔描绘画册，以虚笔写英雄之死，同时寄寓自己的亡国之痛，使诗歌具备多重内涵，感情深沉，在题画诗中确是难得的佳作。

钱谦益的题画诗，还吸取传闻轶事入诗，围绕画作展开叙事。如《题李长蘅为吴生画溪山秋霭图》：

> 吴生遇盗事亦奇，襆被囊琴暮雨时。向盗乞画真痴绝，盗亦欣然还掷之。此画经营良不苟，老树槎牙怪石走。豪夺巧取或可虑，岂意鲁弓还盗手。今年逢君书画船，收藏欲厌宣和编。展玩竟日头目晕，更抚此卷心茫然。水墨淋漓如欲语，眼中斯人定何许？画里还看漠漠云，灯前

---

① 张廷玉等：《明史》第二十三册，中华书局 1974 年版，第 7102—7103 页。
② 邓汉仪：《诗观初集》，清康熙慎墨堂刻本影印，《四库禁毁书丛刊》集部第 1 册，北京出版社 2000 年版，第 196—197 页。

自听潇湘雨。诗肠泪眼半焦枯，短歌偪塞堪卢胡。凭君更属松圆老，为写江干乞画图。①

钱谦益此首题画诗重点不在描绘画卷，而是托物抒情，在写法上别具一格。诗歌开头"吴生遇盗事亦奇"四句，叙述了吴生遇盗的奇事。李长蘅是当时的著名画家，他为吴生所作《溪山秋霭图》，为吴生所珍爱。在一天暮雨时节，吴生襆被囊琴，出游在外，遇到了强盗。强盗将其财物洗劫一空，吴生则痴性大发，向强盗索要此画，而强盗竟然高兴地掷还给他。"此画经营良不苟"以下四句对画卷作了评论，感叹吴生传奇经历。诗歌的后半部分渗透着作者的故国之思，在对画卷的描述中，抒发自己愁苦的心态，"诗肠泪眼半焦枯"一句形象表现出作者在清初矛盾忧郁的心理状态。诗歌夹叙夹议，以散文笔法为诗，有宋诗格调。在题画诗中表达亡国之痛，在钱谦益题画诗中屡见不鲜。如《题宋徽宗〈杏花村图〉》，对画卷并未正面描绘，反而以咏史之笔，对宋徽宗昏庸误国进行了谴责。联系明清易代的时代背景，不难理解他借古讽今的真实用意。诗歌结尾"君不见杏花寒食钱塘路，鬼磷灯檠风雨暮。麦饭何人浇一盃，孤臣哭断冬青树。"作者借清明节祭奠抒发了内心对国家沦丧的痛苦，"孤臣哭断冬青树"抒情沉郁，真挚动人。

钱谦益在歌行题材上写前人未写之物。如《眼镜篇赠张异度》题写新事物西洋眼镜。作者细致刻画了眼镜的构造，如"西洋眼镜规璧圆，玻璃为质象绯缘""薄如方空吹轻烟，莹如月魄濯清泉"四句来形容眼镜玻璃的透明；用"帷灯帘阁对简编，能使老眼回少年"两句写眼镜的神奇功用。再如《采花酿酒歌示河东君》，诗歌以采花酿酒为题材，将饮食文化写入诗中。诗前小序曰："戊戌中秋日，天酒告成，戏作采花酿酒歌一首。以诗代谱，其文烦，其辞错，将以贻世之有仙才具天福者。"②诗歌中详细介绍了以花酿酒的方法，具体的操作步骤，如"酿投次第应火候，揉和停匀倚心手"等，如同一本造酒手册。作者在诗歌中还对饮酒文化作了回顾，如"西国葡萄浆""楚人桂酒""黄州蜜酒"等。诗歌后半部分叙述了苏东坡饮酒经历，体现了文

---

① 钱谦益：《牧斋初学集》，《钱牧斋全集》，上海古籍出版社 2003 年版，第 291 页。

② 钱谦益：《牧斋有学集》，《钱牧斋全集》，上海古籍出版社 2003 年版，第 449 页。

人的闲情逸致。歌行不仅题写前人较少涉足的题材，而且如同一篇小品文，将饮酒文化娓娓道来，让人读起来趣味盎然。

　　钱谦益歌行，以宋诗格调为主，在清代前期诗坛独具特色。邹式金《牧斋有学集序》中言"撷江左之秀而不袭其言，并草堂之雄而不师其貌，出入于中、晚、宋、元之间而浑融流丽，别具炉锤。"①"浑融流丽"这个评语当然是指钱氏诗歌总的特点，用来形容其歌行风格也是恰当的。钱谦益歌行更重要的特点是"以学问为诗""以议论为诗"，代表了宋诗派歌行的成就。杨际昌《国朝诗话》中说道："国朝歌行，其初遗老虞山入室韩、苏，太仓具体元、白，合肥学杜，不无蛟螭蝼蚓之杂，才气自大，韩、苏，杜之嫡派也，元、白，初唐之遗响也。"② 钱谦益歌行以韩、苏为宗，吸取众家之长，形成自己的风格，对清代诗坛影响深远。在清初歌行多数宗唐的背景下，钱谦益歌行以宗宋为主，突破了旧有的藩篱，引领了歌行体创作的趋向，带动了诗坛宗宋派的崛起。

---

① 　钱谦益：《牧斋杂著》，《钱牧斋全集》，上海古籍出版社 2003 年版，第 952 页。

② 　杨际昌：《国朝诗话》，《清诗话续编》本，上海古籍出版社 1983 年版，第 1699 页。

第四章　梅村体歌行在清代前期的
流传与接受

　　本章主要论述梅村体歌行的艺术特点与梅村体在清代前期的流传与接受。第一节论述梅村体歌行融汇众美的特点。梅村体集众家之长，吸收了盛唐诸家歌行的优点，而又自成一家，正是这一点，使梅村体成为歌行诗的集大成者。本节对"梅村体"的艺术渊源在前人基础上作进一步探讨，特别是李颀、杜甫、温庭筠、李商隐诗歌对梅村体的影响。第二节论述"梅村体"在清代前期的流传与接受过程。梅村体叙事诗在叙事技巧、人物刻画方面取得了很高的成就，在清代前期引起很多诗人的学习与效仿。吴兆骞对"梅村体"的传承主要体现在他对叙事长篇歌行体制方面，陈维崧学步"梅村体"的作品，在体制风格方面对"梅村体"有了进一步的发展。

第一节　梅村体歌行之集大成

　　吴伟业梅村体歌行可谓集大成之作，吸收了前代众家歌行之长。除了四杰与元白，在人物描写方面，梅村体受李颀影响较多。吴伟业还效法杜甫歌行，如他的《打冰词》《咏拙政园山茶花》的"四如"句式就模仿了杜甫《观公孙大娘弟子舞剑器行》，《画中九友歌》分明从杜甫《饮中八仙歌》而来，《马草行》《捉船行》等有意学杜，具有现实主义色彩。而在词藻、风韵方面，梅村体也深受温庭筠、李商隐诗歌影响。

　　吴伟业（1609—1671 年），字骏公，号梅村，江苏太仓人。明崇祯四年进士，《清史稿》列传第二百七十一《文苑》一载："授编修。充东宫讲读官，再迁左庶子。弘光时，授少詹事，乞假归。顺治九年，用两江总督马国柱荐，诏至京。侍郎孙承泽、大学士冯铨相继论荐，授秘书院侍讲，充修太祖、太宗圣训纂修官。十三年，迁祭酒。丁母忧归。康熙十年，卒。"①作品主要有诗集《梅村家藏稿》、史书《绥寇纪略》和传奇《秣陵春》，杂剧《通天台》《临春阁》等。吴伟业也是以明臣仕清的文人，大节有亏，名列"贰臣"之列。人品的缺憾未免使其诗歌折价，正如吴伟业自己所言"浮生所欠只一死"，赵翼在《瓯北诗话》卷九中说："梅村出处之际，固不可无议；然其顾惜身名，自惭自悔，究是本心不昧。"②杨际昌《国朝诗话》中说："太仓吴祭酒诗，辄使读者哀惋。'我本淮王旧鸡犬，不随仙去落人间''忍死偷生廿载余，而今罪孽怎消除'，尤一字一泪也。"③对吴伟业品节问题的争论自清初一直到当代，许多专家、学者都已经提出了自己的观点。如严迪昌先生在《清诗史》中以"吴伟业的心路历程"为题作了深入探讨；魏中林先生在《徘徊于灵与肉的悲歌——论吴梅村诗歌中的自我忏悔》一文中对吴伟业的复杂心态也作了详细分析④，叶君远《吴伟业评传》第七章、第八章有详细论述，因此本节不再讨论。吴伟业诗歌的艺术成就在于对古典叙事诗的开拓，叶君远先生评为："清代诗坛第一家"，并非过誉。叶君远先生在《清代第一家——吴梅村研究》一书中从"辈分高，贡献大，影响深远"⑤三方面论证了吴伟业清代诗坛第一家的地位。赵翼在《瓯北诗话》卷九专论吴伟业，将他与李白、杜甫、韩愈、白居易、苏轼、陆游等唐宋大家并列。赵翼所选十家中，明代只有高启，清代则选吴伟业与查慎行，足以说明赵翼对吴伟业的推崇，以及对吴伟业清代诗坛第一家的认可与肯定。吴伟业以其梅村体歌行在中国诗歌史上占有重要地位，本书重点探讨梅村体歌行的艺术特点。

吴伟业是清代前期著名诗人，"江左三大家"之一。吴伟业文学成就与"梅村体"是分不开的，"梅村体"诗歌是代表吴伟业个性风貌的艺术创造，

---

① 赵尔巽等：《清史稿》第四十四册，中华书局 1977 年版，第 13325—13326 页。
② 赵翼：《瓯北诗话》，人民文学出版社 1963 年版，第 136 页。
③ 杨际昌：《国朝诗话》，《清诗话续编》本，上海古籍出版社 1983 年版，第 1659 页。
④ 魏中林：《徘徊于灵与肉的悲歌——论吴梅村诗歌中的自我忏悔》，《苏州大学学报》1990 年第 1 期。
⑤ 叶君远：《清代诗坛第一家——吴梅村研究》，中华书局 2002 年版，第 1—2 页。

也是其艺术成就最高的诗体样式。严迪昌先生在《清诗史》中认为："史称'梅村体'的长篇歌行则是吴诗的灵魂及标志。吴伟业诗以歌行成就最高在清代中叶已成定评。"①对于"梅村体"的界定，学界有广义、狭义之分，广义即指吴伟业"七言歌行"②，狭义则有不同意见。严迪昌先生认为指"长篇歌行"，叶君远先生认为是"叙事歌行"，本书采纳后一种意见，梅村体指吴伟业叙事歌行。对于"梅村体"体性特征研究论文，归纳总结最完备的，最有代表性的是叶君远先生《论"梅村体"》一文。他在文中认为："'梅村体'具有'事俱按实'、以人系事、富于故事性和戏剧性、强烈的抒情性以及雅俗相融、融汇众美、自成面目等创作个性和创造品格。"③对于"梅村体"的诗史特征，学界研究已经比较充分，除了严迪昌《清诗史》、朱则杰《清诗史》中专门论述外，也有一系列专著，如程相占《中国古代叙事诗研究》第一章第四节（广西师范大学出版社 2002 年版），白一瑾《明清鼎革中的心灵史——吴梅村叙事诗人物形象研究》第一章（天津人民出版社 2008 年版），伍福美《吴梅村诗歌艺术新论》第二章（华中师范大学出版社 1998 年版），黄锦珠《吴梅村叙事诗研究》（花木兰文化出版社 2008 年版）等，对梅村体歌行中"以诗纪史"、叙事手法等作了详细论述，相关论文的研究状况绪论部分已经做了说明，兹不赘述。

　　而"梅村体"的艺术渊源问题，研究者多注重其继承初唐、元白的一面，而对其他方面有所忽略。"梅村体"歌行实集众家之长，广泛借鉴了盛唐诸家高、岑、王、李、杜等歌行的优点，而又能融汇创新，自成一家。"梅村体"的艺术渊源，《四库全书总目提要》卷 173 集部 26 有精辟论述：其中歌行一体，尤所擅长，格律本乎四杰，而情韵为深；叙述类乎香山，而风华为胜。韵协宫商，感均顽艳，一时尤称绝调。④

　　此段话从格律、叙述手法两方面论述了"梅村体"对初唐四杰、元白歌

---

① 严迪昌：《清诗史》，浙江古籍出版社 2002 年版，第 386 页。
② 持此种观点者如纪昀《四库全书总目提要》，邓之诚《清诗纪事初编》"其诗以七言歌行自成一体"等。
③ 叶君远：《论梅村体》，《南京师范大学文学院学报》2002 年第 2 期。
④ 永瑢等撰：《四库全书总目提要》第三十四册，商务印书馆 1931 年版，第 5 页。

行的继承与发展，被后世研究"梅村体"的学者屡屡引用①，可谓是千古定评。这段话抓住了"梅村体"的主要特征，简练概括了其产生的艺术渊源。诚然，我们不得不承认此评价的权威性，但并不代表这段话已经说出了"梅村体"的所有艺术渊源与特征。"梅村体"本源于盛唐诸家，靳荣藩《吴诗集览》卷四上引张如哉言曰："梅村七古，气格恢宏，开阖变化，大约本盛唐王（维）、高（适）、岑（参）、李（颀）诸家而稍异，其篇幅时出入于李、杜。……虽有与元、白名篇酷似处，然非专仿元、白者也。"②清代胡薇元在《梦痕馆诗话·卷四》中说："吴梅村七言古诗，以高、岑之格，运义山之词，无美不包。……世以元、白拟梅村，乌知其精深变化如是哉！"③这表明"梅村体"融合众美，张如哉点出了吴伟业对盛唐诸家的学习，胡薇元强调了李商隐歌行对梅村体的影响。当代不少学者已经开始发掘构成"梅村体"的其他要素。例如张宇声《论"梅村体"所受李、杜歌行之影响》一文就从诗史、叙事等角度论述了李白、杜甫歌行对"梅村体"的影响，他认为："受李白影响在于其个别诗歌之想象、格调，而受杜甫影响则在其'诗史'精神、现实态度、叙事艺术等大方面，在'梅村体'的大量诗歌中都有突出的表现。"④我们在研读"梅村体"诗歌时，发现唐代诗人李颀、杜甫、温庭筠、李商隐的歌行均对"梅村体"有重要影响，吴伟业在多方面学习借鉴了他们歌行的艺术特色。下面分别论述他们歌行对梅村体的影响。

李颀对"梅村体"的影响，与吴伟业同时代的好友陈子龙就注意到了，他认为梅村歌行与李颀歌行非常相似。吴伟业《梅村诗话》载："（陈）卧子……尝与余宿京邸，夜半谓余曰：'卿诗绝似李颀'。"⑤陈子龙是吴伟业好友，"卿诗绝似李颀"可谓知音之论。李颀歌行从多方面影响了"梅村体"，对于此点，邓之诚在《清诗纪事初编》中说：

---

① 如清代王士禛、袁枚、赵翼、沈德潜、杨际昌等，诗话中分析梅村体皆从初唐、元白入手，现代学者朱则杰等亦然。

② 靳荣藩：《吴诗集览》，四部备要本，上海中华书局 1936 年版，第 73 页。

③ 胡薇元：《梦痕馆诗话》，《玉津阁丛书》甲集第 11 册，光绪至民国间刊本。

④ 张宇声：《论"梅村体"所受李、杜歌行之影响》，《淄博学院学报》2000 年第 4 期。

⑤ 吴伟业：《吴梅村全集》，上海古籍出版社 1990 年版，第 1135 页。

初娄东与云间分派，皆取径唐贤。伟业谓陈子龙始崇右丞，后拟太白。子龙谓伟业诗似李颀，所不同者，伟业渐涉宋人藩篱而已。……然以拟元、白，则不免质薄而味离。①

"梅村体"不仅借鉴了初唐四杰歌行的用韵与格律，继承了元、白歌行的叙事体制，而且广泛采用李颀歌行的叙事写人的传奇笔法，在歌行叙事方面取得了辉煌成就。李颀歌行对"梅村体"的影响主要体现在以下两个方面：第一，以人物为中心的创作理念，注重人物刻画；第二，从咏史到写时事，诗史思维的贯穿。另外，梅村体也借鉴和发展了李颀歌行中的人物描写手法，此点与梅村体"小说化"特点密切相关，后面再详细论述。

李颀诗歌的最大特点就是以"人物"为中心结构全篇，李颀歌行中出现的人物有文人、侠士、道士等，在论文的第一章第二节已经做了分析。此种特色实不限于其歌行，在其五言诗中，出现的人物有隐者渔父（《渔父歌》）、炼丹者（《寄焦炼师》）、书法家张旭（《赠张旭》）、道士张果（《谒张果先生》）、诗人高适（《赠别高三十五》）等。李颀诗歌的这种特点为梅村体所继承，吴伟业则采取"以人系事"的方式将人物与事件联系起来，往往以人物的经历反映历史事件。"梅村体"歌行不仅以叙事性见长，而且把刻画人物作为重点，叙事写人的创作理念是李颀与吴伟业所共有的。正如李颀诗中的盛唐人物群像，"梅村体"歌行描绘了一幅精彩绝伦的明清之际人物画卷。"梅村体"歌行中出现的人物与李颀歌行相比较，不仅人数众多，而且个性鲜明，几乎遍及当时社会的各个阶层，上至王公大臣，下至说书艺人，可以说是三教九流，无所不包。如《圆圆曲》中的吴三桂与陈圆圆、《临淮老妓行》中刘泽清与刘冬儿、《永和宫词》中田贵妃、《琵琶行》中艺人白珏、《听女道士卞玉京弹琴歌》中山女与卞玉京、《茸城行》中马逢知、《东莱行》中姜埰和姜垓两兄弟、《萧史青门曲》中宁德公主、《楚两生行》中苏昆生与柳敬亭、《王郎曲》中优人王稼、《雁门尚书行》中孙传庭、《画兰曲》中画兰女子卞敏等。"以人系事"，人物成为诗歌的表现重点，对于此点，赵翼在《瓯北诗话》中评曰：

---

① 邓之诚：《清诗纪事初编》，上海古籍出版社1984年版，第393页。

　　　　介人则因诗以考史，援史以证诗，一一疏通证明，使作者本指，显
　　　然呈露。如：《临江参军》之为杨廷麟参卢象升军事也；《永和宫词》之
　　　为田贵妃薨逝也；《雒阳行》之为福王被难也；《后东皋草堂歌》之为瞿
　　　式耜也；《鸳湖曲》之为吴昌时也；《茸城行》之为提督马逢知也；《萧史
　　　青门》之为宁德公主也；《田家铁狮歌》之为国戚田宏遇也；《松山哀》
　　　之为洪承畴也；《殿上行》之为黄道周也；《临淮老妓行》之为刘泽清故
　　　妓冬儿也；《拙政园山茶》及《赠辽左故人》之为陈之遴也；《画兰曲》
　　　之为卞玉京妹卞敏也；《银泉山》之为明神宗朝郑贵妃也；《吾谷行》之
　　　为孙旸戍辽左也；《短歌行》之为王子彦也。①

"梅村体"歌行，俨然是许多人物的传记，反映了易代之际形形色色人物的
悲欢离合。在梅村体歌行中，人物不是可有可无的点缀，而是与历史事件相
始终，是一系列历史事件的参与者，往往是叙事诗故事中的主人公。人物的
不幸遭遇，反映了当时社会的动乱，朝代的更替，人物往往成为诗歌叙事的
中心。人物为中心的创作理念，不仅避免了叙事的平铺直叙，而且加强了叙
事的真实性，同时人物性格也在叙事中得以成功塑造。在李颀歌行中，展现
的是人物的生活片段，一段时期内的经历；吴伟业则在歌行中力图描绘人物
一生的经历，时间跨度大，人物也带有明清易代的鲜明时代背景。在艺术手
法上，吴伟业的手法更为细致工整，因此人物的立体感更强。

　　吴伟业"梅村体"的创新还在于他把咏史题材向时事过渡，以诗史思维
贯穿始终，从而构成"梅村体"的"诗史"特征。对于"梅村体"的诗史思维，
学界多有讨论，如魏中林《诗史思维与梅村体史诗》认为"诗史思维构成吴
梅村史诗运思的主要特征"②，并且探讨了"诗史观"的成因，比较了吴伟业
与杜甫诗史思维的不同。"梅村体"诗史思维的形成，其实经历了从咏史到
写时事一个过程。吴伟业曾写《咏史十二首》《行路难一十八首》《读史杂感
十六首》等作品，以不同的体裁借咏古人之事来抒发自己内心对现实的感
慨。吴伟业入仕之经历，他内心政治理想的失落，也对其"诗史观"的形成

---

① 赵翼：《瓯北诗话》，人民文学出版社 1963 年版，第 137 页。

② 魏中林、贺国强：《诗史思维与梅村体史诗》，《文学遗产》2003 年第 3 期。

有重要影响。无论是崇祯朝，身不由己卷入党争的漩涡，差点引火烧身；还是弘光朝的主动引退，远走避祸，仕途的坎坷加深了吴伟业内心深沉的忧国情绪。正是一系列的沧桑巨变，使吴伟业形成了诗史思维，目光从咏史转向了时事，用诗歌来记载恢宏的历史事件，体裁有歌行亦有绝句。邓之诚《清诗纪事初编》中曾对其咏史绝句评价道："绝句所咏时事，或见小报，或归客所述，以隐语括之，熟悉清初事者，一见即知。"[1] 吴伟业著有史书《绥寇纪略》，为一史家，亦做过明代的史官，自然以史家眼光观照国家大事。诗史思维贯穿于"梅村体"每一部作品中，这是他借鉴李颀咏史笔法，又加以创新的诗歌创作理念。"梅村体"的时事性与元白的新府题写时事有很大不同，诗歌主要聚焦于反映时代变革的历史事件，以诗纪史。正如赵翼《瓯北诗话》所说："梅村身阅鼎革，其所咏多有关于时事之大者。如《临江参军》、《南厢园叟》、《永和宫词》、《洛阳行》……等作皆极有关系。事本易传，则诗亦易传。"[2] 朱庭珍《筱园诗话》也说："吴梅村……以身际沧桑陵谷之变，其题多纪时事，关系兴亡，成就先生千秋之业，亦不幸之大幸也。"[3] 杨际昌在《国朝诗话》卷一中称："世称杜少陵为诗史，学杜者不须袭其貌，正须识此意耳。吴梅村歌行，大抵发于感怆，可歌可泣。余尤服膺《圆圆曲》前幅云：'恸哭六军俱缟素，冲冠一怒为红颜'。后幅云：'全家白骨成灰土，一代红妆照汗青'，使吴逆无地自容。体则元、白，可为史则已如杜也。"[4] 吴伟业的歌行体叙事诗几乎涉及了清代前期所有的重要历史事件，诗歌往往写于事件发生后的数年内，有很强的时事性，如写于崇祯十六年的《洛阳行》距离福王被杀时间崇祯十四年，仅仅隔两年时间。再如作于弘光元年的《永和宫词》距离田贵妃病逝也只有两年左右时间，"梅村体"诗歌以诗纪录当代之时事，反映了当时的战争动乱，以诗歌书写"当代史"，这在中国古代诗歌史上是很少见的。

除了李颀，杜甫诗歌对梅村体也有重要影响。杜甫"诗史"类的叙事歌

[1] 邓之诚：《清诗纪事初编》，上海古籍出版社1984年版，第393—394页。
[2] 赵翼：《瓯北诗话》，人民文学出版社2005年版，第131页。
[3] 朱庭珍：《筱园诗话》，《清诗话续编》本，上海古籍出版社1983年版，第2355页。
[4] 杨际昌：《国朝诗话》，《清诗话续编》本，上海古籍出版社1983年版，第1666页。

行是梅村体的重要艺术渊源，吴伟业秉承了杜甫诗歌的"诗史"特色。靳荣藩在《吴诗集览》序中说：

> 梅村当本朝定鼎之初，亲见中原之兵火，南渡之荒淫，其诗如高山大河，如惊风骤雨，而间之以平原沃衍，故于少陵为近，时出入于退之、香山。①

胡薇元在《梦痕馆诗话》卷四也说："渔洋似李，梅村似杜，竹垞似韩。"②吴伟业继承了杜甫现实主义创作精神，歌行与七律都深受杜甫影响。吴伟业由于身世经历的坎坷，屡经战乱，国家沦丧的忧虑时刻藏于内心深处。特别在晚年，他被迫仕清，失节的痛苦与深沉的故国之思常常交融在一起，诗歌感情之真挚、悲痛往往能打动人心。复杂阔大的感情往往以缠绵悱恻的方式表达出来，形成梅村体诗歌强烈的主观抒情的特征。吴伟业诗歌的这种抒情特征有明显的杜诗"沉郁顿挫"风格，抒情手法多学杜诗。正因为如此，梅村体诗歌在叙事中融入抒情，客观真实的叙述与主观强烈的抒情交织在一起，诗歌的美学风格正如赵翼在《瓯北诗话》中所言："感怆时事，俯仰身世，缠绵凄惋，情余于文。"③梅村体抒情特征体现最为明显的作品如《悲歌赠吴季子》：

> 人生千里与万里，黯然消魂别而已。君独何为至于此？山非山兮水非水，生非生兮死非死。十三学经并学史，生在江南长纨绮。词赋翩翩众莫比，白璧青蝇见排抵。一朝束缚去，上书难自理。绝塞千山断行李，八月龙沙雪花起，橐驼垂腰马没耳。白骨皑皑经战垒，黑河无船渡者几？前忧猛虎后苍兕，土穴偷生若蝼蚁。大鱼如山不见尾，张鬐为风沫为雨。日月倒行入海底，白昼相逢半人鬼。噫嘻乎悲哉！生男聪明慎勿喜，仓颉夜哭良有以，受患只从读书始，君不见，吴季子！④

诗歌作于顺治十五年（1658），所叙吴兆骞因"科场案"牵连下狱，后被遣戍宁古塔一事。《悲歌赠吴季子》一篇，感情沉郁悲愤，抒情起伏低回，有

---

① 靳荣藩：《吴诗集览》，四部备要卷四上，上海中华书局1936年版，第6页。
② 胡薇元：《梦痕馆诗话》，《玉津阁丛书》甲集，光绪至民国间刊本。
③ 赵翼：《瓯北诗话》，人民文学出版社2005年版，第130页。
④ 吴伟业：《吴梅村全集》，上海古籍出版社1990年版，第257页。

杜诗风格。孟森在《心史丛刊·科场案》中说：

> 丁酉科场案，向来以吴兆骞之名而脍炙于世人之口。兆骞固才士，然《秋笳集》亦非绝特足以不朽者在，其时以文字为吴增重者，实缘梅村一诗、顾梁汾两词耳。梅村于科场案中，赠陆庆曾有诗，赠孙承恩有诗而及其弟旸亦有诗，顾皆不及其《悲歌赠吴季子》一首，尤为绝唱。①

《悲歌赠吴季子》一诗抒发了吴伟业的多重情感。诗歌开头抒发了"黯然消魂"的别离之痛，其中也有对吴兆骞无辜受遣的悲愤。"君独何为至于此？"一句写出作者对清廷科场狱的谴责，"白璧青蝇见排抵"一句写出作者对无耻告密小人的痛恨，而限于环境，诗句以含蓄委婉的方式表现出来。"词赋翩翩众莫比"一句表现了作者对吴兆骞才华的欣赏，诗中充满了他对吴兆骞的同情与怜爱。"生男聪明慎勿喜"和"受患只从读书始"两句表达了作者内心对清廷科场狱的强烈愤慨。回环往复的抒情方式与杜甫《送郑十八虔贬台州司户伤其临老陷贼之故阙为面别情见于诗》有异曲同工之妙，情感如从肺腑流出，百转千回，极尽跌宕起伏之能事。朱庭珍在《筱园诗话》中曾说："《悲歌赠吴季子》一作，亦得杜陵神髓，惜不多见耳。"②除了在抒情方式方面取杜甫之长，在诗歌结构方面对岑参歌行也有借鉴之处。沈德潜《清诗别裁集》认为此诗"诗格从嘉州《蜀葵花歌》化出"③，吴伟业在诗歌句式、结构方面对岑参《蜀葵花歌》有一定程度的模仿。岑参《蜀葵花歌》（《全唐诗》卷一百九十九）如下：

> 昨日一花开，今日一花开。今日花正好，昨日花已老。始知人老不如花，可惜落花君莫扫。人生不得长少年，莫惜床头沽酒钱。请君有钱向酒家，君不见，蜀葵花。④

三言、五言、七言句式的交错运用，特别是结尾句式，可以看出吴伟业《悲歌赠吴季子》一诗对前人歌行的熔铸与创新。

除此之外，吴伟业还有典型的"学杜"之作，如《芦洲行》《捉船行》《马

① 孟森：《心史丛刊》，岳麓书社 1986 年版，第 59 页。
② 朱庭珍：《筱园诗话》，《清诗话续编》本，上海古籍出版社 1983 年版，第 2355 页。
③ 沈德潜：《清诗别裁集》，河北人民出版社 1997 年版，第 11 页。
④ 《全唐诗》第六册，中华书局 1960 年版，第 2062—2063 页。

草行》等，明显模仿杜甫《三吏》《三别》《兵车行》等作品，题材、艺术手法多相似。与梅村体其他表现重大时事的歌行不同，《芦洲行》《捉船行》《马草行》等重点表现社会苛政，以身边的见闻来反映民生疾苦。此类歌行往往较少用典，多用口语、俗语，通俗易懂，构成了梅村体"雅俗相融"格调的"俗"的一面。梅村体以典雅为主，但也有俗的一面，如叶君远先生在《论梅村体》一文中就作了分析："其实它们也还有'俗'的一面，并不是所有的诗句都求'雅'，像'长者读书少者弟'（《永和宫词》）、'自家兄妹话艰辛'（《萧史青门曲》）等等，就接近口语。"[1] 梅村体此种风格的代表作如《马草行》：

> 秣陵铁骑秋风早，厩将围人索刍藁。当时碛北报烧荒，今日江南输马草。府帖传呼点行速，买草先差人打束。香刍堪秣饱骅骝，不数西凉夸苜蓿。京营将士导行钱，解户公摊数十千。长官除头吏干没，自将私价傭车船。苦差常例须应免，需索停留终不遣。百里曾行几日程，十家早破中人产。半路移文称不用，归来符取重装送。推车挽上秦淮桥，道遇将军紫骝鞯。辕门刍豆高如山，紫髯碧眼看奚官。黄金络颈马肥死，忍令百姓愁饥寒。回首滁阳开仆监，龙媒烙字麒麟院。天闲蹇逸起黄沙，游牝三千满行殿。钟山南望猎痕烧，放牧秋原见射鵰。宁莝雕胡供伏枥，不堪园寝草萧萧。[2]

此诗约作于清顺治九年（1652 年），是反映清初征马草弊政的名篇之一。清初，各地起义不断，清廷为镇压反清力量，派骑兵加以围剿。马草短缺，于是在江南各地征收马草，以供战马之需。征马草一事，对官员来说，则是一个乘机敛财的机会，中饱私囊，假公济私。对普通百姓来说，强征马草使很多家庭陷于破产的边缘。诗歌以百姓的视角详细叙述了征收马草的过程，将马草征收过程中的弊端表露无遗。百姓除了买草之外，还要自己出钱运送，当运到半路时，忽然又下令不要，让百姓重新再装送。征收马草程序的繁琐复杂，无非是让征收的官员有更多从中渔利的机会。诗歌最后以百姓的见

---

[1]　叶君远：《论梅村体》，《南京师范大学文学院学报》2002 年第 2 期。

[2]　吴伟业：《吴梅村全集》，上海古籍出版社 1990 年版，第 86—87 页。

闻，揭露了征收马草的真相。一百姓"推车上桥"，路遇将军，当进入辕门以后，发现"刍豆高如山"，清军铁骑哪里缺什么马草？而强征马草的结局，一方面"马肥死"，另一方面"百姓愁饥寒"，人与马的对比，反映了清初"苛政猛于虎"的黑暗社会现实。《马草行》不仅继承了杜甫的现实主义创作精神，而且在语言风格上也模仿杜诗。杜诗反映征兵的诗歌，如《兵车行》《石壕吏》等，语言通俗易懂，如"信知生男恶，反是生女好"，"老翁逾墙走，老妇出门看"等。吴伟业《马草行》语言明白如话，如"买草先差人打束""归来符取重装送"等；不避俗语、俗字，如"苦差""公摊""除头""干没"等。靳荣藩在《吴诗集览》《芦洲行》评语中说：

> 芦洲行、捉船行、马草行，可仿杜陵之三吏、三别矣。杜句中如"有吏夜捉人"、"肥男有母送，瘦男独伶俜"，俗字里语，都入陶冶；而此诗如赔累、需索、解头使用等字，捉船行买脱、晓事、常行、另派等字，马草行解户公摊、苦差、除头等字，皆系诗中创见：盖梅村有意学杜故也。[①]

正是对杜甫诗歌的多方面学习，梅村体歌行才能独具特色。吴伟业表现民生疾苦，清初社会苛政的作品，再如描写清初圈田的《题苏门高士图赠孙徵君钟元》：

> 一朝铁骑城南呼，长刀砍背将人驱。里中大姓高门闭，鞭笞不得留须臾。叩头莫敢争膏腴，乞为佃隶租请输。牵爷担子立两衢，问言不答但欷歔。先生闭门出无驴，僵卧一榻绝朝晡。……[②]

诗歌所写是顺治三年，清兵圈占良田一事。百姓轻则被鞭笞，重则被刀砍伤，体现出清兵的残暴。"城南呼""将人驱""牵爷担子"等词语，具有浓郁的生活气息。诗歌语言很少雕琢，自然流畅，多俗语、口语，有杜诗"三吏""三别"风格。

除了语言方面，在句式上梅村体也有化用杜诗之处。如《再观打冰词》中"砉如苍崖崩巨石，訇如戈矛相撞击。潏如云气腾虚空，飒如雨声飞淅

---

① 靳荣藩：《吴诗集览》，四部备要卷五，上海中华书局 1936 年版，第 101 页。

② 吴伟业：《吴梅村全集》，上海古籍出版社 1990 年版，第 281 页。

沥"，连用四个比喻句表现船夫操梃打冰、冰水四溅的场面，声音与形态的描绘可谓栩栩如生。以一连串的比喻来穷形尽相描绘事物，这种"四如"句式来源于杜甫《观公孙大娘弟子舞剑器行》中"霍如羿射九日落，矫如群帝骖龙翔。来如雷霆收震怒，罢如江海凝清光"四句。吴伟业对连用四个比喻的"四如"句式情有独钟，在其诗歌中多次运用，他在《咏拙政园山茶花》一诗中也使用了此种句式。如"艳如天孙织云锦，赪如姹女烧丹砂。吐如珊瑚缀火齐，映如蟠螈凌朝霞"，四个比喻句以"云锦""丹砂""珊瑚""蟠螈"来形容拙政园山茶花的鲜艳美丽，给人以光彩炫目之感。"四如"句式为诗歌增色不少，表现了吴伟业过人的才思。另外，吴伟业对杜甫诗歌的学习不仅限于其梅村体，在其他咏物、抒情类歌行中也很常见。如《画中九友歌》显然是从杜甫《饮中八仙歌》而来，结构、章法是一样的。总之，杜诗是梅村体的重要艺术渊源之一。

梅村体还有深情绮丽的一面，以辞采华茂而著称。叶君远在《论梅村体》一文指出梅村体有"强烈的主观抒情性"，并认为吴伟业"把近体歌行'骈、谐、丽、绵'这几方面的特征发展到了极致。"[1] 靳荣藩《吴诗集览》卷四上中引张如哉言曰："至如《鸳湖曲》、《画兰曲》、《拙政园山茶歌》、《白燕吟》诸作，情韵双绝，绵邈绮合，则又前无古，后无今，自成为梅村之诗。"[2] 尤侗在《西堂杂俎》中曰：

> （梅村）七古律诸体，流连光景，哀乐缠绵，使人一唱三叹，有不堪为怀者。（《梅村词序》）

> 先生之文，如江如海；先生之诗，如云如霞；先生之词与曲，烂兮如锦，灼兮如花。其华而壮者，如龙楼凤阁；其清而逸者，如冰柱雪车；其美而艳者，如宝钗翠钿；其哀而婉者，如玉笛金筝。（《祭吴祭酒文》）[3]

尤侗此段评论既指出了吴伟业歌行的"缠绵"的抒情特点，也点出了其华美

---

① 叶君远：《论梅村体》，《南京师范大学文学院学报》2002年第2期。
② 靳荣藩：《吴诗集览》，四部备要本，上海中华书局1936年版，第73页。
③ 尤侗：《尤西堂杂俎》，大达图书供应社1935年版，第88页。

如锦的辞采特点。尤侗用"如云如霞""如宝钗翠钿"等比喻来形容吴伟业诗词清丽哀婉的特点。深情绵邈是"梅村体"的特色之一，严迪昌在《清诗史》中就说道：

> 深情丽藻，是构成"梅村体诗史"特色的关键因素。若情不浓深，"史诗"徒成诗论，失落了诗的特性，了无意味；但如褪去藻采之丽，则将必是仅仅成为通常所说的少陵诗史的延续，不成其为"梅村体"，从而也难从元、白"长庆体"中分离而自成面貌。丽词藻采，是梅村歌行的重要形态标识。①

梅村体此种特色的形成其实深受温庭筠、李商隐诗歌的影响。朱庭珍在《筱园诗话》中曾说："（吴伟业）七古最有名于世，大半以琵琶、长恨之体裁，兼温、李之词藻风韵，故述词比事，浓艳哀婉，沁入肝脾。"②受温、李影响的典型作品如《鸳湖曲》：

> 鸳鸯湖畔草粘天，二月春深好放船。柳叶乱飘千尺雨，桃花斜带一溪烟。烟雨迷离不知处，旧堤却认门前树。树上流莺三两声，十年此地扁舟住。主人爱客锦筵开，水阁风吹笑语来。画鼓队催桃叶伎，玉箫声出柘枝台。轻靴窄袖娇妆束，脆管繁弦竞追逐。云鬟子弟按霓裳，雪面参军舞鹦鹉。酒尽移船曲榭西，满湖灯火醉人归。朝来别奏新翻曲，更出红妆向柳堤。欢乐朝朝兼暮暮，七贵三公何足数？十幅蒲帆几尺风，吹君直上长安路。长安富贵玉骢骄，侍女薰香护早朝。分付南湖旧花柳，好留烟月伴归桡。那知转眼浮生梦，萧萧日影悲风动。中散弹琴竟未终，山公启事成何用？东市朝衣一旦休，北邙坏土亦难留。白杨尚作他人树，红粉知非旧日楼。烽火名园窜狐兔，画阁偷窥老兵怒。宁使当时没县官，不堪朝市都非故。我来倚棹向湖边，烟雨台空倍惘然。芳草乍疑歌扇绿，落英错认舞衣鲜。人生苦乐皆陈迹，年去年来堪痛惜。闻笛休嗟石季伦，衔杯且效陶彭泽。君不见白浪掀天一叶危，收竿还怕转

---

① 严迪昌：《清诗史》，浙江古籍出版社 2002 年版，第 386 页。

② 朱庭珍：《筱园诗话》，《清诗话续编》本，上海古籍出版社 1983 年版，第 2355 页。

船迟。世人无限风波苦，输与江湖钓叟知。①

此诗作于顺治九年(1652 年)，是吴伟业重游吴昌竹亭湖别墅故地时所作。②
沈德潜在《清诗别裁集》中曰："此吊吴昌时也。昌时为选郎，依周宜兴延
儒。宜兴败，而昌时至于弃市矣。篇中极言盛衰，如听雍门之琴，用意全在
收束。"③《鸳湖曲》实为梅村体名作，叶君远先生在《吴梅村〈鸳湖曲〉辨析》
一文中认为："富赡精工的语言，绮丽浓艳的色泽，圆流走转的韵律，哀怨
怅惘的情调，使得它足以和《圆圆曲》媲美，同样成为'梅村体'的代表作。"④
对于《鸳湖曲》背景与主旨的解读，许多学者有专篇论文讨论⑤，本书仅对
其绮丽风格作一番分析。诗歌开头四句"鸳鸯湖畔草粘天，二月春深好放船。
柳叶乱飘千尺雨，桃花斜带一溪烟"，以湖水、草、船、柳叶、雨、桃花意
象组成了一幅优美的风景画，烟雨迷蒙中，作者旧地重游，将读者带进一种
朦胧忧伤的意境当中。而下文对歌舞场面的描绘则更能体现出温、李诗风对
吴伟业的影响。作者采用了华丽的词藻进行了铺陈，如"画鼓队催桃叶伎，
玉箫声出柘枝台。轻靴窄袖娇妆束，脆管繁弦竞追逐。云鬟子弟按霓裳，
雪面参军舞鸜鹆"六个律句，诗中以画鼓、玉箫之声音，轻靴窄袖之装束，
霓裳鸜鹆之舞蹈，组成一幅繁华盛筵的图画。此处描写可谓琳琅满目，花团
锦簇，诗句对仗工整，声调婉转，风情摇曳。诗歌中不乏写景的名句，如
"芳草乍疑歌扇绿，落英错认舞衣鲜"，诗句写出了繁华过后的凄凉，今昔
的对比，从歌扇舞衣到芳草落英，有历史兴亡之感。全诗律句很多，平仄
韵互换，四句一转，有一种圆润悦耳的音乐美。整首诗歌在烟雨楼台的凄迷
的氛围中慢慢书写，如同一首婉约的慢词长调，哀婉优美，情韵皆佳。孙铉
《皇清诗选》中对此诗评曰："无数奖借，无数牢骚，无数怜惜，浓情丽笔，

① 吴伟业：《吴梅村全集》，上海古籍出版社 1990 年版，第 71—72 页。
② 冯其庸、叶君远：《吴梅村年谱》，文化艺术出版社 2007 年版，第 192 页。
③ 沈德潜：《清诗别裁集》，河北人民出版社 1997 年版，第 8 页。
④ 叶君远：《吴梅村〈鸳湖曲〉辨析》，《苏州大学学报》1988 年第 8 期。
⑤ 相关论文有：叶君远《吴梅村〈鸳湖曲〉辨析》(《苏州大学学报》1988 年第 8 期)、张宇
声《论吴梅村的〈鸳湖曲〉》(《山东理工大学学报》2008 年第 1 期)、陈居渊《吴伟业〈鸳
湖曲〉的写作时代与蕴意》(《中国文学研究》1996 年第 3 期)。

驰骋于温、李之间。"①

《鸳湖曲》带有晚唐歌行的风调，与温、李歌行作一番对照我们不难发现此点。如同样写游宴场面，温庭筠有《湘东宴曲》(《全唐诗》卷五七六)：

> 湘东夜宴金貂人，楚女含情娇翠嚬。玉管将吹插钿带，锦囊斜拂双麒麟。重城漏断孤帆去，唯恐琼签报天曙。万户沉沉碧树圆，云飞雨散知何处。欲上香车俱脉脉，清歌响断银屏隔。堤外红尘蜡炬归，楼前澹月连江白。②

诗歌以"玉管""锦囊""麒麟"等意象描绘夜宴的奢华，语言极为华丽；楚女体态之婀娜，描写之细腻，带有齐梁诗风的特征。再如李商隐《烧香曲》(《全唐诗》卷五四一)中"白天月泽寒未冰，金虎含秋向东吐。玉佩呵光铜照昏，帘波日暮冲斜门。"③诗境凄美幽约，给人一种忧伤怅惘之感。梅村体的"绮丽"特征在许多作品中都可以看到，如《画兰曲》：

> 画兰女子年十五，生小琵琶怨春雨。记得妆成一见时，手拨帘帷便尔汝。蜀纸当窗写畹兰，口脂香动入毫端。腕轻染黛添芽易，钏重舒衫放叶难。似能不能得花意，花亦如人吐犹未。珍惜沉吟取格时，看人只道侬家媚。横披侧出影重重，取次腰肢向背同。昨日一枝芳砌上，折来双鬓镜台中。玉指才停弄弦索，漫拢轻调似花弱。殷勤弹到别离声，雨雨风风听花落……④

诗歌所叙之事非常简单，写一女子画兰之事。诗歌重点表现了画兰女子卞敏容貌之美，仪态端庄之美。作者以工笔细描方式，以"手拨帘帷""口脂香动""腕轻染黛"等动作表现了卞敏优雅娴静，层层点染，如同一幅人物画。类似的表现手法在温庭筠《舞衣曲》(《全唐诗》卷五七五)中也可以看到，如"管含兰气娇语悲，胡槽雪腕鸳鸯丝。芙蓉力弱应难定，杨柳风多不自持。

---

① 孙鋐：《皇清诗选》，清康熙二十九年凤啸轩刻本影印，《四库全书存目丛书》集三九八，齐鲁书社 1997 年版，第 154 页。

② 《全唐诗》(17 册)，中华书局 1960 年版，第 6703—6704 页。

③ 《全唐诗》(16 册)，中华书局 1960 年版，第 6252 页。

④ 吴伟业：《吴梅村全集》，上海古籍出版社 1990 年版，第 43 页。

回嗔笑语西窗客，星斗寥寥波脉脉。"①梅村体的此种特点与吴伟业早期所作绮丽艳诗有一定的关系，《四库全书总目提要》卷一百七十三集部二十六曾评曰："其少作大抵才华艳发，吐纳风流，有藻思绮合、清丽芊眠之致。"②辞采的清丽使梅村体诗歌具有动人的艺术魅力，邓之诚《清诗纪事初编》中说："其诗以七言歌行自成一体，事固足传，而吐辞哀艳，善于开阖，读之使人心醉。"③吴伟业在诗歌辞采、声韵等方面对温、李诗歌有意学习，这也是形成梅村体富丽精工、缠绵哀婉的重要原因。这是梅村体的优点，但也带来雕琢过甚的弊端，吴伟业本人也自我评价道："吾于此道，虽为世士所宗，然镂金错彩，未到古人自然高妙之极地。"④（杜濬《祭少詹吴公》）赵翼在《瓯北诗话》中说："梅村诗本从'香奁体'入手，故一涉儿女闺房之事，辄千娇百媚，妖艳动人。幸其节奏全仿唐人，不至流为词曲。然有意处则情文兼至，姿态横生；无意处虽镂金错彩，终觉腻滞可厌。"⑤

梅村体以学习初唐四杰和元白为主，对李颀、杜甫、温庭筠、李商隐诸家都有借鉴，正因为如此，才以独特的风格在中国诗歌史上占据重要的地位。梅村体代表了吴伟业的诗歌成就，也是其诗歌的代表风格，钱谦益在《梅村先生诗集序》中说：

　　若其调之铿然，金舂而石戛也；气之能然，剑花而星芒也；光之耿然，春浮花而霞侵月也；情之盎然，草碧色而水绿波也；戴容州有言："蓝田日暖，良玉生烟，可望而不可置于眉睫之间。"……丰水有芑，生材不尽，而产梅村于隆平之后，以锦绣为肝肠，以珠玉为咳唾，置诸西清东序之间，俾其鲸铿春丽，眉目一世。⑥

钱谦益从声调、气势、词藻等方面高度评价了吴伟业诗歌情采并重的特点，对其诗歌成就赞赏有加。吴伟业博采众家之长，转益多师，其梅村体歌行对

---

① 《全唐诗》第十七册，中华书局1960年版，第6697页。
② 永瑢等撰：《四库全书总目提要》第三十四册，商务印书馆1931年版，第5页。
③ 邓之诚：《清诗纪事初编》，上海古籍出版社1984年版，第393页。
④ 吴伟业：《吴梅村全集》，上海古籍出版社1990年版，第1421页。
⑤ 赵翼：《瓯北诗话》，人民文学出版社1963年版，第138页。
⑥ 钱谦益：《牧斋有学集》，《钱牧斋全集》，上海古籍出版社2003年版，第756—757页。

清代诗坛影响深远。

　　梅村体在中国诗歌史上的贡献有：一是对歌行体制的创新，二是对叙事诗的开拓。歌行创自唐代，盛唐不少名家，宋代苏轼、陆游也有佳作，元明诗人擅长歌行的诗人屈指可数，从歌行的发展史来看，歌行诗歌创作是慢慢衰落的。原因可能是因为歌行的体制、用韵较为自由，在创作时需要诗人多方面的才力，在律诗较为完备的诗坛，诗人往往更倾力于律诗创作。吴伟业则不然，他专注于歌行创作，并且对歌行体制进行了多方面的革新。吴伟业将歌行的律化推向极致，《圆圆曲》78句，律句77句，占比达到了99%，如果除去诗歌结尾"君不见"三字，则整首诗歌皆入律。梅村体歌行大量使用律句，在频率和篇幅上远超前代诗人。歌行的律化，在歌行的发展史上具有重要意义。律化的歌行，具典雅的格调，也更具音乐性；再配合上转韵，使歌行更加灵动，免于板滞，使歌行诗体重新焕发生命力。除了律化，梅村体在辞采方面也更加华丽，注重诗歌的形式之美。吴伟业融合温、李诗之长，善于在诗中采用华美的意象与鲜明的色彩，使歌行别具风华情韵。

　　梅村体的另一个重要贡献在于对叙事诗的开拓。梅村体在诗歌叙事方面取得了杰出的成就，在叙事结构、叙事手法等方面对前代的叙事诗有很大的超越。吴伟业秉承"诗史"创作原则，继承了杜诗的现实主义传统，以诗歌书写当代历史。梅村体既吸收了"史传"叙事的传统，也融合了明清戏曲、小说之叙事手法，在诗歌叙事方面与清前的诗人拉开距离。梅村体叙事不再局限于一人一事的简单叙事结构，往往以复杂多变的叙事结构和顺叙、倒叙、插叙等多样化的叙事手法表现易代之际社会的风云变幻，在诗歌中塑造出一大批个性鲜明的人物形象。梅村体在叙事方面的成就与戏曲小说叙事媲美，其精妙的叙事艺术值得我们继续深入研究。

　　梅村体叙事诗，在整个清代叙事诗发展的链条中，显然是必不可少的一个关键环节。叙事性是清诗的一大特色，钱仲联先生在《清诗纪事》前言中说："叙事性是清诗的一大特色，也是所谓'超元越明，上追唐宋'的关键所在。"[1] 而清诗叙事性特色的形成与梅村体有很大的关系，梅村体叙事诗

---

[1]　钱仲联：《清诗纪事》，江苏古籍出版社1987年版，第5页。

是清代不可多见的与前代相抗衡的诗体，在清代诗歌史上的地位是举足轻重的。梅村体在叙事诗方面树立了成功的典范，成为后人效仿的对象，对清初以后的诗人影响深远。

第二节　清代前期梅村体歌行的传承与发展

本节论述清代前期的梅村体歌行。清初，学习梅村体的诗人主要是吴兆骞、陈维崧。二人借鉴梅村体的写作风格，创作了不少反映易代之际社会变革和个人人生经历的歌行作品。吴兆骞的《榆关老翁行》《白头宫女行》《浚稽曲》等歌行作品，师法"梅村体"，在题材、艺术手法等方面有新的拓展，其歌行体边塞诗很有特色。陈维崧的歌行，辞藻华丽，对偶工整，时以散文章法结构全篇，有自己独特的风格。其歌行敷张扬厉，气势雄浑，常从大处开笔，如《屋后望太行山歌》《皇城琉璃瓦歌》《水绘园杂忆歌》等。二人之歌行，扩大了梅村体影响，促进了中国古代歌行诗的创作。

一、吴兆骞歌行

吴兆骞（1631—1684 年），字汉槎，江南吴江人。顺治十四年（1657 年）应江南乡试，因"科场案"牵连，远戍黑龙江宁古塔，居塞外达二十三年。后于康熙二十年（1681 年）放还，三年后病卒。著有《秋笳集》。对于其生平经历，《清史稿·文苑传》列传二百七十一载：

> 兆骞，字汉槎。亦十四年举人。以科场蜚语逮系，遣戍宁古塔。兆
> 骞与弟兆宜皆善属文，居塞上二十年，侘傺不自聊，一发之於诗。已而
> 友人顾贞观言於纳兰成德、徐乾学，为纳锾，遂於康熙二十年赦还。[①]

吴兆骞出身于明官宦之家，父名晋锡，崇祯庚辰（1640 年）进士，历任永州推官、彬桂道等职，甲申之变后，曾为南明将领抗清，晚年归居乡里。吴兆骞少有文名，吴伟业将其与华亭彭师度、宜兴陈维崧称为"江左三凤凰"。

---

① 赵尔巽等撰：《清史稿》第四十四册，中华书局 1977 年版，第 13337—13338 页。

对吴兆骞人生影响最大的一件事莫过于顺治十四年（1657年）的丁酉科场案。关于此案经过，《清世祖实录》卷一百一十三顺治十四年十一月癸亥载：

> 工科给事中阴应节参奏：江南主考方猷等，弊窦多端，榜发后，士子怨其不公，哭文庙，殴帘官，物议沸腾。其彰著者，如取中之方章钺，系少詹事方拱乾第五子，悬成、亨咸、膏茂之弟，与猷联宗有素，乃乘机滋弊，冒滥贤书……方猷、钱开宗并同考官，俱著革职，并中式举人方章钺，刑部差员役速拿来京，严行详审。本内所参事情，及闱中一切弊窦，著郎廷佐速行严察明白，将人犯拿解刑部。①

江南科场案，孟森在《心史丛刊》中以数万言作了详细考证。吴兆骞此时已考中举人，受此案牵连，于十二月奉命入京，接受审查与参加复试。顺治十五年（1658年）四月，顺治帝亲自复试丁酉举人。因考场武士林立，持刀带剑，现再加上天气寒冷，参加复试的士子人皆股栗，几不能下笔。王应奎在《柳南随笔》卷一中记载："丁酉科场之变，凡南北中式者，悉御试瀛台……是时每举人一名，命护军二员持刀夹两旁，与试者悉惴惴其栗，几不能下笔。"② 吴兆骞在此种情况下，"战栗失次，不能终卷"③，遂被除名，遣戍宁古塔。吴兆骞被逮系的真正原因是仇人的告发，刘世南在《清诗流派史》中认为："而真实原因则是章在兹和王发挟嫌告他有异谋。"④ 李兴盛也认为："吴兆骞的下狱与遣戍，是李代桃僵，是被仇人诬陷所致。"⑤ 邓之诚在《清诗纪事初编》卷三也说："（吴兆骞）稍长，为慎交社眉目，与同声社章在兹、王发，争操选政有隙。顺治十四年罹科场之狱，遣戍宁古塔，章、王所告发也。"⑥ 由此可见，吴兆骞受人诬陷确凿无疑，而关于告发人，不少学者还有

---

① 《清实录》（第3册），中华书局影印本，中华书局1985年版，第884页。

② 王应奎：《柳南随笔续笔》，中华书局1983年版，第4页。

③ 吴兆骞除名原因有多种说法，如刘禺生《世载堂杂忆》认为："吴兆骞则发往宁古塔戍所，以交白卷故。"本书赞同李兴盛说法，具体考证见李兴盛：《江南才子塞北名人吴兆骞年谱》，黑龙江人民出版社2000年版，第59—60页。

④ 刘世南：《清诗流派史》，人民文学出版社2004年版，第112—113页。

⑤ 李兴盛：《江南才子塞北名人吴兆骞传》，黑龙江人民出版社2000年版，第67页。

⑥ 邓之诚：《清诗纪事初编》，上海古籍出版社1984年版，第387页。

争论。除此之外，吴兆骞所受科场案牵连，与他恃才傲物，桀骜不驯的性格也有很大关系。吴兆骞才华横溢，未免锋芒毕露，说话咄咄逼人，因此得罪了许多文人士子，遭人妒忌、怨恨是情理使然。汪琬在《说铃》中记载了吴兆骞的许多轶事：

> 吴孝廉兆骞，尝与余辈同出吴江东门，意气傲然不屑，中路忽率尔顾予，述袁淑语曰："江东无我，卿当独秀。"旁人为之侧目，吴不顾。①

汪琬（1624—1690 年），字苕文，长洲人，文名早著，且年长吴兆骞七岁。吴兆骞所言"江东无我，卿当独秀"一句，确让人惊诧，连汪琬都不放在眼里，吴兆骞傲岸不群性格可见一斑。对于此点，王晫《今世说》卷三载："吴名兆骞，江南吴江人，性傲岸，不为同里所喜。其友或规之。吴大言曰：'安有名士而不简贵者？'"②吴兆骞蒙受不白之冤，是为公论，陆锦在《问花楼诗话》卷三中说："汉槎本奇士，战栗不能握管，审无情弊，减死谪戍。汉槎事出无辜，西堂雅人，乃以弓影蛇杯陷人于罪，贤者固如是耶！"③告密者固然可恨，清朝统治者也居心叵测。清初，江浙地区经济、文化比较发达，江南知识分子文社活动频繁，反清意识很浓，不少读书人参与其间。清朝统治者实借科场案对江南知识分子加以威慑，进行打击恐吓，实际上是"杀鸡儆猴"的策略。谢国桢在《明末清初的学风》中分析道：

> 清代初年，初入中原，顺治帝急于要收拾人心，来讨好汉族，他不得不用分而治之的办法，起用明代臣子来做清朝官吏。既至天下稍定，他慢慢地信不过这一班投降的贰臣了，先从言官来开刀，于是李呈祥、季开生、魏琯等，首当其冲，谪戍到塞北。他又想对于这一些思想不良的读书人，不立威不足以慑服他们反叛的心理，于是借科场和文字狱等等的案子，来杀一儆百，谁碰上算谁倒霉，所以像吴汉槎、孙旸、祁班孙这一流人物，都谪戍到关外去，还说他们的罪名原是要杀头的，流戍到东北是皇上的开恩。④

---

① 李兴盛：《江南才子塞北名人吴兆骞资料汇编》，黑龙江人民出版社 2000 年版，第 17 页。
② 王晫：《今世说》，商务印书馆 1936 年版，第 27 页。
③ 陆锦：《问花楼诗话》，《清诗话续编》本，上海古籍出版社 1983 年版，第 2318—2319 页。
④ 谢国桢：《明末清初的学风》，上海书店出版社 2006 年版，第 172 页。

吴兆骞无辜受冤，内心的抑郁悲愤尽现于诗中，丁酉之狱对他的打击可以想见。吴兆骞在《戊戌三月九日自礼部被逮赴刑部口占二律》（其一）云：

> 仓黄荷索出深宫，扑目风沙掩泪看。自许文章堪报主，那知罗网已摧肝。冤如精卫悲难尽，哀比啼鹃血未干。若道叩心天变色，应教六月见霜寒。①

以丁酉科场案为界，吴兆骞的诗歌创作可以明显分为前、后两个时期。他的前期诗歌，学步于明七子，拟作杂体诗三十首，模仿复古的调子很浓，此方面的作品如其《秋笳集》卷五《春日篇》《金陵篇》《长安道》《长安有狭斜行》等，以及卷六《拟古后杂体诗》中模仿谢朓、沈约、江淹、吴均等人的五言诗。但吴兆骞经历易代之变，前期诗中仍寓亡国之痛，如《金陵篇》中结尾"回首南明事惘然，月明麋鹿故宫前。独有石头春水碧，烟波夜夜送潺湲"②四句，抒发了他沉痛哀怨的故国之思。相比于前期，吴兆骞后期的诗歌更加成熟、浑厚。侯玄泓《秋笳前集序》中说：

> 故其为人，英朗隽健，忠孝激发，凡感时恨别，吊古怀贤，流连物色之制，莫不寄趣哀凉，遗音婉丽，情盛而声叶，非季子其孰能及之。③

自丁酉科场案后，他被遣戍边境，大部分诗作于宁古塔。边塞生活开阔了吴兆骞的眼界，抗俄斗争也激发了作者的创作热情，使他的诗歌更具苍凉凄怆之美。吴兆骞之子吴桭臣在《秋笳集》跋语中说："先君忽离桑梓而谪冰雪。触目愁来，愤抑佗傺，登临凭吊，俯仰伤怀，于是发为诗歌，以鸣其不平，虽蔡女之十八拍，不足喻其凄怆，此秋笳所由名也。"④

吴兆骞早年诗学七子，诗歌模仿六朝、初唐，后从吴伟业学诗，受吴伟业影响最大。邓之诚《清诗纪事初编》卷三曰："（吴兆骞）诗文摹六朝初唐，惊才绝艳，同时辈流，罕及之者。惜学业无成，格律亦未更进，固一时

---

① 吴兆骞：《秋笳集》，上海古籍出版社 2009 年版，第 130 页。
② 吴兆骞：《秋笳集》，上海古籍出版社 2009 年版，第 154 页。
③ 吴兆骞：《秋笳集》，上海古籍出版社 2009 年版，第 352 页。
④ 吴兆骞：《秋笳集》，上海古籍出版社 2009 年版，第 358 页。

之秀，而非盖代所宗。"① 严迪昌在《清诗史》中说："吴氏诗初亦'明七子'一路，惊才绝艳，诗笔英挺，出塞后一变为苍凉浑茫，乃不能不变，诗心所支配者。"② 吴兆骞最有特色的诗歌作于被遣戍后，他出塞后创作了许多优秀诗篇，广泛描写了东北边塞的风土人情、自然风光。诗歌常以边塞之景抒发内心悲苦之情，风格雄浑。徐世昌《清诗汇》诗话中说：

> 汉槎意气傲岸，不可一世，卒以是贾祸。诗为健菴、渔洋所称许，惊才绝艳，冠其侪偶。梅村目迦陵、汉槎及华亭彭师度为三凤凰。出塞后，诗境沉雄，得朔方苍莽之气。少工骈体，其《长白山赋》，足摩班、张之垒。③

许多学者将吴兆骞看作边塞诗人，如朱则杰《清诗史》在第四章第四节评曰："吴兆骞在清代特别是清初东北的边塞诗人中成就为最高，影响也最大。因此，吴兆骞的诗歌可以视为清代边塞诗的代表。"④ 吴兆骞的边塞诗中亦有歌行体，除此之外，吴兆骞的七言歌行效法"梅村体"，取得了较高成就，集中七言歌行约有 67 首。对吴兆骞的"梅村体"歌行，许多学者评价很高，沈德潜在《清诗别裁集》卷五中说："汉槎阅历，倘以老杜之沉郁顿挫出之，必更有高一格者。此则'王杨卢骆当时体'也。然就此体中，他人未能抗行，宜为梅村首肯。"⑤ 钱仲联先生在《三百年来江苏的古典诗歌》一文中说：

> 吴江兆骞，能为"梅村体"歌行，因事谪戍出塞，所为《秋笳集》，多激楚之音。如《榆关老翁行》、《白头宫女行》等，都可以步武梅村。⑥

由于坎坷的人生经历，吴兆骞"梅村体"歌行在情感内蕴方面有过人之处。凄怆的身世之感，冰天雪地的景色描写，成为构成吴兆骞诗歌个性风貌的重要因素。《四库全书总目提要》卷一百八十二集部三五别集类存目九："兆骞诗天分特高，风骨遒上。又荷戈边塞，穷愁之语易工，故当时以才人目

---

① 邓之诚：《清诗纪事初编》，上海古籍出版社 1984 年版，第 388 页。

② 严迪昌：《清诗史》，浙江古籍出版社 2002 年版，第 417 页。

③ 徐世昌：《清诗汇》，退耕堂影印本，北京出版社 1996 年版，第 359 页。

④ 朱则杰：《清诗史》，江苏古籍出版社 2000 年版，第 77 页。

⑤ 沈德潜：《清诗别裁集》，河北人民出版社 1997 年版，第 80 页。

⑥ 钱仲联：《梦苕庵清代文学论集》，齐鲁书社 1983 年版，第 6 页。

之。"① 过人的天赋，边塞的经历，当这两种成分有机融入其七言歌行以后，使吴兆骞歌行在模仿"梅村体"的过程中出现了新的变化。

吴兆骞对"梅村体"的传承主要体现在他对叙事长篇歌行体制方面，在歌行的语言、风格方面与"梅村体"有很多相同点。但吴兆骞的"梅村体"歌行也有自己的特点，刘世南在《清诗流派史》中评论道：

> 但伟业歌行易流于靡曼，而兆骞所作则气劲辞工。如果说兆骞歌行有出蓝之处，就在这里。兆骞学"梅村体"的几篇七言歌行，都是遭难后所作，如《白头宫女行》作于西曹（刑部狱），《榆关老翁行》作于流放途中，《浚稽曲》作于流放地宁古塔。②

刘世南在《清诗流派史》第五章第三节对《浚稽曲》内涵进行了详细分析，其余二首论述较为简略，并且吴兆骞的歌行代表作品不限于此三篇。刘先生对歌行艺术风格方面论述尚有可补充之处，因此本书对吴兆骞歌行再作进一步的研究。吴兆骞学"梅村体"的代表作如《白头宫女行》：

> 长安女尼妙音者，本崇祯时旧宫人，后出居氏间，祝发于北城之佛舍，与海昌相国居址接近。尝出入相国家，述甲申三月及宫中旧事甚悉，又言宫中侍姬，都以青纱幂外约钗梁。自遭丧乱，香奁宝钿悉为人夺，惟存青纱数幅，犹昭阳故物也。今年戊戌，余以谤议械系都官，而相国亦以他事下吏，因与其嗣君直方、子长相见，酒酣耳热，为言妙音。予既自伤逸枉，复闻妙音之事，悲红粉之飘零，感羁人之沦落，乃连缀其词，作为长歌，以传于乐府云。
>
> 长安女冠头似雪，曳地黄絁悬百结。手执金经泪暗垂，云是前朝旧宫妾。一朝充选入披香，倭堕新梳内殿妆。低鬟自惜青虫小，系臂愁看绛缕长。当年御极方清晏，宫中屡启催花宴。云母屏开见舞人，水晶帘卷低歌扇。歌舞年年乐事殊，森沉宝幄挂流苏。北宫漫阅鱼龙戏，东绢频临蛱蝶图。图史纷披间珠翠，深宫镇日长无事。鹊顾书从女史传，鸾雏钗向昭仪赐。昭仪明艳独承欢，促坐金床倚笑看。灯簌九微长侍辇，妆成七宝自凭阑。阑前罗绮纷成列，阿监才人几分别。玉墀草细打球

① 永瑢等所撰：《四库全书总目提要》第三十六册，商务印书馆 1931 年版，第 99 页。
② 刘世南：《清诗流派史》，人民文学出版社 2004 年版，第 117—118 页。

高，珠箔花深吹管彻。景福宫前细柳垂，琼轩不闭共追随。绣镫缠鬃娇
试马，绿绨隐几倦弹棋。春花秋月年华换，披庭寂寞肠堪断。素手繙书
教小王，红颜对食怜同伴。自从羽檄扰秦川，遂使官家少晏眠。五夜刺
闺频报警，三春合殿罢开筵。几载天颜惨不乐，中宵独坐占芒角。炮火
新开内教场，诏书屡下文渊阁。阁门封事日纷纷，督府潼关复覆军。几
部黄巾残豫楚，千群青犊下宣云。宣云处处名城堕，倒戈自启居庸锁。
阙下交驰告急书，殿前望断平安火。军锋倏忽逼神京，一夜都人已数
惊。内苑左貂群揖盗，团营飞骑半翻城。城上弓刀争内向，苍黄无复蓬
莱仗。独御金鞭视九门，空颁铁券封诸将。白马青袍卷地来，君王长叹
下平台。日诏内人从避寇，手持爱子共衔哀。可怜十叶汉天子，海竭山
崩竟如此。复壁宁教伏后藏，佩刀自刺清河死。珠伤玉碎满曾成，宫车
无那赤龙迎。犹有黄门曾殉主，岂知紫闼竟屯兵。自怜白首深宫住，欲
问家山渺归路。潜脱霓裳出九重，却寻月径依双树。一托香台已十秋，
每谈遗事自生愁。室中漫礼金仙席，梦里还随玉辇游。惆怅生年遘阳
九，戒珠持遍甘衰朽。仙家龙种尚飘零，贱妾蛾眉亦何有。我来故国几
沾襟，摩挲铜狄北风酸。昭阳旧侍悲通德，长乐姬人识佩兰。从古存亡
堪太息，凄凉无处寻遗迹。麦秀偏伤过客情，柘枝还下宫人泣。[①]

诗歌作于顺治十五年（1658年）秋[②]，作者时被拘系于刑部狱中。从诗前小
序可以知道，诗歌所写是明代时事甲申之变（1644年）。小序中所言"相国"
指陈之遴。陈之遴（1605—1666年），字彦升，号素庵，海宁人。崇祯十年
进士，授编修。入清，官至礼部尚书、户部尚书。顺治十五年，因贿结内监
吴良辅论斩，后虽免死，但被革职，籍没家产，全家流放尚阳堡，最后死于
戍所。序中所说"直方、子长"指陈之遴之子陈容永、陈堪永。陈容永，字
直方，是陈之遴第四子，顺治十一年举人。陈之遴被遣戍，陈容永以病目得
免，但次年四月仍然被遣。陈堪永，字子长，之遴第七子，与其父同时被
遣。《白头宫女行》诗前小序表明了作者写诗的缘起，也突出了诗歌"诗史"

---

①　吴兆骞：《秋笳集》，上海古籍出版社2009年版，第140—142页。

②　李兴盛：《江南才子塞北名人吴兆骞年谱》，黑龙江人民出版社2000年版，第62页。

的真实性，女尼妙音亲身经历易代之变，所述事件可以起到"补史之阙"的作用。女尼妙音也是真实历史人物，陈维崧《妇人集》载：

> 长安女尼妙音，旧先帝时宫人也。国破后，出居民间，祝发于北城文殊庵，与海昌相国居址切近，常出入相国家，谈宫中旧事及甲申三月事甚悉。言十九日夜漏欲尽，先帝遍召内人，命其出宫避贼。是时，黄雾四塞，对面不相见。帝泣下沾襟，六宫皆大哭。又言宫中侍姬那以青纱护发，外施钗钏。自遭丧乱，香奁宝钿，悉为人夺，惟存青纱数幅，犹昭阳旧物也。①

《白头宫女行》是吴兆骞学"梅村体"的成功之作，具备了梅村体"事俱按实"、以人系事、富有故事性和戏剧性、强烈抒情性等特点。诗歌以一宫女视角回顾了明清易代的一件史事——甲申之变。诗歌开头"长安女冠头似雪，曳地黄绨悬百结"两句刻画了长安女尼的形象，引出了下文对往昔的回忆。女尼自述身世经历，成为整首诗歌的叙事线索，这种主人公自述的叙事模式，与吴伟业《临淮老妓行》《听卞玉京弹琴歌》是相同的。"主人公自述"的叙事模式可以加强诗歌的"诗史"特征，因为叙述者即是历史事件的参与者或见证者，所以叙述之事更加真实可信。"一朝充选入披香，倭堕新梳内殿妆"两句以倒叙手法展开对往事的叙述，作者以大段的篇幅描绘了崇祯初年宫中安乐的生活。"当年御极方清晏，宫中屡启催花宴。云母屏开见舞人，水晶帘卷低歌扇"四句写出一派歌舞升平的景象。在此段描写中，诗歌采取了铺陈手法，用语华丽，对仗工整，多用律句，声韵谐调，有初唐格调。

诗歌以"自从羽檄扰秦川，遂使官家少晏眠"两句过渡到对崇祯朝史事的描绘，色彩也由明丽转为暗淡。自从李自成起义以后，明代统治开始急速瓦解，在内忧外患的夹击之下，明朝逐渐灭亡。诗歌的叙事节奏开始加快，很快转到了甲申之变。"督府潼关复覆军"指李自成攻陷潼关，《明史·本纪》第二十四庄烈帝二载："丙寅，李自成陷潼关，督师尚书孙传庭死之。贼连陷华州、渭南、临潼。"②"宣云处处名城堕，倒戈自启居庸锁"指李自成势

---

① 陈维崧：《妇人集》，丛书集成影印本，商务印书馆1936年版，第2页。
② 张廷玉等撰：《明史》第二册，中华书局1974年版，第333页。

如破竹，接连攻陷城池，居庸关守将投降。"空颁铁券封诸将"指崇祯帝封伯吴三桂、唐通等之事，"日诏内人从避寇，手持爱子共衔哀"两句以下，细致描绘了北京城破、崇祯帝之死的事件经过。此段描写不仅与史实相吻合，而且场面描写生动，富有戏剧性。《明史·本纪》第二十四庄烈帝载：

> 癸巳，封总兵官吴三桂、左良玉、唐通、黄得功俱为伯。甲午，征诸镇兵入援。乙未，总兵官唐通入卫，命偕内臣杜之秩守居庸关。戊戌，太监王承恩提督城守。己亥，李自成至宣府，监视太监杜勋降，巡抚都御史朱之冯等死之。癸卯，唐通、杜之秩降于自成，贼遂入关。甲辰，陷昌平。乙巳，贼犯京师，京营兵溃。丙午，日晡，外城陷。是夕，皇后周氏崩。丁未，昧爽，内城陷。帝崩于万岁山，王承恩从死。①

《明史》列传第二，后妃第二中载：

> 崇祯十七年三月十八日暝，都城陷，帝泣语后曰："大事去矣。"后顿首曰："妾事陛下十有八年，卒不听一语，至有今日。"乃抚太子、二王恸哭，遣之出宫。帝令后自裁。后入室阖户，宫人出奏，犹云"皇后领旨"。后遂先帝崩。②

《白头宫女行》正面描绘了甲申之变，诗歌中充满了作者的亡国之痛。诗歌叙事并未止于此，"潜脱霓裳出九重"写妙音在国变后逃出宫廷，出家为尼。"仙家龙种尚飘零，贱妾蛾眉亦何有"两句写尽了宫女内心的身世飘零之感，笔调凄凉哀婉。"我来故国几沾翰，摩娑铜狄北风酸"两句，叙述者转为作者自己，作者无辜受遣，心中抑郁难平，国破家亡的遭遇使他感慨尤深。作者与女尼"同是天涯沦落人"，末尾的抒情表达了作者的故国之思和对不幸身世的哀伤。

《白头宫女行》是典型在体制模仿元、白，在格律方面采用初唐格调的歌行，其体制、风格、语言与吴伟业"梅村体"一脉相承。歌行的叙事模式，远学元稹《连昌宫词》、白居易《琵琶行》，近学吴伟业"梅村体"，以个人

---

① 张廷玉等撰：《明史》第二册，中华书局 1974 年版，第 334—335 页。
② 张廷玉等撰：《明史》第十二册，中华书局 1974 年版，第 3544 页。

之遭遇反映历史之兴亡，抒情与叙事完美结合。"事俱按实"方面，诗歌与史书记载相符，上面已经做了分析。在"以人系事"方面，以女尼与明清重大史事甲申之变联系起来，以宫女的身世飘零反映国家的兴衰。在诗歌的故事性方面，《白头宫女行》分前后两个章节来展现兴亡两个主题，在诗歌结尾作者还补叙了自己的经历，而李自成攻破北京城的过程，也描述得十分细致，因此情节曲折，引人入胜。在声韵方面，歌行四句一转韵，平仄韵互换，非常规则，读起来朗朗上口。诗中大量使用律句，如"玉墀草细打球高，珠箔花深吹管彻""绣镫缠鬃娇试马，绿绨隐几倦弹棋"等。诗中多处使用顶针手法，如"鹄顾书从女史传，鸾雏钗向昭仪赐。昭仪明艳独承欢，促坐金床倚笑看。灯簇九微长侍辇，妆成七宝自凭阑。阑前罗绮纷成列，阿监才人几分别。"顶针格的运用极为熟练，形成回环往复、流畅婉转的声韵效果。从各方面的比较看，《白头宫女行》具备了"梅村体"的特征，为典型的"梅村体"歌行。吴兆骞在抒情方面还略胜一筹，他那种"从古存亡堪太息，凄凉无处寻遗迹"的深沉哀悼，身世飘零的嗟叹，感情之深厚、抒情之强烈似比吴伟业更进一层。这种感伤的抒情风格，成为吴兆骞诗歌的特点，李岳瑞在《春冰室野乘》卷下中说："及读《秋笳集》，乃知其于故国惓惓不忘，沧桑之感，触绪纷来。"①

吴兆骞学"梅村体"，并非墨守成规，在许多方面有所突破。由于吴兆骞与吴伟业二人在气质、个性和生活境遇方面不同，吴兆骞在学习"梅村体"的过程中，能自主创造，在艺术手法上有较大的改变。这种"青出于蓝而胜于蓝"的创新之处，在其歌行诗中也很常见。即便表现的是同一题材，内容与风格有较大差异。例如同样写松山之战，吴伟业在《松山哀》中正面描绘松山之战的部分比较简略，而吴兆骞《榆关老翁行》中写"松山之战"一段则详尽细致：

> 关前上将霍将军，遣向松山守烽住。孤城接斗无时休，铁甲中宵带冰卧。老边墙直长城限，梯冲百道如山来。宁前死屯昼城闭，旌旗黯惨纷黄埃。雄边健儿十三万，鼓声欲死弓难开。碛西降丁最翘健，日暮分

① 李兴盛：《江南才子塞北名人吴兆骞资料汇编》，黑龙江人民出版社 2000 年版，第 98 页。

营夜催战。吁嗟万骑无人回，射尽平州铁丝箭。曙光瞳瞳海生绿，战血无声注空谷。严霜如刀箭如蝟，欲上戎鞍泪交续。坚城既堕将军降，几部残兵向南哭。相随散卒临渝城，横刀更隶龙骧营。倏忽长安易朝市，关门不用防秋兵。从此飘零脱军伍，种豆锄葵学农圃。①

《榆关老翁行》中松山之战情节是作者重点描绘的部分，以榆关老翁的亲身经历来反映这一明清关键之战。"孤城接斗无时休"等四句刻画了参军后紧张的军营生活及战斗的激烈，"铁甲中宵带冰卧"一句非亲身经历不能写出战争之艰苦。"梯冲百道如山来"以比喻描绘了清军猛烈的攻城之势。云梯与冲车的攻城细节，使此段战争描写非常真实生动。战争细节是榆关老翁亲口所述，比史书更加细致，所以在一定程度上弥补了史书记载的不足。"吁嗟万骑无人回，射尽平州铁丝箭。曙光瞳瞳海生绿，战血无声注空谷"四句具体描述了松山守卫战的惨烈战斗，在饷尽无援的情况下，明军数次突围，均未成功，最终松山失守。《明史》卷一百七十二列传一六〇载：

> 八月，国柱战殁，以山西总兵李辅明代之。承畴命变蛟营松山之北，乳峰山之西，两山间列七营，环以长壕。俄闻我太宗文皇帝亲临督阵，诸将大惧。及出战，连败，饷道又绝。朴先夜遁。通、科、三桂、广恩、辅明相继走。自杏山迤南沿海，东至塔山，为大清兵邀击，溺海死者无算。变蛟、廷臣闻败，驰至松山，与承畴固守。三桂、朴奔据杏山。越数日，欲走还宁远。至高桥遇伏，大败，仅以身免。先后丧士卒凡五万三千七百余人。自是锦州围益急，而松山亦被围，应援俱绝矣。九月，承畴、变蛟等尽出城中马步兵，欲突围出，败还。守半年，至明年二月，副将夏成德为内应，松山遂破。②

《清史稿》本纪第三太宗本纪第二载：

> 时承畴以饷乏，欲就食宁远。上知其将遁，分路设伏，戒诸将严阵以待，扼其归宁远及奔塔山、锦州路。是夜，明吴三桂等六总兵果潜师先奔，昏黑中为我伏兵所截，大溃。惟曹变蛟、王廷臣返松山。乙丑，

---

① 吴兆骞：《秋笳集》，上海古籍出版社2009年版，第25页。
② 张廷玉等撰：《明史》第二十三册，中华书局1974年版，第6978—6979页。

又克其四台。王朴、吴三桂奔杏山。曹变蛟弃乳峰山，乘夜袭上营，力战，变蛟中创走。己巳，吴三桂、王朴自杏山奔宁远，遇我伏兵，又大败之，三桂、朴仅以身免。是役也，斩首五万，获马七千，军资器械称是。承畴收败兵万馀人入松山，婴城守，不能战。[①]

"严霜如刀箭如蝟，欲上戎鞍泪交续"两句既写出松山之战的惨烈，也描绘了守城将士在城破后的痛苦无奈的情绪。"坚城既堕将军降，几部残兵向南哭。相随散卒临渝城，横刀更隶龙骧营"四句写出在洪承畴降清以后，爱国的兵士宁愿逃散，也不肯降清，于是到了山海关，继续进行抗清斗争。但不久以后，李自成攻破北京，清军入主中原，"倏忽长安易朝市"，榆关老翁脱离队伍，成了"种豆锄葵"的农民。《榆关老翁行》完整再现了松山之战的情形，战争场面描写波澜壮阔，人物内心刻画细致，给人以身临其境之感。

除了战争描写，《榆关老翁行》呈现出吴兆骞歌行与梅村体多方面的差异。吴兆骞坎坷的人生经历、孤傲的性格，使其歌行在抒情方面更加深沉、浓烈。例如在诗歌结尾，"凄惶岭外北风哀，莽莽边沙路何极。沽酒邀君君莫辞，天涯相见且相悲"四句，写出了尘世沧桑之感，以边境景象烘托了作者悲凉凄苦的心境。"重听乡音涕横臆"句抒发了个人漂泊边塞的感慨。诗歌自始至终笼罩着一种忧伤哀怨的气氛，感情沉郁，亡国之痛，身世之悲，现于字里行间。《榆关老翁行》较少用典，通篇无对偶句，语言也较为通俗。用韵方式也有小的变化，不是标准的四句一转韵，也有六句一转，或八句一转，用韵非常自由。从诗的风格看，吴兆骞发展了"梅村体"之"俗"的一面，以口语、俗语入诗，有自然之妙。诗歌虽一看即知其为"梅村体"，但已经具有不少新的特点，有了新的变化。吴兆骞对梅村体的创新，从他的许多歌行作品中都可以看到。如《浚稽曲》，是采用第三人称叙事的作品，全诗有116句，四韵一转。诗歌所写内容，张维屏在《国朝诗人徵略》二编《听松庐诗话》中说：

汉槎有《燕支山诗》（即《浚稽曲》），盖咏公主夫妇事。公主下嫁北部蕃王，王爱琵琶小伎，公主妒，致伎于死，由是夫妇反目，隔绝不

[①]　赵尔巽等撰：《清史稿》第二册，中华书局1977年版，第74—75页。

相闻。后公主姊妹为之调停解释，遂为夫妇如初。①

关于此诗内涵的解读，刘世南在《清诗流派史》中作了详细论述：

> 我认为此诗（《浚稽曲》）超出吴伟业歌行范围之处，一是对题材领域的开拓，在此诗之前，没有任何一位歌行作者写过这种少数民族题材。……对主题的深化达到了一定的高度。所谓主题，就是此诗末段的"欲将玉女倾城色，远靖金戈绝塞天"。②

诗歌对清朝与外蕃的政治联姻进行了正面歌颂，在人物心理刻画方面也有精彩之笔。

除了"梅村体"歌行外，吴兆骞还写了不少歌行体的边塞诗，以雄浑奇丽的风格著称。他的很多边塞诗纪录了当时边境将士抗击俄国侵略的史实，充满了爱国主义精神。吴兆骞此类歌行很多可以看作"诗史"，如《送阿佐领奉使黑斤》一诗所写之事，诗中小注曰："老羌（指沙俄）屡侵掠黑斤、非呀哈诸种，宁古岁出大师救之。康熙三年五月，大将军巴公乘大雪袭破之于乌龙江，自是边患稍息。"③诗中"破羌流尽征人血，好进温貂报国恩"抒发了作者对边关将士赞美之情。吴兆骞此类歌行代表作品如《奉送巴大将军东征逻察》：

> 乌孙种人盗侵边，临潢通夜惊烽烟。安东都护按剑怒，麾兵直度龙庭前。牙前大校五当户，吏士星陈列严鼓。军声欲扫昆弥兵，战气遥开野人部。卷芦叶脆吹长歌，雕韇弓矢声相摩。万骑晨腾响朱戟，千帐夜移喧紫驼。驼帐连延亘东极，海气冥濛际天白。龙江水黑云半昏，马岭雪黄犹暑积。苍茫大碛旌旗行，属国壶浆夹马迎。料知寇兵鸟兽散，何须转斗催连营。④

诗歌所写是顺治十七年（1660年）八月的古法坛村战役。当时，逻察侵略边境，在黑龙江与松花江交界处大肆侵扰。镇守宁古塔总管巴海将军，与副都统尼哈里、海塔等将率军前行，在舟船两岸埋伏，痛击俄军，取得了很大

---

① 张维屏：《国朝诗人徵略》，中山大学出版社2004年版，第854页。
② 刘世南：《清诗流派史》，人民文学出版社2004年版，第125页。
③ 吴兆骞：《秋笳集》，上海古籍出版社2009年版，第56页。
④ 吴兆骞：《秋笳集》，上海古籍出版社2009年版，第93页。

的胜利。关于此事经过,《清世祖实录》卷一百三十八载:

> 镇守宁古塔总管巴海等疏报:臣等率兵之萨哈达、松噶里,两江合处,侦闻罗刹贼众在弗牙喀部落西界,随同副都统尼哈里、海塔等领兵前进。至使犬地方伏兵船于两岸,有贼艘奄至,伏发,贼即回遁。我兵追袭,贼弃舟登岸败走。斩首六十余级,淹死者甚众。获妇女四十七口,并火炮、盔甲、器械等物,招抚费牙喀部落一十五村一百二十余户。①

从诗歌"纪实性"方面来看,《奉送巴大将军东征逻察》可称"实录"。整首诗歌洋溢着战斗的豪情,"乌孙种人盗侵边"一句引出了出征之缘由,"临潢通夜惊烽烟"则渲染了战争的紧张气氛。对沙俄的侵略,边将义愤填膺,军士严阵以待,"安东都护按剑怒"以下四句描绘了我方的战略部署。"卷芦叶脆吹长歌,雕鞍弓矢声相摩""万骑晨腾响朱戟,千帐夜移喧紫驼"四句写了出征队伍的威武雄壮,也反映了正义之师斗志昂扬的精神面貌。作者在诗中穿插了对东北边境风光的描绘,如"龙江水黑云半昏,马岭雪黄犹暑积"两句写黑龙江与山岭积雪,有典型的塞外特色。"苍茫大碛旌旗行,属国壶浆夹马迎"两句则展现了我军出征的浩大声势以及属国人民的热烈拥护与支持的情形。作者对战斗的过程,一笔带过,"料知寇兵鸟兽散,何须转斗催连营"两句反映了我军的英勇善战,在我军的伏击之下,沙俄强盗丢盔弃甲,伤亡无数。气焰嚣张的沙俄强盗竟是如此不堪一击,早知如此,就不用出动大军了,表达了作者胜利后的喜悦之情。而诗歌的语言、风格明显受高、岑歌行的影响,与高、岑边塞诗有一定的相似之处。诗歌结尾与岑参《走马川行奉送出师西征》中"料知短兵不敢接,车师西门伫献捷"有异曲同工之妙,详写出征,略写战斗,结句画龙点睛,赞美了边防将士崇高的爱国主义精神。全诗四句一转韵,节奏明快,富有雄浑的气势。清代邓汉仪在《诗观三集》中对此诗评曰:"声势震动,意气飞舞,惟岑嘉州差可方驾。"②

---

① 《清实录》第三册,中华书局影印本,中华书局1985年版,第1068页。
② 邓汉仪:《诗观初集》,清康熙慎墨堂刻本影印,《四库禁毁书丛刊》集部第2册,北京出版社2000年版,第559页。

除了描绘边关战争，吴兆骞还描绘了塞北丰富多彩的军旅生活。在塞外生活日久，吴兆骞逐渐摆脱了个人身世沦落的愁苦失意，在东北山川美景的熏染下，以粗犷之笔抒豪迈情怀。他善于用富有边塞特点的意象来营造壮阔的意境，或者以细致的场面描写来组成富有美感的画面。如《即事》：

> 龙沙飞雪中夜惊，徼巡刁斗寒无声。少年盗符出铃下，关门未晓鸡争鸣。追骑如云促严鼓，烽堠连天断行旅。①

作者以"飞雪""刁斗""严鼓""烽堠"等一系列意象，描绘了一个雪夜追击的场面。在飞雪、鸡鸣、鼓声的衬托下，追击场面给人以深刻的印象。吴兆骞诗中多描绘东北边境的风土人情，表现了他与边关将士真挚的友谊，也歌颂了边疆人民的淳朴和勇敢。如《置酒歌》一段：

> 临潢城头暮吹笛，北斗阑干月将出。金吾置酒坐北堂，银鞍召客何辉煌。织成厕幕芙蓉卷，紫氍新茵兽文软。黄羊作馔堆金盘，青骊捅酒挥犀椀。筵前火照明星稀，凝笳急管纷相依。锦衣如雾声綷縩，宝刀拂露光霏微。②

诗歌描绘了作者与边关将士欢宴的情形，词藻华丽，色彩鲜明，如同一幅边疆夜宴图。在一片悠扬的笛声中，夜幕降临，月亮出来了，将军置酒招客，开始了丰盛的晚宴。"黄羊作馔堆金盘，青骊捅酒挥犀椀"两句突出了将军的盛情好客，也表现出客人们亲密无间的融洽。筵前篝火，凝笳急管，都具有边塞特色，同时边疆人民质朴的性格也在诗中表现出来。

吴兆骞的歌行体边塞诗充满着浓郁的边疆色彩。吴兆骞在东北边境生活达二十年之久，对边境人民生活十分熟悉，因此他的歌行有鲜明的东北地域特色。"黑龙江""长白山""松花江""飞雪""毡帐"等意象时常出现于吴兆骞诗中，他描绘了东北边塞壮丽的自然风光和独特的民风民俗，诗风奇丽壮美，这在盛唐以后的边塞诗中很少见到。如下面几首诗：

> 金笳吹雪起行人，银镝摇星照秋野。遥遥风旆卷平沙，碛路阴沉极望赊。百转青林蟠栗末，双流黑水接松花。寒原猎火悬军度，校尉行营

---

① 吴兆骞：《秋笳集》，上海古籍出版社 2009 年版，第 90 页。
② 吴兆骞：《秋笳集》，上海古籍出版社 2009 年版，第 113—114 页。

在何处? 倚月弓开雁阵高, 边云帐绕雕声暮。黑狐川畔驿亭开, 射鹿崖
前候骑来。(《奉送副都统安公之乌龙江》)

> 松花江水寒如练, 七月吹霜满郊甸。……驼首山长通碎叶, 龙鳞川
> 尽出流沙。流沙天北征途绝, 阴碛荒荒欲飞雪。马色秋开毡帐云, 雁声
> 晓落金笳月。(《送人还蒙古》)

> 塞上风光白雪霏, 玉花小马绣障泥。金盘屡进黄羊炙, 锦带双飞青
> 鼠衣。(《送巴公子之京》) ①

吴兆骞此类边塞诗给人以风沙扑面之感, 也有着浓郁的异域情调。在《奉送副
都统安公之乌龙江》诗中, "金笳""银镝""黑水""猎火""雁阵""雕声"
等意象, 带有东北边疆色彩, 诗境雄浑壮阔。在《送人还蒙古》一诗中, 作
者描绘了"寒如练"的松花江, 写出边地极寒的天气, 也以标志性的景物渲
染了边境风光的奇伟与壮丽。如"驼首山""龙鳞川""流沙"等, 让人仿佛
亲见东北边境的荒凉与辽阔。在《送巴公子之京》中"玉花小马绣障泥"一
句, 作者以"绣"字形象表现出马行沼泽的情形, 用字非常精炼。而"黄羊
炙"是东北人日常的食物, "青鼠衣"是东北人常穿的衣服, 二者均带有东
北边疆色彩。东北境内生活着许多少数民族, 吴兆骞在其歌行诗中还描绘了
边疆少数民族生活, 展现了他们的独特生活习俗。如《送阿佐领奉使黑斤》:

> 千山不尽海东陲, 黑水兼天碛路迷。金环岛户鹍为屋, 石砮种人鱼
> 作衣。曲栈荒林纷积阻, 剥落残碑眛今古。冰雪阴崖青鹘风, 麕麚乱木
> 黄沙雨。巨鹿冈头塞北门, 千家部落若云屯。②

黑斤人即赫哲族人, 居住于乌苏里江东海岸, 以渔猎采集为生, 他们以鱼皮
为衣。作者在诗中小注曰: "黑斤人耳鼻皆缀以金环, 其傍海者, 以鹍羽覆
屋。(石砮人)鱼皮为衣"。诗中对少数民族服饰、风俗的描写, 使诗歌有浓
厚的民族风情, 这在其他诗人的歌行中是很少见的。

从以上分析可以看出, 吴兆骞在歌行诗创作方面取得了很高的成就。一
方面他的歌行继承了"梅村体"的体性、风格, 在继承中有所变化、创新;

---

① 吴兆骞:《秋笳集》, 上海古籍出版社 2009 年版, 第 112—113、230、83 页。
② 吴兆骞:《秋笳集》, 上海古籍出版社 2009 年版, 第 56 页。

另一方面他的歌行体边塞诗，不仅描绘了瑰丽的黑龙江流域的边塞景色，也描述了东北军民抗击沙俄的情形。邓汉仪《诗观三集》卷之二中说："汉槎徙远塞，为诗益精丽雄浑。"①不幸的人生遭遇使吴兆骞饱受困顿流离之苦，而正因为如此，他的诗歌有动人心魄的艺术魅力，沈德潜在《清诗别裁集》卷五中说：

> 乃无辜被累，戍宁古塔，比于苏武穷荒十九年矣。然缘此，诗歌悲壮，令读者如相遇于丁零绝塞之间，则尝人世之奇穷，非正使之为传人耶？②

吴兆骞歌行以其杰出的艺术成就，鲜明的个性风格，在清初诗坛占有重要地位，值得我们进一步去研究。

二、陈维崧歌行

陈维崧（1625—1682 年），字其年，号迦陵，江南宜兴人。康熙十八年（1679 年）举博学鸿词，授翰林院检讨之职，54 岁时参与修纂《明史》，4 年后卒于任所。陈维崧少有文名，交游甚广，他与当时著名诗人如吴伟业、龚鼎孳、冒襄、姜宸英、王士禛等都有交往。他与朱彝尊关系较好，两人在京师时共同切磋词学，合刊过《朱陈村词》，清初词坛，陈、朱并称。陈维崧工骈文、诗、词，尤以词冠绝一时，著作有《湖海楼诗文词全集》54 卷，其中词占 30 卷。

陈维崧出身于书香门第，祖父陈于廷，万历二十三年（1595 年）进士，是明代东林党中坚人物。父亲陈贞慧，与桐城方以智、如皋冒襄、商丘侯方域合称"四公子"，为复社成员，是当时清流之魁，以气节著称。陈维崧生平经历，《清史·文苑传》列传第二百七十一载：

> 陈维崧，字其年，宜兴人。祖于廷，明左都御史。父贞慧，见遗逸传。维崧天才绝艳，十岁，代大父撰杨忠烈像赞。比长，侍父侧，每名

---

① 邓汉仪：《诗观初集》，清康熙慎墨堂刻本影印，《四库禁毁书丛刊》集部第 2 册，北京出版社 2000 年版，第 560 页。

② 沈德潜：《清诗别裁集》，河北人民出版社 1997 年版，第 80 页。

流谦集，援笔作序记，千言立就，瑰玮无比，皆折行辈与交。补诸生，久之不遇。因出游，所在争客之。尝由汴入都，与朱彝尊合刻一稿，名朱陈村词，流传至禁中，蒙赐问，时以为荣。逾五十，始举鸿博，授检讨，修明史。在馆四年，病卒。①

陈维崧从小受家庭的熏陶，有正义感，尚节义。在易代之际，他抱亡国之痛，南明亡后，曾过着遗民般的隐居生活。其后，他游历四方，足迹至苏州、扬州、南京、镇江、杭州等地，穷困潦倒，曾寄食如皋冒襄家达八年之久。随着清朝统治政权的稳固，陈维崧的思想有了转向，刘世南在《清诗流派史》中评曰："（陈维崧）由对抗而转为合作了。他的思想感情逐渐和明遗民们拉大了距离。"②康熙十八年（1679年），他应博学鸿儒试，在京城与孙枝蔚、毛奇龄、朱彝尊、吴雯、乔莱等人交游往来③，1682年卒。

陈维崧开创了阳羡词派，为"阳羡派"词领袖，在词史上久负盛名。但他的诗名也被其词名所掩，学术界对其诗研究相对较少。严迪昌《清诗史》和朱则杰《清诗史》对陈维崧论述都比较简略，刘世南《清诗流派史》中虽以专节论述了其诗歌全貌，但限于篇幅，未对其歌行作充分论述。事实上，陈维崧诗歌成就不在其词与骈文之下，沈德潜在《清诗别裁集》卷十一中说："陈检讨四六及词，宇内称许，而诗品古今体皆极擅场，尤在四六与词之上，从前人无品评者，故特表之。"④徐世昌《清诗汇》中引杨西禾言曰：

> 杨西禾曰：集中诸体，涵今茹古，奄有众长。观其摇笔散珠，动墨横锦，洵可为惊才绝艳。至于慷慨悲歌，唾壶欲碎，又使人往复流连，感喟歔欷而不能自已也。盖先生之诗，以气为主，故虽镂金错采，绝无堆垛襞积之痕。此其所以独胜于诸家者与。⑤

陈维崧诗歌"以气为主"，声调、句式变化多端，诗歌富风华和气势，既有文采也有深情。《清史·文苑传》列传第二百七十一载："诗雄丽沉郁……维

---

① 赵尔巽等撰：《清史稿》第四十四册，中华书局1977年版，第13341—13342页。
② 刘世南：《清诗流派史》，人民文学出版社2004年版，第127页。
③ 陆勇强：《陈维崧年谱》，中国社会科学出版社2006年版，第422页。
④ 沈德潜：《清诗别裁集》，河北人民出版社1997年版，第217页。
⑤ 徐世昌：《清诗汇》，退耕堂影印本，北京出版社1996年版，第637页。

崧导源庾信，泛滥於初唐四杰，故气脉雄厚。"①陈维崧在歌行创作方面取得了很高成就，论者一般将其看作清初"梅村体"的一面旗帜，如杨际昌在《国朝诗话》卷二中说：

> 陈其年骈体，世以匹悔庵；填词，世以匹竹垞。诗则知否各半，予观其集，歌行佳者似梅村，律佳者似云间派，大约风华是其本色，惟骨少耳。七言绝清词丽句，足擅一家。②

"歌行佳者似梅村"一句意指陈维崧学习"梅村体"。钱仲联先生在《三百年来江苏的古典诗歌》中说："宜兴陈维崧的《湖海楼诗》，也是梅村诗派中的一面旗帜。"③朱则杰在《清诗史》中认为陈维崧"擅长诗歌"，并说："陈维崧的不少歌行如《钱塘浴马行》、《顾尚书家御香歌》诸什，确乎都是相当典型的'梅村体'作品。"④陈维崧歌行一方面继承了"梅村体"的许多体性特征，另一方面也有创新变化，有自己的特色。与吴伟业"宗唐"不同，陈维崧在"宗唐"之外也多学宋人。陈维崧歌行也有宋诗格调，多学韩愈、苏轼，正如江庆柏在《陈维崧诗》前言中说："陈维崧诗歌中最有特色的是古风，尤其是七言古风，充分显现出陈维崧敷张扬厉、力大气雄的风格特点。"⑤

陈维崧对"梅村体"的学习与接受，一是因为"梅村体"在清初诗坛的巨大影响力，二是因为与吴伟业有着师承的关系。吴伟业是明末清初著名诗人，"江左三大家"之一。陈维崧早年聪慧，五岁即能吟诗。⑥在学诗方面，师法众人，如陈子龙、李雯、姜垓，也受到过吴伟业的指导。陈维崧之父陈贞慧，以气节著称，为"明末四公子"之一，于崇祯二年入复社，与复社成员关系密切，而此时吴伟业正好二十岁，为复社十杰之一，备受张溥器重，与陈贞慧有不少交往。当时参加复社的多为文坛大家，诗界名流，而这些名人中，大部分是陈维崧父亲的朋友，陈维崧诗歌创作明显受到他们的影响。

---

① 赵尔巽等撰：《清史稿》第四十四册，中华书局 1977 年版，第 13342 页。

② 杨际昌：《国朝诗话》，《清诗话续编》本，上海古籍出版社 1983 年版，第 1725 页。

③ 钱仲联：《梦苕庵清代文学论集》，齐鲁书社 1983 年版，第 6 页。

④ 朱则杰：《清诗史》，江苏古籍出版社 2000 年版，第 78 页。

⑤ 陈维崧：《陈维崧诗》，广陵书社 2006 年版，第 1 页。

⑥ 周绚隆：《陈维崧年谱》，人民出版社 2012 年版，第 88 页。

因陈维崧出身世家，为名门之后，所以吴伟业对其非常器重，在顺治十年（1653年）三月举行的虎丘大会上，吴伟业把他与吴兆骞、彭师度称为"江左三凤凰"①。陈维崧在《湖海楼诗稿》卷四《酬许元锡》一诗中曾回忆学诗的经历：

> 嘉隆以后论文笔，天下健者陈华亭。梅村先生住娄上，斟酌元化追精灵。忆昔我生十四五，初生黄犊健如虎。华亭叹我骨格奇，教我歌诗作乐府。二十以外出入愁，飘然竟从梅村游。先生呼我老龙子，半醉披我赤霜裘……②

陈维崧在此首歌行回顾了早年学诗的经历，不难看出他对陈、吴二人的仰慕，其诗七律似云间派，歌行效仿"梅村体"是必然之结果。陈维崧在《与宋尚木论诗书》中曾回忆自己学诗的历程："独是心慕手追，在云间陈李贤门昆季、娄东梅村先生数公已耳。"③吴伟业在文末评曰："其年深于七古，篇中谈此一段，最为有得。"④陈维崧正是对"梅村体"的有意摹仿学习，使其歌行多具"梅村体"风貌，在传承中又在变化，形成了自己的风格。

陈维崧的七言歌行约有293首⑤，在诗集中数量最多，代表作有《拙政园连理山茶歌》《顾尚书家御香歌》《钱塘浴马行》《屋后望太行山歌》等。由于陈维崧生平经历的复杂，诗学宗尚的变化，陈维崧诗歌前期、后期的风格有较大不同。陈维岳在《湖海楼诗集跋》中说：

> 大兄诗凡三变。少而师事云间陈大樽先生，为诗高浑鲜丽，出入于陈、杜、沈、宋、高、岑、王、孟，参以温、李，含英咀华，风味不坠，所谓《湖海楼少作》《湖海楼稿》者是也。既而客游羁旅，跌荡顿挫，浸淫于六季三唐，才情流溢，而诗一变，所谓《射雉集》者是也。晚而与当代大家诸先生下下议论，纵横奔放，多学少陵、昌黎、东坡、放翁，而诗又一变。大兄临终时，自云吾诗在唐宋元明之间，不拘

① 周绚隆：《陈维崧年谱》，人民出版社2012年版，第138页。
② 陈维崧：《陈维崧诗》，广陵书社2006年版，第145页。
③ 陈维崧：《陈维崧集》，上海古籍出版社2010年版，第90页。
④ 陈维崧：《陈维崧集》，上海古籍出版社2010年版，第91页。
⑤ 统计数字源于《陈维崧诗》，广陵书社2006年版。

　　一格。①

陈维岳为陈维崧之弟，对其诗作非常了解，此段评论客观准确地反映了陈维崧诗风的三大变化。陈维崧早年诗学陈子龙，追求高浑鲜丽的风格，他也从吴伟业学诗，也颇受其影响。七言歌行，陈维崧早年多学唐代诗人，他在《与宋尚木论诗书》中也说："七言必自垂拱四子以及高、岑、李、杜。"②陈维崧客游他乡，过着漂泊的生活，人生阅历的增加使他的诗风又有了进一步的转变，诗歌更为沉郁，此时期他主学六朝与唐代。而在后期，陈维崧多学韩愈、苏轼，以文为诗，有宋诗特色。为了论述方便，我们将其歌行艺术特征分为两个时期来加以讨论。陈维崧向来被看作"梅村体"的传承者之一，这一点为学界所公认，本书首先论述其"梅村体"歌行。

　　陈维崧典型"梅村体"代表作如《拙政园连理山茶歌》《顾尚书家御香歌》《钱塘浴马行》等。陈维崧的"梅村体"歌行多感怀明朝旧事，抒发亡国之痛。例如，陈维崧模仿吴伟业《咏拙政园山茶花》的《拙政园连理山茶歌》：

　　　　拙政园中一株树，流莺飞上无朝暮。艳质全欺茂苑花，低枝半碍长洲路。路人指点说山茶，激滟交枝映晚霞。此日却供游子折，当年曾属相公家。吴宫花草信萧瑟，略记相公全盛日。隐隐朱门夹道开，娥娥翠幌当窗出。平津休沐自承恩，炙手熏天那可论。买来大宅光延里，占得名都独乐园。霍家博陆专权势，石家卫尉耽声伎。烛下如山博进钱，桥头似水鸣珂骑。政事堂西奏落梅，黄扉恰对绣帘开。月底骑奴长戟卫，花时丞相小车来。小车长戟春城度，内家复道工词赋。赋就新词易断肠，银筝细笛小秦王。镜前漱玉辞三卷，箧里簪花字几行。鹡鹊机忙春织锦，鸳鸯瓦冷夜烧香。三月双栖青绮帐，三春双宿郁金堂。双栖双宿何时已，从此花枝亦连理。沼内争看比目鱼，阶边赌摘相思子。花枝傍更发新条，玉树联翩势欲高。自谓春人斗春节，谁知花落在花朝。兴衰从古真如梦，名花转眼增悲痛。女伎才将舞袖围，流官已报征车动。此地多年没县官，我因官去暂盘桓。堆来马矢齐粘阁，学得驴鸣倚画栏。

---

①　陈维崧：《陈迦陵诗文词全集》，缩印患立堂刊本，上海商务印书馆 1936 年版，第 345 页。

②　陈维崧：《陈迦陵诗文词全集》，缩印患立堂刊本，上海商务印书馆 1936 年版，第 50 页。

辽阳小吏前时遇，曾说经过相公墓。已知人去不如花，那得花开尚如故。回首繁华又一时，白杨作柱不胜悲。只今惟有王珣宅，古木千年叫子规。①

吴伟业《咏拙政园山茶花》以题写拙政园山茶花，感叹陈之遴不幸遭遇。陈维崧此首歌行写法、主旨与吴伟业诗基本相同，是典型的"梅村体"作品。诗歌作于康熙六年丁未（1667 年），作者时年四十三岁。②诗歌以拙政园连理山茶花为题材，通过描写清初权臣陈之遴遭遇官场沉浮，兴衰成败，表达了作者内心的感慨和兴亡之感。关于拙政园与连理山茶花，阮葵生《茶余客话》卷八"拙政园"曰：

> 嘉靖中，王御史献臣因大宏寺遗址营别墅，以自托潘岳"拙者为之政"也。文待诏园记以志其胜。后其子以掷蒲一掷，偿里中徐氏。国初海昌得之，复加修饰，珠帘甲帐，烜赫一时。中有宝珠山茶三四株，交枝连理，钜丽鲜妍。③

吴伟业《咏拙政园山茶花》，由于清廷所忌，叙事较为隐晦。陈维崧此诗在叙事方面较吴伟业更进一层，从陈之遴权倾一时，到他流徙塞外，最后写他卒于边疆，实为陈之遴的生平小传。有关陈之遴的生平，《清史稿》列传三十二载：

> 陈之遴，字彦升，浙江海宁人。明崇祯进士，自编修迁中允。顺治二年，来降，授秘书院侍读学士。五年，迁礼部侍郎。六年，加右都御史。八年，擢礼部尚书。御史张煊劾大学士陈名夏，语涉之遴，鞫不实，免议，加太子太保，九年，授弘文院大学士。……十五年，复坐贿结内监吴良辅，鞫实，论斩，命夺官，籍其家，流徙尚阳堡，死徙所。④

陈之遴仕宦两朝，其命运也反映了易代的历史变迁。陈维崧从山茶花落笔，

---

① 陈维崧：《陈迦陵诗文词全集》，缩印患立堂刊本，上海商务印书馆 1936 年版，第 265—266 页。

② 马祖熙：《陈维崧年谱》，上海古籍出版社 2007 年版，第 85 页。

③ 阮葵生：《茶余客话》，中华书局 1959 年版，第 206 页。

④ 赵尔巽等撰：《清史稿》第三十二册，中华书局 1977 年版，第 9635—9636 页。

由花及人，运用对比手法，形象表达了内心繁华落尽后的凄凉与悲伤。诗歌以"拙政园中一株树，流莺飞上无朝暮"两句起笔，写山茶花的茂盛与美丽。吴伟业在描写山茶花时，用了杜甫"四如"句式，即用了四个形象生动的比喻来表现山茶花的耀眼夺目。与吴伟业《咏拙政园山茶花》手法略有不同，陈维崧并未花太多笔墨正面描写山茶花，多侧面烘托，只用"潋滟交枝映晚霞"数句来表现山茶花颜色之艳丽。陈维崧此诗重点铺陈了陈之遴富贵时园中的景象。作者以"此日却供游子折，当年曾属相公家"两句过渡到对拙政园往昔的回忆。"隐隐朱门夹道开，娥娥翠幄当窗出"两句以工整的偶句来写陈之遴全盛时园中的热闹与繁华，"平津休沐自承恩，炙手熏天那可论"两句则重点表现了陈之遴官运亨通时权势熏天的荣耀。清朝顺治十二年（1655 年），陈之遴以弘文院大学士加少保，兼太子太保，在仕途上一帆风顺，已经荣贵至极。陈之遴购得名园，意气风发，"霍家博陆专权势，石家卫尉耽声伎。烛下如山博进钱，桥头似水鸣珂骑"四句用霍光和石崇典故，灯下如山之钱，桥头官员车水马龙之景，描绘了陈之遴豪奢的生活图景。除此之外，陈维崧还描绘了陈氏夫妇幸福快乐的生活图景。"月底骑奴长戟卫，花时丞相小车来。小车长戟春城度，内家复道工词赋"四句，"内家复道工词赋"内家指陈之遴继妻徐灿，徐灿字明霞，号湘蘋，清代前期女词人、诗人。陈维崧在《妇人集》中对徐灿非常推崇，集中曰："才锋遒丽，生平著小词绝佳，盖南宋以来，闺房之秀，一人而已。其词，娣视淑真，姒蓄清照……湘蘋，海宁陈相国之遴贤配，著《拙政园诗余初集》。"① 而下文"赋就新词易断肠""镜前漱玉辞三卷"引朱淑真词集名《断肠词》和李清照《漱玉词》，暗示徐灿词可与朱、李二人相较。"三月双栖青绮帐，三春双宿郁金堂"两句以下，作者描绘了陈氏夫妇夫妻情笃，琴瑟和鸣，相伴相随的情形，作者以连理山茶花来比喻，十分贴切生动。"沼内争看比目鱼，阶边赌摘相思子"等句层层摹写陈氏夫妇悠然自得、形影不离、充满情趣的美好生活。陈维崧在诗中对繁华之景的描绘可谓淋漓尽致，穷形尽相，从多种角度描绘，充分表现了他过人的才华。"自谓春人斗春节，谁知花落在花朝"两

---

① 　陈维崧：《妇人集》，丛书集成影印本，上海商务印书馆 1936 年版，第 7 页。

句，情节开始转折，宦海无常，诗歌开始描述陈之遴败落图景。"女伎才将舞袖围，流官已报征车动"两句，写陈之遴败落之速，从高官到囚徒，只在转眼之间，作者感叹人生如梦，富贵无常。作者也描绘了陈之遴流放以后拙政园荒废的图景，"辽阳小吏前时遇，曾说经过相公墓"两句，表现了陈之遴死于徙所事实，给人以物是人非的沧桑之感。诗歌结尾，作者以花作比，对人物命运作了感慨，"回首繁华又一时，白杨作柱不胜悲。只今惟有王珣宅，古木千年叫子规"四句，余音袅袅，哀婉忧伤，表达了作者内心的惆怅与故国之思。

《拙政园连理山茶歌》为典型的"梅村体"歌行，具备了"梅村体"的特征。在"事俱按实""以人系事"方面，诗歌叙述了陈之遴重要生平经历，与史书基本一致。阮葵生《茶余客话》卷八"拙政园"曰："国初海昌得之……及穷老投荒，穹庐绝域，黄榆白草，父子茕茕，而此园已籍没县官，为边防将军得矣。"[1] 诗歌中"此地多年没县官"一句描述了当时的事实。陈之遴于清康熙五年（1666 年）死于戍所一事，作者在诗中以辽阳小吏"曾说经过相公墓"来加以表示。诗歌以陈之遴的生平串连了明清的史事，从陈之遴官至弘文院大学士，到被遣而死，其间隐藏了甲申之变、朝廷党争等政治时事。陈之遴为明清两朝重臣，人物的升迁与被贬，与朝政息息相关。在故事性、戏剧性方面，通过拙政园的兴废来写人物命运的变迁，诗歌以倒叙手法回忆了拙政园的盛况，中间穿插了陈氏夫妇在园中的生活，最后补叙了辽阳小吏见闻，情节曲折，如同小说戏剧。作者不厌其烦地描绘热闹、奢华景象，"谁知花落在花朝"一句突然转到落寞、凄凉之景，形成巨大的反差，给人以强烈的心理震撼，突出了一种历史兴亡之感。这种手法多学吴伟业《萧史青门曲》《鸳湖曲》等歌行。诗歌语言、声韵方面，也具有"梅村体"雅丽之特征。诗歌基本上四句一转韵，平仄韵交替，多用律句，双声叠韵词语，如"隐隐朱门夹道开，娥娥翠幌当窗出。平津休沐自承恩，炙手熏天那可论"等，使诗歌圆美婉转，富音乐美。作者十分注重诗歌的韵律，诗歌中多用拈连、顶针手法，如"艳质全欺茂苑花，低枝半碍长洲路。路人指点说

---

[1]　阮葵生：《茶余客话》，中华书局 1959 年版，第 206 页。

山茶，潋滟交枝映晚霞""月底骑奴长戟卫，花时丞相小车来。小车长戟春城度，内家复道工词赋。赋就新词易断肠，银筝细笛小秦王"等。诗歌在抒情性方面也秉承"梅村体"诗歌借人物、时事抒"兴亡之感"的特点，诗中的故国之思，身世飘零之感，都真挚感人，有悲凉沧桑的气氛。诗歌可谓是情采并重的佳作，舒位在《瓶水斋诗话》中说："陈其年七言长歌道胜国时事，激昂悲慨。"① 从以上分析可以看出，陈维崧《拙政园连理山茶歌》多方面继承了"梅村体"的体貌，充分发挥才思，虽写拙政园山茶花旧题，但仍然写出了新意，是不可多得的杰作。

　　值得注意的一点是，《拙政园连理山茶歌》也采用了虚构手法，正如许多"梅村体"歌行，在遵循基本史实的情况下，细节并不排斥虚构。诗歌中陈氏夫妇"双宿双栖"的描写，他们二人吟诗作赋、流连园中的情景，很明显属于虚构。吴伟业《咏拙政园山茶花》在诗小序中说道："相国自买此园，在政地十年不归，再经遣谪辽海，此花从未寓目。"② 陈之遴为吴伟业儿女亲家，吴伟业对其经历是相当熟悉，此段记载应该非常准确，陈之遴虽有此园，但并未在园中居住。阮葵生《茶余客话》卷八"然主人身居政府，十载未归，图绘咏歌，目未睹园中一树一石"③。由此可见，陈维崧诗中"双宿双栖"的描写是出于艺术想象，并非事实，而这种虚构是出于艺术的需要，不如此写难以表现拙政园的繁华往昔情景。而陈氏夫妇酬唱流连之景，虽非在拙政园，但却真实存在于他们的诗词中。陈氏夫妇曾居于都城优美的庭园中，夫妻游赏玩乐于合欢树下。如徐灿《唐多令·感旧》中所写：

　　　　客是旧游人，花非昔日春。记合欢、树底逡巡。曾折红丝围宝髻，携娇女，坐斜曛。芳树起黄尘。茗溪断锦鳞。料也应、梦绕燕云。还向凤城西畔路，同笑语，拂花茵。④

由此可见，陈维崧《拙政园连理山茶歌》中对陈氏夫妇二人生活场景描述多取自二人诗词之中，二人之幸福、快乐生活虽在都城，但作者移到拙政园

① 舒位：《瓶水斋诗集》，上海古籍出版社1991年版，第826页。
② 吴伟业：《吴梅村全集》，上海古籍出版社1990年版，第262页。
③ 阮葵生：《茶余客话》，中华书局1959年版，第206页。
④ 程郁缀：《徐灿词新释辑评》，中国书店2003年版，第101页。

中，也合情合理。诗歌只有这样虚构才能以园之兴废，由花及人，展示人物命运的沉浮，突出诗歌的主题，这样安排更加巧妙。

陈维崧学步"梅村体"的作品，还有《顾尚书家御香歌》《邻船行》《钱塘浴马行》等，在体制风格方面对"梅村体"有进一步的发展。《邻船行》写作者在昆山城下遇邻船—江湖少年，叙述往昔之事，即诗中"江湖少年叙畴昔"。诗歌虽非写重大时事，却通过少年漂泊之经历来反映社会的动荡，也具有"梅村体"的特征。《顾尚书家御香歌》中以顾尚书家御赐之香为题，回忆旧事，来表达对明朝的思念。

> 猎猎朔风翻毳帐，营门紫马屹相向。陈生醉拗珊瑚鞭，蹀躞闲行朱雀桁。顾家甲第高于天，顾家父子真好贤。开门揖客客竟入，留客不惜青铜钱。玉缸泼酒酒初压，秦筝促柱弹银甲。绿鬓小史意致闲，却爱微红添宝鸭。陈生此时闻妙香，欲言不言魂茫茫。心知此香说不得，得非迷迭兼都梁。主人重取兰膏爇，此香旧事还能说。忆昔初赐长安街，金瓯天下犹无缺。至尊桂殿日斋居，千首青词锦不如。绿章夜上龙颜喜，第一勋名顾尚书。嵯峨紫塞榆关道，白雁黄沙风浩浩。万马奔腾夜有声，三关萧瑟春无盗。尚书辛苦镇居延，络绎黄封赐日边。非关小物君恩重，为许香名国史传。镂金小盒宫门出，中涓一骑红尘疾。亲题万颗小金丸，犹是昭阳内人笔。只今沧海看成田，留得天香几百年。拢来绮袖人谁问，熏罢银篝味不全。白杨已老尚书墓，世间万事那如故。主人语罢客亦愁，留客牵衣客不住。君不见客衣零落讵堪论，半渍香痕半泪痕。忽看天宝年间物，我亦东吴少保孙。①

诗歌情节颇富戏剧性，以作者酒醉误入顾尚书府为缘起，"陈生醉拗珊瑚鞭，蹀躞闲行朱雀桁"，主人盛情好客，竟对他加以挽留。当他闻妙香后，听主人讲述旧事。诗歌回顾了顾尚书清廉执政，镇守居延，得皇上恩典，御赐名香的往事。经过易代之变，御香承载着对明朝的回忆，也引发了主人公的物是人非的哀叹："只今沧海看成田，留得天香几百年"。诗歌表达了作者内心的无限伤感，身世潦倒和亡国痛苦。孙鋐《皇清诗选》中对此诗注曰："绿

---

① 陈维崧:《陈维崧诗》，广陵书社 2006 年版，第 218—219 页。

鬟小史，即张建封，燕子楼中人也，将尚书御香始末呜咽陈之，其声怳如筝阮。"① 诗歌以御香为线索，将前朝旧事和现实生活相联系，有着凄凉哀婉的风格。诗歌"以人系事"，抒情与叙事并重，四句一转韵，平仄韵互换，音调和谐，具有典型的"梅村体"特征。陈维崧歌行也具有强烈的主观抒情性，其歌行多以情动人，对明朝的怀念在诗中很常见，如《钱塘浴马行》：

> 此时观者倾城国，中有军人泪沾臆。自言十五隶金吾，滁阳苑马亲承直。犹见先皇校猎时，金风初到万年枝。青骢细食雕胡饭，翠拨轻笼杨柳丝。骅骙宛马追风电（《清诗汇》作：天育忽逢沧海变），从此麒麟罢欢宴。苜蓿翻栽太液池，骅骝直上昭阳殿。紫台青海日从征，马上琵琶塞上情。温泉十载无消息，忍唱钱塘浴马行。②

诗歌作于顺治八年（1651 年）八月③，作者写钱塘浴马，并不仅限于写马，从"中有军人泪沾臆"一句开始转入对明朝往事的回忆。一个观浴马的军人，开始叙述自己在明代皇宫经历。军人自十五岁当执金吾的守卫、随从，曾见先皇校猎，也亲自养马，对苑马充满感情。后经国变，随军出征，"紫台青海日从征，马上琵琶塞上情"两句反映了军人内心对明朝的沉痛哀悼。"温泉十载无消息，忍唱钱塘浴马行"末尾两句，呼应了诗题，突出了一种沧桑之感，作者内心的哀痛也隐喻其中。沈德潜在《清诗别裁集》卷十一评曰："用意全在后半，新故之感，无限悲凉，末一语转合钱塘，如见神龙掉尾。"④ 从以上诗歌可以看出，陈维崧歌行深得"梅村体"之长，颇具其神韵。

陈维崧学步"梅村体"，有时淡化叙事，注重场面描写和细节描绘，有丰缛婉丽之美。对于此点，徐乾学在《湖海楼诗集》序中说：

> 然其沉思怫郁，尤一往全注于诗，近体似玉川，歌行之动笔顿挫，婉转丰缛，前少陵而后眉山，不足多也。⑤

---

① 孙铉：《皇清诗选》，清康熙二十九年凤啸轩刻本影印，《四库全书存目丛书》集三九八，齐鲁书社 1997 年版，第 179 页。

② 陈维崧：《陈维崧诗》，广陵书社 2006 年版，第 187 页。

③ 周绚隆：《陈维崧年谱》，人民出版社 2012 年版，第 123 页。

④ 沈德潜：《清诗别裁集》，河北人民出版社 1997 年版，第 218 页。

⑤ 陈维崧：《陈迦陵诗文词全集》，缩印患立堂刊本，上海商务印书馆 1936 年版，第 234 页。

陈维崧早年诗学陈子龙，受其"高华雄浑"之影响，对诗歌辞采非常重视，又学晚唐温、李，因此他的歌行清词丽句亦很常见。如《耕严草堂歌》：

> 琪花瑶草自窈窕，丹崖绀巘纷萦纡。金支翠华白玉铺，矫首便欲凌新都。新都芙蓉三十六，朵朵倒插红珊瑚。①

作者以华丽的词藻描绘了宣城西门六十里外耕严草堂周围秀丽的自然风光，色彩的搭配和形象的比喻加强了画面的美感。陈维崧还善于场面的铺陈，如《钱塘浴马行》写浴马一段：

> 忽闻一声吹觱篥，千群争放桃花驹。红泉驳宕自然丽，凡骣灭没何其都。一匹娇嘶一匹咶，十匹骄矜汗流血。须臾五花浮满红，万顷寒涛蹴飞雪。龙堂少女神悄绝，雾鬟烟蹄半明灭。少焉不动齐徜徉，江流欲静江云凉。极浦湘娥鼓文瑟，中流江妾拖红裳。②

写杭州钱塘江浴马之盛况，题材为前人所未见。诗歌以工笔细描的方式刻画了群马在水中嬉戏畅游之情形，浴马场面是诗歌描绘的重点。"忽闻一声吹觱篥，千群争放桃花驹"两句起笔突兀，使人陡然一惊，马群争入江中，盛况空前。接着诗人以华美的词藻开始描绘群马江中游浴之景。"一匹娇嘶一匹咶，十匹骄矜汗流血"等六句，作者从姿态、颜色等方面，细腻表现了钱塘浴马的情形。"五花浮满红"表现的是群马在江中游水之情形，"寒涛蹴飞雪"表现的是群马欢腾水中，浪花飞溅的情形，作者用语确切，意象明丽，给人以优美的画面感，如见其景。诗歌转韵方式也非常自由，由八句一转，变为六句、四句一转，场面描写尤其出色。诗歌仍然具有"梅村体"的许多特征，如"以人系事"、强烈的主观抒情性等特点，但陈维崧已经淡化了叙事成分，加强了浴马场面描写，诗歌出现了较多的自主创造之处。

陈维崧歌行唐宋兼宗，转益多师，多学韩愈、苏轼、黄庭坚，与吴伟业"纯为唐音"有较大区别。陈维崧作诗，强调气盛，风格豪雄峭拔，颇有骨力，此种特点在其歌行与七律上尤为明显。如《赠李研斋太史》：

> 人云蜀道如青天，君家乃在青天上。蚕丛鸟道不得归，一度思归一

---

① 陈维崧：《陈维崧诗》，广陵书社 2006 年版，第 224 页。
② 陈维崧：《陈维崧诗》，广陵书社 2006 年版，第 187 页。

惆怅。去年石头城，道遇李谪仙。手持白玉麈，囊乏青铜钱。一言称意百不愁，邀我直上秦淮之酒楼。城南杨花白如雪，一一乱扑胡姬裘。笑谓金陵姬，何似巫山女。十年枉作剑阁铭，白盐赤甲奈何许。昔住锦官城，乐事不可当。木棉花发处，斜对碧鸡坊。桃笙薲布居民卖，蒟酱江鱼过客尝。此时二月粉水香，巴僮巴女发浩倡。傄钱夜市成都酒，俞歌春赛武都王。别来旧事心茫茫，传闻李特屠残疆。卧龙跃马竟谁是，天彭井络空苍凉。前者百丈船，牵过钟山郭。忽见三巴人，欻然万金落。诸葛祠堂尽棘榛，谯周子弟俱俘略。当时婉娈直铜龙，都堂香药掖门松。自从丧乱著芒屩，飘零已复成吴侬。一身虽在不自保，何况盗贼多于蜂。瞿塘恶浪千万重，念之只复愁心胸。安能吹我落天外，蹲鸱饱作西川农。语君且饮勿愀怆，眼前万事太卤莽。故里新年栈道开，官军已传邛笮长。①

诗中所言李研斋、李太史，即李长祥。李长祥（1609—1673 年），字研斋，亦字子发，自号石井道人，西蜀夔州府今达州人。李长祥出身于官宦之家，少有英才，神采英毅，喜谈兵事，明崇祯甲戌（1634 年）中举人，崇祯十六年（1643 年）举进士，入仕于朝。明亡后，坚持抗清斗争，他与郑成功、张煌言等，屡仆屡起，与清兵周旋作战。李长祥生平事迹，《清史稿》列传第二百八十七载：

> 李长祥，字研斋，达州人。崇祯癸未进士。初以诸生练乡勇助城守，后选庶吉士，吏部荐备将帅之选。或曰："天子果用公，计安出？"叹曰："不见孙白谷往事乎？今惟有请便宜行事，虽有金牌，亦不受进止。平贼后，囚首阙下受斧钺耳！"闻者咋舌。贼日逼，上疏请急令大臣辅太子出镇津门，以提调勤王兵。不果行，而京师溃，为贼所掠，乘间南奔。

> 福王立，改监察御史，巡浙盐。鲁王监国，加右佥都御史，督师西行，而江上师又溃。鲁王航海去，长祥以馀众结寨上虞之东山。时浙江诸寨林立，四出募饷，居民苦之。独长祥与张煌言、王翊三营，且屯且

耕，井邑不扰。监军鄞人华夏者，为之联络布置，请引舟山之兵，连大兰诸寨，以定鄞、慈五县，因下姚江，会师曹娥，合偶山诸寨以下西陵。佥议奉长祥为盟主，刻期将集，而为降绅谢三宾所发，引兵来攻。前军张有功被执，死。中军与百夫长十二人，期以次日缚长祥为献。晨起，十二人忽自相语："奈何杀忠臣？"折矢扣刃，偕誓而遯。

长祥匿丐人舟中，入绍兴城。居数日，事益急，复遯至奉化，依平西伯朝先。朝先亦蜀人，得其助，复合众于夏盖山，晋兵部左侍郎。请合朝先之众，联络沿海，以为舟山卫。张名振忌之，袭杀朝先，长祥仅免。舟山破，亡命江、淮间，总督陈锦捕得之，安置江宁。未几，乘守者之怠，逸去。由吴门渡秦邮，奔河北，遍历宣府、大同，复南下百粤。晚岁，始还居毗陵，筑读易堂以老。①

李长祥以文墨书生，投身军旅，戎马倥偬，坚持抗清斗争，其经历颇具传奇色彩。陈维崧对李长祥是很佩服的，在诗中以"李谪仙"称之，诗中回顾了南京城二人的相遇，对纷乱的时局表达了深深的忧虑。沈德潜在《清诗别裁集》中评曰："太史蜀人，逆藩之乱，侨寓金陵不得归，故作诗慰之。中间跌荡飞扬，波平浪起，得青莲逸气。"②《赠李研斋太史》一诗，化用了李白的诗句，纵横开阖，笔势豪迈。整首诗的写法则效法韩愈，以文为诗，用散文的笔调，回顾了南京秦淮河酒楼上二人相逢的场景。作者以"人云蜀道如青天，君家乃在青天上。蚕丛鸟道不得归，一度思归一惆怅"四句诗开头，平实如话。接着作者回顾了在南京与成都的许多旧事，诗歌描绘了成都的风俗人情，联系了"盗贼多于蜂"等现实，抚慰李太史不要忧愁，新年官兵会平定叛乱，太史就可以回乡了。诗歌用了五言句、七言句混用的句式，参差错落，如同一篇抒情散文。"别来旧事心茫茫，传闻李特屠残疆"两句，以李特的典故，隐指了三藩之乱。李特（？—303年），字玄休，略阳人，流民起义的首领。晋惠帝元康六年（296年），关西一带兵祸扰乱，再加连年饥荒，略阳、天水等六郡汉、氐、羌、密等各民族流民十余万人经汉中入蜀

① 赵尔巽等：《清史稿》第四十五册，中华书局 1977 年版，第 13827—13828 页。

② 沈德潜：《清诗别裁集》，河北人民出版社 1997 年版，第 218 页。

求食，李特也是流民之一。到达汉中后，朝廷强迫流民限期归还本乡，激起流民起义，流民推举李特为首领。惠帝太安二年（303 年），罗尚组织了大量的兵力进攻李特，李特终因寡不敌众战败被杀。李特流民起义，在《资治通鉴》《晋纪》六中载：

> 廞遣长史犍为费远、蜀郡太守李苾、督护常俊督万馀人断北道，屯绵竹之石亭。李特密收兵得七千馀人，夜袭远等军，烧之，死者十八九，遂进攻成都。费远、李苾及军祭酒张微，夜斩关走，文武尽散。廞独与妻子乘小船走，至广都，为从者所杀。特入成都，纵兵大掠，遣使诣洛阳，陈廞罪状。①

《赠李研斋太史》一诗中，"何况盗贼多于蜂"一句概括了清初战乱频发，农民起义不断的社会现实。《赠李研斋太史》一诗，以文为诗，渐有宋诗格调。诗歌有着悠闲的生活情调，表现出作者乐观旷达的胸怀。

陈维崧不少歌行逐渐摆脱了"梅村体"的影响，多学宋代诗人，以散文笔法为诗，形成其歌行气势雄豪、纵横奔放的风格。舒位在《瓶水斋诗话》中说：

> 通籍后所作多近宋体，然犹是梅都官集中上乘，而世顾艳称其词，真不可解。裘文达（曰修）题《填词图》云："文如徐庾当时体，诗比苏黄一辈贤。却被晓风残月误，头衔甘署柳屯田。"可谓迦陵知己，为文苑定评。②

舒位认为陈维崧成就不仅在艳词，体现其个性与才华的是诗歌，他后期诗歌多为宋调，以文为诗，以议论为诗，气势豪迈，受苏轼、黄庭坚诗歌影响较大。陈维崧此方面的代表作有《屋后望太行山歌》《历山歌赠济南王阮亭》《水绘园杂忆歌》《书砚》等。陈维崧在此类歌行中往往以散文结构、句法入诗，融叙事、抒情、议论为一体，笔调灵活自如，而又有浑然天成之妙。代表作如《屋后望太行山歌》：

> 怀州十月天气凉，朔风僇慄吹边墙。已拼穷命犯霜露，所喜僻地饶

---

① 司马光：《资治通鉴》第六册，中华书局 1956 年版，第 2654 页。

② 舒位：《瓶水斋诗集》，上海古籍出版社 1991 年版，第 827 页。

松篁。假馆正背一池水，绕榻恰围千步廊。药栏辈几颇幽靓，禽音谷韵殊铿锵。倚天拔地一峰出，排青滴黛难为详。杂糅苔翠作毛发，团炼仙灵为橐囊。钩帘触眼诧奇谲，竟逼衡华凌嵩邙。回思我昔走燕赵，路与山色相低昂。曾从真定望肩背，今到河内穷毫芒。猗嗟此山障全晋，绵亘西北开雄疆。二陵风雨古今恨，三关鼓角风沙飏。鸦儿军护李亚子，忆昔格斗麛朱梁。伶人前奏百年曲，从官会饮三垂冈。雄豪云散忽千载，尚留岸峉夸金汤。太原城阙空壮丽，泽潞兵马谁精强。可知人事总销歇，何若岩壑萦景光。掉头便脱五浊世，洗脚竟斋三日粮。或言此山不可上，怪物恶木声礌硠。百般陡峻类左担，千里囚僊如骡纲。呀然失笑客言误，人间何处无太行。风波举目尽泷吏，瘴疠多时逢竹王。君言峭崿阻登顿，讵若朝市难提防。生平跳荡虎食肉，倏忽摧颓鸟啄疮。言罢山灵更呈媚，变幻金碧森开张。老夫失喜复大叫，石铫正沸秋茶香。①

诗歌作于康熙九年（1670年），春夏之交，陈维崧由商丘至郏县、宛城等地，深秋过郑州、覃怀②，诗歌为途中所作。诗歌与作者"梅村体"歌行风格迥然不同，如同一篇山水游记。"怀州十月天气凉，朔风慄慄吹边墙"两句写作者于怀州居住，时值十月，秋风吹来，一片凉意。"假馆正背一池水"以下四句描绘了居处四周的环境，幽静优美。"倚天拔地一峰出，排青滴黛难为详"两句写作者于屋后望太行山的景象，"倚天拔地"写山势之高峻，"排青滴黛"写山上草木之葱茏。作者接着描绘了太行山钟灵毓秀，险峻奇丽。"回思我昔走燕赵"一句，作者开始回忆从前的游历生活以及对此山的印象。太行山因地势险要，历来为兵家必争之地。"猗嗟此山障全晋，绵亘西北开雄疆。二陵风雨古今恨，三关鼓角风沙飏"四句，作者突出了太行山的战略作用，也回顾了此地历史上的战火烽烟，特别是五代十国时期的军阀混战。"鸦儿军护李亚子，忆昔格斗麛朱梁"两句引后唐李存勖史事。李存勖小名亚子，开平元年（907年），后梁大军围攻上党（潞州）。上党孤城无援，情

① 陈维崧：《陈迦陵诗文词全集》，缩印患立堂刊本，上海商务印书馆1936年版，第293页。
② 马祖熙：《陈维崧年谱》，上海古籍出版社2007年版，第104页。

势危急。李存勖自晋阳发兵救上党，解了上党之围。《旧五代史》卷二十七庄宗纪一载：

> 甲子，军发自太原。己巳，至潞州北黄碾下营。五月辛未朔，晨雾晦暝，帝率亲军伏三垂岗下。诘旦，天复昏雾，进军直抵夹城。时李嗣源总帐下亲军攻东北隅，李存璋、王霸率丁夫烧寨，副夹城为二道，周德威、李存审各分道进攻，军士鼓噪，三道齐进。李嗣源坏夹城东北隅，率先掩击，梁军大恐，南向而奔，投戈委甲，喧塞行路，斩万余级，获其将副招讨使符道昭泊大将三百人，刍粟百万。梁招讨使康怀英得百余骑，出天井关而遁。梁祖闻其败也，既惧而叹曰："生子当如是，李氏不亡矣！吾家诸子乃豚犬尔。"①

"伶人前奏百年曲，从官会饮三垂冈"所叙李克用三垂冈宴饮之事，《新五代史》卷五唐本纪第五载：

> 存勖，克用长子也。初，克用破孟方立于邢州，还军上党，置酒三垂岗，伶人奏《百年歌》，至于衰老之际，声甚悲，坐上皆凄怆。时存勖在侧，方五岁，克用慨然捋须，指而笑曰："吾行老矣，此奇儿也，后二十年，其能代我战于此乎！"②

李存勖英勇豪杰，叱咤风云的历史已经成为过去，而一切的争斗随时间流逝都已烟消云散，"雄豪云散忽千载"一句抒发了作者对历史兴亡的感叹。作者回顾太行山金戈铁马、刀光剑影的往事，突出了此山浓厚的人文色彩，同时表达了自己对历史的看法。"太原城阙空壮丽，泽潞兵马谁精强"两句含蓄指出国家强盛并不在城池壮丽，兵马精强，联系李存勖经历，统治者励精图治、奋发图强更加重要，体现了作者对明朝灭亡的反思。欧阳修在《伶官传序》中这样评价庄宗："方其盛也，举天下之豪杰，莫能与之争；及其衰也，数十伶人困之，而身死国灭，为天下笑。"欧阳修的看法与作者基本一致。陈维崧写太行山，还以山为喻进行说理。作者想登太行山，路人说不可，因为山势陡峻，猛兽出没，非常危险。作者却对此付之一笑，并说："人间何

---

① 薛居正等撰：《旧五代史》，中华书局 1976 年版，第 369 页。
② 欧阳修：《新五代史》，中华书局 1974 年版，第 41 页。

处无太行"，人生在世，艰难阻碍随时都会出现，何必惧怕呢。作者以登山喻人生，面对一切困难都应该泰然处之，正如苏轼《定风波》词所云，"归去，也无风雨也无晴""人间何处无太行""君言峭崿阻登顿，诅若朝市难提防"几句富有哲理，人生不免经历坎坷失意，只有不畏艰险，才能渡过难关。诗歌末尾"变幻金碧森开张"几句，描绘太行山秀丽之景，以"秋茶香"作结。

《屋后望太行山歌》是典型"以文为诗"的歌行，全诗采用了散文结构，忽而写景，忽而叙事，忽而说理，极尽纵横开阖之能事。诗歌以"望太行山"为线索，将一系列的历史故事、自身游历、趣闻轶事串连起来，有"以学问为诗"的特色。诗歌先写居所环境，然后写屋后望太行之景，转而回忆游历燕赵往事，中间穿插了对太行山历史事件的描述，最后以登太行山为喻，表达了对人生的看法，而诗歌最后又以写景回到太行山，以煮茶事回到所居庭院，看似天马行空，实际上脉络非常分明。整个诗歌结构波澜起伏，曲折多变，气势雄浑，反映了陈维崧歌行才情奔放，纵横驰骋的特点。《屋后望太行山歌》先写景，再叙事，最后议论。诗歌在用韵方面，不换韵，一韵到底，在平仄方面虽不如"梅村体"规则整齐，却自有和谐的韵律，浑然一体，顺口可歌。

同样诗学韩、苏，陈维崧歌行与钱谦益歌行有较大区别。钱谦益歌行多才学之笔，多用典故，诗中神话传说、稗官野史比比皆是，议论成分也较多。陈维崧歌行多散文之笔，较少用典故，语言平易，笔调轻松活泼，许多歌行如独抒性灵的散文小品。如《书砚》"犹忆前明甲戌年，先生避栖佘山。我父青鞋特相访，绿荫之下浮舼船"，以砚台忆旧事，回顾了父亲往事。诗歌采用了散文笔法，并且用了不少虚词，如"文人之砚""绿荫之下""忽焉换""砚乎"等。散文化的句式，使诗歌语言通俗易懂，如同一篇托物抒情的散文。诗歌以古砚为线索，对父亲的怀念之情渗透其间，真挚深沉，有着动人的艺术魅力。陈维崧另一首以古砚为题材的歌行《陆放翁砚歌为毕载积使君赋》，则以叙事为主。诗歌以"毕公古砚砚最奇，相传南宋年间物"[①]引出古砚，叙述了渔翁捕鱼故事，随后作者叙述了陆游剑南从军的不平凡

---

① 陈维崧：《陈迦陵诗文词全集》，缩印患立堂刊本，上海商务印书馆 1936 年版，第 242 页。

经历。由陆游之砚，作者抒发历史感叹："即今人去几百年，砚亦飘零走道边"，最后对毕公得砚之事作了评论。歌行以"古砚"为线索由物及人，浮想联翩，纵横今古，明显采用的是散文结构。

　　总之，陈维崧在歌行方面取得了杰出的成就，他不仅发展壮大了"梅村体"，而且在此基础上，唐宋兼宗，在题材、风格方面都有开拓。对于陈维崧歌行，学者评价很高，吴世昌《清诗汇》诗话称："其年诗纯以气胜，七言古体开阖驰骋，出入浣花、眉山，最为擅场。"① 陈维崧歌行高度的艺术价值，理应引起我们的重视，以进行更深层次的研究。

---

① 徐世昌：《清诗汇》，退耕堂影印本，北京出版社 1996 年版，第 637 页。

第五章　清代前期的歌行名家

清代前期不仅有吴伟业、钱谦益这样的歌行大家，也有不少歌行名家。不仅有以"诗史"著称的钱澄之，而且国朝两大家施闰章、宋琬的歌行也很出色，王士禛与朱彝尊也有歌行杰作传世。他们的歌行或师法盛唐，或学宋诗，有着鲜明的个性风格，在艺术上取得了很高的成就。本章对诗坛有重要影响的歌行诗人作逐一介绍。

第一节　歌行名家钱澄之

清代前期涌现了一批歌行名家，如钱澄之、宋琬、施闰章、王士禛、朱彝尊等。他们的歌行，风格各异，成就较高，学术界研究较少，下面对几人的歌行分别作一番介绍。

钱澄之（1612—1693 年），初名秉镫，字饮光，号田间，安徽桐城（今枞阳县）人。明末爱国志士、文学家。明诸生，1645 年，清兵攻陷南京，福王政权瓦解，钱澄之参与起义失败，妻方氏及女殉难，他与长子逃入闽中，后辗转入桂。南明桂王时，担任翰林院庶吉士。著有《田间诗集》《田间文集》《藏山阁集》等。钱澄之诗中多纪清初史实，有关南明隆武、永历两朝的时政，对清廷暴政多有揭露、批判，因而在编集时，许多诗已经删去。已刊行《田间诗集》等书，在乾隆时仍被列入禁毁书目，因此其流传很受限制，诗话中也很少有人提及，导致钱澄之诗名不显。龙潭室主在《藏山阁集序》中说："惟藏山阁集以多忌讳语，未能付剞劂。其已刊行之诗文集亦列入四库违碍书目，版籍不存，识者憾焉。"① 钱澄之诗无论从内容还是艺术上看，都有很高的价值。邓之诚《清诗纪事初编》中说："秉镫颇负文名，诗文有法，吐辞骏快可喜，尤善论事。四十以后，与海内名流酬酢，辈行日尊。"② 吴宓在《吴宓诗话》明遗民诗条说："《明遗民诗》二册，其中最佳之诗，仍不外瞿兑之《古今名诗选》所已选入之二篇，即（1）杜濬《初闻灯船鼓吹歌》……（2）钱秉镫《田园杂诗》最末一首。"③ 收入钱澄之《藏山阁集》中歌行作品约有 84 首，《田间诗集》中歌行约有 75 首，多数反映清代前期的社会政治、民生疾苦，艺术水平很高。朱则杰《清诗史》将钱澄之归为"田园诗人"，认为："钱澄之的诗歌以其田园诗为代表"④，其实，钱澄之最有代表性的作品是他反映战争、时政、苛政的作品。汤华泉在校点本《藏山阁集·序》中说："（钱澄之）七言歌行诸篇多能大气包举，开合自如，笔力雄健，顿挫抑扬。作者用此体颂战功，悼忠烈，具有一种荡人心魄的力量；刺时政，抒愤懑，能引发读者强烈的共鸣。"⑤ 钱仲联曾说："钱秉镫《藏山阁》诗主要写参加抗清活动，以后《田间诗》写回乡隐居。前者主要反映民族矛盾，后者反映阶级矛盾。"⑥ 钱澄之的歌行作品有着鲜明的风格和时代特色，在清代前期诗坛有重要地位。

钱澄之早年学诗，以七子为法，他在《生还集自序》中说："五言诗远宗汉、魏，近间取乎沈谢，誓不作陈隋一语。唐则杜陵耳。七言诗及诸近体，篇章尤富，皆欲出入于初盛之间，间有为中晚者，亦断非长庆以下比。此生平学诗之大概也。"⑦ 钱澄之继承了杜甫诗歌的现实主义精神，在七言歌行创作上取得了很高的成就。钱澄之《藏山阁集》中的歌行作品如一面镜子反映了清代前期战争给人民带来的巨大痛苦，作于 1644 年到 1648 年的《生还集》不仅描绘了各地义士的抗清活动，而且也表现出作者一心抗清、不屈

① 钱澄之:《藏山阁集》，黄山书社 2004 年版，第 4 页。
② 邓之诚:《清诗纪事初编》，上海古籍出版社 1984 年版，第 123 页。
③ 吴宓:《吴宓诗话》，商务印书馆 2005 年版，第 314 页。
④ 朱则杰:《清诗史》，江苏古籍出版社 2000 年版，第 124 页。
⑤ 钱澄之:《藏山阁集》，黄山书社 2004 年版，第 5 页。
⑥ 魏中林整理:《钱仲联讲论清诗》，苏州大学出版社 2004 年版，第 30 页。
⑦ 钱澄之:《藏山阁集》，黄山书社 2004 年版，第 400 页。

不挠的革命精神，是作者最重要的诗歌作品。

钱澄之歌行首先在于其"诗史"特色，他的歌行题写时事，多数可称"实录"。他又不拘泥于史实，在史实的基础上，以多种艺术手法来展现时代风云变幻。他善写战事，以多角度的描绘表现恢宏的战争场面。在《藏山阁集》中描写战争时事的代表作品如《虔州行》《虔州死节歌》《虔州续歌》《哀江南》《悲湘潭》《悲信丰》《悲南昌》等。《虔州行》是表现隆武时虔州（即赣州）之战的歌行，一系列虔州题材的作品组成了一幅波澜壮阔的历史画卷。

> 烟冥冥，雨啾啾，黄昏鬼火遍城头。行人白昼不敢过，问之酒是昔虔州。虔州地形控江楚，关税兼通闽粤贾。船上珍珠不值钱，城中养女能歌舞。闾阎扑地楼插天，家家日暮喧笙鼓。渔阳白马动地来，中原十城九城开。吉安已破皂口失，孤城水上空崔嵬。铁骑连山风雨集，炮火塌天城不摧。城头壮士不畏死，夜半缒城砍敌垒。腰间夺得乌孙刀，背上插来白羽矢。紫髯将军不敢逼，立马西山时咋指。城悬粮绝无援兵，四面尽是吹笳声。初犹食马后食人，登楼击鼓鼓不鸣。朔风吹雪酒盏大，守陴人病三日饿。遥见营火渡河来，一半传更一半卧。兵声暗杂风雨声，五更未醒虔州破。闭城刈人人莫逃，马前溅血成波涛。朱颜宛转填眢井，白骨撑柱无空壕。自从司马誓城守，老弱登陴谁敢走。清江龙泉居上游，突围入城今在否？请君磊落忠义人，死去名节千秋新。可怜虔州十万户，日暮飞作沙与尘！①

《虔州行》作于丁亥年（顺治四年），诗前小序曰："江右人来，言虔州以去年十月破，哀而赋之。"钱澄之此首歌行描绘了顺治三年战争史实和清军攻破虔州后的野蛮屠杀。此诗的创作背景在《明史》中有如下记载：

> 顺治二年，南都破，江西诸郡惟赣州存……三年正月，廷麟赴赣，招峒蛮张安等四营降之，号龙武新军。廷麟闻王将由汀赴赣，将往迎王，而以元吉代守吉安。无何，吉安复失，元吉退保赣州。四月，大兵逼城下，廷麟遣使调广西狼兵，而身往雩都趣新军张安来救。五月望，安战梅林，再败，退保雩都。廷麟乃散其兵，以六月入赣，与元吉

---

① 钱澄之：《藏山阁集》，黄山书社 2004 年版，第 157—158 页。

凭城守。未几，援兵至，围暂解，已，复合。八月，水师战败，援师悉溃。及汀州告变，赣围已半年，守陴者皆懈。十月四日，大兵登城。廷麟督战，久之，力不支，走西城，投水死。同守者郭维经、彭期生辈皆死。①

《虔州行》的价值不仅在于其史料价值，更重要的是诗歌艺术水平也是相当高的。此首歌行为叙事诗，以倒叙手法结构全篇。诗歌开头以"烟冥冥，雨啾啾"和黄昏鬼火的描写渲染了阴森恐怖的气氛，侧面说明清军杀戮之惨。诗人虽写战事，却先写虔州在城破前的繁华与富庶。虔州不仅交通便利，而且商业贸易发达，诗人用"闾阎扑地楼插天，家家日暮喧笙鼓"两句描绘了虔州城繁荣升平的景象。"渔阳白马动地来，中原十城九城开"两句转入对战事的描写，句中化用了白居易《长恨歌》中"渔阳鼙鼓动地来"。"铁骑连山风雨集，炮火塌天城不摧。城头壮士不畏死，夜半缒城砍敌垒"四句既写出了清军凶猛的攻势，也写出了抗清志士英勇无畏的精神，诗句极其精炼，富有表现力。

诗人在写虔州之战时，并未平铺直叙，而是从多角度、多侧面来写。紫髯将军"立马西山时咋指"的细节描写反衬出战争的激烈。而虔州城在"粮绝无援兵"的情况下，抗清志士仍然坚守不降。当弹尽粮绝之时，清军悄然攻破虔州城。而接下来的闭城屠杀让人发指，"闭城刈人人莫逃，马前溅血成波涛。朱颜宛转填眢井，白骨撑柱无空壕"四句将清军的残暴、屠城的惨绝人寰生动地展现出来。此四句描写不仅具备"诗史"的实录特点，而且以"溅血""朱颜""白骨"等颜色的对比与动静画面的交替，给读者以强烈的心理震撼，引发人们心理共鸣。诗歌结尾以"可怜虔州十万户，日暮飞作沙与尘"对杀人如麻的清军以无限谴责，对虔州死去的十万人民进行哀悼。此首歌行虽多叙事，但字里行间涌动着作者的爱国爱民的热情，加上富有感染力画面的描绘，可谓"惊心动魄，一字千金"。作者在诗歌叙事技巧方面也有不少创新，如"遥见营火""五更未醒"从交战双方两个视角进行描写，战场描写从宏观与细节两方面来展开，显得波澜壮阔，声势浩大。诗歌中

---

① 张廷玉等撰：《明史》第二十三册，中华书局1974年版，第7115页。

"笳声""朔风吹雪""风雨声"等声音描写，对整个战争场面起到了很好的烘托作用。从叙事方面看，钱澄之《虔州行》完全可与一部描写战争的小说相媲美，《虔州行》在诗歌艺术方面的成就不亚于唐代的叙事歌行。出色的场面描写在钱澄之歌行中比较常见，如《莱阳宋铨部死难歌》，"万马传城仰城射，城头矢石雨点下""二月潜师大队来，梯冲山压城为摧"四句将莱阳保卫战激烈的战斗场面形象地表现出来。

钱澄之战争题材的歌行多写当时重大时事，往往"以人系事"，像人物列传，将史、事、人三者有机融合在一起。钱澄之的歌行吸收了小说叙事的优点，在叙事技巧和人物刻画方面有不少创新之处。此方面的代表作如《悲湘潭》：

> 长沙兵散湖南空，湘潭城中失相公。举朝变色摧天柱，白日惨淡黯行宫。往时百战不足论，即今还弃垂成功。可怜公长才五尺，头童齿豁一老翁。铜马百万哮豺虎，仰公乳哺婴儿同。时危饷诎谁用命，赤手空口驱群雄。湖南湖北竟千里，卷云扫雾随天风。只期长沙不日得，游鱼命在沸鼎中。堵公心劳计转误，忠贞兵来互疑惧。（忠贞兵驻施州，堵公胤锡招出）常德焚烧宝庆走（马鄂国驻常德，王侯进才驻宝庆）诸将旌旗挽谁住。长沙城坏无人登，（兵败后长沙城陷一隅）穷寇将奔守复固。我兵溃走任东西，相公独在湘潭驻。夜半衔枚虏骑来，湘潭无兵城门开。相公衣冠虏能识，拥去罗拜声如雷。大骂不绝相公死，但见长沙城中人举哀。（公死后，长沙人举哀）功名事业长已矣，忠臣义士胡为哉？君不见忠贞兵过苍梧界，堵公双旌导马回！①

钱澄之此首歌行是为南明抗清将领何腾蛟所作的赞歌，而南明史事在诗歌中以多视角展开。永历二年（1648 年）11 月，在何腾蛟等抗清将领的努力下，抗清斗争取得了很大胜利。湖南全境几乎收复，义军的英勇斗争，使永历政权的控制区域一度达到了云贵、两广地区。但是矛盾重重、党派纷争的永历政权无力控制大局。而南明多数将领军心涣散，贪婪怯懦，内讧不断，大好的抗清局面被葬送。在此后的战争中马进忠烧常德走武冈，王进才弃宝庆而

---

① 钱澄之：《藏山阁集》，黄山书社 2004 年版，第 258—259 页。

逃，各郡邑守将望风而靡。何腾蛟当时驻守衡州，看到千里一空，焦急万分。永历三年（1649年），何腾蛟前往湘潭，《明史》列传第一百六十八有如下记载：

> 腾蛟议进兵长沙。会督师堵胤锡恶进忠，招忠贞营李赤心军自夔州至，令进忠让常德与之。进忠大怒，尽驱居民出城，焚庐舍，走武冈。宝庆守将王进才亦弃城走，他守将皆溃。赤心等所至皆空城，旋弃走，东趋长沙。腾蛟时驻衡州，大骇。六年正月檄进忠由益阳出长沙，期诸将毕会，而亲诣忠贞营，邀赤心入衡。部下卒六千人，惧忠贞营掩袭，不护行，止携吏卒三十人往。将至，闻其军已东，即尾之至湘潭。湘潭空城也，赤心不守而去，腾蛟乃入居之。大兵知腾蛟入空城，遣将徐勇引军入。勇，腾蛟旧部将也，率其卒罗拜，劝腾蛟降。腾蛟大叱，勇遂拥之去。绝食七日，乃杀之。[①]

《悲湘潭》一诗先以倒叙手法开头，"湘潭城中失相公"一句描述了英雄之死的故事结局。而诗篇并未直接叙事，而是以"举朝变色""白日惨淡"等描写烘托了何腾蛟之死对朝廷与民众的巨大心理震动，表现出何腾蛟之死"重于泰山"的崇高。诗歌对人物的刻画由表及里，由外貌到内心，使读者心中形成一幅立体的图画。相比于其他英雄的高大威武，何腾蛟可谓貌不惊人，他身长不过五尺，并且为"头童齿豁一老翁"。但何腾蛟却有着号令群雄的能力，成为永历王朝的军事支柱。在抗清斗争的关键时刻，南明将领各自为战，追求私利，不以国家利益为重，终于导致了英雄的牺牲。"堵公心劳计转误，忠贞兵来互疑惧"以下四句概括了当时复杂的军事形势，纷纭的事件。而长沙城的描写，突出了何腾蛟忠义的本性，凸显了英雄忠贞不屈的性格。旧部将劝降，礼拜如宾，"拥去罗拜声如雷"，在此种情况下，何腾蛟却选择了绝食而死，"大骂不绝相公死"为刻画何腾蛟勇者无惧风采的传神之笔。诗歌以实录之笔，叙述时事，在叙事中注重人物刻画，环境、人物、情节三者完美结合，体现了钱澄之叙事歌行杰出的艺术成就。

钱澄之歌行以传神的人物刻画著称，他用笔精炼，在三言两语中就能将

---

① 张廷玉等撰：《明史》第二十三册，中华书局1974年版，第7176页。

人物的个性表现出来。例如他效法杜甫《饮中八仙歌》的《虔州死节歌》：

> 虔州城破相公亡，矢石既绝弓犹张。跃马夺门锋莫当，迴鞭赴水何慷慨。（杨相公廷麟）太宰清忠海内望，投環仓卒正冠裳。（郭太宰维经）司马有志不得将，出城欲去中彷徨，翻然裹帻殉封疆。（司马元吉）彭公靖节意久藏，匕首毒药左右防，郁孤台上此志偿。（彭公宪期生）御史一死扶纲常，从容绝命圣人堂。（姚御史奇胤）别驾潇洒酒中狂，临危不屈项果强。（王别驾期汲，金坛人）虬髯铁面周职方，嚼齿骂贼肉飞扬。（周职方瑚）卢君里居须眉苍，倚杖妻儿次第僵，终为清冷完幽芳。（卢员外观象，虔人）①

钱澄之在此诗小序中写道："虔州破，死者甚多，偶据土人所传，纪诸篇章，或未为定论也。共得八人。"诗序表明了作者以诗存史、歌颂英雄的创作目的，诗歌展现了抗清英雄英勇就义的情形，反映出他们临危不惧、视死如归的英雄气概。《虔州死节歌》对八位英雄不同的死节描述与《明史》的记载基本一致，非常真实。《明史·列传》一百六十六对虔州死节英雄记载如下：

> 杨廷麟，字伯祥，清江人。崇祯四年进士。改庶吉士，授编修，勤学嗜古，有声馆阁间，与黄道周善。……廷麟督战，久之，力不支，走西城，投水死。

> 郭维经，字六修，江西龙泉人。天启五年进士。授行人。……顺治三年五月，大兵围赣州。王乃命维经为吏、兵二部尚书兼右副都御史，总理湖广、江西、广东、浙江、福建军务，督师往援。维经与御史姚奇胤募兵八千人入赣州，与杨廷麟、万元吉协守。及城破，维经入嵯峨寺自焚死，奇胤亦死之。

> 万元吉，字吉人，南昌人。天启五年进士。授潮州推官，补归德。……十月初，大兵用向导夜登城，乡勇犹巷战。黎明，兵大至，城遂破，元吉死之。先是，元吉禁妇女出城。其家人潜载其妾缒城去，元吉遣飞骑追还，捶其家人，故城中无敢出者。及城破，部将拥元吉出城。元吉叹曰："为我谢赣人，使阖城涂炭者我也，我何可独存！"遂赴

---

① 钱澄之：《藏山阁集》，黄山书社 2004 年版，第 234 页。

水死，年四十有四。

期生，字观我，海盐人，御史宗孟子。登万历四十四年进士。崇祯初，为济南知府，坐失囚谪布政司照磨，量移应天推官，转南京兵部主事，进郎中。十六年，张献忠乱江西，迁湖西兵备佥事，驻吉安。吉安不守，走赣州，偕廷麟招降张安等，加太常寺卿，仍视兵备事。城破，冠带自缢死。

一时同殉者，职方主事周瑚，磔死。通判王明汲，编修兼兵科给事中万发祥，吏部主事龚棻，户部主事林琦，兵部主事王其班、黎遂球、柳昂霄、鲁嗣宗、钱谦亨，中书舍人袁从鹗、刘孟锽、刘应试，推官署府事吴国球，监纪通判郭宁登，临江推官胡缜，赣县知县林逢春，皆被戮。乡官卢观象尽驱男妇大小入水，乃自沉死。

奇胤，字有仆，钱塘人。由进士授南海知县。地富饶，多盗贼。奇胤绝苞苴，力以弭盗为事，政声大起。入为兵部主事，改监察御史，巡按广东。未任，与维经赴援，遂同死。[①]

《虔州死节歌》分别描绘了八位殉国英雄从容赴死的情形，在诗句中展现他们不同的个性风采。写杨廷麟，以"跃马""迴鞭"的动作突出其义无反顾的气概；以"投環仓卒正冠裳"表现太宰郭维经为国捐躯之时的从容、镇定。郭维经之死，《明史》记载为自焚死，与诗歌稍异，但并不影响作者刻画人物时对郭维经崇高精神的准确把握。而对万元吉之死，作者以"出城欲去中彷徨"来写万元吉的矛盾心态，英雄此时的彷徨并非偷生怕死，而是保存生命以图东山再起。而对万元吉犹豫不决描写更显得真实可信，使读者感到他是一个有情有义的英雄人物。对彭期生、姚奇胤的死节描写，突出了他们一心为国的高尚品格，时刻将生死置之度外。王期汲、周瑚，不同于前面自杀殉国英雄，他们被捕受酷刑，在重刑之下，威武不屈，痛骂敌人，大义凛然的英雄品格现于纸上。诗中对卢观象的描写也重点展现了人物的崇高精神，"须眉苍"的老人"倚杖"看着亲人死去然后从容投水而死。整首诗不仅饱含爱国热情，而且艺术手法高超，刻画了不怕牺牲、各具面目的英雄群像。

---

① 张廷玉等撰：《明史》第二十三册，中华书局 1974 年版，第 7113—7122 页。

　　钱澄之战争题材的歌行，如同分章节的战争史诗，足以代表其歌行风貌。除此之外，钱澄之对民生问题也十分关注，写了一系列有关社会苛政的歌行。在此类歌行中，钱澄之往往对当时的社会现实问题提出自己的观点与看法，抨击社会暴政，这种现实主义创作风格与杜甫一脉相承。诗歌对清代前期的社会现实作了深入描绘，反映了清代前期统治者对人民的残酷剥削与压迫，此方面的代表作收入《田间诗集》的如《水夫谣》《苦旱行》《催粮行》《捉船行》《苦寒行》《沙边老人行》《漕卒行》等。清军在一系列的战争中烧杀抢掠，而且对被征服人民多征苛捐杂税，给人民带来了巨大痛苦。《水夫谣》一诗描绘了长江沿岸水夫的悲惨生活。

　　　　水夫住在长江边，年年捉送装兵船。上水下水不记数，但见船来点夫去。十家门派一夫行，生死向前无怨声。衣中何有苦搜索，身无钱使夜当缚。遭他鞭挞无完肤，行迟还用刀箭驱。掣刀在腰箭在手，人命贱同豕与狗。射死纷纷满路尸，那敢问人死者谁。爷娘养汝才得力，送汝出门倚门泣。腐肉已充乌鸢饥，家家犹望水夫归。①

钱澄之无疑对水夫生活极为熟悉，而且对野蛮的征兵制度非常不满。全诗语言通俗易懂，押韵也很随意，但字里行间渗透着作者对水夫的同情与怜悯。"倚门泣"片断，将一家人生离死别的场面刻画得十分生动。结尾"腐肉已充乌鸢饥，家家犹望水夫归"深得唐人笔意，以水夫之死与亲人盼归作对比，形成巨大的反差，引发读者强烈共鸣。钱澄之的《水夫谣》也具有反映社会弊政的"诗史"价值，《水夫谣》的内容比史书记载更加具体，真实记载了社会底层人民的凄惨遭遇。类似题材的歌行再如《捕匠行》，诗歌反映造船工匠为清军造船凄惨的处境，"十人捕去九人死，终朝锤斫立在水"，即使新婚的工匠也被抓走，最后成为造船的牺牲品。《催粮行》《捉船行》《漕卒行》等歌行从不同的角度全面反映了清初统治者之暴虐，社会之黑暗。除了表现阶级矛盾，钱澄之歌行也反映了清初的民族压迫，旗人的骄横跋扈。如《县门行》：

　　　　县门朝开官不出，昨夜大盗进官屋。健儿被伤公子死，街外知更衙

---

① 　钱澄之：《田间诗集》，《续修四库全书》第1401册，上海古籍出版社2002年版，第379页。

里哭。枞阳临水万余家，公然船过弹琵琶。县上差兵亲认得，鸣锣捉贼通街哗。家家揭竿拦江口，船到江口谁能守？弓箭在手刀在腰，一夫上岸千夫走。差兵昼夜尾船行，获之乃是旗下兵。可怜冤杀城中人，严刑至死无一声。旗下兵来不敢锁，当堂揖官对官坐。官免杀伤已有恩，明日同官赴辕门。移文调取军前用，临去传言谢官送。[①]

诗歌描写一个八旗士兵杀人后逍遥法外的故事。对于入室杀人的大盗，县官抓获以后，得知是八旗士兵，竟然不敢锁。旗兵更把杀人看作儿戏一般，同县官对面而坐。对这样一个杀人犯，县官却无可奈何，任由其扬长而去。相比之下，因为捉贼事件，无辜的汉人已经含冤而死。县官对汉人严刑峻法，对旗人则毕恭毕敬，表现了他狐假虎威的卑劣面目。此首歌行从一个侧面反映了清初社会的民族矛盾与民族压迫，批判了清朝统治者的不平等的民族政策。

对于钱澄之的诗歌创作，朱彝尊在《静志居诗话》曰："幼光禁冈潜踪，麻鞵间道，或出或处，或嘿或语，诗屡变而不穷，要其流派，深得香山、剑南之神髓，而融会之。"[②]足以代表钱澄之诗歌艺术成就的是他的歌行体创作，此类诗歌以现实主义的创作风格抒写了清代前期血与火的战斗诗史，反映了易代之际政治、民生等情形，文学价值很高。钱澄之的诗史创作，将史的叙事与诗的抒情有机结合，成为诗史创作的典范，对后代诗人的诗史创作具有借鉴意义。

第二节　歌行名家宋琬与施闰章

除了钱澄之，在顺康诗坛，"南施北宋"都可称为歌行名家。二人之歌行，有着鲜明的个性风格，学术界对二人歌行较少关注。正如赵伯陶在《读施愚山集》一文中所言："几部文学史提到二人，多因袭旧说缺少深入的探

---

① 钱澄之：《田间诗集》，《续修四库全书》第 1401 册，上海古籍出版社 2002 年版，第 345 页。
② 朱彝尊：《静志居诗话》，人民文学出版社 1990 年版，第 671 页。

讨；有关文章寥寥，读后也难得要领。"① 由此可见，对二人之歌行进行专题研究非常必要，下文分别讨论。

宋琬（1614—1673 年），字玉叔，号荔裳，山东莱阳人。顺治四年（1647年）中进士，授户部主事之职，1661 年升浙江按察史。是年秋，八月被族人告发入狱，囚禁达三年，几乎死于狱中。获释后，长时期流寓吴、越，至康熙十一年起用，授四川按察使。第二年入京觐见，恰逢吴三桂举兵占领成都，因其妻儿皆留蜀，惊悸忧愁而病逝，诗集有《安雅堂诗集》。宋琬在各种诗体中，擅长七言歌行，在当今整理出版的《安雅堂全集》中宋琬歌行约有 75 首，题材多样，题赠、咏物、山水、刑狱等都有佳作。对于宋琬歌行的艺术风格，朱庭珍在《筱园诗话》中说："宋荔裳诗格老成，笔亦健举。七古法高、岑、王、李，整齐雅炼，时有警语，篇幅局阵最为完密。"② 钱谦益在为其诗集作序（诗序载《国朝山左诗钞》）中也说："玉叔之诗，天才俊朗，逸思雕华，风力既遒，丹彩弥润。陶写性灵，抒寄幽愤，声出宫商，情兼雅颂，其诗人之雄乎？"③ 宋琬学诗从七子入手，中年以后，诗风大变，叶矫然《龙性堂诗话》说："莱阳宋荔裳初年心仪王、李，时论以七子目之，信然中年所作诸体，大非曩制，澹远清新，揆之古人，无所不合，真豪杰也。"④

宋琬歌行以慷慨苍凉而著称，有着强烈的主观抒情性。沈德潜《清诗别裁集》卷二曰："观察天才俊上，跨越众人。中岁以非辜系狱，故时多悲愤激宕之音。"⑤ 由于宋琬坎坷的人生经历，诗歌多写世事变迁与凄苦心态。宋琬曾于1650 年和 1661 年被族人诬告与山东农民起义于七有关，两次入狱。《清史·文苑传》列传二百七十一载："十八年，擢按察使。时登州于七为乱。琬同族子怀宿憾，因告变，诬琬与于七通，立逮下狱，并系妻子。逾三载，下督抚外讯。巡抚蒋国柱白其诬，康熙三年放归。"并称其诗："其诗格合声

① 赵伯陶：《读施愚山集》，《江淮论坛》1995 年第 3 期。
② 朱庭珍：《筱园诗话》，《清诗话续编》本，上海古籍出版社 1983 年版，第 2357 页。
③ 宋琬：《安雅堂全集》，上海古籍出版社 2007 年版，第 838—839 页。
④ 叶矫然：《龙性堂诗话》，《清诗话续编》本，上海古籍出版社 1983 年版，第 995 页。
⑤ 沈德潜：《清诗别裁集》，河北人民出版社 1997 年版，第 31 页。

谐，明靓温润。既构难，时作凄清激宕之调，而亦不戾於和。"①复杂的人生境遇，使宋琬歌行具有了凄婉动人的艺术魅力，严迪昌先生在《清诗史》中曰："《安雅堂诗》最有价值的是抒述刑部大狱的惨酷情状以及其对鼎革之际的遭遇变化的回忆。"②足以代表宋琬歌行艺术特色的是他根据亲身经历写成的《诏狱行》：

> 秋官署中有老吏，能说先朝诏狱事。当时国是日纷纭，太阿柄倒归阉寺。天子高居问尚公，公卿标榜排清议。遂有群凶作爪牙，赞虎苍鹰最毛鸷。长乐宫前传片纸，金吾夜半飞缇骑。卫尉将军身姓许，提点官旗北镇抚。谳决惟增王甫欢，累囚欲辩张汤怒。洗垢新悬沉命法，挥毫已入追魂簿。甫闻北阙杀刘陶，旋见西亭尸窦武。白骨交撑裹赭衣，残骸谁敢收黄土。尔曹自谓盘根株，杀人狐媚夸良图。岂知神理有反覆，昊天明明安可诬。神奸脱距竞菹醢，亦有然脐当路衢。长安万姓歌且舞，卖钗鬻钏沽醍醐。海水群飞桑亩移，俯仰乾坤又一时。三君八俊俱尘土，膺滂田窦无坟基。彤管堪嗟酷吏传，青苔半蚀党人碑。我今何为淹此室，圜扉白日啼寒鸱。冤魂欲招不敢出，但闻阴风萧飒中心悲。中心悲，泪盈把。酹酒呼皋陶，皋陶竟喑哑。古来万事难问天，蚕室谁怜汉司马？君不见城上乌，啄人曾不问贤愚。新鬼衔冤向都市，年年寒食声呜呜。③

刑狱题材的歌行在清代以前非常少见，宋琬以明事写清政，揭露了清朝狱卒与司法官员贪赃枉法、胡作非为的内幕，刑狱之黑幕是当时社会黑暗，官员腐败的一个缩影。宋琬在此首歌行中，以老吏视角将诏狱之事引出。此种写法与元稹《连昌宫词》如出一辙。作者借老吏之口回顾了明朝魏阉权势熏天，陷害忠良的恶行，阉党以诬陷告密的卑鄙行径，以"莫须有"罪名将忠臣义士杀害。"洗垢新悬沉命法，挥毫已入追魂簿"两句将东厂特务草菅人命的狂妄刻画出来。"白骨交撑裹赭衣，残骸谁敢收黄土"两句暗示了在黑

① 赵尔巽等撰：《清史稿》第四十四册，中华书局 1977 年版，第 13327 页。
② 严迪昌：《清诗史》，浙江古籍出版社 2002 年版，第 525 页。
③ 宋琬：《安雅堂全集》，上海古籍出版社 2007 年版，第 155—156 页。

暗的刑狱下，无数无辜清白之人含冤而死。作者写到了魏忠贤阉党倒台身灭的情形，"神奸脱距竞葅醢，亦有然脐当路衢"两句说明了恶人终有恶报的天理。随后，作者笔锋一转，开始叙述自己的遭遇。"我今何为淹此室"一句写出了作者内心的愤懑不平，奸人诬告，朝廷官员昏庸，使作者无罪而罹牢狱之灾。"冤魂欲招不敢出，但闻阴风萧飒中心悲"两句则突出了当时司法领域的黑暗，作者含冤受屈，却无处申诉，对朝廷不问贤愚，横加治罪的行为，他义愤填膺、满腔悲愤。结尾"新鬼衔冤向都市，年年寒食声呜呜"两句，对颠倒黑白、是非不分的贪官污吏强烈控诉，深化了诗歌主题。《诏狱行》不仅叙刑狱之事，更抒沉痛之情。由于作者所写是亲身经历之事，所以感情十分真挚，感染力特别强。《诏狱行》反映的情形在方苞《狱中杂记》中可以得到印证，方苞于康熙五十年因《南山集》案入狱，他记叙了在刑部狱中的所见所闻：

> 苟入狱，不问罪之有无，必械手足，置老监，俾困苦不可忍；然后导以取保，出居于外，量其家之所有以为剂，而官与吏剖分焉。中家以上，皆竭资取保。其次，求脱械，居监外板屋，费亦数十金。惟极贫无依，则械系不稍宽，为标准以警其余。或同系情罪重者，反出在外；而轻者、无罪者罹其毒；积忧愤，寝食违节，及病又无医药，故往往致死。①

《诏狱行》表现了司法官员恣意妄为，无情践踏法律，令人发指的黑幕。此歌行的构思也很巧妙，沈德潜在《清诗别裁集》卷二中说："北镇抚，许显纯也。'洗垢新悬沉命法'以下六语，谓杨、左诸公毕命事也。从狱卒口中详述往事，而主意全在己之诏狱，宾意转详，主意转略，极见作法之变。"②

除了《诏狱行》，宋琬在其歌行中多写其困厄潦倒的人生经历，凄怆寒苦之词中多寓自我悲慨。邓之诚《清诗纪事初编》中也说："（宋琬）一生遭遇，丰少屯多，故其诗多愁苦之音。世与愚山并称。然才气充沛，似过于

---

① 方苞：《方苞集》，上海古籍出版社 2008 年版，第 709—710 页。
② 沈德潜：《清诗别裁集》，河北人民出版社 1997 年版，第 32 页。

施。"①宋琬歌行中表现了他对社会黑暗和世态炎凉的感叹，感情浓烈，真挚感人。如以下诗句：

> 安得伯益焚山林，扫清窟穴无栖托。君不见城阙千年老紫姑，人肝作脯群相呼。何况区区肌与肤。即今跳梁何地无，尔曹细琐何足诛！（《白鸟行》）

> 昔余谬忝尚书郎，五侯七贵争推毂。一旦失身罦罘网，橐垂而入愁饘粥。呼天不闻天盖高，卿相朱扉金作屋。阍者嗔目唾且叱，老仆屡穿空匍匐。（《贫交行简钱玉章馆卿》）

> 群盗犹知怜李涉，世人何欲杀嵇康。生逢坎壈难得志，凤凰在笯骥服箱。忼慷悲歌众所讳，壮怀历乱如帆樯。君不见会稽盛孝章，生平郁郁怀忧伤！又不见东吴虞仲翔，青蝇作吊空悲凉！（《放歌行赠吴锦雯孝廉》）②

《白鸟行》以白鸟作喻，以比兴手法，对如蚊蚋般的跳梁小丑作了辛辣嘲讽，同时表达了对蝇营狗苟的无耻小人的深切痛恨。《贫交行简钱玉章馆卿》一诗则反映了作者对世态炎凉的感叹，作者对比了为官与下狱两种情况下的遭遇，更显现实处境的艰难与心态的愁苦。《放歌行赠吴锦雯孝廉》引用了李涉、嵇康、盛孝章、虞仲翔等典故，抒发了作者无辜受谤、怀才不遇的悲愤之情。作者以凤凰、骥作喻，反映了自己郁郁不得志的忧伤，感情深沉，真切感人。宋琬歌行除了对社会与人事的感叹外，在抒情的更深层次抒发了内心的痛苦哀怨。直而受诬、无辜入狱，对作者来说，这是一个重大的人生挫折。作者往往在诗中自怨自艾，抒发满腹牢骚和冤屈，在描写景物时，往往带有强烈的感情色彩。如以下诗句：

> 今年知我在网罗，飞飞万里来相唁。忽似天涯绝域中，趔然骤得逢亲串。支颐强起暂为欢，抚事哀歌泪如霰！吁嗟我生太荼苦，羽毛摧剥肌肤贱。（《双燕歌》）

> 我闻蜀帝之魂化为鸟，伯奇冤愤为伯劳，放臣逐子弃妄怨，形体

---

① 邓之诚：《清诗纪事初编》，上海古籍出版社1984年版，第673页。

② 宋琬：《安雅堂全集》，上海古籍出版社2007年版，第25、142、145页。

有时灭，精诚郁难销。尔岂积怨深痛之所感，胡为乎迎霜泣露而悲号？（《蟋蟀吟》）①

在《双燕歌》中，作者视双燕如同久别的亲友，一腔哀怨只能对双燕倾诉。作者处境之困苦，心境之凄凉，从他与双燕的对话中可以看到。在《蟋蟀吟》中，作者在寂静的夜里，听到蟋蟀鸣叫，触动心事，泪下沾衣。在作者眼中，蟋蟀仿佛也有忧愁，在寒夜中哀鸣悲号。在宋琬歌行中，深沉的情感外化为具体的意象或景物，王国维在《人间词话》中言："以我观物，故物皆着我之色彩。"宋琬歌行所抒之情，由心而发，真实自然，所以读之让人动容。在其《九哀歌》中他反复嗟叹，对兄、嫂、女儿、妇、妹、侄、甥、仆和自己分别抒怀，情调之哀伤，催人泪下。诗歌以九章的组诗形式，重章迭沓，采用相似的句式，表现了易代之际他与家人之间的亲情。"有女有女隔乡县""呜呼一歌兮心烦忧，白骨何时还首丘"等句式的反复，加强了诗歌的韵律感，有缠绵凄凉的风格。

宋琬歌行还具有雄健豪放的风格。宋琬有时摆脱了愁苦的心态，抒发乐观旷达的情怀，这在他后期的歌行中比较常见，如《琅琊公子歌为奇玉宗兄作》《王郎行为王会畴孝廉作》《栈道平歌为贾胶侯尚书作》等。宋琬歌行雄健豪放风格的形成在于其对唐音宋调的融会贯通。杨际昌《国朝诗话》中说："宋（琬）古今体擅长尤在七言……宋如丰城宝剑，时露光气。要其陶冶唐、宋，自抒性情，成昭代雅音则一，分镳南北，殊非溢美。"②宋琬歌行于唐主学高适、岑参、李白，于宋多学苏轼、陆游，形成其才情宏富，气势奔放的特点。而此种风格的歌行作品，《栈道平歌为贾胶侯尚书作》可为代表。

君不见梁州之谷斜与褒，中有栈道干云霄。仰手可以扪东井，下临长江浩汗汹波涛。大禹胼胝恐未到，帝遣五丁开神皋。巨灵运斧地维绝，然后南通巴蜀西羌髳。蛇盘萦纡六百里，千回万曲缘秋毫。悬车束马弗可以径度，飞腾绝壁愁猿猱。汉家留侯真妇女，烈火一炬嗟徒劳。噫嘻乎！三秦之人困征戍，军书蜂午如猬毛。衔枚荷戈戟，转粟穷脂

---

① 宋琬：《安雅堂全集》，上海古籍出版社 2007 年版，第 156、161—162 页。
② 杨际昌：《国朝诗话》，《清诗话续编》本，上海古籍出版社 1983 年版，第 1689 页。

膏。估客尔何来？万里竞锥刀。须臾失足几千仞，猛虎腹蛇恣贪饕。出险洒洒始相贺，燐燐鬼火闻呼号。泰运开，尚书来，恩如雨露威风雷。一呼集畚锸，再呼伐薪柴。醇醨浇山万夫发，坐看巉岩削尽为平埃。噫嘻乎！益烈山泽四千岁，火攻莫救苍生灾。昔也商旅鱼贯行，今也不忧狼与豺。昔也单车不得上，今也康庄之途足以走连軿。僰童巴舞贡天府，桃笙蕣布输邛崃。歌《豳风》，击土鼓，贾父之来何晚哉！丰功奕奕垂万祀，经济不数韦皋才。中朝衮衣待公补，璿玑在手平泰阶。西望剑阁高崔巍，侧身欲往空徘徊。大书深刻告来世，蛟龙岌嶪磨青崖。金穿石泐陵谷徙，我公之功不与伏波铜柱同尘埋。①

此诗为康熙三年（1664年）陕西巡抚贾汉复重修连云栈而作，后由书法家沈荃书写，勒之于石崖上。因为长诗并排刻制于碑石八方，嵌在绝壁之中，故俗称为"八个碑"。贾汉复重修连云栈道，使汉中、四川至关中交通变得十分通畅，货运往来更为便利，修路之功载入史册。王士禛《蜀道驿程记》载："近陕抚贾中丞锻石开道，自此迄宝鸡。凡木石之工，九百三十八丈有奇，又于此刻大石置栏楯，行旅便之。余在京师时，友人宋荔裳作《栈道平歌》纪其事，语最豪健，沈绎堂书之，时称'二绝'，今已陷石嵌绝壁。"②宋琬此首歌行写栈道之险绝，描绘了蜀地山脉的奇伟壮丽，对贾汉复重修栈道之功进行赞美。歌行《栈道平歌》融合了李白《蜀道难》笔法，富有浪漫主义色彩。诗人以夸张手法开篇，用"栈道干云霄"一句总体描绘了栈道之高之险，以伸手扪星，下视长江，突出了其地理位置之高峻。接着作者以展开想象的翅膀，引用了神话传说与历史典故，如"大禹""巨灵""留侯"等句回顾了栈道古往今来的历史。中间穿插了对山势的描绘，如曲折往复，多悬崖峭壁。山中多毒蛇猛兽，交通阻塞难行，商人行者往往死于非命。"千回万曲""飞腾绝壁"等描写表现蜀道峥嵘崔嵬的面貌，渲染出阴森幽邃的氛围。"泰运开，尚书来"以两个三字句转入了重修栈道部分，轻快活泼，一改前面压抑沉闷的气氛。"一呼集畚锸，再呼伐薪柴。醇醨浇山万

---

① 宋琬：《安雅堂全集》，上海古籍出版社2007年版，第169—170页。
② 王士禛：《王士禛全集》，齐鲁书社2007年版，第2544页。

夫发，坐看巉岩削尽为平埃"四句形象描述了修平栈道的过程。贾汉复针对当时路况多碥石，开凿进度十分缓慢，于是采用"烈火沃醯"法，即用柴火烧热碥石，然后用醋激，山石即裂开，这样工程进度加快了许多。当栈道修平以后，原先的羊肠小道变成了康庄之途，作者对今昔变化了作了对比，表现了修路后给交通带来的巨变。诗歌结尾部分，作者以"歌《豳风》，击土鼓"的歌舞场面，赞颂了贾汉复的重修栈道功绩，认为他"丰功弈弈垂万祀"，名垂青史。《栈道平歌》在写法上以丰富的想象、夸张、援引历史故事、神话传说等浪漫主义手法，描绘栈道之险峻，慨叹交通之艰难。而修复栈道的描写，则基本写实，真实生动。此歌行宏伟壮丽，句法灵活多变，韵散相间，句式以七言为主，也有三言、五言，个别句子达到了十一、十三字。《栈道平歌》从艺术渊源上看，既有高适歌行之直抒胸臆，岑参歌行之奇丽的特色，又有李白歌行之浪漫，苏轼歌行之豪迈风格，取众家之长，不愧为宋琬歌行代表作。沈德潜在《清诗别裁集》中说："贾中丞名汉复，平险为夷，因作歌以颂之，歌勒于观音碥崖石上。出后人手，几成德政歌矣。此服其笔力之大。"①

宋琬歌行雄健豪放也体现于其山水诗中。宋琬入蜀所作歌行体山水组诗，描绘了长江三峡奇丽景象，如《黄茅滩》《新滩歌》《峡中山水歌》《三峡猿声歌》《天生桥歌》等，笔势纵横驰骋，感情充沛，让人有身临其境之感。宋琬在描绘三峡风景时，用笔如椽，多用想象和夸张手法，有浪漫主义色彩。如以下诗句：

> 神龙在槛虎被缚，自然挐攫还腾奔。巨石中央列戈戟，云霾雨蛰磐孤根。潏洄未肯注东海，朝宗讵识天王尊。天吴九首作窟宅，当年割据哀公孙。老蛟昼号猿夜啸，估客万里伤心魄。疑是共工怒，头触昆仑折天柱。又似樊将军，毛发冲冠皆倒竖。（《新滩歌》）

> 将谓猿声哀？君不见雪浪如山万马来，盘涡激转成殷雷。将谓猿声苦？君不见山魈夜号兮昼啼虎，饱人而嬉兮嗔且怒。上有巉岩峭蒨之青山，下有稽天浸日之洪涛兮，羌澎湃而潺湲。熊罴蹲踞兮蛟龙屈

---

① 沈德潜：《清诗别裁集》，河北人民出版社1997年版，第32页。

蟠，岂可无此苍髯碧目而累累兮，奔腾联臂于其间。(《三峡猿声歌》)

　　天台石梁百余丈，缥缈丹梯不可上。匡庐瀑布垂云端，银河倒挂千岩间。苕溪之水西北来，发源月窟何雄哉！骊龙正睡老蛟蛰，何人鞭起生风雷？雪山峨峨仆冰柱，冯夷怒击灵鼍鼓。六鳌鼻额高崔巍，溅玉霏珠自吞吐。(《天生桥歌》) ①

《新滩歌》以生动的比喻描写了新滩高峻复杂的地势，山崖之耸立，水流之奔腾。诗歌还引用了《山海经》"共工"神话和《史记》"樊将军"典故，以"折天柱"和"毛发冲冠皆倒竖"形容山势的陡峭挺拔，采用的是散文笔法。《三峡猿声歌》一诗，也有以文为诗的特点，诗歌以作者行经三峡，听猿声为线索，议论猿声之哀、之苦，抒发了乐观向上的情怀。两个长句"君不见"，颇具才气，气势雄浑，想象丰富。在描绘三峡巉岩和水流时，作者以夸张之笔渲染了风景之壮丽，在写法上与李白《蜀道难》有相似之处。《天生桥歌》中，作者从多种角度描绘了瀑布水势的壮阔和声音的宏大，一系列的比喻生动地摹写了瀑布飞流直下的情形。宋琬在其歌行体山水诗中，以大胆的夸张和生动的比喻来突出自己内心的感受，汪洋恣肆的文笔形成豪迈浩荡的气势。宋琬的歌行体三峡山水组诗，以其极高的艺术价值成为山水诗中的杰作。

　　宋琬因其复杂的人生经历和过人的才情，取法唐、宋名家，形成自己的特色，歌行诗取得了很高成就，在清代前期诗坛为时人所推重。吴伟业在《宋玉叔诗文集序》中说："当夫履幽忧、乘亭障，羁累憔悴，浮沉迁次之感，一假诗文以发之。其才情隽丽，格合声谐，明艳如华，温润如璧，而抚时触事，类多凄清激宕之调。"②《清诗汇》载："王阮亭曰：康熙以来，诗人无出南施北宋之右。荔裳诗颇拟放翁，五言古、歌行时闯杜韩之奥。""诗话：康熙初传刻燕台七子诗……荔裳则融才情于骚怨，音节动人，托体不同，要皆原本性情，力追正雅，此其所以并为大家也。"③ 宋琬诗歌杰出的艺术成就

①　宋琬：《安雅堂全集》，上海古籍出版社 2007 年版，第 361、366、371 页。

②　吴伟业：《吴梅村全集》，上海古籍出版社 1990 年版，第 1153 页。

③　徐世昌：《清诗汇》，北京出版社 1996 年版，第 289 页。

为历代学者所公认，值得我们深入研究。

施闰章（1618—1683 年），字尚白，号愚山，又号蠖斋，安徽宣城人。顺治六年（1649 年）进士。顺治十八年（1661 年）任江西布政司参议，为官清廉，公正无私。康熙六年（1667 年）被清廷罢官，归乡闲居达十年之久。康熙十八年（1679 年）举博学鸿儒，因殿试试卷触犯忌讳，列为二等，授翰林院侍讲，撰修《明史》。康熙二十年（1681 年）典河南乡试，二十二年（1683 年）病逝于京师。著作有《学余堂诗集》《学余堂文集》等。施闰章虽非遗民，但他对民生疾苦十分关注，在其诗集中反映底层人民生活、战争动乱的作品有很多。与遗民的反清立场不同，施闰章站在循吏的立场来表现自己对社会的看法，因此他对社会现实的批判温婉平和，怨而不怒。杨际昌《国朝诗话》中评论道："施（闰章）如良玉之温润而栗。"①邓之诚《清诗纪事初编》说："朱王学钱，若闰章者，庶几足以继响娄东也。宣城诗教，倡自梅尧臣，闰章由之加以变化，章法、意境遂臻绝诣，愁苦之事，皆温柔敦厚以出之。尤工五言。"②施闰章在五言诗方面的成就已经得到众多诗人、学者的认可，但对于其歌行，研究者较少关注，而"温柔敦厚"评语也并不能完全涵盖其诗歌艺术风格。

施闰章一生诗作达 3000 余首，长于五言，但其七言歌行也非常出色，艺术水平很高。在其诗集中七言歌行约有 340 多首，代表作品如《百丈行》（一作《牵船夫行》）《射乌楼行》《蓬莱看海市歌》《弹子岭歌》《卖船行》《西湖看月歌》《中秋夕坐光明顶看月歌》等。与其他诗人相比，施闰章歌行数量庞大，题材多样，呈现多种风格。以往论者，多注重施闰章诗继承现实主义精神的一面，而现实主义精神多体现于其叙事歌行作品中。施闰章作为有正义感的官吏，对社会现实比较了解，诗歌表现了清初的苛政与人民备受煎熬的苦难生活。《清史·文苑传》列传二七一中说："属郡残破多盗，遍历山谷抚循之，人呼为施佛子。尝作弹子岭、大阮叹等篇告长吏，读者皆曰：

---

① 杨际昌：《国朝诗话》，《清诗话续编》本，上海古籍出版社 1983 年版，第 1689 页。

② 邓之诚：《清诗纪事初编》，上海古籍出版社 1984 年版，第 580 页。

'今之元道州也'。"①施闰章歌行有现实主义风格，多写民生题材。歌行多用写实之笔、客观描绘，反映了清初满目疮痍、民不聊生的社会现状。施闰章现实主义风格的代表作如《百丈行》：

> 十八滩头石齿齿，百丈青绳可怜子。赤脚短衣半在腰，裹饭寒吞掬江水。北来铁骑尽乘船，滩峻船从石窟穿。鸡猪牛酒不论数，连樯动索千夫牵。县官惧罪急如火，预点民夫向江坐。拘留古庙等羁囚，说来不来饥杀我。沿江沙石多崩阶，引臂如猿争叫啸。秋冬水涩春涨湍，渚穴蛟龙岸虎豹。伐鼓鸣铙画舰飞，阳侯起立江娥笑。不辞辛苦为君行，梃促鞭驱半死生。君看死者仆江侧，火伴何人敢哭声。自从伏波下南粤，蛮江多少人流血。百丈不断肠断绝，流水无情亦呜咽。②

此歌行描绘了船夫悲惨的生活，批判了清朝的苛政和官兵的残暴无情。歌行先以船夫拉纤场景开篇，"十八滩头石齿齿"突出了船夫险恶的生存环境。"赤脚短衣半在腰，裹饭寒吞掬江水"两句概括了船夫衣着简朴，饮食粗劣的日常生活。"北来铁骑尽乘船""县官惧罪急如火"两句则写出清朝官兵的骄横暴虐，也从一个侧面反映出当时民族压迫的情形。而下文"引臂如猿争叫啸""梃促鞭驱半死生"两句生动展现了船夫们在死亡线上挣扎的图景，语言简洁，让人有身临其境之感。在长年累月的压榨之下，船夫们很多仆死江边，连伙伴们哭悼都不允许，境遇之悲惨让人同情。"自从伏波下南粤，蛮江多少人流血"两句暗示清兵为了征讨反清义军，横征暴敛，完全不顾百姓死活，无数的百姓沦为战争的牺牲品。末句"流水无情亦呜咽"含蓄隽永，表达了作者对冷酷压迫船夫的官吏的谴责。而作者虽为清代官员，对此却无能为力，沈德潜在《清诗别裁集》卷三中评曰："末幅归咎新息，真无可奈何之辞。"③诗歌在客观描绘中渗透主观感情，将船夫与清朝官兵对比来写，加强了诗歌的批判意味。

施闰章的歌行有时直指清朝统治者的残暴，为百姓呐喊，激愤之情充溢

---

① 赵尔巽等撰：《清史稿》第四十四册，中华书局 1977 年版，第 13328 页。

② 施闰章：《施闰章诗》，广陵书社 2006 年版，第 340—341 页。

③ 沈德潜：《清诗别裁集》，河北人民出版社 1997 年版，第 42 页。

其中。很多歌行反映了当时社会的黑暗，将处于水深火热百姓的生活真实刻画出来。如《泗上行》一段：

> 老人叹息涕沾襦，仰天顿足啼且呼。去年久旱千里赤，贼骑冲突无朝夕。今年满地皆横流，马蹄暂免踩荒丘。为干为湿总无食，贼去还愁官骑逼。县官不敢昼开城，大户朱门皆堵塞。我行过此心忡忡，萧条满目闻哀鸿。①

清初的人民不仅面临旱灾与水灾的威胁，而且时常受到盗贼的侵扰和官府的逼迫，可谓朝不保夕，度日如年。诗歌通过一个老人的描述，用通俗的语言描绘了易代之后生灵涂炭、一派萧条的图景。再如《舆无夫行》中以"君不见草深野狐纵横，荒田夹岸无人耕"诗句，表现了当时战争频繁，田园荒芜，人民到处流亡的图景。《卖船行》中"大船被执小船破，长年窜伏吞声泣"诗句，表现了清军为搜集战船，强取豪夺给人民带来的深重灾难。《榱毛行》中"不见西南战地赤，杀人如草乌不食。但令瘠土莫干戈，力尽输榱死亦得"四句反映了战争给人民带来的巨大痛苦以及人民希望和平的迫切愿望。施闰章此类诗歌，继承了杜甫"三吏""三别"的现实主义精神，描绘了比史书更加具体、生动的底层人民的生活画卷。但施闰章毕竟是官员，很多诗歌是站在维护清朝统治的立场而作，因此对清朝暴政多有回护之词。如《弹子岭歌》"如何输税独无期，忍使催科困有司"，一方面揭示了官逼民反的社会现实，另一方面对清兵的镇压持肯定态度。对于此点，严迪昌先生在《清诗史》中说："然而清初入仕较早者大多呈现矛盾现象，一方面颇抒愤懑，另方面又多作'颂圣'之歌，隆赞'盛世'，施氏（闰章）亦难免于此。"②

除了现实主义作品，施闰章的一些叙事歌行注重场面描绘，体现出较高的叙事技巧。施闰章以顺治年间的战争时事为题材，创作了《射乌楼行》：

> 越王城边乌哑哑，射乌楼头乌不下。周侯破寇此城头，到今杀气城乌愁。先皇丙申岁七月，寇来海畔成山丘。疾如长鲸吞巨舟，城中号哭声啾啾。侯方解官听吏议，争推要害守乌楼。抗言立功须宿将，使贪使

---

① 施闰章：《施闰章诗》，广陵书社 2006 年版，第 292 页。
② 严迪昌：《清诗史》，浙江古籍出版社 2002 年版，第 537 页。

过皆保障。中有健手王老虎，陷阵摧锋气偏壮。群凶争踞豹头山，咫尺乌楼正相向。蚁附蜂屯顷刻间，何人敢立女墙上。周侯清啸决戎机，誓师慷慨裹铁衣。指顾中坚发大炮，须臾万骨黄尘飞。紫袍戎首正糜烂，一军气尽舆尸归。总戎援兵适继至，三山是日解重围。当途方略固多有，功成乃出闲官手。烽烟既息乌楼空，乌楼壮绩在人口。他年再集头白乌，射乌还有周侯无。①

此诗自注：为周栎园先生纪事。周亮工（1612—1672年），字元亮，别号栎园，江西金溪人，原籍河南。《清史列传·贰臣传》乙编载：

> 周亮工，河南祥符人。明崇祯十三年进士，官御史。流贼李自成陷京师，亮工间道南奔，从明福王朱由崧于江宁。本朝顺治二年，豫亲王多铎兵下江南，亮工诣军门降，奏授两淮盐运使。……会海贼从闽安入内地，焚掠南台，进围福州。城中骑卒仅数十，势甚危。巡抚宜永贵从士民请，以亮工守西门城，贼乘大雨薄城，亮工手发大炮击殪渠帅三人，贼怖，解围去，城赖以全。②

《射乌楼行》的写作背景是顺治十三年（1656年）秋，郑成功大军奇袭福州，城中兵少，巡抚宜永贵从狱中请出周亮工，命其防守射乌楼。周亮工亲发大炮，抵挡了郑军进攻，福州之围遂解。施闰章站在维护清朝统治的立场来写这一场战斗，对身仕二朝的周亮工唱赞歌。诗中称郑成功反清义军为寇，鲜明表现出施闰章与遗民截然不同的政治态度。《射乌楼行》在叙事方面有不少成功之处。诗歌开头先写昔日为战场的射乌楼，接着以倒叙手法回顾了顺治年间的福州之围。作者以"寇来海畔盈山丘，疾如长鲸吞巨舟"两句写出了郑成功大军的迅猛攻势，为下文周亮工的破敌做好了铺垫。"群凶争踞""蚁附蜂屯"两句刻画了战争的紧张局势，郑成功大军步步逼近，城池即将失守。在这千钧一发时刻，周亮工临危不惧，"指顾中坚发大炮"，击溃了郑成功大军的进攻。诗歌结尾作者对周亮工的克敌之功大加赞颂。全诗以出色的场面描写，渲染了两军交战的紧张气氛，气势壮阔，生动细致展现了

① 施闰章：《施闰章诗》，广陵书社2006年版，第382页。
② 王钟翰点校：《清史列传》第二十册，中华书局1987年版，第6574—6575页。

战斗的全过程。沈德潜在《清诗别裁集》中评价道："记事诗不嫌详尽，此觉勃勃有生气。以防乱作结，虑事尤为周详。"①

施闰章写景、抒情类歌行还具有清雅的特点，诗歌情景交融，意境幽深，多清词丽句。施闰章在描绘山水风景诗中，往往以清新富丽的语言，营造优美幽静的意境。如以下诗句：

> 沙霁初闻白鸟鸣，雪残半露青峰小。麻姑婥妳堕窗间，叠嶂参差浮树杪。细数梅花多昨日，坐看新瀑通寒沼。觥筹历乱兴偏豪，石槛苔痕不须扫。（《天逸阁雪后醉歌》）
>
> 两岸苍烟皎月来，万顷清光照幽独。渡口微闻漱玉声，楼头无复弹筝曲。片云蜿蜒过南山，望见仙人骑白鹿。（《西湖看月歌》）
>
> 清梦全醒风雨声，深林匹练中宵明。晓起白龙掉长尾，四山飞瀑来喧争。怪石礌砢排盾戟，寒潭冰雪澄空碧。隔溪古寺断疏钟，偃木垂藤缠绝壁。（《白龙潭上桃花源作》）②

诗歌典雅工整，语言非常精炼，体现出施闰章在写景摹物方面极高的造诣。在《天逸阁雪后醉歌》诗中，作者描绘雪景，以"白鸟""青峰""梅花""新瀑"等意象组成了一幅雪后观山图。优美的风景与作者醉后的悠然心态自然融合在一起，情与境谐，给人以愉悦的审美感受。《西湖看月歌》中作者在西湖望月，将月光之晶莹，夜晚之静谧，生动地描绘出来。以"苍烟"写水雾，以"白鹿"喻行云，用词精妙，诗歌颇有王维"诗中有画"之情致。《白龙潭上桃花源作》一诗，作者描绘深林潭水，从声音、形状等多方面刻画，以"白龙掉长尾"为喻表现瀑布的奔流飞动气势，古寺、垂藤等景物描写衬托了深林的幽静与偏僻。施闰章此种风格的歌行，将内心对山水风景的丰富体验，以细致入微的笔法表现出来，形成了清新雅丽的特色。

施闰章歌行之清雅还表现在辞藻与修辞方面。他在歌行中往往用多种修辞手法来描摹事物，浓墨重彩，达到穷形尽相的效果。施闰章诗歌辞采华茂之特点，宋琬在《送施尚白蒳诏粤西》诗"前身应是谢太守，风格不下陈思

---

① 沈德潜：《清诗别裁集》，河北人民出版社 1997 年版，第 42 页。
② 施闰章：《施闰章诗》，广陵书社 2006 年版，第 331—334、407—408 页。

王"①，以曹植作比。如以海市为题材的歌行《蓬莱看海市歌》一段：

> 大竹盈盈横匹练，小竹湛湛浮明珠。方员断续忽易位，明灭低昂顷刻殊。列屏复帐闪宫阙，桃源茅屋成村墟。沙门小岛更奇绝，浮图倒影凌空虚。有时离立为两人，上者为笠下者车。奢然双扉开白板，中有奇树何扶疏。三山十洲一步地，群仙冉冉来蓬壶。神摇目眩看不足，惜哉风伯为驱除。（大竹、小竹、沙门，皆岛名。）②

《蓬莱看海市歌》描绘蓬莱海市的幻景，此种题材较为少见。北宋时苏轼曾写过《登州海市》，但诗中对海市景象未作具体描绘，议论部分占据了诗歌主体。施闰章的《蓬莱看海市歌》是正面描写海市的为数不多的佳作之一。海市的奇幻，作者从多种角度来展现。大竹岛像一匹白练，小竹岛则像明珠。在隐约明灭之中，"列屏复帐闪宫阙，桃源茅屋成村墟"，城楼村庄出现在空中，让人叹为观止。而沙门岛的倒影更加奇妙，离立的两人，上面的人戴着笠，下面的人却坐着车。当一扇门打开后，出现了一株茂盛的奇树，在整个空中，人来人往如同神仙一样，让人目眩神摇。最后，所有的幻景在一阵风的吹拂下变得无影无踪。作者在结尾表达了美丽之景太过短暂的惋惜之情。施闰章在《蓬莱看海市歌》中以想象、比喻手法为我们描绘了一幅海市的图画，富有浪漫主义色彩。除了海市，施闰章在描写日出、烟火等景象时，也以繁富的词藻进行铺张描绘，使作品具有巨丽之美。如下面几处描写：

> 烛龙夜半开大荒，羲和振辔严晨装。珊瑚十丈横天出，乍看弦直忽已方。动如万马飏朱旗，烂如金屋堆琉璃。鲛绡菡萏作帷幛，仿佛隐见无端倪。车轮燁燁从中跃，赤乌飞起彩云落。光芒倒射鼋鼍宫，扶桑枝胃蓬莱阁。（《望日楼同扬登州张蓬莱看日出》）

> 爆竹声中烟火出，忽如燄发阿房宫。扑地流光走玉兔，垂天列炬成烛龙。横看烂漫三十树，风起高城满烟雾。明星落月飞纵横，急电惊雷莽回互。层层怪幻鱼龙戏，蜃楼海市须臾至。莲花火里剧分明，中有天

---

① 宋琬：《安雅堂全集》，上海古籍出版社 2007 年版，第 158 页。

② 施闰章：《施闰章诗》，广陵书社 2006 年版，第 315 页。

下太平字。(《烟火行》)

白龙倒影垂青天，天河欲决成桑田。惊涛一泻五千仞，曳为素练霏紫烟。游丝小驻势不下，奔雷迸射当我前。举头拍手相叫啸，回风急雨争喧阗。忽如玉女舞白绢，翠鬟长佩何翩跹。(《大龙湫歌》)①

《望日楼同扬登州张蓬莱看日出》一段描绘日出景象，作者用大胆想象和夸张之笔，表现了蓬莱日出光芒万丈、色彩绚丽的壮美。作者首先以神话传说"羲和振辔"来写太阳初升，接着以"珊瑚""朱旗""金屋""琉璃"等富有色彩与美感的意象来形容日出的壮丽。"车轮跃"和"金乌飞"都采用了拟人化手法，将日出的磅礴气势表现了出来。《烟火行》写作者在济南所见元宵节日场景，作者从多种角度描绘了爆竹燃放时的盛景。"焱发阿房宫"一句从整体角度写了爆竹燃放之多，玉兔、烛龙两个比喻形象生动，描绘了爆竹燃放之美。下文又从烟雾、声音等方面表现了火树银花、爆竹乱飞的景象，烘托了节日热闹欢愉的气氛。《大龙湫歌》以想象、夸张笔法描绘了大龙湫水花四溅、一泻万丈的壮观景象。"白龙倒影""天河欲决"两句富雄浑气势，将大龙湫水流之大、水势之急的特点生动表现出来，"玉女舞白绢"比喻生动贴切。文中多处用了比喻手法，如"素练""奔雷""白绢"等来形容水流的奔腾不息，从色彩和声音两方面来描写，给读者以直观的感受。从以上分析可以看出，多样的艺术手法，奇特的想象，比喻、夸张等多种修辞的综合运用，使施闰章歌行具有奇丽之美。

施闰章歌行多宗盛唐，但其不少诗作渐入宋人藩篱，"以文为诗"，呈现宋诗格调。从诗学宗尚来看，施闰章兼宗唐宋，赵伯陶在《读施愚山集》中曾说道："然而也有转益多师，取向不甚明显者，施闰章即是一人，将他划入尊唐派，有失公允。"②文中继而谈到，施闰章有继承宣城诗教之处，对梅尧臣非常推崇。刘克庄《后山诗话》将梅尧臣誉为宋诗的"开山祖师"，梅诗具有议论化、散文化的倾向，施闰章诗受其影响呈现宋诗风貌是理所当然

---

① 施闰章：《施闰章诗》，广陵书社 2006 年版，第 314、321、431 页。

② 赵伯陶：《读施愚山集》，《江淮论坛》1995 年第 3 期。

之事。施闰章"以文为诗"的歌行代表作如《中秋夕坐光明顶看月歌》《黄山怪松歌》《韩祠歌》《千顷堂藏书歌为黄俞邰作》《醉游吟留别曹秋岳侍郎》等。他在诗中往往以散文结构全篇，句中有时引用虚词，根据感情的需要自由变换句式，章法多变。如：

> 昨日饮湖渚，今日游山园。相携缱绻不能别，半醉临风歌一言。……于乎此园传自武穆之孙岳倦翁，其人文雅多淹通。(《醉游吟留别曹秋岳侍郎》)

> 蛟不在木兮凤不栖渊，嗟尔美人兮胡为乎穷山。(《荷山草堂歌为徐仲光作》)

> 隐龙之山何诘曲，上有千岁之虬松，下有奔雷曳练之双瀑。山中百灵诉真宰，乞与方干作书屋。(《隐龙山歌为两方先生》)

> 此时大笑皆拍手，香溪客到贻美酒。割吾炙，倾一斗。客吹笛，吾击缶。昨日风雨今日晴，天上良宵真不偶。……夜未阑，露将溥。白鹤唳兮回青鸾，翠云裘散天风寒。于乎万古此山此明月，何人不媿峰头客。(《中秋夕坐光明顶看月歌》)①

施闰章在歌行中用三言句、五言句、七言句，个别句子长达九言、十言、十三言，用韵、转韵也很自由，平仄互换。歌行长短错落的句式、变化多端的韵脚，形成了一种活泼跳跃的节奏，给人以纵横开阖、变幻莫测之感。他还在句中多用虚词，如"之""乎""于""兮""此"等词语；语句也明白如话，如"今日游山园""此时大笑皆拍手"等，有一种平淡自然之致。除了以文法入诗，施闰章歌行还"以议论为诗"，如《千顷堂藏书歌为黄俞邰作》。作者在诗中以黄生藏书记为题，回顾了秦汉至明清的文化变迁，对"自从八股轻六经"的不良读书风气进行了批判，赞美了黄生藏书不辍、保存文献的行为。《韩祠歌》中作者对韩祠进行了描绘，然后重点评述了韩愈一生的历史功绩，如"天生巨手扫落叶，百家八代供鞭笞""狂澜独砥塞群喙，羽翼鲁邹功不隳"等，诗歌前半部分为叙述，后半部分全属议论。施闰章歌行的散文化、议论化特征，体现出施闰章对宋诗的多方面学习与

---

① 施闰章：《施闰章诗》，广陵书社 2006 年版，第 383、386、391、408 页。

借鉴，正是对前人优秀诗歌传统的继承，才使其歌行具有了多种不同的风格。

总之，施闰章虽以五言见长，其歌行亦卓有成就。无论是描写民生疾苦、山水风景，还是叙述战事，佳作数量众多。施闰章歌行的高度艺术成就使其成为清初诗坛歌行的代表作家之一，在清代诗歌史上占有重要地位。"南施北宋"的并称，前人多以宋琬七言与施闰章五言相比论定，施闰章在七言歌行方面的成就也不应该忽视，可以说，在歌行方面，施闰章与宋琬平分秋色，足称名家。

第三节　歌行名家王士禛与朱彝尊

在清代康熙、雍正年间诗坛，朱彝尊与王士禛有"南朱北王"的并称。朱彝尊是浙江秀水人，诗名为其词名所掩，是清代"浙西词派"的创始人；王士禛是山东新城人，是当时"山左诗派"的代表人物，二人同为当时诗坛的领袖人物，在清代诗史上都有开宗立派之功。二人在歌行创作方面也有成就，下面分别论述。

王士禛（1634—1711年），字子真，一字贻上，号阮亭，山东新城人。王士禛出身世家大族，王氏一门，科甲鼎盛，其祖父王象晋在明代曾官至浙江布政使。顺治十四年（1657年），王士禛漫游济南，在大明湖与名士结社吟诗，赋《秋柳》四章，引起北方南方众多诗人唱和，名闻天下。康熙二年（1664年），王士禛官至礼部主事，进京后与当时的京城诗人施闰章、宋琬等以诗歌相酬，后官至刑部尚书等职。后因事被免官，返乡后居家著述，直至康熙五十年（1711年）病逝。

王士禛倡"神韵说"，要求诗歌朦胧含蓄，有涵咏不尽之意，有言外之致，同时语言要华美，风格清远冲淡。在"神韵说"理论的倡导下，王士禛作诗讲神韵，语言清丽，多数诗冲淡温婉，符合当时的时代精神，成为当时诗人争相效仿的典范，"神韵说"成为当时诗坛创作的主流。《四库全书总目提要》卷一七三曰："士禛等以清新俊逸之才，范水模山，批风抹月，倡天下以'不著一字，尽得风流'之说，天下遂翕然应之。"① 实际上，典型体现王士禛"神韵说"的诗体为律诗与绝句，其歌行则体现出不同的艺术风格。杨际昌《国朝诗话》中曰："国朝歌行……圣庙时，巨公济济，总以南朱北王为职志。……王则杜、韩皆宗，而得力于苏为多，平生颇略元、白，性趣使然也。"② 本节我们以王士禛的歌行体题画诗为例探讨一下王士禛歌行的艺术特色。

题画诗是中国诗歌的一个重要诗歌门类，有广义与狭义之分。广义的题画诗是指诗人观画后抒怀而作，是诗人根据画面内容而作，也可称为赞画诗，诗与画相关联即可被认定为题画诗。狭义的题画诗是指画家在画完画之后，在画面上所题之诗，诗画一体，诗歌要被书写在画面上。一般我们从文学艺术评价的都是指的广义的题画诗，因为很多题画诗所涉及的画多数已经失传，我们着重考察的是诗人通过文字描绘画面的技巧以及诗人在题画诗中所寄寓的个人情怀。关于题画诗的起源，学术界还有争议，通行的观点认为题画诗起源于汉代，汉代的历史典籍中记载了不少画家，汉成帝曾命画家画赵充国像于甘泉宫，命扬雄为之作赋。对题画诗的发展作出重要贡献的是唐代的杜甫，在仇兆鳌《杜诗详注》中辑有 22 首，清代沈德潜曾说："唐以前未见题画诗，开此体者老杜也。"③ 杜甫的题画诗如《题李尊师松树障子歌》《奉先刘少府新画山水障歌》《丹青引赠曹将军霸》《韦讽录事宅观曹将军画马图》等，杜甫的题画诗以歌行体居多，从这个角度来讲，可以说杜甫是歌行体题画诗的开创者。杜甫的题画诗的代表作如《戏题王宰画山水图歌》：

> 十日画一水，五日画一石。能事不受相促迫，王宰始肯留真迹。壮哉昆仑方壶图，挂君高堂之素壁。巴陵洞庭日本东，赤岸水与银河通，中有云气随飞龙。舟人渔子入浦溆，山木尽亚洪涛风。尤工远势古莫比，咫尺应须论万里。焉得并州快剪刀，剪取吴淞半江水。④

---

① 纪昀等：《四库全书总目提要》，河北人民出版社 2000 年版，第 4528 页。

② 杨际昌：《国朝诗话》，郭绍虞编选：《清诗话续编本》，上海古籍出版社 1983 年版，第 1699—1670 页。

③ 沈德潜：《说诗晬语》，人民文学出版社 1979 年版，第 245 页。

④ 仇兆鳌：《杜诗详注》，中华书局 1979 年版，第 754—756 页。

此诗作于杜甫定居成都期间，杜甫认识四川著名山水画家王宰，应王宰之邀约于上元元年（760年）作这首题画诗。关于此诗，钱谦益曰：

> 朱景玄《唐朝名画录》：王宰家于西蜀。贞元中，韦令公以客礼待之。画山水树石，出于象外。景玄曾于故席夔舍人厅事，见一国障，临江双树，一松一柏，古藤萦绕，上盘于空，下著于水，千枝万叶，交植屈曲，分布不杂。或枯或荣，或蔓或亚，或直或倚，叶叠千重，枝分八面。达士所珍，凡目难辩。又于兴善寺见画四时屏风，若移造化风候云物八节四时于一座之内，妙之至极也。故山水松石，并可跻于妙上品。①

杜甫《戏题王宰画山水图歌》是一首典型的歌行体题画诗。诗歌开头"十日画一水，五日画一石"等四句，并不先描绘画面，而是先从画家写起，赞扬王宰严肃认真、一丝不苟的创作态度。中间的五句，杜甫以夸张之笔描绘群山之巍峨，江水之浩荡，突出了画作非凡的感染力和壮美的气势。诗歌末尾几句，作者赞美了画家"咫尺万里"的艺术构思，以"剪取吴淞半江水"的想象之笔赞扬山水图的巨大艺术魅力。

题画诗自唐代以后，随着花鸟画、人物画的兴起，大量的题画诗开始出现。特别是明清时期，文人画的出现，使题画诗成为一时的创作风尚，很多著名的诗人也是书画家，如徐渭、沈周、唐寅、文徵明等，一身兼两任，为题画诗的创作提供了便利条件。清代康熙年间，陈邦彦等人编辑《御制历代题画诗类》是一部自唐代至明代的题画诗总集，凡一百二十卷，总集分为三十类，是一部比较全面而系统地反映我国古代题画诗的总结性著作。书共分天文地舆、鸟兽、草木，以至宫室、器皿与一切登临览胜如山水、名胜、古迹、故实、闲适、人事、杂题等三十类，得诗八千九百余首。凡历代绘画范围之诗所及尽录之。从这一部总集，我们可以窥见中国古代题画诗的发展状况。

王士禛歌行体诗歌大约有103首左右，题画诗占了很大比重。他的歌行体题画诗与其律诗、绝句有不同的风格，他的这些诗受杜甫影响很大，他在

---

① 仇兆鳌：《杜诗详注》，中华书局1979年版，第756页。

《蚕尾集·卷十》的《跋声画集》中曾说："杜子美始创为画松、画马、画鹰、画山水诸大篇。"① 王士禛对杜甫的题画诗非常关注，在诗歌的写法方面对杜甫题画诗多有借鉴。在题画诗的艺术风格方面，王士禛以自己所倡"神韵说"为创作法则，对唐代王维、孟浩然的山水诗心摩手追，推崇诗歌的清幽淡远，以天然不可凑泊而富诗情画意为尚。在题画诗的创作中，他十分注意诗与画的融合，以诗意写画境，以诗之神韵来突出画之风采。此方面的代表作如《题赵松雪仿摩诘群峰飞雪图》：

> 寒色冥冥下岩壑，千峰万峰雪初落。瀑布无声溪涧冻，红树微茫敞
> 孤阁。阁中有客方缊袍，当杯气与苍山高。遥看飞鸟落何处？如闻落木
> 鸣东皋。崖横路断少人迹，稍见老樵下岩隙。高低远近一溪通，晦明合
> 杳千重隔。右丞昔日居蓝田，山水落笔穷自然。雪冈渔市尽高妙，栾澜
> 敧湖纷眼前。此图曾入宣和谱，董巨荆关焉足数。兵火相寻六百年，玉
> 躞金题几更主。雪江老笔妙入神，临摹古本几乱真。即教唐宋多能手，
> 未必常逢如此人。②

诗歌所题之画是赵孟頫仿画的王维的《群峰飞雪图》，诗歌前半部分描绘了《群峰飞雪图》的山水风景，岩壑与山峰，瀑布与落雪，组成了一幅优美的冬雪图。王士禛在描摹画作时，笔法非常工细，除了静态的山水，也表现了动态的图景，如阁中客、飞鸟、老樵等，使整个的画面动静结合，凸显了画家巧妙的艺术构思。在诗歌的后半部分，作者对画的历史演变作了回顾，对临摹者的杰出才能进行了赞赏。诗歌以清新之笔，模山范水，以山水诗摹写山水画，而后半部分以议论为诗，对画作的历史价值与艺术价值进行了评论。整首诗融唐冶宋，既有唐诗的神韵，也有宋诗的理趣，是王士禛题画诗的杰作。

王士禛的题画诗较多地表现出宋诗的格调，在对画作品评的过程中融入历史兴亡之感，将咏史与题画结合在一起。王士禛除了是个诗人，也是诗论家，学者，一生著述达 500 种之多，因此在其题画诗中出现学问化的趋向。

---

① 王士禛：《蚕尾集》，《四库全书存目丛书》集部第 227 册，齐鲁书社 1997 年版，第 3163 页。
② 王士禛：《王士禛全集》，齐鲁书社 2007 年版，第 199—200 页。

如《昭阳顾符稹画栈道图歌》：

> 顾生画学李思训，尤工栈道兼赢网。丹青金碧妙铢黍，近形远势穷毫芒。褒斜山色一千里，子规啼处烟苍苍。女郎祠边人迹绝，但见哀猿连臂叫啸青崖旁。江水如油下南郑，阁道似发通陈仓。红毡裹背笠覆首，人物结束疑唐装。车马班班入云际，如蚁缘垤相扶将。秦川渭水望不到，蚕丛直上天茫茫。仰家扇子冰雪色，一茎斑竹磨潇湘。如何方寸怀袖里，宛然置我蜀道青天长。扬一益二古天险，谯周鬻国谋非臧，阿瞒四纪作天子，青骡西幸何仓皇。三十年来蜀道塞，况从古史论兴亡？因君妙迹发遥慨，如听铃声替戾冈。①

王士禛曾经两次入蜀，一次是康熙十一年（1672 年），他奉命"典四川试"，典试四川之余，不仅写诗 350 多首，还将其所见所闻著录成《蜀道驿程记》一书，内容多辩证古事。一次是康熙三十五年（1696 年），"三十一年，调户部，命祭告西岳西镇江渎"，②撰写了第二本入蜀游记《秦蜀驿程后记》和《陇蜀余闻》。他的两次入蜀，创作了约 500 首诗，有大量描写栈道的山水诗，其中就有两首有关栈道的题画诗。王士禛的这首题画诗以壮阔的笔触描绘了栈道沿线优美的自然风光，也穿插了蜀地的神话传说与历史故事，展现了一幅气势磅礴的山水画卷。诗歌开头"褒斜山色一千里，子规啼处烟苍苍"几句，描绘了蜀地高峻的群山与秀丽的风景，也写出蜀地道路的迂回曲折，栈道两边独特的风光。"秦川渭水望不到，蚕丛直上天茫茫。仰家扇子冰雪色，一茎斑竹磨潇湘。"四句运用了两个典故，"蚕丛"指古代神话中的蚕神，相传为蜀王的先祖。"潇湘"句用了娥皇、女英哭舜而投水自尽的神话。神话故事的加入，让人在观画的同时了解蜀地的文化。"扬一益二古天险"以下诸句回顾了发生在栈道上的两段历史。一是三国时西蜀在谯周的建议下投降，一是唐玄宗在安史之乱后的仓皇奔蜀。诗歌结尾以古代蜀地的兴衰联想到了明末四川、陕西的动乱，表现了作者深沉的历史兴亡之感。整首题画诗，以蜀地栈道的景色为

---

① 王士禛：《王士禛全集》，齐鲁书社 2007 年版，第 442 页。

② 赵尔巽等：《清史稿》，中华书局 1977 年版，第 9952—9953 页。

描写对象，以栈道图为中心，结合作者入蜀之经历，写出了画面背后的文化与历史。

　　王士禛的题画诗在追求神韵的同时，往往表现出豪放的一面，不乏雄奇奔放的诗歌作品。此类作品反映出王士禛在以王、孟为宗的同时，转益多师，追求多样化的艺术风格，在歌行方面，不仅学杜，而且学韩、学苏，呈现出与"神韵诗"迥然不同的美学风貌。此方面的代表作如《周文矩庄子说剑图》：

　　　　古今人物画手谁第一？晋有卫协吴曹兴。南唐周生更奇隽，行笔瘦制姿峻嶒。此图在世逾千载，墨光黯淡生光晶。君王隐逸各有态，蚕丝烟篆交回萦。目瞋鬓突五剑客，短后之衣曼胡缨。二人旁立目左顾，剑如星日光纵横。昂首右顾者三士，二人按镡神欲生，一人拔剑作虎步，怒如截鼍吞长鲸。使笔如剑剑气出，此公无乃能铁兵。庄生说剑固豪快，十步千里无留行。千年奇论佐奇笔，挥毫泼墨皆飞鸣。云间墨妙更道绝，钟王腕底纷斗争。自云昔见吴兴书说剑，恨不作图双妙并。今逢此卷信神物，又恨作书非赵卿。徘徊三叹出金石，焕然妙迹如神明。我闻周生妙得后主作字法，秋胡谢女风格清。秦淮花月汴京土，感此伤人今古情。①

这首题画诗以庄子为题材，为人物画，以庄子故事为蓝本创作而成。《庄子·说剑》主要故事内容梗概：赵文王喜欢剑，整天与剑士为伍而不料理朝政，庄子前往游说。庄子说剑有三种，即天子之剑、诸侯之剑和庶民之剑，委婉地指出赵文王的所为实际上是庶民之剑，而希望他能成为天子之剑。《周文矩庄子说剑图》的成功之处在于以诗笔刻画五个剑客的神情姿态，惟妙惟肖，栩栩如生。"目瞋鬓突五剑客，短后之衣曼胡缨"两句写出了画面上五个剑客的神情与衣着，"二人旁立目左顾"以下六句描绘了五个剑客的动作与神态，以比喻展现了剑客的豪情与潇洒。诗歌结尾，作者以议论之笔赞叹了画家超绝高妙的绘画技艺。

　　总之，王士禛的歌行体题画诗，一方面，以"神韵"写"画意"，以诗

---

① 王士禛：《王士禛全集》，齐鲁书社 2007 年版，第 165 页。

笔来表现山水之优美，画家之妙手；另一方面，以健笔写豪情，有宋诗格调，抒发了自己对画作的独特感受。在描摹画作方面，笔触细腻，表现了王士禛多方面的艺术才能。

朱彝尊（1629—1709 年），字锡鬯，号竹垞，浙江秀水（今浙江省嘉兴市）人。康熙十八年（1679 年），朱彝尊举博学鸿词科，为翰林院检讨。康熙二十二年（1683 年），入直南书房。博通经史，参加纂修《明史》。康熙四十八年，卒，年八十一。作词风格清丽，为"浙西词派"的创始人。朱彝尊早年在顺治时期有一段抗清经历，自康熙十八年后，以荐应试，进入仕途，于康熙三十一年（1692 年）罢官归田，从事著述、写作，为清代有名的学者、藏书家。学术界对朱彝尊的研究多集中于其词及诗歌理论，对其诗歌创作研究较少，对其歌行诗的研究更少。[①] 朱则杰《清诗史》中认为："而这种艺术上的追求独创，正以其歌行一体表现得最为突出，如《虹板桥歌》《御茶园歌》《甘泉汉瓦歌为侯官林侗赋》《罗浮蝴蝶歌》等等，也都和《玉带生歌》相类似，自具特色，足可名家。"[②] 限于篇幅，朱则杰并未对朱彝尊歌行进行专题论述。朱彝尊的诗歌作品大多保存在《曝书亭集》中，存诗约两百多首，其歌行作品数量大约 104 首，山水诗占了很大比重，但艺术成就较高，前后期的风格也不一致，其早期的作品，反映了清代初年的一些历史现实，初学王、孟，后有不少学李白学杜甫之作；后期的歌行，以苏韩为宗，以文为诗，表现出宋诗的格调。在"国朝六家"中，朱彝尊首开学宋风气，多被人视为宗宋浙派的开山祖师。杨际昌《国朝诗话》中评曰："国朝歌行……圣庙时，巨公济济，总以南朱北王为职志。朱始尚才华，后极驰骋，佳处兼似青莲。"[③] 朱庭珍《筱园诗话》中评曰："朱竹垞诗，书卷淹博，规格浑成，才力雄富，工候湛深，造诣实过阮亭，惟时有疏于法处。其精华

---

① 刘世南的《清诗流派史》和王英志的《朱彝尊山水诗初探》对朱彝尊诗进行了概述，朱则杰的《朱彝尊研究》（凤凰出版社 2020 年版）第四章专论朱彝尊诗歌创作，但对歌行论述较为简略。

② 朱则杰：《清诗史》，浙江古籍出版社 2000 年版，第 173 页。

③ 杨际昌：《国朝诗话》，郭绍虞编选：《清诗话续编本》，上海古籍出版社 1983 年版，第 1699—1670 页。

多在未仕以前，通籍后近体每流入平易。"①

　　朱彝尊早年有一段抗清经历，在 1644 年到 1661 年间，清兵南下江南之际，他避兵在外，参加文社集会，秘密从事抗清活动。朱彝尊早年学诗，以杜甫为宗，其诗集中有不少集杜诗，如《晋祠唐太宗碑亭题壁集杜》《长安卖卜行赠吴三统持集杜句》《俞汝言移居八首集杜》等，诗作中化用杜甫诗句，屡见不鲜。他的早期歌行《马草行》和《捉人行》，反映了清代前期的社会现实，有现实主义特色，有杜诗风韵，诗歌往往通过对事件的客观描绘体现出作者的爱憎。清初，战争并未平息，此起彼伏的起义斗争，清军铁骑不断征讨，而江南大部分的百姓不仅有苛捐杂税，还要供输马草。在征收马草的过程中，往往是满汉官僚相互勾结，趁机巧取豪夺，给人们带来深重的灾难。《马草行》是表现清代社会苛政典型的代表作之一。

> 　　阴风萧萧边马鸣，健儿十万来空城。角声呜呜满街道，县官张灯征马草。阶前野老七十余，身上鞭朴无完肤。里胥扬扬出官署，未明已到田家去。横行叫骂呼盘飱，阑牢四顾搜鸡豚。归来输官仍不足，挥金夜就倡楼宿。②

《马草行》作于顺治四年（1647 年），篇幅虽短，却鲜明揭露了清代初期马草征收中的弊端与黑幕。"阴风萧萧边马鸣""角声呜呜满街道"两句，渲染了紧张的气氛，也把清军十万铁骑开进小城那种耀武扬威的气焰生动表现出来。"空城"二字，颇见功力，写出小城人民经历战乱后，人口不多，疮痍未复，意在言外。"角声呜呜"两句突出了官员为迎合清军，大肆张扬的场面。"阶前野老"两句则以特写镜头表现了官兵的残暴，一个七十多岁的老人，被打得遍体鳞伤。里胥则趁天黑到田家去强征马草，"横行叫骂呼盘飱，阑牢四顾搜鸡豚"两句刻画了鱼肉乡里的贪吏形象，叫骂声中，饱餐一顿，四处搜刮，值钱的东西什么都不放过。"四顾"一词，描写十分传神。"归来输官仍不足，拥金夜就倡楼宿"两句，道出一方面百姓穷其所有仍然不够官府

---

①　朱庭珍：《筱园诗话》，郭绍虞编选：《清诗话续编本》，上海古籍出版社 1983 年版，第 2357 页。

②　张应昌：《清诗铎》，中华书局 1960 年版，第 265 页。

所征之数，而另一方面官吏则中饱私囊，借机发财。里胥"挥金宿娼"情节意味深长，官员贪婪、腐败的形象立于纸上。

朱彝尊早年的歌行多反映清初的社会现实，批判了当时社会的黑暗，再如反映清军兵役的《捉人行》：

> 步出西郭门，遥望北郭路。里胥来捉人，县官一何怒。县官去，边兵来，中流箫鼓官船开。牛羊橐驼蔽原野，天风蓬勃飞尘埃。大船峨峨驻江步，小船捉人更无数。颓垣古巷无处逃，生死从他向前路。沿江风急舟行难，身牵百丈腰环环。腰环环，过杭州，千人举櫂万人讴。老拳毒手争殴逐，慎勿前头看后头。[①]

此诗作于顺治四年（1647年），顺治初年，反清起义接连不断，特别是东南沿海一带，义军纷纷举起抗清复明的旗帜。面对日益壮大的反清武装，清军在东南沿海兵力变得相对薄弱。为了遏制反清武装，镇压起义军，清军以嘉兴为军需转运地，广征粮草，强拉壮丁，极尽骚扰之能事。许多百姓被征去拉纤，而清军将士野蛮粗暴，对纤夫动不动就挥拳殴打。朱彝尊《捉人行》以写实的笔法展现了清军征兵给人民带来的巨大痛苦。"里胥来捉人，县官一何怒"两句刻画出官吏捉人的凶狠与残暴。"生死从他向前路"化用了杜甫《前出塞》中"生死向前去，不劳吏怒嗔"。在强征令之下，普通百姓无路可逃，只能被捉上船，被迫拉纤。最后，作者展现了这样一个场景：江上风大，船行缓慢，一个个纤夫身上缚着长长的绳子，在江岸艰难的行进，稍微不注意，一边的官兵就拳打脚踢。作者以客观描写为主，不作主观评论，但作者的悲愤不平之情寄寓其中。此首歌行用韵很自由，采取了换韵形式，并且用对偶、拈连手法，使诗歌读起来朗朗上口。三言、五言、七言句式的交错运用，加强了诗歌的节奏，有民歌的风调。

朱彝尊的歌行体山水诗受李白影响很大，往往充满奇特的想象，借助神话故事来纵横驰骋，有着强烈的主观抒情性和浪漫主义风格。此方面的代表作，如《金华道上梦游天台歌》：

> 吾闻天台山高一万八千丈，石梁远挂藤萝上。飞流直下天际来，散

---

① 张应昌：《清诗铎》，中华书局1960年版，第254页。

作哀湍众山响。烛龙衔日海风飘，犹是天鸡夜半潮。积雨自悬华顶月，明霞长建赤城标。我向金华问客程，兰溪溪水百尺清。金光瑶草不可拾，梦中忽遇皇初平。手携绿玉杖，引我天台行。天台山深断行路，乱石如羊纷可数。忽作哀猿四面啼，青林绿筱那相顾。我欲吹箫驾孔鸾，璿台十二碧云端。入林未愁苔径滑，到面但觉松风寒。松门之西转清旷。桂树苍苍石坛上。云鬟玉洞展双扉，二女明妆俨相向。粲然启玉齿，对客前致词。昨朝东风来，吹我芳树枝。山桃花红亦已落，问君采药来何迟。曲房置酒张高宴，芝草胡麻迭相劝。不记仙源路易迷，樽前只道长相见。觉来霜月满城楼，恍忽天台自昔游。仍怜独客东南去，不似双溪西北流。①

诗歌作于康熙元年（1662 年），此首歌行明显受到李白《梦游天姥吟留别》的影响，化用了其中不少语句，例如"天台四万八千丈""我欲因之梦吴越""脚著谢公屐，身登青云梯"等。"飞流直下天际来"句也化用了李白《望庐山瀑布》中的诗句，"仍怜独客东南去"两句化用了李白《寄崔侍御》诗。在整个的诗歌构思上，也与李白诗有相似之处，以梦境来描写天台山瑰丽的景观。但朱诗自有创新之处，诗歌用了非常多奇幻的意象。如"烛龙""金光瑶草""绿玉杖"等。在内容方面，朱彝尊引用了非常多的典故，以神话故事来渲染天台山的秀丽风景。作者在梦中遇到了皇初平，皇初平是《神仙传》中的人物，作者在他的引导下，观赏变为群羊的白石。作者还写到了萧史吹箫，以《列仙传》中的故事，为诗歌再添奇幻之笔。"云鬟玉洞展双扉"以下诗句，用了《幽明录》中刘晨和阮肇入山采药得遇仙女的典故，在梦境中刻画了仙女的美貌。诗歌结尾写梦醒后的感受，抒发了身世飘零之感。整首诗内容丰富，曲折多变，纵横变化，离奇光怪，以奇笔写梦境，意象瑰丽神奇，缤纷多彩，构成了全诗的浪漫主义华赡情调。

朱彝尊在康熙十八年（1679 年）应试博学鸿词科，授翰林院检讨，开启仕清生涯。身份的转变，心态的变化，使朱彝尊的诗歌创作风格产生了新变，格调从激越渐趋平和，诗风从宗唐趋向宗宋。赵翼在《瓯北诗话》中

---

① 朱彝尊：《曝书亭集》，上海世界书局 1937 年版，第 63—64 页。

说："然朱垞不专以诗传。且其诗初学盛唐，格律坚劲，不可动摇；中年以后，恃其博奥，尽弃格律，欲自成一家，如《玉带生歌》诸篇，固足推倒一世，其他则颓唐自恣，不加修饰，究非风雅正宗。"[1] 叶元章、钟夏在《朱彝尊选集》前言中说："到了晚年，他一方面仍取法于唐，坚持明七子、西泠十子的宗风，一方面又在学唐人而具体之后言宋，博采宋人之长，标举黄庭坚。"[2] 朱彝尊宗宋的歌行代表作以《玉带生歌》为代表。

玉带生歌 并序

玉带生，文信国所遗砚也。予见之吴下，既摹其铭而装池之，且为之歌曰：

玉带生，吾语汝：汝产自端州，汝来自横浦。幸免事降表，佥名谢道清，亦不识大都承旨赵孟頫。能令信公喜，辟汝置幕府。当年文墨宾，代汝一一数。参军谁？谢皋羽；寮佐谁？邓中甫；弟子谁？王炎午。独汝形躯短小，风貌朴古。步不能趋，口不能语。既无鸲之鹆之活眼睛，兼少犀纹彪纹好眉妩。赖有忠信存，波涛孰敢侮！是时丞相气尚豪，可怜一舟之外无尺土，共汝草檄飞书意良苦。四十四字铭厥背，爱汝心坚刚不吐。自从转战屡丧师，天之所坏不可支。惊心柴市日，慷慨且诵临终诗，疾风蓬勃扬沙时。传有十义士，表以石塔藏公尸，生也亡命何所之？或云西台上，晞发一叟涕涟洏。手击竹如意，生时亦相随。冬青成阴陵骨朽，百年踪迹人莫知。会稽张思廉，逢生赋长句。抱遗老人阁笔看，七客寮中敢吷怒。吾今遇汝沧浪亭，漆匣初开紫衣露。海桑陵谷又经三百秋，以手摩挲尚如故。洗汝池上之寒泉，漂汝林端之霏雾。俾汝长留天地间，墨花潇洒鹅毛素。[3]

诗歌作于康熙四十四年（1705 年），玉带生砚是中国南宋名臣文天祥生前所用的砚台。玉带生砚整体呈鞋形，也称履式砚，长 17.4 厘米，宽 5.3 厘

---

[1] 赵翼：《瓯北诗话》，人民文学出版社 1963 年版，第 146 页。
[2] 叶元章、钟夏：《朱彝尊选集》，上海古籍出版社 1991 年版，第 6 页。
[3] 朱彝尊：《曝书亭集》，上海世界书局 1937 年版，第 268 页。

米，厚3.6厘米。砚台材质为端石，整体呈紫灰色，周边有一圈白色环绕纹理，从而得名"玉带生"。朱彝尊在《书拓本玉带生铭后》中曾说道："玉带生，（宋）文丞相砚名也，石产自端州，未为绝品，其修扶寸（四指之宽为扶），广半之，厚又微杀焉。带腰玉而身衣紫，丞相宝惜，旁刻以铭，书用小篆，凡四十有四字，岁甲申观于商丘宋节使坐上，因请以硬黄纸摹之，不敢响拓也。"① 文中所记之事，是指清朝康熙三十九年（1700年），大收藏家、苏州巡抚宋荦有一次在沧浪亭宴客时，拿出了自己收藏的玉带生砚给大家观赏，朱彝尊乘机将砚铭拓于硬黄纸上。朱彝尊在此首歌行中，以拟人手法起笔，展开了与砚台的对话。在诗中，诗人一方面提到了投降元军的谢道清（宋理宗皇后），还有本为宋臣而仕元的赵孟頫，庆幸此砚跻身于文天祥幕中。诗中也提及了谢翱、邓剡、王炎午，接着对文天祥的爱国精神与正义凛然的气节进行了歌颂。在文天祥壮烈殉国之后，玉带生砚几经流落，先被谢翱保存，后在元朝末年被杨铁崖收藏在七客寮中，清初被江苏巡抚宋中丞收藏。诗歌末尾，以含蓄之笔点明了自己对玉带生砚的崇敬以及对文天祥高尚气节的赞美。歌行在人与砚的对话中，回顾了砚台的百年沧桑，给人以深沉的历史之感。全诗以散文笔法写成，句式参差，多用虚字虚词，押韵采用了转韵格式，叙事层次井然有序。诗歌概述了宋遗民的故事以及砚台流落的历史，托物起兴，虚实结合，有砚台的描绘，有人物的刻画，笔法多变，想象奇特而不乖史实。沈德潜在《清诗别裁集》评曰："小小一砚，传出信国之忠，皋羽之义，其实相随皋羽，乃想象语也。一结砚与信国双收，是何神勇。"② 林昌彝在《射鹰楼诗话》卷十二中评曰："朱竹垞先生《玉带生歌》非胸罗万卷者不能办，可称千古奇作。"③ 朱庭珍在《筱园诗话》卷二中评曰："如玉带生歌，兴酣落笔，纵横跌荡，雄奇盖世，信为长篇绝调。"④

朱彝尊晚年归隐田园，大多数时间用于研究经史与金石之学，著述之

① 叶元章、钟夏：《朱彝尊选集》，上海古籍出版社1991年版，第237页。

② 沈德潜：《清诗别裁集》，河北人民出版社1997年版，第224页。

③ 叶元章、钟夏：《朱彝尊选集》，上海古籍出版社1991年版，第236页。

④ 朱庭珍：《筱园诗话》，《清诗话续编本》，上海古籍出版社1983年版，第2358页。

多，当时罕有其匹。朱彝尊后期的歌行，有明显的宋诗格调，以学问为诗，以议论为诗。诗歌句式多为散文化的句式，题材也多种多样。此方面的代表作如《河豚歌》《嘉禾篇赠张先生》等。在《河豚歌》中，朱彝尊写到了烹制河豚鱼的制作过程，如同一篇美食散文，体现了朱彝尊在诗歌题材方面的创新。

> 天津之水连北溟，七十二沽漩回汀。渔师乘春漾极浦，舲舸叶叶轻于萍。河豚此时举网得，活东小大同赋形。卖不直钱弃可惜，堆置更比凡鱼腥。南人见之莞尔笑，是物足胜通侯鲭。……兹鱼信毒种乃别，腰胸有法食有经。或如燕子尾涎涎，或如束带腰黄鞓。今之馈者皆不尔，安用荷锸蓰丘冥。抉精刮膜漉出血，如鳖去丑鱼乙丁。磨刀霍霍切作片，井华水沃双铜瓶。姜芽调辛橄榄榨，荻笋抽白蒌蒿青。日长风和灶舰净，纤尘不到晴窗棂。重罗之面生酱和，凝视滓汁仍清泠。吾生年命匪在卯，奚为舌缩箸躐停。西施乳滑恣教啮，索郎酒酽未愿醒。入唇美味纵快意，累客坐久心方宁。起看墙东杏花放，横参七点昏中星。①

河豚鱼味道鲜美，但有毒，所以处理起来非常特别，朱彝尊用"抉精刮膜漉出血"一句写出了河豚鱼的去毒方法。做好的河豚鱼肉具丰腴鲜美、入口即化的特点，朱彝尊用"西施乳滑恣教啮"来描绘鱼肉的味美。整首诗歌如同一篇小品文，描写文人雅士的美食生活，从捉河豚鱼写起，写到河豚鱼的处理方式，调料的调制，以及河豚鱼的美味。"入唇美味纵快意，累客坐久心方宁"两句刻画了诗人吃河豚鱼时心中的忐忑之情。歌行以散文笔法写成，虽为整齐的七言，但语言通俗易懂，格调轻松活泼，用词准确生动，在用韵方面，一韵到底，体现了作者学博才高的一面。

朱彝尊后期歌行有不少颂圣之作，以平和之调写盛世之音，写法仍然采用了散文笔调。如《嘉禾篇颂张先生》："康熙二十三年冬，天子将登日观峰。十行诏下轸三农，薄徭放税宽租庸。……输之天庾惟正供，我闻乐事舒心胸。

---

① 朱彝尊：《曝书亭集》，上海世界书局 1937 年版，第 129 页。

大贤美政孰比踪，不贪为宝民吏宗。主圣臣良时乃雍，五风十雨殊乾封。"①
此事所记之事为康熙二十三年（1684年），康熙第一次东巡时亲往泰山之巅
在碧霞祠拈香。诗人在诗歌结尾对当朝皇帝充满溢美之词。朱彝尊也是当时
著名的学者，以学问宏博而著称，因此他也在其歌行诗中以学问为诗，以考
据为诗。如《罗浮蝴蝶歌》：

> 尔雅释虫名，蝴蝶置不录。之虫岂无知，小大各有族，小者挞末产
> 江东，大者乃在朱明曜真之天岩洞中。当其物化初，天与形不同。蛮云
> 华首紫，海日榑桑红。游禽五色讵敢啄，满身香雾花濛濛。仙之人兮拍
> 手笑，爱尔翩翩特娟妙。或云葛翁衣，或云麻姑裙，二者传说徒纷纷。
> 入秋倦飞丝乍胃，叶底风摇满山茧。垂虹亭长手拄即栗条，去年踰岭寻
> 铁桥。归来雪滩才卸驮，分我蝶茧刚一个。留之十旬凤子生，曲腰短足
> 相搪撑。竖双眉，张两翅，轻于吴绡薄于纸。对神光之陆离，骇赋质之
> 偶诡，我思此蝶放之四百三十二峰前，餐英嚼蕊㳠欢妍，何难大似车轮
> 然。我今纵之出帘柙，可惜不谙饲花法。云母扇，丹霞衣，嗟尔万里安
> 得归。文章枉使负奇色，不及灰黄粉墨野蛾高下东西飞。②

诗歌所描绘的景象是罗浮十八洞天之一的"蝴蝶洞天"，每当春夏之交，团
扇大的彩蝶成双成对翩翩起舞。传说中，著名道人葛洪在此地修炼，仙逝之
后所留的道袍化成碎片，变成了千万只彩蝶集聚于云峰岩下。诗歌从《尔雅》
虫名写起，描绘了彩蝶飞舞的美丽图画。作者在诗中也联系了葛洪与麻姑的
神话故事，为蝴蝶洞增添了一丝神秘色彩。诗歌末尾，表达了对所放生蝴蝶
的留恋、对群蝶齐舞的赞美。诗歌语言平易，明白如话，句式参差，采用散
文笔法，具典型的宋诗特色。

朱彝尊后期歌行颇有宋诗风调，但从宗尚来看，博采众家，未形成自己
明显的特色。朱庭珍《筱园诗话》中评曰："歌行多长短句，意欲尽捐绳墨，
自创一家。"③洪亮吉在《北江诗话》中评曰："朱检讨彝尊《曝书亭集》，始

---

①　朱彝尊：《曝书亭集》，上海世界书局1937年版，第157页。
②　朱彝尊：《曝书亭集》，上海世界书局1937年版，第235页。
③　朱庭珍：《筱园诗话》，《清诗话续编本》，上海古籍出版社1983年版，第2357—2358页。

学初唐，晚宗北宋，卒不能铸自成一家。"①清代诗论家对朱彝尊的评价总体上是客观的，即朱彝尊的歌行风格不显著，未见有明显取法苏轼、黄庭坚等人的痕迹。但朱彝尊全凭才气与学问，歌行成就较高，在清代诗坛应占据一席之地。

---

① 洪亮吉：《北江诗话》，人民文学出版社 1998 年版，第 21 页。

第六章　清代前期歌行叙事

　　叙事诗是诗歌题材的一种，一般是指用诗的形式刻画人物，叙述故事的诗，或者以叙述历史或当代的事件为主要内容的诗。与小说戏剧相比，叙事诗的情节一般比较简单，人物形象也比较单薄。叙事诗这种体裁形式，兼具诗歌与小说两种文体的艺术要素。叙事诗，本质仍然是诗歌，有强烈的抒情性。叙事诗还具有小说的一些特点，要有故事情节，要有人物等小说的要素。中国古典诗歌中的叙事诗，多记叙当代事件，往往能反映某个特定时期的社会政治状况和普通民众的真实生活。清代前期的长篇叙事诗在艺术手法上，往往采用第一人称，借真人真事来抒发情感，情节比较完整，人物性格比较突出而典型，有浓厚的诗意，又有简练的叙事，有层次清晰的场景描写，呈现出小说化、戏曲化的倾向。

　　叙事诗的小说化、戏曲化倾向，实际上体现出古典诗歌在叙事艺术手法上的一种革新，也体现了清代叙事诗在诗体融合方面的演进。清代前期，戏曲、小说创作兴盛，成就杰出。叙事文学的发达，文体之间的互渗互参成为一种创作趋向。清代前期有不少诗人在诗文写作之余，创作戏曲，抒写亡国之痛，表达失意、凄婉的情怀。他们创作的传奇、杂剧，往往借历史故事反映明清易代，来寄托个人的情感、心迹。清代前期，白话小说也保持了旺盛的编创势头，出现了一批叙写明清之际政事的时事小说和数量众多的才子佳人小说。清代前期，诗歌、戏曲、小说各种文体之间在多方面、多层次的联系中呈现了融合、渗透、互补的态势。清代前期，一人身兼诗人、戏曲家或诗人、小说家的情况非常普遍，这类作家有吴伟业、丁耀亢、尤侗、洪昇、孔尚任等。一身两任的文学家在创作叙事诗时，必然受到小说、戏曲的影响，从而使叙事诗在叙事方面能融合小说、戏曲的优点，从而使叙事诗产生了新变，表现出独特的叙事策略。本章为了论述方便，将以梅村体为例，论述歌行所受戏曲、小说的影响，从不同方面来阐释戏曲与小说对梅村体的影响，来探讨此时期歌行叙事手法的演进。

第一节　清代前期歌行的戏曲化

清代前期，梅村体的突出特征还在于吸收了当时流行的小说、戏曲的结构、写作技艺，使诗歌在叙事方面超越前人。著名的清诗学者钱仲联在《清诗纪事》前言中也说："清初吴伟业的七言长篇叙事古风，融元白体格，四杰藻采和传奇特色于一炉，名篇络绎，号梅村体。"[①] 其中所说"传奇特色"即梅村体的故事性、戏剧性特色。钱仲联在《梦苕庵清代文学论集》中说："伟业歌行，由'长庆体'一转手，融冶四杰的藻采与明代传奇的特色于一炉，为古典叙事诗开拓疆宇，在诗歌发展史上是应该特笔大书的。"[②] 本节拟从人物、情节等方面来谈梅村体的小说化、戏曲化特点。

明清时期，小说、戏曲已经非常发达，梅村体的形成与小说、戏曲关系很大。梅村体反映了诗歌与小说、戏曲之间的文体互动关系，文体间的相互影响，使梅村体诗歌在题材、结构、艺术手法等多方面表现出小说化、戏曲化的特色。梅村体所受戏曲、小说之影响，许多研究者都注意到了。叶君远在《论"梅村体"》一文中认为："吴梅村歌行这种变化多端的叙事结构，应该是受到明代以来日益繁盛的传奇戏剧和小说的启发。"[③] 叙事诗作为诗中一体，与抒情诗相比较，以叙事为主，诗中有人物形象，在一定程度上与小说、戏曲相类似。梅村体与小说、戏曲关系的研究，虽经许多学者点出，但大都比较简略，未作详论，因此很有必要深入探讨一下。文体之间的相互影响早有先例，唐代韩愈"以文为诗"，用写赋的方法作诗，铺叙渲染，词汇

---

① 钱仲联：《清诗纪事》，江苏古籍出版社 1987 年版，第 4 页。
② 钱仲联：《梦苕庵清代文学论集》，齐鲁书社 1983 年版，第 5 页。
③ 叶君远：《论"梅村体"》，《南京师范大学文学院学报》2002 年第 2 期。

杂陈，长篇巨制，多夸饰之笔。例如其《南山》诗，全诗有 102 韵，长达一千多字，诗中连用七联叠字句和 51 个"或"字句，将终南山的高峻、四时景象的变幻描绘得栩栩如生。再如宋代苏轼"以诗为词"，将诗的表现手法移入词中，将词从音乐的束缚下解放出来，把词看作一种独立的诗体。苏轼"以诗为词"扩大了词的题材范围，也影响了词风。文体间的相互影响，不仅在诗词，在小说方面也是如此。陈平原在《中国小说叙事模式的转变》一书第六章"传统文体之渗入小说"，"选择笑话、轶闻、游记、答问、日记、书信六种文体，考察其在促成小说叙事模式转变中所起的作用。"[1]诗歌发展至清代，梅村体的小说化、戏曲化倾向，实际上体现出古典诗歌在艺术手法上的一种革新。为了方便，我们将梅村体所受戏曲、小说的影响分开论述，从不同方面来阐释戏曲与小说对梅村体的影响。

梅村体在情节结构、叙事手法方面深受戏曲影响。吴伟业不仅是诗人，而且也是一位戏曲家。诗人、戏曲家的两重身份，使吴伟业在创作诗歌时不可避免地受到戏曲的影响。钱仲联曾说："横向方面，梅村体受到戏曲影响。梅村本人亦为曲家，有《秣陵春传奇》等。他受明传奇之《牡丹亭》、昆曲调子影响大。这就使'梅村体'不同于'长庆体'。"[2]明清时期诗人兼戏曲家有很多，明代如王世贞，不仅为七子之一，而且据传作戏曲《鸣凤记》；汤显祖有《玉茗堂四种传奇》，同时也是一位诗人。清代如尤侗，有诗才，且作有《钧天乐》戏曲；诗人丁耀亢有《化人游》《表忠记》等戏曲。诗人兼戏曲家，一身两任，在清代成为一种很普遍的现象。钱仲联曾说：

> 有清一代诗人兼戏曲家的戏曲名称，见于《清史稿》之《艺文志补编》，著录的不下三百余种。一身两任，必然两者会相互影响。就戏曲与诗的关系讲，也是这样。李家瑞《停云阁诗话》卷三引张际亮话说："余向在都门，观演《醉打山门》，乃悟诗家所谓悲壮；观演《小青题》，乃悟诗家所谓缠绵。"[3]

---

[1]　陈平原：《中国小说叙事模式的转变》，北京大学出版社 2003 年版，第 160 页。
[2]　钱仲联著，魏中林整理：《钱仲联讲论清诗》，苏州大学出版社 2004 年版，第 22 页。
[3]　钱仲联著，魏中林整理：《钱仲联讲论清诗》，苏州大学出版社 2004 年版，第 10 页。

戏曲与诗歌同为文学载体，在抒情、叙事方面有很多共同点。吴伟业诗歌、戏曲都很擅长，在主观抒情方面，戏曲、诗歌都可算作他的"心灵史"。尤侗在《西堂杂俎》卷上《梅村词序》说："及所谱《通天台》、《临春阁》、《秣陵春》诸曲，亦于兴亡盛衰之感三致意焉，盖先生之遇为之也……予尝谓先生之诗，可谓词，词可谓曲。"①吴伟业戏曲如同他的诗歌，目的在于抒发自己内心的抑郁感慨，他在《北词广正谱序》中说：

> 今之传奇，即古者歌舞之变也；然其感动人心，较昔之歌舞更显而畅矣。盖士之不遇者，郁积其无聊不平之慨于胸中，无所发抒，因借古人之歌呼笑骂，以陶写我之抑郁牢骚。而我之性情爱借古人之性情，而盘旋于纸上，宛转于当场。②

吴伟业的传奇和杂剧正是通过写历史人物的悲欢离合，以复杂变幻的情节来展现易代之际自己内心的真实情感。郭英德在《明清传奇史》中说："通过吴伟业的戏曲作品，我们足以透视明清之际改朝换代给文人士大夫造成的尴尬处境，仿佛窥见一批明遗民作家举步维艰、屈辱无奈的窘迫情状。"③吴伟业戏曲中的故国之思、兴亡之感，与其诗歌中的情感是相同的。吴伟业以诗的情感创作戏曲，因此他的戏曲哀伤凄美，也具有诗的意境。而吴伟业的戏曲是典型的"文人戏"，曲词典雅，是诗的语言。

戏曲往往有完整的故事情节和激烈的戏剧冲突，在其中刻画人物形象。戏曲要有不同的角色和多场幕的情节，注重舞台性、观赏性。李修生、赵义山在《中国分体文学史》戏曲卷中对明代传奇剧的体制论道：

> 一生一旦，贯穿始终。这是昆曲传奇剧本体制的主要特征。在一部剧作中，通过一男主角（生）和一女主角（旦）的悲欢离合构成戏剧情节，演示剧作旨意。编排上往往是一场或几场由生主演，接着一场或几场由旦主演，生旦相互交替演述故事，展开情节。④

在情节构思方面，吴伟业的许多歌行都可以看作是一部多折（多幕、多出）

① 尤侗：《尤西堂杂俎》，大达图书供应社1935年版，第65—66页。
② 吴伟业：《吴梅村全集》，上海古籍出版社1990年版，第1213页。
③ 郭英德：《明清传奇史》，江苏古籍出版社1999年版，第427页。
④ 李修生、赵义山：《中国分体文学史》，上海古籍出版社2001年版，第201页。

的戏曲，用今天的话说，就是通过不同画面的剪辑与合成来叙述故事，类似于今天电影学上的"蒙太奇"手法。"分折（分幕）叙事"，不仅故事富有戏剧性，有层次性；而且在人物形象塑造上具有戏曲的特点，每幕有不同的主要人物。钱仲联曾说过："《圆圆曲》正受到戏曲、小说影响。"[1] 梅村体所受戏曲影响，主要在诗歌结构方面，戏曲化的特点典型体现于诗歌《圆圆曲》：

> 鼎湖当日弃人间，破敌收京下玉关。恸哭六军俱缟素，冲冠一怒为红颜。红颜流落非吾恋，逆贼天亡自荒谯。电扫黄巾定黑山，哭罢君亲再相见。相见初经田窦家，侯门歌舞出如花。许将戚里箜篌伎，等取将军油壁车。家本姑苏浣花里，圆圆小字娇罗绮。梦向夫差苑里游，宫娥拥入君王起。前身合是采莲人，门前一片横塘水。横塘双桨去如飞，何处豪家强载归？此际岂知非薄命，此时只有泪沾衣。薰天意气连宫掖，明眸皓齿无人惜。夺归永巷闭良家，教就新声倾坐客。坐客飞觞红日暮，一曲哀弦向谁诉？白皙通侯最少年，拣取花枝屡回顾。早携娇鸟出樊笼，待得银河几时渡？恨杀军书底死催，苦留后约将人误。相约恩深相见难，一朝蚁贼满长安。可怜思妇楼头柳，认作天边粉絮看。遍索绿珠围内第，强呼绛树出雕栏。若非壮士全师胜，争得蛾眉匹马还。蛾眉马上传呼进，云鬟不整惊魂定。蜡炬迎来在战场，啼妆满面残红印。专征箫鼓向秦川，金牛道上车千乘。斜谷云深起画楼，散关月落开妆镜。传来消息满江乡，乌桕红经十度霜。教曲妓师怜尚在，浣纱女伴忆同行。旧巢共是衔泥燕，飞上枝头变凤凰。长向尊前悲老大，有人夫婿擅侯王。当时只受声名累，贵戚名豪竞延致。一斛明珠万斛愁，关山漂泊腰肢细。错怨狂风飏落花，无边春色来天地。尝闻倾国与倾城，翻使周郎受重名。妻子岂应关大计，英雄无奈是多情。全家白骨成灰土，一代红妆照汗青。君不见馆娃初起鸳鸯宿，越女如花看不足。香迳尘生鸟自啼，屧廊人去苔空绿。换羽移宫万里愁，珠歌翠舞古梁州。为君别唱吴宫曲，汉水东南日夜流！[2]

---

① 钱仲联：《钱仲联讲论清诗》，魏中林整理，苏州大学出版社 2004 年版，第 8 页。

② 吴伟业：《吴梅村全集》，上海古籍出版社 1990 年版，第 78—79 页。

《圆圆曲》以复杂的情节组织了整首诗歌，以戏曲的结构来实现情节的自由转换与衔接，整个的情节构思同明清传奇结构有很多类似点。李渔在《闲情偶寄》中说道："传奇格局，有一定不可移者，有可仍可改，听场自为政者。开场用末，冲场用生；开场数语，包括通篇，冲场一出，蕴酿全部，此一定不可移者。"① 我们可以把《圆圆曲》的情节结构大致划分为以下六幕（出）：1.吴三桂破敌收京；2.陈圆圆家世；3.吴三桂与陈圆圆定情，圆圆在战乱中被掳；4.陈、吴重逢，战场迎亲，圆圆随吴三桂镇守汉中；5.喜讯传江南、女伴回忆旧事；6.英雄多情、国破家亡的大结局。诗歌第一幕为"破敌收京"情节，如同一个引子，以倒叙手法开始回顾，"冲冠一怒为红颜"为全诗的点睛之笔，也起着统率全篇的作用。角色为吴三桂，如同戏曲中的"生"角，此节倒叙手法使情节更曲折，也以情节的小高潮的形式，能立刻吸引观众的注意力，类似于戏曲中的演员的精彩亮相。郭英德《明清传奇戏曲文体研究》中说：

> 宋元戏文剧本的正戏，一般先有"生旦家门"，即第二出由生扮男主角登场，第三出由旦扮女主角登场。他们都是先唱一支引曲，接念"上场诗"（词或古风），再念四六骈语的"定场白"，其任务是作自我介绍，表达心事，引出情节。

"鼎湖当日弃人间，破敌收京下玉关"以下四句，已经将诗歌的宗旨与剧情大意表述出来，整个的故事梗概已经涵盖于四句诗中，如同明清传奇的第一出，如同"开场""家门"，这种叙事模式来源于戏曲。"红颜流落非吾恋""家本姑苏浣花里"两句，类似于戏曲中的"生旦家门"，分别叙述了吴三桂破敌与陈圆圆相识的经过，接着以陈圆圆的视角，回顾了陈圆圆的身世以及与吴三桂的定情过程。男女主人公的上场方式，遵循了明清传奇剧本体制的一般规律，李渔在《闲情偶寄》中说："本传中有名脚色，不宜出之太迟。……太迟则先有他脚色上场，观者反认为主，及见后来人，势必反认为客矣。"② 另外，这种突兀起篇的手法，强调了危机的临近，有很好的舞台效果。吴伟

---

① 李渔：《闲情偶寄》，上海古籍出版社 2000 年版，第 78 页。
② 李渔：《闲情偶寄》，上海古籍出版社 2000 年版，第 82 页。

业在杂剧《临春阁》第一出中就这样开篇：

> （旦戎服锦伞，杂从上）中原逐鹿辨雌雄，谁辨雌雄俗眼同。……
> 那各部诸侯，外邦君长，齐集辕门，听吾将令。正是：玉带锦裘行塞
> 外，旁人错认语儿侯。在吾一妇人，也算是威权不小。但须广布朝廷德
> 意，宣慰十路军州，无谓女子乘边，致使越人轻汉。叫左右的，起鼓开
> 门！（众锦伞、旗帜、刀剑、仪从上）①

剑拔弩张的场面突出了战争的紧张气氛，能让观众以最快的时间进入戏剧特定的情境当中。当吴三桂率军打败李自成后，"哭罢君亲再相见"，与陈圆圆得以重逢。从"相见初经田窦家"一句，诗歌转入第二幕，仍然采用倒叙手法，将陈圆圆的生平身世交代清楚。陈圆圆应属"旦"角，"家本姑苏浣花里，圆圆小字娇罗绮"两句开场白，自报家门，开场自我介绍，点明了出场人物的身份、地位，并且与下文的叙事密切相关。陈圆圆身世故事富有传奇性，"梦向夫差苑里游"以下几句突出陈圆圆倾国倾城的美貌，以及自视甚高、孤芳自赏的性格。"何处豪家强载归"一句转入对陈圆圆不幸身世的描述，被外戚田弘遇从江南强夺回府第，被送入皇宫，但皇帝不纳②，遣归田家。以歌妓侍宴，陈圆圆的结局似乎是以歌妓终老田家了，但故事又起了波澜。"白皙通侯最少年，拣取花枝屡回顾"两句进入了陈、吴定情的第三幕。陈、吴定情，作者采用了才子佳人"一见钟情"模式，是戏曲惯用的手法，如元杂剧《墙头马上》、戏曲《西厢记》等。陈、吴定情后，但吴三桂要镇守山海关，因此两人只好分别。"一朝蚁贼满长安"以下几句指李自成起义军攻入北京，陈圆圆颠沛流离，为李自成手下刘宗敏所掳。"蛾眉马上传呼进"以下为诗歌的第四幕，为情节的高潮，本节内容实际上与开头开始缀连起来，倒叙部分结束，开始顺叙。陈圆圆被找到后，飞骑传送，在战场迎亲，陈、吴二人历经艰难终于重逢。本节重点刻画了陈圆圆悲喜交加的心情，而之后的随军出征至汉中，以"画楼""妆镜"衬托陈圆圆备受吴三桂宠幸的境遇。诗歌叙事并未止于此，还打破了时空限制，叙写江南之事，补

---

① 吴伟业：《吴梅村全集》，上海古籍出版社1990年版，第1362—1363页。
② 关于陈圆圆身世，学界还有争议，本书采陆次云《圆圆传》、钮琇《觚剩》中记载。

叙了陈圆圆昔日的经历。"传来消息满江乡"以下几句为诗歌的第五幕，人物变为陈圆圆旧时的女伴。此段叙述又采用了倒叙手法，首先表现了女伴对陈圆圆荣华富贵的羡慕，接着叙述了陈圆圆漂泊辗转的歌妓生涯。"当时只受声名累，贵戚名豪争延致"两句则以陈圆圆的视角对往昔的回忆。诗歌第六幕为故事结局，"全家白骨成灰土，一代红妆照汗青"两句指吴三桂父亲吴襄和全家被李自成所杀，陈圆圆得以幸存。六幕故事非常完整，情节一波三折，引人入胜，在每幕故事中不断转换主角，以不同的画面来进行情节的过渡，《圆圆曲》结构深得戏曲之妙。

除了诗歌结构，《圆圆曲》在人物角色的转换方面也具有戏曲的特点。诗歌不断地转换人称，在叙事视角方面有自己的特点。为了更好地说明这一问题，本书此处采用叙事学"视角"的理论加以阐述。对于叙事视角，杨义先生在《中国叙事学》一书中说：

> 叙事视角是一部作品，或一个文本，看世界的特殊眼光和角度。……叙事角度是一个综合的指数，一个叙事谋略的枢纽，它错综复杂地联结着谁在看，看到何人何事何物，看者和被看者的态度如何，要给读者何种"召唤视野"。[1]

叙事视角一般分为全知视角和限知视角。在叙事中，一般我们可以分为作者、叙述者、被叙述者（故事中人物）等视角。《圆圆曲》则具有视角的流动性的特点，视角不断转换。视角的流动性，往往使诗歌从多种角度叙事，达到一种综合全面的叙事效果。杨义先生在《中国叙事学》一书中说：

> 全知、限知是视角的静态分类。但在动态的操作中，我国叙事文学往往以局部的限知，合成全局的全知，明清时代取得辉煌成就的章回小说尤其如此。它们把从限知到达全知，看作一个过程，实现这个过程的方式就是视角的流动。[2]

作者根据叙事需要随时调整观察角度，读者也以不同的叙事角度去了解整个故事。这就好像有多架不同的摄像机，从不同的角度加以摄像，从而给作者

---

[1] 杨义：《中国叙事学》，中国社会科学出版社 2006 年版，第 134 页。
[2] 杨义：《中国叙事学》，中国社会科学出版社 2006 年版，第 155 页。

带来一种立体的观赏效果。《圆圆曲》中的每个章节采用不同的视角，以流动的视角来叙事，这就好比戏曲中的人物角色切换一样。如诗歌开头"鼎湖当日弃人间，破敌收京下玉关"显然是以叙述者的视角描述吴三桂打败李自成一事，而接下来"红颜流落非吾恋"以下四句又变成人物的视角即吴三桂的视角，以剧中人物的视角来表现其心理活动，更加真实可信。在第二幕中"家本姑苏浣花里，圆圆小字娇罗绮"两句则又变为陈圆圆的视角，陈圆圆回忆往事和陈、吴定情都以女主人公的角度加以叙述。在第四幕陈、吴二人重逢，战场迎亲，则又转换为叙述者的视角。在第五幕中，视角变为浣纱女伴，以她的视角观照陈圆圆从贫贱到富贵的经历，她的角度近乎旁观者的角度。在诗歌第六幕结局部分，"尝闻倾国与倾城"以下几句显然是作者的视角，作者叙述了吴三桂一家被杀之事，并对此事作评论。整个视角流动的过程可以用下图表示：

　　叙述者→吴三桂→陈圆圆→叙述者→陈圆圆女伴→陈圆圆→诗歌作者

作者以全知与限知视角的轮换来使情节跌宕起伏，故事更加精彩。吴伟业在《圆圆曲》中以视角的流动，制造出极强的现场氛围感，读者很容易随叙述者进入故事，随故事或喜或悲，感同身受。吴伟业此种流动视角的手法受戏曲影响很大，戏曲在叙事时，要分各种角色，各种角色有不同的说话口吻，不同的神态。在扮演角色时，以剧中人的眼光来叙事，采用的是限知视角。在情节转折过程中，有时通过唱词、宾白等来交代剧情，则以叙述者的身份来叙事，这时则是全知视角。吴伟业亦是戏曲家，他创作戏曲人物角色时，在构思情节时，必然要进入角色内心，描绘其心理、经历，而在叙事时也要以全知的叙述者视角来铺演整本戏曲。由此可见，吴伟业以戏曲结构、手法来写《圆圆曲》，诗歌结构才有了开合自如，又脉络分明的特点。

　　代言体是明清传奇的文体特性，这一点成为明代以后的戏曲理论家的共识，戏曲中的人物形象往往是作者抒情载体，成为作者主观情感的化身。李渔在《闲情偶寄》中说：

　　　　言者，心之声也，欲代此一人立言，先宜代此一人立心。若非梦往神游，何谓设身处地？无论立心端正者，我当设身处地，代生端正之想；即遇立心邪辟者，我亦当舍经从权，暂为邪辟之思。务使心曲隐微，随口唾出，说一人，肖一人，勿使雷同，弗使浮泛。①

在明清传奇中，人物以独白与对话的方式来表现内心的情感。在《圆圆曲》中，有几处描写如同人物的内心独白，来表现人物心理，对塑造人物性格起到了重要作用。如"早携娇鸟出樊笼，待得银河几时渡？恨杀军书抵死催，苦留后约将人误"四句，将陈圆圆与吴三桂相识后，急于出嫁的心情烘托得惟妙惟肖。"长向尊前悲老大，有人夫婿擅侯王"两句，则描摹了陈圆圆女伴对陈圆圆的羡慕嫉妒心理。诸如此类的心理描写在清代以前的叙事诗中非常少见，而人物独白式的抒情方式明显受到戏曲的影响。

典型受戏曲影响的梅村体歌行再如《永和宫词》。作于顺治二年（1645年）的《永和宫词》，咏崇祯帝田贵妃事，以田贵妃的遭遇反映历史兴亡。从叙事结构和视角转换方面看，《永和宫词》如同一部宫闱大戏，将崇祯后宫争斗情形真实反映出来。诗歌借鉴了戏曲体制，一生一旦贯穿始终，崇祯帝可看作"生"角，田贵妃可算作"旦"角。除了两位主角，还有周皇后、田弘遇等配角，诗歌的人物安排与吴伟业杂剧有许多相似之处。如在杂剧《临春阁》中，咏南朝冼夫人、陈后主和张丽华故事，主要人物角色也是由帝王、贵妃组成。除了角色安排，《永和宫词》也采用"分折（幕）"叙事，明显受戏曲影响。《永和宫词》的主要情节大体可以分为以下几个部分：1.田贵妃得宠；2.周后与贵妃失和；3.贵妃失宠、斥居启祥宫；4.永和门看花、和好如故；5.田贵妃之死；6.京城陷落、崇祯与周后死去。在第一部分，诗歌正面描写田贵妃的美貌巧慧和入宫得宠的情形。而在第二部分，作者叙述了周后与田贵妃失和的详细情况，中间穿插了崇祯帝与周后失和复好的一段故事。在第三部分，作者写了贵妃失宠的原因，插叙了田弘遇横行不法之事。第四部分永和门看花，写崇祯帝、周后与田贵妃和好如故。作为整首诗歌情节的过渡，永和门看花之后，作者又写了皇五子慈焕之死。第五部分田贵妃之死，作者插叙了李自成攻河南之事。在诗歌第六部分，作者叙写了故事结局，李自成起义军攻陷京城，崇祯帝、周皇后死去。诗歌以田贵妃为中

① 李渔：《闲情偶寄》，上海古籍出版社2000年版，第64页。

心，叙述了一连串相关故事，时间跨度达十七年之久，情节安排颇为巧妙。《永和宫词》以田贵妃的一生为线索，将崇祯朝复杂的宫廷争斗和朝廷政治生动地展现出来，在叙事艺术和人物描写方面取得了很高的成就。在《永和宫词》评语中，朱隗曰："（又'自来阶下拭啼痕'下），情事委折如连琐，能以丽笔雅词描之，正是才人束手处。"魏宪曰："从繁华说到寂寞，是一部诗史。"①

梅村体歌行受戏曲影响的篇章还有《萧史青门曲》《听女道士下玉京弹琴歌》等，这些歌行多借鉴了戏曲复杂多变的叙事结构，情节曲折生动，引人入胜。梅村体歌行对传奇戏曲体制、结构等方面的模仿与学习，使梅村体歌行叙事宛曲，富有故事性和戏剧性，将叙事诗推向了一个新的阶段。

第二节　清代前期歌行的小说化与叙事手法的演进

梅村体所受小说影响，许多学者也都注意到了。梅村体多采用小说、传奇笔法入诗，在人物刻画方面超越了前代的叙事诗。诗歌与小说虽分属两种文学体裁，但在许多方面有共同点，特别是叙事诗。叙事诗以叙述事件为重点，而事件的参与者则是人，因此人物形象也是叙事诗表现的重点之一。人物的塑造、事件的发生都与一定的社会环境紧密相关，叙事诗所表现的事件也是特定时期的事件，有着时代的烙印。因此叙事诗，也具备了小说的三要素：人物、情节、环境。梅村体诗歌不仅具备小说的三要素，而且在艺术手法上吸取了小说的优点，形成了独特的风格。学者吴宓就认为梅村诗（主要是梅村体诗歌）如同一大部小说，他有一段评论：

> 晚读吴梅村《长平公主诔》，泪下不止。宓素爱顾亭林与吴梅村之诗，近年益甚，盖以时事有似故感情深同耳。比而论之，亭林阳刚，梅村阴柔，各具其美，一也。亭林诗如一篇史诗（叙明之亡），梅村诗如一大部小说（皆合其诗、集全部而言之）二也。亭林诗如《书经》，梅

① 吴伟业：《吴梅村全集》，上海古籍出版社1990年版，第55页。

村诗如《汉书·外戚传》及唐人小说,三也。亭林诗如《三国演义》,梅村诗如《石头记》,四也。亭林写英雄,而自己即全诗集之主角。梅村写儿女,而深感并细写许多、各色人物之离合悲欢,五也。亭林诗,读之使人奋发;梅村诗,读之使人悲痛。亭林之诗正,而梅村之诗美,此其大较也。①

吴宓认为梅村体诗歌如同"唐人小说"和《石头记》,指出梅村体小说化的特点。梅村体虽为叙事诗,但其情节的曲折程度和人物塑造的生动性方面完全与小说相媲美。梅村体的许多诗歌如同才子佳人小说和历史小说,将明清易代之际各种人物的悲欢离合栩栩如生地表现出来。梅村体歌行塑造了很多个性鲜明的人物形象,如《殿上行》中刚直不阿的黄道周、《画兰曲》中娇媚的画兰女子、《永和宫词》中温柔俊秀的田贵妃、《圆圆曲》中美丽婀娜的陈圆圆、《王郎曲》中明慧善歌的优人王稼、《临淮老妓行》中怯懦的刘泽清和勇敢的刘冬儿等。吴伟业在诗歌中塑造人物时,以小说之笔法来刻画,重点表现人物性格,通过语言、动作、神态等描写,使人物形象鲜明,有很强的立体感。

小说笔法的运用,主要体现在生动的细节描写与神态描写。"小说笔法"是"梅村体"个性风貌的突出特点之一,也是构成其体性的重要因素,此笔法来源于李颀歌行,上文已经作了分析。"梅村体"歌行常以传奇笔法入诗,以富有特征性的细节来展现人物的性格,在具体描写方式上,常采用外貌、动作、神态描写使诗中人物个性呼之欲出。例如在吴伟业《行路难一十八首》(其十二)中"拔剑横左膝,瞋目悲歌向座客"一句刻画了一个武功高强的侠客,以"拔剑"动作描写,"瞋目"神态描写,完成了一幅人物素描,给读者以深刻印象。《茸城行》中以"箕踞当筵任颐指"的典型动作刻画了马逢知的骄横跋扈。典型的细节描写在"梅村体"歌行中很常见。如在《永和宫词》中,吴伟业成功塑造了田贵妃秀丽端庄、聪慧多才的形象。吴伟业在《永和宫词》中综合运用了外貌描写、动作描写、神态描写等多种手法来展现人物的个性风貌。外貌描写如"丰容盛鬋固无双""皓齿不呈

---

① 吴宓:《吴宓诗话》,商务印书馆 2005 年版,第 320 页。

微索问"等表现田贵妃的雍容华贵。动作描写如"蹴鞠弹棋复第一""雅步纤腰初召入""杨柳风微春试马，梧桐露冷暮吹箫"等表现田贵妃的聪明伶俐、多才多艺。神态描写如"宜笑宜愁""蛾眉欲蹙又温存""涕泣微闻椒殿诏"等表现田贵妃温柔贤淑的性格。除了田贵妃，作者对次要人物也有精彩刻画，如写崇祯帝与周后失和复好一段，诗歌用"自来阶下拭啼痕"一句表现出周皇后委屈伤感的神态，十分生动。《永和宫词》中的场面描写也很出色，如写田贵妃之死一节，"贵妃瘦损坐匡床，慵髻啼眉掩洞房。豆蔻汤温冰簟冷，荔枝浆热玉鱼凉。病不禁秋泪沾臆，裴回自绝君王膝。"诗歌以哀婉之笔将田贵妃病死一事描绘得凄凉伤感，帝王与贵妃的生离死别的场景表现得如在目前。《永和宫词》将田贵妃一生之主要经历叙述出来，人物鲜明，情节曲折，如同一部描写田贵妃的传记小说。《吴诗集览》中曰："旧说谓此诗详叙田贵妃始末，凡贵妃之明慧，思陵之恭俭，周后之贤淑以及田氏前此之承恩，后此之夭折，一一可被管弦，欲参长庆之席矣。"[1]在情节安排、人物塑造方面，《永和宫词》并不亚于当时的小说。《永和宫词》通常被看作梅村体典型的"诗史"之作，反映了明清易代之变。而《永和宫词》的艺术成就不仅在于其真实，更在于其比史书更生动传神的艺术描绘。我们把《永和宫词》同史书记载作一番对比，二者的差异清晰可见。《明史》列传第二后妃第二中载："恭淑贵妃田氏，陕西人，后家扬州。父弘遇以女贵，官左都督，好侠游，为轻侠。妃生而纤妍，性寡言，多才艺，侍庄烈帝于信邸。崇祯元年封礼妃，进皇贵妃。"[2]《永和宫词》在史实的基础上，进行艺术加工创造，田贵妃的形象变得有血有肉，充分体现出吴伟业歌行在叙事写人方面的成就。梅村体的人物描写方法往往以少胜多，三言两语，将人物形神一笔写出，类似中国小说的"白描"。如《王郎曲》中以"覆额青丝白皙长"外貌描写，突出了王稼的俊美无双。同样写女子，吴伟业善于抓住她们的典型特征来写，如《听女道士卞玉京弹琴歌》中以"清眸皓齿垂明珰"外貌描写，刻画了中山女美丽无双；《画兰曲》中以"轻移牙尺见匀脧，侧偃银毫怜吮墨"

① 靳荣藩：《吴诗集览》，四部备要本，上海中华书局 1936 年版，第 80 页。
② 张廷玉等撰：《明史》第十二册，中华书局 1974 年版，第 3545 页。

两句将画兰女子卞敏优雅轻盈的仪态表现出来；在《临淮老妓行》中以"锦带轻衫娇结束，城南挟弹贪驰逐"两句表现冬儿英勇神武的精神面貌。

梅村体场面描写也很出色，无论是写酒宴、出嫁，还是战争、廷议，浓墨重彩，给人以身临其境之感。酒宴场面如《鸳湖曲》中"主人爱客锦筵开，水阁风吹笑语来。画鼓队催桃叶伎，玉箫声出柘枝台……"声音与色彩的描绘，表现了吴昌时夜宴的热闹喧哗，如同一幕电影画面，给读者以深刻的印象。在《萧史青门曲》中，吴伟业描绘了一个豪华奢侈的出嫁场面。

> 道路争传长公主，夫婿豪华势莫当。百两车来填紫陌，千金榼送出雕房。红窗小院调鹦鹉，翠馆繁筝叫凤凰。白首傅玑阿母饰，绿鞲大袖骑奴装。灼灼夭桃共秾李，两家姊妹骄纨绮。九子鸾雏斗玉钗，钗工百万恣求取。屋里薰炉瀚若云，门前钿毂流如水。①

作者以百两车、千金榼表现了公主出嫁排场之豪奢，以"繁筝"写声音，以"傅玑""绿鞲"写服饰，华艳动人。"玉钗""薰炉"等描写，尽显皇室的贵族身份。梅村体诗歌也有精彩的动作场面，往往采用一系列的动作来组成连续的画面，使情节再生波澜，引人入胜。如《听女道士卞玉京弹琴歌》中"私更装束出江边，恰遇丹阳下渚船。剪就黄绨贪入道，携来绿绮诉婵娟"四句以一系列动作展现了卞玉京突遇清兵后易装的机智与勇敢。《殿上行》中"有旨传呼召集贤，左右公卿少颜色。公卿蹴来畏廷议，上殿叩头辄心悸"四句表现了明朝廷议的场面，皇帝的赫赫威严和朝臣的心惊胆战都细致地表现出来。以"少颜色"之表情，"叩头"之动作，"心悸"之心理，形象描绘了群臣廷议时战战兢兢的思想状态。而下文"先生翻然气填臆，口读弹文叱安石。期门将军须戟张，侧足闻之退股栗"四句着重表现了黄道周不畏权臣，慷慨陈词的场面，通过对比手法展现了人物忠义勇敢的品格。崇祯十一年六月，黄道周上疏参劾兵部尚书杨嗣昌，七月，崇祯召群臣于平台奏对，黄道周当面斥责杨嗣昌，触怒崇祯，遭贬谪。《明史》列传一百四十三载：

> 道周以文章风节高天下，严冷方刚，不谐流俗，公卿多畏而忌之……六月，廷推阁臣。道周已充日讲官，迁少詹事，得与名。帝不

---

① 吴伟业：《吴梅村全集》，上海古籍出版社 1990 年版，第 75 页。

用，用杨嗣昌等五人。道周乃草三疏，一劾嗣昌，一劾陈新甲，一劾辽抚方一藻，同日上之。①

《殿上行》如一幕廷议戏剧，情节虽简单，却有着激烈的矛盾冲突。同样写表现朝廷政治，《东莱行》中则以直言进谏的场面描写来突出主人公的刚直无畏，"天颜不怿要人怨，卫尉捉头捽下殿。中旨传呼赤棒来，血裹朝衫路人看"四句描绘了一个紧张急迫的画面，姜埰直言进谏、惹怒天子，被施杖刑，情节发展扣人心弦。关于此事经过，徐鼒《小腆纪传》卷五六中云："（姜埰）在官五月，上三十余疏，卒以论二十四气蜚语事，与熊开元同下诏狱，逮至午门，杖一百，几死……"②《东莱行》再现了当时的历史情景，比史书更鲜活生动。《圆圆曲》中"蛾眉马上传呼进，云鬟不整惊魂定。蜡炬迎来在战场，啼妆满面残红印"四句突出表现了陈圆圆被找到，马上传递，一副惊惶未定的神色，"啼妆"一句则又表现了陈圆圆大难之后与吴三桂重逢的悲喜交加的心情。生动的细节描绘给读者逼真的现场感，使整首诗歌情节紧凑，扣人心弦。

"梅村体"在叙述宏大的历史事件时，综合运用各种描写手法，来加强诗歌的故事性、戏剧性，使人物刻画与情节发展相得益彰。以小说笔法描写战事的梅村体歌行代表作是《雁门尚书行》：

> 雁门尚书受专征，登坛顾盼三军惊。身长八尺左右射，坐上咄吒风云生。家居绝塞爱死士，一日费尽千黄金。读书致身取将相，关西鼠子方纵横。长安城头挥羽扇，卧甲韬弓不忘战。持重能收壮士心，沉机好待凶徒变。忽传使者上都来，夜半星驰马流汗。覆辙宁堪似往年，催军还用松山箭。尚书得诏初沉吟，蹶起横刀忽长叹。我今不死非英雄，古来得失谁由算？椎牛誓众出潼关，墟落萧条转饷难。六月炎蒸驱万马，二崤风雨断千山。雄心慷慨宵飞檄，杀气凭陵老据鞍。扫鼙谋成频抚剑，量沙力尽为传餐。尚书战败追兵急，退守岩关收溃卒。此地乘高足万全，只今天险嗟何及！蚁聚蜂屯已入城，持矛瞋目呼狂贼。战马嘶鸣

---

① 张廷玉等撰：《明史》第二十二册，中华书局 1974 年版，第 6595—6596 页。

② 徐鼒：《小腆纪传》，中华书局 1958 年版，第 615 页。

失主归，横尸撑距无能识。乌鸢啄肉北风寒，寡鹄孤鸾不忍看。愿逐相公忠义死，一门恨血土花斑。故园有子音书绝，勾注烽烟路百盛。欲走云中穿紫塞，别寻奇道访长安。长安到日添悲哽，茧足荆榛见臼井。辘轳绳断野苔生，几尺枯泉见形影。永夜曾归风露清，经秋不化冰霜冷。二女何年驾碧鸾，七姬无冢埋红粉。复壁藏儿定有无，破巢穷鸟回将雏。时来作使千兵势，运去流离六尺孤。傍人指点牵衣袂，相看一恸真吾弟。诀绝难为老母心，护持始识遗民意。回首潼关废垒高，知公于此葬蓬蒿。沙沉白骨魂应在，雨洗金疮恨未消。渭水无情自东去，残鸦落日蓝田树。青史谁人哭薛碑，赤眉铜马知何处。呜呼！材官铁骑看如云，不降即走徒纷纷。尚书养士三十载，一时同死何无人？至今惟说乔参军！①

诗歌作于顺治十二年（1655 年），所写潼关之战，是对明朝战局影响极大的一次战事。作者通过外貌、语言、动作、心理等描写，通过对战争场面的描绘，栩栩如生地刻画了孙传庭忠君报国的形象。又运用了传奇笔法，着力于孙传庭的人物形象刻画，达到了与小说同样的艺术效果。诗歌开篇四句"雁门尚书受专征，登坛顾盼三军惊。身长八尺左右射，坐上咄咄风云生"，从外貌、神态表现了孙尚书的英明神武形象，可谓先声夺人，一个高大的英雄形象进入读者视野。下文"长安城头挥羽扇，卧甲韬弓不忘战"两句则突出了孙尚书的智谋过人，潇洒之风度。"忽传使者上都来"引出了下文的激烈战争情节，把故事推向高潮，更进一步表现人物的个性光辉。在最后关头，孙传庭孤军奋战，诗歌中"持矛瞋目呼狂贼"的点睛之笔，完成了对英雄的塑造，给读者以深刻的印象。《雁门尚书行》的高妙之处在于以史实为基础，突出了人物的性格与精神，故事也更具传奇性。我们将其与史书作一下比较，可以看出吴伟业诗歌高超的艺术手法。孙传庭，《明史·列传》一五零载：

> 孙传庭，字百雅，代州振武卫人……自成空壁蹑我，一日夜，官兵狂奔四百里，至于孟津，死者四万余，失亡兵器辎重数十万。传庭单骑

---

① 吴伟业：《吴梅村全集》，上海古籍出版社 1990 年版，第 292—293 页。

渡垣曲，由阌乡济。贼获督师坐蘲，乘胜破潼关，大败官军。传庭与监军副使乔迁高跃马大呼而殁于阵，广恩降贼。传庭尸竟不可得。传庭死，关以内无坚城矣。

初，传庭之出师也，自分必死，顾语继妻张夫人曰："尔若何？"夫人曰："丈夫报国耳，毋忧我。"及西安破，张率二女三妾沉于井，挥其八岁儿世宁亟避贼去之。儿逾墙堕民舍中，一老翁收养之。长子世瑞闻之，重趼入秦，得夫人尸井中，面如生。翁归其弟世宁，相扶携还。道路见者，知与不知皆泣下。传庭死时，年五十有一矣。①

由上可以看出，史书为"史"体，记载侧重于事，对人物的性格方面记述比较简略。而《雁门尚书行》则重点描绘孙传庭的英雄形象和曲折的战争故事，清人邓汉仪《诗观初集》曾评道：

又评"尚书战败"八句曰：摹写战败一段，泣风雨而号鬼神，觉尚书生气犹存。②详略开阖，擒纵起束，俱以龙门（司马迁）手法行之。其叙战事始末，则系一代兴亡之实迹，非雕虫家所可拟也。……

靳荣藩《吴诗集览》卷六上引陆云士语曰：

雁门尚书篇，以龙门之笔行之韵语，洵诗史也。梅村先生长歌甚多，率皆琵琶、长恨之遗，然用意每隐于使事，亦是诗家一病，未有清真精劲若此章者。末句补出参军，大传中藏一小传，真一语千钧矣。③

《吴诗集览》的此段评论肯定了吴伟业"实录"精神，诗歌所叙之事，基本上为史实。《雁门尚书行》与其他梅村体诗歌最大的不同点在于其叙事风格与情节布置。而下文补叙乔参军，孙尚书之子幸存寻父，"大传中藏一小传"，则使情节又生波澜，有一波三折之妙。沈德潜在《清诗别裁集》中评曰："诗中详叙生平，与本传表里。惟公之败也，由于权幸催战，军无见粮，又大雨七日夜不止，此大关系。诗中再醒出几语，尤能动人。"④《雁门尚书行》

---

① 张廷玉等撰：《明史》第二十二册，中华书局 1974 年版，第 6785、6792 页。

② 邓汉仪：《诗观初集》，清康熙慎墨堂刻本影印，《四库禁毁书丛刊》集部第一册，北京出版社 2000 年版，第 204—205 页。

③ 靳荣藩：《吴诗集览》，四部备要本，上海中华书局 1936 年版，第 117 页。

④ 沈德潜：《清诗别裁集》，河北人民出版社 1997 年版，第 10 页。

无论从情节布置，还是人物塑造，完全可与小说名作相媲美。

梅村体小说化的特征还在于在诗歌中引入了"虚构"手法。表面看来，"虚构"与梅村体"诗史"特点相矛盾，而实际上，"虚构"丝毫不影响梅村体"诗史"特征。实际上，在史书中亦有虚构成分，对于此点，钱锺书先生在《管锥编·左传正义》中说：

> 上古既无录音之工具，又乏速记之方，驷不及舌，而何其口角亲切，如聆謦欬歘？或为密勿之谈，或乃心口相语，属垣烛隐，何所据依？如僖公二十四年介之推与母偕逃前之问答，宣公二年鉏麑自杀前之慨叹，皆生无旁证、死无对证者。注家虽曲意弥缝，而读者终不餍心息喙。纪昀《阅微草堂笔记》卷一一曰"鉏麑槐下之词，浑良夫梦中之噪，谁闻之欤？"李元度《天岳山房文钞》卷一《鉏麑论》曰："又谁闻而谁述之耶？"李伯元《文明小史》第二五回王济川亦以此问塾师，且曰："把他写上，这分明是个漏洞！"盖非记言也，乃代言也。如后世小说、剧本中之对话独白也。左氏设身处地，依傍性格身份，假之喉舌，想当然耳。
>
> 史家追叙真人实事，每须遥体人情，悬想事势，设身局中，潜心腔内，忖之度之，以揣以摩，庶几入情合理。盖与小说、院本之臆造人物、虚构境地，不尽同而可相通；记言特其一端。①

史家在描述历史事件时，本人并非事件的参与者或经历者，对一些细节常常加以虚构。钱锺书以《左传》中的例子说明了史书的虚构手法，这种虚构并没有削弱史书的真实可信度。康德也认为："在历史叙述的过程中，为了弥补文献的不足而插入各种臆测，这是完全可以允许的。因为作为远因的前奏与作为影响的后果，对我们之发掘中间的环节可以提供一条相当可靠的线索，使历史的过渡得以为人理解。"②

梅村体歌行毕竟是诗歌，属于文学艺术的范畴，虚构手法的运用比史书

---

① 钱锺书：《管锥编》第一册，中华书局 1979 年版，第 164—165、166 页。

② [德] 康德等：《人类历史起源臆测》，何兆武译，《历史理性批判文集》，商务印书馆 1990 年版，第 59 页。

更加频繁。作为文学作品，虚构是一种重要的艺术手段，合理的虚构往往能使作品更具艺术性，更富有浪漫主义色彩。被称作"诗史"的诗歌也可以运用虚构手法，"诗史"的虚构正是它与历史考据的一大区别。对于此点，钱锺书先生在《宋诗选注》中说：

> 历史考据只扣住表面的迹象，这正是它的克己的美德，要不然它就丧失了谨严，算不得考据，或者变成不安本分、遇事生风的考据，所谓穿凿附会；而文学创作可以深挖事物的隐藏的本质，曲传人物的未吐露的心理，否则它就没有尽它的艺术的责任，抛弃了它的创造的职权。考订只断定已然，而艺术可以想象当然和测度所以然。在这个意义上，我们不妨说诗歌、小说、戏剧比史书来得高明。[①]

钱锺书先生在此段评论中对文学创作和"历史考据"作了对比，说明了二者之间的本质区别。历史考据要严谨求实，不能虚构或凭空捏造。而文学作品可以在"历史的表面"下深挖事物背后隐藏的本质，或者人物隐秘的心理，这一点正是体现文学家艺术创造性的地方。"艺术可以想象当然和测度所以然"，这种想象与虚构是合情合理的，因而也是文学作品胜过史书的地方。关于虚构，美国文学理论家勒内·韦勒克、奥斯汀·沃伦在《文学理论》一书中认为：

> 文学艺术的中心显然是在抒情诗、史诗和戏剧等传统的文学类型上。它们处理的都是一个虚构的世界、想像的世界。小说、诗歌或戏剧中所陈述的，从字面上说都不是真实的。它们不是逻辑上的命题。小说中的陈述，即使是一本历史小说，或者一本巴尔扎克（H.Balzac）的似乎记录真事的小说，与历史书或社会学书所载的同一事实之间仍有重大差别。甚至在主观性的抒情诗中，诗中的"我"也是虚构的，戏剧性的"我"。小说中的人物，不同于历史人物或现实生活中的人物。[②]

韦勒克和沃伦的此段话说明了文学艺术的"虚构"特点，虚构不仅是小说的

① 钱锺书：《宋诗选注·序》，三联书店2007年版，第3—4页。
② ［美］勒内·韦勒克、［美］奥斯汀·沃伦：《文学理论》，刘象愚等译，江苏教育出版社2005年版，第15页。

一大特点，在诗歌中同样可以有虚构。梅村体"诗史"类诗歌的高明处在于书写了比史书更多的内容，无论是事件，还是人物，比史书更具体生动。叶君远在《吴伟业评传》中说：

> "事俱征实"之"事"，指的是主要事实、基本事实，至于细枝末节，吴伟业歌行其实也有一些虚构，因为诗歌毕竟不是文献记录。比如《萧史青门曲》写改朝换代后安乐公主的梦境："昨夜西窗仍梦见，乐安小妹重欢宴。先后传呼唤卷帘，贵妃笑折樱桃倦。"《圆圆曲》写陈圆圆初次见到吴三桂的心理活动："白皙通侯最少年，拣取花枝屡回顾。早携娇鸟出樊笼，待得银河几时渡？恨杀军书底死催，苦留后约将人误。"像这样的描写当然只能是出于艺术想象了。不过，第一，这样的描写在吴伟业的歌行中不多，第二，凡是其想象的部分无一不是合乎事理、情理发展之必然，绝没有《长恨歌》中那样的虚无飘渺之事和改变基本史实之事。①

诗歌中引入虚构实际上是诗歌小说化的典型特征之一，叙事诗歌出现虚构情节是诗歌受小说影响下的一种革新。与《长恨歌》不同，梅村体诗歌的虚构并不在于情节，而在于细节的描写。《萧史青门曲》中吴伟业并非安乐公主本人，公主之梦，吴伟业由何而知？明显是出于虚构，作者虚构了公主作欢宴的场景，以此来反映人物内心的心理变化。《圆圆曲》中一段，"拣取花枝屡回顾"细节展现了吴三桂与陈圆圆定情的始末，吴伟业也非事件的当事人，此处描写也出于想象。下文中"恨杀军书底死催"一句，则以陈圆圆的视角反映她心理的变化，此处描写当然也属于虚构。再如"梦向夫差苑里游"写陈圆圆梦境，也是出于想象，以此来突出其孤高自许的性格。这些细节的虚构是吴伟业揣测了当时的情境，模拟了人物的情感、思想的变化，不仅合情合理，也是文学作品艺术表达的需要。

梅村体诗歌不拘泥于历史，在具体细节上与历史事实有出入，而是根据文学作品的需要来进行艺术加工。此方面的例子，除了叶君远所举《萧史青门曲》《圆圆曲》之外，再如《松山哀》一段：

---

① 叶君远：《吴伟业评传》，首都师范大学出版社1999年版，第311页。

中有垒石之军盘，白骨撑距凌巉岏。十三万兵同日死，浑河流血增
奔湍。岂无遭际异，变化须臾间。出身忧劳致将相，征蛮建节重登坛。
还忆旧部曲，喟然叹息摧心肝。呜呼！玄菟城头夜吹角，杀气军声振寥
廓。一旦功成尽入关，锦裘跨马征夫乐。①

诗歌作于顺治十二年（1655 年），是写明清松山之战的一首作品。诗歌中的
"十三万兵同日死"一句与史实有较大出入。洪承畴所统率的十三万大军并
非同一天死去，松山之战并非一天完成，其中包含若干次小的战斗。《清史
稿》列传二十四载：

> 六年八月，太宗自将御之，上度松山、杏山间，自乌忻河南山至
> 海，当大道立营。……承畴、民仰率将吏入松山城守，上移军松山，议
> 合围。变蛟夜弃乳峰山寨，悉引所部马步兵犯镶黄旗汛地者一，犯正黄
> 旗汛地者四，直攻上营，殊死战，变蛟中创，奔还松山。三桂、朴引余
> 兵入杏山。上遣诸将为伏于高桥及桑葛尔寨堡，明兵自杏山出奔宁远，
> 遇伏，殪强半。三桂、朴仅以身免。承畴师十三万，死五万有奇，诸将
> 溃遁，惟变蛟、廷臣以残兵万馀从。城围既合，上以敕谕承畴降。九
> 月，上还盛京，命贝勒多铎等留护诸军。……明年二月，松山城守副将
> 夏成德使其弟景海通款，以子舒为质。我师夜就所守堞树云梯，阿山部
> 卒班布里、何洛会部卒罗洛科先登，遂克其城，获承畴、民仰、变蛟、
> 廷臣及诸将吏，降残卒三千有奇。时为崇德七年二月壬戌。②

史书记载可以看出，十三万大军真正死于战斗的只有五万左右，逃跑的占大
多数，最后守松山者不过万人。"十三万兵同日死"一句写法源于杜甫《悲
陈陶》"四万义军同日死"，"十三万兵同日死"以明军巨大的伤亡来表现松
山之战的惨烈，能给人以强烈的心理震撼。十三万大军虽不是同日伤亡，但
都在松山之战中损失殆尽，诗人"同日死"说法自有其合情合理之处。诗中
"白骨撑距凌巉岏""浑河流血增奔湍"两句也是出于作者的想象，因为吴伟
业并没有参与这场战役，所以作战现场的状况他是不清楚的。"白骨撑距""流

① 吴伟业：《吴梅村全集》，上海古籍出版社 1990 年版，第 307 页。
② 赵尔巽等撰：《清史稿》第三十一册，中华书局 1977 年版，第 9466—9467 页。

血增奔湍"两处描写形象表现了明清军士惨绝人寰的战斗场景。诗歌中还有一段洪承畴的心理描写："出身忧劳致将相，征蛮建节重登坛。还忆往时旧部曲，喟然叹息摧心肝"，这也是出于虚构。吴伟业非洪承畴本人，此处写洪承畴心理活动，当然是小说中采用的笔法。洪承畴降清得到重用，位至兵部尚书，为清朝征战南方。一个投降清朝的明朝重臣，内心肯定背负着沉重的名节包袱，洪承畴部将被杀，在其心中也是一段抹不去的记忆。"喟然叹息摧心肝"一句形象表现出洪承畴身为贰臣的心理状态，这种描写也非常符合人物的身份。正因为作者出色的想象与虚构，梅村体诗歌中的人物才变得具体可感、形象生动，没有单一化、表面化、脸谱化的倾向。同样的虚构也见于《雁门尚书行》诗歌中孙传庭得朝廷诏书情节。"尚书得诏初沉吟，蹶起横刀忽长叹。我今不死非英雄，古来得失谁由算？"四句诗以特定的情节来展现人物内心的激烈冲突，皇帝下诏出兵，但出兵必死，"沉吟""长叹"反映了孙传庭进退两难的生死抉择。以"得诏沉吟"这一细节，把孙传庭忠君爱国的思想表露无遗，主人公视死如归的英雄气概也跃然纸上。"我今不死非英雄，古来得失谁由算？"是孙传庭临死前的自白，吴伟业不可能听到，但此句话却是表现孙传庭忠君爱国精神的点睛之笔。此句话从孙传庭口中说出，是非常切合人物性格特点的，所以吴伟业的虚构反而让人感觉更真实。朱庭珍在《筱园诗话》中说："吴梅村诗，善于叙事，尤善言闺房儿女之情，熟于用典，尤熟于汉、晋、南北史诸书。身际鼎革，所见闻者，大半关系兴衰之故，遂挟全力，择有关存亡，可资观感之事，制题数十，赖以不朽。"①

总之，梅村体诗歌全面吸收了戏曲、小说在情节结构、叙事、人物描写等方面的经验，取得了巨大成就。梅村体歌行的小说化、戏曲化特点使其与清代以前的叙事诗拉开差距，引领了一时的创作风尚，使清初的叙事诗成为中国诗歌史上难得的创作高峰。梅村体与小说、戏曲的互动体现出不同文体之间的相互影响与渗透，文学体裁在取长补短的动态发展中，呈现出新的特色。叙事诗的小说化、戏曲化，梅村体是一个成功的先例，对于我们研究文体之间的互动影响关系具有重大意义。

---

① 朱庭珍：《筱园诗话》，《清诗话续编》本，上海古籍出版社1983年版，第2389页。

结　论

　　从以上论述可以看出，清代前期歌行作品之多，题材之广，艺术性之高，都达到了很高的水平。本书从文体角度论述了清代前期歌行创作的概貌，对重要歌行诗人作了专题研究。清代前期众多的歌行流派和歌行诗人，本书不可能一一涵盖，在选取诗人与作品时，以艺术成就与诗学贡献为标准，力求反映此时期歌行创作的面貌。由于篇幅有限，论述的重点着眼于大家、名家身上，对一般诗人论述较为简略，并且对流派的创作风格分析还欠深入，这当然是下一步研究的课题。清代前期是歌行创作的兴盛期之一，也是中国古代诗歌的创作高峰。从创作成就来看，清代前期的歌行达到了一个新的高度。陈衍在《石遗室诗话》卷一曾说：“盖余谓诗莫盛于三元：上元开元、中元元和、下元元祐也。”[1]而实际上清代前期的诗歌创作并不逊于他所说的三个时期。在清代前期大约九十多年里，歌行创作呈现出一派欣欣向荣的局面，众多诗人在继承前代优秀传统的基础上，创作了数以千计的优秀歌行作品。

　　清代前期歌行创作首先是叙事歌行的兴盛。歌行写时事，成为诗人自觉的创作理念。“诗史”写作也成为诗坛的主流风尚，清代前期诗人的诗史创作成就是胜过以前任何一个时期的。清代前期诗人在叙事结构、手法方面有较大的创新，多线索叙事和多样化的人物描写技巧，都使此时期的叙事诗与前代拉开了差距。其次，歌行诗人的艺术成就很高。清代前期歌行诗人风格各异，唐音宋调，兼而有之。吴伟业的“梅村体”，是最富时代精神的艺术创新；钱谦益“以文为诗”，在才学方面更胜宋人一等。遗民诗人群体，诗

---

[1]　陈衍：《石遗室诗话》，人民文学出版社 2004 年版，第 7 页。

歌创作成就斐然。他们歌行呈现不同的个性风格，以诗史见长的如吴嘉纪、钱澄之，以抒情见长的如归庄、杜濬等。最后，清代前期的歌行创作还以佳作数量多而著称。此时期的歌行创作在艺术技巧和题材开拓等方面都有创新。吴伟业的《圆圆曲》《鸳湖曲》《雁门尚书行》等，钱谦益的大型歌行体黄山组诗，宋琬的写三峡歌行组诗，王士禛的歌行体题画诗等都是歌行中的杰作。钱谦益《华山庙碑歌》《戏为天公恼林古度歌》，陈维崧的《屋后望太行山歌》《陆放翁砚歌为毕载积使君赋》等，都为宋诗风格的名作。吴嘉纪《一钱行赠林茂之》《过兵行》，钱澄之《虔州行》，朱彝尊《捉人行》《马草行》，施闰章《牵船夫行》等，都反映了清代前期的社会面貌，是现实主义的杰作。总体来看，清代前期歌行创作达到了很高的水平。

清代前期也是一个诗风转折的关键时期，歌行创作与诗学的宗尚对清代诗坛影响深远。清代前期独特的诗史观，在诗史理论方面颇有建树，对清诗叙事产生了不可忽视的影响。钱谦益的诗学批判，扭转了诗坛的不良创作风气，开启宋代诗风，这对清代诗人影响很大。清代诗人歌行创作在宗唐、宗宋的趋向中，能融冶创新，创作出富有个性的优秀作品。而清初歌行三大流派的产生更是引领了更多诗人涉足歌行创作，促进了歌行诗的创作。清初诗歌学古而不泥古，对唐宋名家的学习借鉴，开拓了清诗的新局面。正如钱仲联所说："清王朝初期，作家在总结明代复古逆流的经验教训的基础上，在怎样继承和发展前代遗产的实践中，在沧桑变革时代的振荡下，开出了清一代诗文超明越元、抗衡唐宋的新局面。……没有初期这一风气的转变，以后的发展是难以想象的，没有初期作家的巨大成就，要取得超越元明的地位也是不容易的。"[1] 康熙中期以后，著名诗人如王士禛、朱彝尊、蒋士铨等，也创作了大量歌行。吴伟业"梅村体"对清代诗坛影响，从清初一直持续到晚清。清末民初更是出现了一大批"梅村体"作品，如王闿运《圆明园词》、孙景贤《宁寿宫词》和王国维《颐和园词》等，樊增祥前后《彩云曲》、王甲荣《彩云曲》和薛秀玉《老妓行》等。清代前期歌行以其杰出的艺术成就在中国诗歌史上写下浓重的一笔，值得我们进一步去研究。

---

① 钱仲联：《梦苕庵论集》，中华书局 1993 年版，第 166 页。

附录一：
论文所涉及诗人小传

（依据《清诗纪事》《清诗汇》《清史稿》《清史列传》《明遗民诗》等书整理而成）

林古度，字茂之，号那子，福建福清人。流寓金陵，有《林茂之诗选》二卷。

张镜心，字晦臣，号湛虚，河南磁州人。天启二年壬戌进士，官至兵部左侍郎，蓟辽总督。入清不仕，有《云隐堂集》四十五卷。

邢昉，字孟贞，一字石湖，江南高淳人。明诸生，有《石臼前集》九卷、《后集》七卷。

孙奇逢，字启泰，号锺元，容城人。晚居辉县夏峰村，学者称夏峰先生。明万历庚子举人。入国朝，屡徵不起。从祀孔庙。有《夏峰先生集》。

陆世仪，字道威，号刚斋，又号桴亭，太仓人。明诸生。门人私谥尊道先生，亦曰文潜先生。从祀孔庙。有《桴亭集》。

颜元，初名园，字浑然，号习斋，博野人。诸生。初为朱姓，名邦良，后归宗。门弟子私谥文孝先生。

徐波，字元叹，江南吴县人。有谥箫堂、染香庵等集。

李确，初名天植，字因仲，更名后，改字潜夫，浙江平湖人。崇祯六年癸酉举人，明亡后，遁迹龙湫山，称龙湫山人，有蜃园、山游诸集。

王时敏，本名赞虞，字逊之，号烟客，又号西庐老人，晚号归村。世称西田先生，江南太仓人。明崇祯初，以荫历官太常寺卿，入清不仕，有《西田集》。

谈迁，初名以训，字孺木，一字观若，浙江海宁人。明诸生，著有《枣林集》。

蒋臣，初名姬胤，字子卿，更名后，字一个，晚号谁庵，江南桐城人。

崇祯九年以拔贡生应廷试，得知县，辞不就。后官户部司务。入清为僧，有《无他技堂遗稿》十六卷。

徐孚远，字闇公，晚号复斋，江南华亭人。崇祯十五年壬午举人。桂王时拜左副都御史，著有《钓璜堂存稿》二十卷，《交行摘稿》一卷。

恽日初，字仲升，江南武进人。

阎尔梅，字用卿，号白耷山人，又号古古，江南沛县人。明崇祯三年庚午举人，有《白耷山人诗集》十卷，文集二卷。

傅山，字青主，又字啬庐，阳曲人。明诸生。康熙己未举博学鸿词，不试，授内阁中书。有《霜红龛集》。

孙枝蔚，字豹人，三原人。康熙己未召试博学鸿词，授内阁中书。有《溉堂集》。

李柏，字雪木，郿县人。明诸生。有《槲叶集》。

魏际瑞，原名祥，字善伯，一字伯子，宁都人。有《魏伯子集》。

魏禧，字冰叔，一字叔子，号裕斋，宁都人。明诸生。康熙己未举博学鸿词，辞不就试。有《魏叔子集》。

彭任，字中叔，宁都人。明诸生。有《草亭诗集》。

彭士望，字躬庵，南昌人。有《耻躬堂集》。

谢泰宗，字时望，镇海人。明崇祯丁丑进士，官南安府推官。有《天愚山人集》。

陈确，原名道允，一作道永，字非玄，号乾初，浙江海宁人。明诸生，有《乾初先生文钞》二卷，遗诗一卷。

余楁，字生生，号钝庵，四川青神人，有《增益轩诗草》。

胡承诺，字君信，号石庄，湖北竟陵人。明崇祯九年丙子举人，入清不仕。有《青玉轩诗》七卷，《菊佳轩诗》十卷，《檝游草》一卷，《颐志堂诗》八卷。

金俊明，初名衮，字九章，更名后字孝章，号耿庵，吴县人。明诸生。有《退量稿》。

傅占衡，字平叔，江南临川人，有《湘帆集》二十六卷。

朱鹤龄，字长孺，号愚庵，江南吴江人。明诸生，有《愚庵小集》

十五卷。

黄宗羲，字太冲，号梨洲，浙江余姚人。有《南雷文定前集》十一卷，后集四卷，三集三卷，《南雷诗历》四卷。

黄周星，字景虞，号九烟，初育于周氏，从其姓，故登科录作姓周名星，后复姓黄，湖南湘潭人。明崇祯十三年庚辰进士，官户部主事。入清不仕，自称黄人，字略似，号半非，别号圃庵，又号汰沃主人、笑苍道人。有《九烟先生遗集》六卷。

徐开任，字季重，江南昆山人。明诸生，入清后，以隐逸终。有《愚谷诗稿》六卷。

冒襄，字辟疆，号巢民，又号朴巢，江南如皋人。明崇祯十五年壬午副榜，用台州府推官，不就。尝集同人投赠诗文为《同人集》十二卷。私谥潜孝先生，有《水绘园诗文集》。

冒褒，字无誉，号铸错，如皋人。诸生。有《铸错老人集》。

申涵光，字孚孟，一字和孟，号凫盟，永年人。贡生。有《聪山诗集》。

李雍熙，字淦秋，长山人。诸生。有《翠岩偶集》。

赵士喆，字伯濬，掖县人。有《观物斋集》。

杜濬，原名诏先，字于皇，号茶村，湖北黄冈人。明崇祯十二年己卯副榜，有《变雅堂文集》五卷、《茶村诗》三卷、《变雅堂诗钞》八卷、《变雅堂遗集》二十卷。

冯班，字定远，号钝吟，常熟人。有《定远集》《钝吟集》《游仙诗》。

郭开泰，字宗林，号儡耻，上海人。明福王时拔贡。有《味谏轩诗稿》。

许友，字有介，又名眉，字介寿，侯官人。有《米友堂集》。

纪映钟，字伯紫，一字檗子，号戆叟，上元人。明诸生。有《戆叟诗钞》。

余怀，字澹心，别号鬘持老人，莆田人。有《味外轩稿》。

吕师濂，字黍字，号守斋，浙江山阴人。有《何山草堂诗稿》。

陈洪绶，字章侯，号老莲，一号老迟，诸暨人。明监生。有《宝纶堂集》。

陈瑚，字言夏，江南太仓人。崇祯十六年癸未举人，入清不仕，私谥安道先生。有《确庵诗钞》八卷、文钞六卷，《顽潭诗话》三卷。

方文，字尔止，一名一耒，字明农，安徽桐城人。明诸生，入清不仕，有《嵞山集》十二卷、续集四卷，又续集五卷。

韩昌，字经正，号石耕，直隶大兴人，有《天樵子集》。

魏耕，原名时珩，又名璧，字楚白，入清更名耕，又名甦，字野夫，号雪窦居士，浙江慈溪人。明诸生，有《雪翁诗集》十七卷。

祁班孙，字奕喜，浙江山阴人。后为僧，法号咒林明大师，有《紫芝轩集》。

陈子升，字乔生，广东南海人。明贡生，唐王时官中书舍人，永历时官吏科给事中、兵科右给事中。有《东洲草堂遗集》二十六卷。

许承钦，字钦哉，一字漱雪，湖广汉阳人。明崇祯十年丁丑进士，官户部主事，居泰州。

陈廷会，字际叔，号鹕客，浙江钱塘人。明诸生，入清不仕，有《瞻云诗稿》。

王夫之，字而农，号姜斋，又号夕堂，或曰一瓢道人、双髻外史，自署船山病叟，学者称船山先生。湖南衡阳人。崇祯十五年壬午举人，永历时官行人司行人，寻隐居不仕。著有《姜斋文集》《夕堂永日绪论》《古诗评选》《唐诗评选》《明诗评选》。

徐芳，字仲光，江西南城人。明崇祯十三年庚辰进士，官泽州知州，有《松明阁诗选》、《悬榻编》。

顾景星，字赤方，号黄公，湖北蕲州人。明贡生，弘光时考授推官，有《白茅堂全集》四十六卷。

戴移孝，字无忝，江南和州人。布衣，有《碧落后人诗集》。

李邺嗣，原名文胤，以字行，号杲堂，浙江鄞县人。明诸生，有《杲堂诗钞》七卷、文钞六卷、文续钞五卷。

韩洽，字君望，号寄庵，晚号羊山畸人，江南长洲人。明诸生，有《寄庵诗存》四卷。

徐枋，字昭法，号俟斋，晚号秦馀山人，江南长洲人。崇祯十五年壬午举人，入清不仕，有《居易堂集》二十卷。

马之瑛，字倩若，号正谊，桐城人。明崇祯庚辰进士，授阳江知县。入国朝，历官兵部主事。有《秌庄集》。

陈祚明，字胤倩，浙江仁和人，有《稽留山人集》二十一卷。

周筤，初字公贞，更字青士，又字篔谷，浙江嘉兴人。布衣，有《采山堂诗》八卷。

曾燦，又名传燦，字青藜，号止山，江西甯都人，有《六松堂诗文集》十四卷。

冷士嵋，字又湄，号秋江，江南丹徒人。明诸生，入清不仕，有《江冷阁文集》四卷、续集二卷、诗集十二卷、诗集续编十二卷。

钱曾，字遵王，号也是翁，江苏常熟人。明诸生。有《读书敏求记》及《怀园》《莺花》《交芦》《判春》《奚囊》诸集。

吕留良，字庄生，原名光轮，字用晦，号晚村，浙江崇德人。顺治十年癸巳始出就试，为邑诸生。有《晚村先生文集》八卷、续集一卷、《东庄诗存》七卷。

魏礼，字和公，号季子，江西宁都人。明亡，弃诸生。有《魏季子文集》十六卷。

屈大均，字介子，一字翁山，一字骚馀，初以邵龙名补诸生，复姓后，改名绍隆。广东番禺人。父没为僧，名今种，字一灵，后复为儒，改今名。著有《道援堂集》十卷、《翁山诗外》二十卷等。

陈恭尹，字元孝，一字半峰，号独漉，又号罗浮布衣。广东顺德人，有《独漉堂诗集》十五卷、文集十五卷，续编一卷。

潘问奇，字云程，又字云客，号雪帆。浙江钱塘人。明诸生。有《拜鹃堂诗集》四卷。

恽格，字寿平，又字正叔，亦字叔子，号南田。江南武进人，有《南田诗钞》五卷、《瓯香馆集》十二卷、补遗一卷。

文点，号南云山樵，江南长洲人。有《南云诗文集》。

吴祖修，字慎思，江南吴江人。明诸生。有《柳塘诗集》十二卷。

陈允衡，字伯玑，号玉渊，江西南城人。有《爱琴馆集》二卷，《勤补堂原学集》一卷。

曾燦垣，字惟闇，号即庵，福建闽县人。明举人，入清不仕，有《即庵诗存》。

王挺，字周臣，号减庵，江南太仓人。明崇祯末以荫补中书，入清不仕。有《减庵诗存》一卷。

周岐，字农父，号需庵，江南桐城人。明贡生，有《执宜集》。

彭孙贻，字仲谋，一字羿仁，浙江海盐人，明拔贡生。入清不仕，私谥孝介先生。有《茗斋集》《五妙境》等。

叶襄，字圣野，江南长洲人。明诸生。入清不仕，有《红药堂诗》。

何云，字士龙，江南常熟人，明诸生。

李沂，字子化，一字艾山，号壶庵。江南兴化人。明诸生，入清不仕。有《鸾啸堂集》二卷。

殳丹生，原名京，字彤宝，一字山夫，号贯斋，浙江嘉善人。明诸生。有《贯斋遗集》。

胡山，初名曰日新，字天岫，江南宜兴人。侨居海盐，徙嘉兴梅会里。明诸生，有蓻汀、寓庐、东武诸稿。

范超，字同叔，江南上海人。

陶澂，本名介，字昭万，一字季深，后以一字行曰季，江南宝应人。布衣，有《舟车集》二十卷、后集十卷、《湖边草堂集》和《集唐诗》一卷。

朱隗，字云子，江南长洲人。有《咫闻斋稿》。

陈孝逸，原名士凤，字少游，号痴山，江西临川人。有《痴山集》六卷。

吕师濂，字黍字，号守斋，浙江山阴人。有《何山草堂诗稿》。

方中通，字位伯，号陪翁，江南桐城人。有《陪古集》三卷、《陪诗集》五卷、《续陪集》四卷。

顾伟，字彤伯，一字英白，江南吴江人。入清不仕，著有《格轩诗草》。

刘坊，字翼石，福建上杭人。桂王永历时生于云南。入清不仕，有《天潮阁集》十二卷。

爱新觉罗·福临，清太宗爱新觉罗皇太极第九子，建元顺治，在位十八年，庙号世祖。

龚鼎孳，字孝升，号芝麓，江南合肥人。明崇祯元年戊辰进士，官兵科给事中。降清，官至礼部尚书。有《定山堂集》四十三卷。

刘正宗，字可宗，又字宪石，顺治帝赐字中轩，山东安丘人。明崇祯元年戊辰进士，由推官行取授编修。入清历官大学士，加少傅兼太子太傅。有《逋斋诗》四卷、《雪鸿草》一卷。

陈之遴，字彦升，号素庵，浙江海宁人。明崇祯十年丁丑进士，入清官至弘文院大学士。有《浮云集》十二卷。

赵进美，字巂叔，一字韫退，号清止，益都人。明崇祯庚辰进士。入国朝，授太常寺博士，历官福建按察使。有《清止阁集》。

陈衍虞，字园公，海阳人，明崇祯壬午举人。入国朝，官平乐知县。有《莲山诗集》。

陈名夏，字百史，溧阳人。明崇祯癸未一甲三名进士，授修撰兼都给事中。入国朝，官至大学士。有《石云居集》。

梁清标，字玉立，一字苍岩，号棠村，正定人。明崇祯癸未进士，改庶吉士。入国朝，官至保和殿大学士。有《蕉林集》。

朱嘉徵，字岷左，号止溪，海宁人。明崇祯癸未会试副榜。入国朝，官叙州推官。有《止溪集》。

吴百朋，字锦雯，钱塘人。明举人，官南和知县。有《朴庵集》。

曹溶，字洁躬，号秋岳，别号金陀老圃，浙江秀水人。明崇祯十年丁丑进士，入清官至户部侍郎。有《静惕堂诗集》十四卷，词一卷。

周亮工，字元亮，一字缄斋，号栎园。河南祥符人。明崇祯十三年庚辰进士，官御史。入清官至户部侍郎，后坐事罢。后复官江安粮道。有《赖古堂集》二十四卷。

彭而述，字子篯，号禹峰，河南邓州人。明崇祯十三年庚辰进士，阳曲知县。入清官至云南左布政使。有《读史亭诗集》十六卷，文集廿二卷。

马之瑛，字倩若，号正谊，江南桐城人。明崇祯十三年庚辰进士，官阳江知县。入清，历官兵部主事，有《秫庄诗集》十卷。

魏裔介，字石生，别号贞庵，又号昆林，柏乡人。顺治丙戌进士，官至太子太傅、保和殿大学士兼吏部尚书。谥文毅。有《屿舫诗集》。

杨思圣，字犹龙，号雪樵，钜鹿人。顺治丙戌进士，历官四川左布政使。有《且亭诗》。

郜焕元，字凌玉，号雪岚，长垣人。顺治丙戌进士，历官湖广提学道按察使金事。有《猗园存笥稿》。

李敬，字圣一，号退庵，六合人。顺治丁亥进士，官至刑部侍郎。

叶封，字井叔，黄州人。顺治丁亥进士，历官兵马司指挥。康熙己未举博学鸿词，选授工部主事。有《慕庐诗》。

田茂遇，字楫公，号鬟渊，华亭人。顺治戊子举人，授新城知县，不赴。康熙己未举博学鸿词。有《水西草堂集》。

焦贲亨，字汝将，登封人。顺治戊子举人，官瑞州同知。

毛蕃，字稚宾，嘉善人。顺治戊子副贡。

李雯，字舒章，江南青浦人。明崇祯十五年壬午举人，入清荐为内阁中书舍人。有《蓼斋集》四十七卷，《蓼斋后集》五卷。

上官鉝，字松石，山西翼城人。明崇祯十六年癸未进士，入清历官左副都御史。有《诚正斋文集》八卷。

姚文然，字若侯，号龙怀，江南桐城人。明崇祯十六年癸未进士，入清官至刑部尚书，谥端恪。有《姚端恪公文集》十八卷，诗集十二卷，外集十八卷，末一卷。

高珩，字葱佩，别字念东，晚号紫霞道人，山东淄川人。明崇祯十六年癸未进士，选庶吉士，入清授检讨，官至刑部左侍郎。有《栖云阁诗集》十六卷、拾遗三卷、文集十五卷。

宋徵璧，字尚木，江南华亭人。明崇祯十六年癸未进士，入清，官潮州知府。有《抱真堂诗稿》八卷。

法若真，字汉儒，号黄石，一号黄山，山东胶州人。顺治三年丙戌进士，授翰林院编修，官至江南右布政使，有《黄山诗留》十六卷。

魏象枢，字环极，一字环溪，号庸斋，晚称寒秋老人，山西蔚州人。顺治三年丙戌进士，历官至都察院左都御史，迁刑部尚书，谥敏果。有《寒松堂集》。

蒋超，字虎臣，号绥庵，又号华阳山人。江南金坛人。顺治四年丁亥进士，官修撰。有《绥庵诗稿》一卷。

冯溥，字孔博，号易斋，山东临朐人。顺治四年丁亥进士，历官文华殿大学士，谥文毅。有《佳山堂集》十卷、二集八卷。

宋徵舆，字直方，一字辕文，江南华亭人。顺治四年丁亥进士。官至都察院左副御史。有《林屋诗草》。

王庭，字言远，号迈人，浙江嘉兴人。顺治六年己丑进士，除广州知府，官至山西布政使。有秋闻、三仕、二西、漫余诸草。

王广心，字伊人，号农山，江南华亭人。顺治六年己丑进士，历官御史。有《兰雪堂稿》。

许缵曾，字鹤沙，江南华亭人。顺治六年己丑进士，官滇中按察。著有《宝纶堂集》。

顾大申，字震雉，号见山，江南华亭人。顺治己丑进士，历官工部郎中。有《鹤巢诗存》。

董文骥，字玉虬，号易农，武进人。顺治己丑进士，历官甘肃陇右道。有《微泉阁集》。

范承谟，字觐公，号螺山，又自号蒙谷，汉军旗人。顺治壬辰进士，改庶吉士，授编修，官至福建总督。殉难，赠太子少保兵部尚书，谥忠贞。有《范忠贞公集》。

嵇永仁，初字匡侯，字留山，又号抱犊山农，无锡人。诸生。随范承谟死难，赠国子监助教。有《抱犊山房集》。

侯方域，字朝宗，河南商丘人。顺治八年辛卯副贡生。有《壮悔堂文集》十卷，补遗一卷，《四忆堂诗集》八卷。

宋起凤，字紫庭，号峚山，自署兰渚，浙江余姚人。顺治八年辛卯副贡生。官灵丘、乐阳知县。有《大茂山房合稿》六卷。

王士禄，字子底，号西樵山人。山东新城人。顺治九年壬辰进士，官吏部员外郎。有《表余堂诗存》二卷、《十笏草堂诗选》九卷、《辛甲集》七卷、《上浮集》二卷。

余缙，字仲绅，号浣公，浙江诸暨人。顺治九年壬辰进士。官御史。有《大观堂集》。

曹尔堪，字子顾，号顾菴，嘉善人。顺治壬辰进士，改庶吉士，授编修，历官侍讲学士。有《杜鹃亭》《南溪》《客装里音》等集。

程可则，字周量，号湟溙，又号石臞，南海人。顺治壬辰会试第一，历官桂林知府。有《海日堂集》。

许珌，字天玉，号星亭，侯官人。举人，官安定知县。有《铁堂诗钞》。

余恂，字孺子，号岫云，又号还庵，浙江龙游人。顺治九年壬辰进士。官至左春坊左谕德。有《敦宿堂文集》《燕吟南蘧诗草》。

吴绮，字园次，号丰南，一号听翁，又号红豆词人，江都人。贡生，顺治甲午荐授秘书院中书舍人，历官湖州知府。有《林蕙堂集》。

梅清，字渊公，号瞿山，宣城人。顺治甲午举人。有《天延阁删后诗》。

查诗继，字二南，号愚溪，又号樊村，浙江盐海籍，海宁人。顺治十一年甲午举人，官霍邱知县。有《深甯斋诗集》。

黎士弘，字媿曾，福建长汀人。顺治十一年甲午举人，铨广信府推官，洊至灵夏道。有《托素斋诗集》四卷、文集六卷。

严沆，字子餐，号颢亭，浙江余杭人。顺治十二年乙未进士，官户部侍郎。有《古秋堂集》。

王益朋，初名更，字鹤山，浙江仁和人。顺治十二年乙未进士，选庶吉士，授吏科给事中，官至太仆寺光卿。有《清贻堂存稿》四卷。

李继白，字梦沙，河南安阳人。顺治十二年乙未进士，官户部主事。有《望古斋集》十六卷。

丁澎，字飞涛，号药园，浙江仁和人。顺治十二年乙未进士，官礼部郎中。有《扶荔堂诗集选》十二卷。

汪琬，字苕文，号钝翁，一号尧峰，江南长洲人。顺治十二年乙未进士，康熙十八年举博学鸿儒，授编修。有《钝翁前后类稿》六十二卷，续稿五十六卷。

秦松龄，字留仙，号对岩，江南无锡人。顺治十二年乙未进士。后褫职。举康熙十八年博学鸿儒词科。官谕德，有《苍岘山人集》。

钱陆灿，字尔弢，号湘灵，又号圆沙。江南常熟人。顺治十四年丁酉举人。候缺通判。有《调运斋诗文随刻》。

李煜，本姓曹，字亮采，号凝庵，江南下邳人。本金沙人。顺治十四年丁酉举人，官太仓州学正。有《绣虎轩集》十二卷。

刘体仁，字公勇（原字左甬右戈），颍川卫人。顺治乙未进士，历官吏部郎中。有《七颂堂集》《蒲庵集》。

杨继经，字传人，蕲水人。顺治乙未进士，官大理寺评事。有《菊庐诗集》。

曹申吉，字锡余，别号澹余，安丘人。顺治乙未进士，官至贵州巡抚。有《澹余诗选》。

梁儒，字宗洙，汉军旗人。顺治乙未进士，历官江南提学道佥事。有《徽音集》。

任绳隗，字青际，号植斋，宜兴人。顺治丁酉举人。有《直木斋集》。

李天馥，字湘北，号容斋，永城籍合肥人。顺治戊戌进士，改庶吉士，授检讨，官至武英殿大学士兼吏部尚书。谥文定。有《容斋集》。

熊赐履，字敬修，又字青岳，号愚斋，孝感人。顺治戊戌进士，改庶吉士，授检讨，官至东阁大学士，太子太保。谥文端。有《澡修堂集》。

陈廷敬，字子端，号说岩，泽州人。顺治戊戌进士，改庶吉士，授检讨，官至文渊阁大学士兼吏部尚书。谥文贞。有《尊闻堂集》。

杜臻，字肇余，一字遇徐，嘉兴人。顺治戊戌进士，改庶吉士，官至礼部尚书。有《经纬堂集》《烟霞集》。

陈肇昌，字扶升，号省斋，黄冈人。顺治戊戌进士，历官顺天府尹。有《秋蓬诗》《南湖居士集》。

参考文献

一、专著（按作者姓氏的音序编排）：

1. 白居易：《白居易集》，中华书局 1979 年版。

2. 陈恭尹著，陈荆鸿笺：《独漉诗笺》，广东人民出版社 2009 年版。

3. 陈平原：《中国小说叙事模式的转变》，北京大学出版社 2003 年版。

4. 陈舜系：《乱离见闻录》，《明史资料丛刊》第三辑，江苏人民出版社 1983 年版。

5. 陈维崧：《陈迦陵诗文词全集》，缩印患立堂刊本，上海商务印书馆 1936 年版。

6. 陈维崧：《陈维崧诗》，广陵书社 2006 年版。

7. 陈维崧：《妇人集》，丛书集成影印本，上海商务印书馆 1936 年版。

8. 陈维崧：《湖海楼全集》，江苏广陵古籍刻印社 1989 年版。

9. 陈寅恪：《柳如是别传》，三联书店 2001 年版。

10. 陈寅恪：《元白诗笺证稿》，《陈寅恪集》，三联书店 2001 年版。

11. 陈子龙：《安雅堂稿》，伟文图书出版社 1977 年版。

12. 陈子龙：《陈子龙诗集》，上海古籍出版社 2006 年版。

13. 陈子龙：《陈子龙文集》，华东师范大学出版社 1988 年版。

14. 程穆衡：《吴梅村诗集笺注》，上海古籍出版社 1983 年版。

15. 仇兆鳌：《杜诗详注》，上海古籍出版社 1992 年版。

16. 褚斌杰：《中国古代文体概论》，北京大学出版社 1990 年版。

17. 邓汉仪：《诗观初集》，清康熙慎墨堂刻本影印本，北京出版社 2000 年版。

18. 邓之诚：《清诗纪事初编》，上海古籍出版社 1985 年版。

19. 丁福保：《历代诗话续编》，中华书局 1983 年版。

20. 丁功谊：《钱谦益文学思想研究》，上海古籍出版社 2006 年版。

21. 杜濬：《变雅堂文集》，《四库禁毁书丛刊》集部 72 册，清康熙刻本影印本，北京出版社 2000 年版。

22. 段启明、汪龙麟：《清代文学研究》，北京出版社 2001 年版。

23. 樊树志：《晚明史》，复旦大学出版社 2003 年版。

24.范晔:《后汉书》,中华书局1965年版。

25.方苞:《方苞集》,上海古籍出版社2008年版。

26.冯其庸、叶君远:《吴梅村年谱》,文化艺术出版社2007年版。

27.傅璇琮、蒋寅:《中国古代文学通论》,辽宁人民出版社2005年版。

28.高棅:《唐诗品汇》,上海古籍出版社1988年版。

29.龚鼎孳:《定山堂诗集》,北京出版社2000年版。

30.龚鼎孳:《龚鼎孳诗》,广陵书社2006年版。

31.谷应泰:《明史纪事本末》,中华书局1977年版。

32.顾炎武:《顾亭林诗文集》,中华书局1983年版。

33.顾炎武:《日知录》,商务印书馆1900年版。

34.顾炎武:《日知录集释》,上海古籍出版社1985年版。

35.归庄:《归庄集》,中华书局1962年版。

36.郭茂倩:《乐府诗集》,中华书局1979年版。

37.郭绍虞编:《清诗话》,上海古籍出版社1978年版。

38.郭绍虞编:《清诗话续编》,上海古籍出版社1983年版。

39.何景明:《何大复集》,中州古籍出版社1989年版。

40.何文焕:《历代诗话》,中华书局1981年版。

41.何宗美:《清代前期文人结社研究》,南开大学出版社2003年版。

42.胡师曾:《文体明辨序说》,人民文学出版社1962年版。

43.胡薇元:《梦痕馆诗话》,《玉津阁丛书》甲集,光绪至民国间刊本。

44.胡应麟:《诗薮》,上海古籍出版社1979年版。

45.胡震亨:《唐音癸签》,上海古籍出版社1981年版。

46.黄宗羲:《黄梨洲文集》,中华书局1959年版。

47.黄宗羲:《黄宗羲全集》,浙江古籍出版社1994年版。

48.计六奇:《明季北略》,中华书局1984年版。

49.计六奇:《明季南略》,中华书局1984年版。

50.靳荣藩:《吴诗集览》,上海中华书局1936年版。

51.姜夔:《白石诗说》,人民文学出版社1983年版。

52.[德]康德著,何兆武译:《历史理性批判文集》,商务印书馆1991年版。

53.李梦阳:《空同先生集》,台湾伟文出版社1976年版。

54.李清:《三垣笔记》,中华书局1997年版。

55.李清等:《南明史料》(八种),江苏古籍出版社1999年版。

56.李圣华:《晚明诗歌研究》,人民文学出版社2002年版。

57.李世英、陈水云:《清代诗学》,湖南人民出版社2000年版。

58. 李雯、陈子龙、宋徵舆:《皇明诗选》,华东师范大学出版社 1988 年版。

59. 李兴盛:《江南才子塞北名人吴兆骞传》,黑龙江人民出版社 2000 年版。

60. 李兴盛:《江南才子塞北名人吴兆骞年谱》,黑龙江人民出版社 2000 年版。

61. 李兴盛:《江南才子塞北名人吴兆骞资料汇编》,黑龙江人民出版社 2000 年版。

62. 梁启超:《中国近三百年学术史》,河北人民出版社 2004 年版。

63. 刘健:《庭闻录》,上海书店 1985 年版。

64. 刘世南:《清诗流派史》,人民文学出版社 2004 年版。

65. 刘熙载:《艺概》,上海古籍出版社 1978 年版。

66. 刘学锴、余恕诚:《李商隐诗歌集解》,中华书局 1988 年版。

67. 鲁迅:《鲁迅全集》,人民文学出版社 2005 年版。

68. 陆光莹:《吴梅村讽喻诗研究》,花木兰文化出版社 2009 年版。

69. 陆勇强:《陈维崧年谱》,中国社会科学出版社 2006 年版。

70. 陆游:《陆游集》,中华书局 1976 年版。

71. 陆游著,钱仲联校注:《剑南诗稿校注》,上海古籍出版社 1985 年版。

72. 逯钦立:《先秦魏晋南北朝诗》,中华书局 1983 年版。

73. 马祖熙:《陈维崧年谱》,上海古籍出版社 2007 年版。

74. 冒襄:《影梅庵忆语》,《续修四库全书》本（1272 册）,上海古籍出版社 2002 年版。

75. 孟棨:《本事诗》,上海古籍出版社 1991 年版。

76. 孟森:《心史丛刊》,中华书局 2006 年版。

77. 钮琇:《觚剩》,浙江古籍出版社 1988 年版。

78. 欧阳修:《新五代史》,中华书局 1974 年版。

79. 裴世俊:《钱谦益古文首探》,齐鲁书社 1996 年版。

80. 裴世俊:《钱谦益诗歌研究》,宁夏人民出版社 1991 年版。

81. 裴世俊:《四海宗盟五十年——钱谦益传》,东方出版社 2001 年版。

82. 彭定求等:《全唐诗》,中华书局 1960 年版。

83. 钱澄之:《藏山阁集》,黄山书社 2004 年版。

84. 钱澄之:《田间诗集》,《续修四库全书》1401 册,上海古籍出版社 2002 年版。

85. 钱谦益:《列朝诗集小传》,上海古籍出版社 1983 年版。

86. 钱谦益:《钱牧斋全集》,上海古籍出版社 2003 年版。

87. 钱锺书:《宋诗选注》,三联书店 2007 年版。

88. 钱锺书:《谈艺录》,三联书店 2001 年版。

89. 钱仲联 .:《梦苕庵论集》,中华书局 1993 年版。

90. 钱仲联:《梦苕庵清代文学论集》,齐鲁书社 1983 年版。

91. 钱仲联：《梦苕庵诗话》，齐鲁书社 1986 年版。

92. 钱仲联：《明清诗文研究资料集》，上海古籍出版社 1986 年版。

93. 钱仲联编：《清诗纪事》，江苏古籍出版社 1987 年版。

94. 钱仲联：《钱仲联讲论清诗》，苏州大学出版社 2004 年版。

95. 屈大均：《屈大均全集》，人民文学出版社 1996 年版。

96. 屈大均：《翁山文钞》，清康熙刻本影印，四库禁毁书丛刊集部 120 册，北京出版社 2000 年版。

97.《清代诗文集汇编》编纂委员会：《清代诗文集汇编》第 800 册，上海古籍出版社 2010 年版。

98.《清实录》，中华书局 1985 年版。

99. 阮葵生：《茶余客话》，中华书局 1959 年版。

100.［法］热拉尔·热奈特，王文融译：《叙事话语新叙事话语》，中国社会科学出版社 1990 年版。

101. 申丹、王丽亚：《西方叙事学：经典与后经典》，北京大学出版社 2010 年版。

102. 沈德潜：《明诗别裁集》，中华书局 1975 年版。

103. 沈德潜：《清诗别裁集》，河北人民出版社 1997 年版。

104. 沈德潜：《唐诗别裁集》，上海古籍出版社 1979 年版。

105. 施闰章：《施闰章诗》，广陵书社 2006 年版。

106. 司徒琳：《南明史》，上海古籍出版社 1992 年版。

107. 松浦友久：《中国诗歌原理》，辽宁教育出版社 1990 年版。

108. 宋琬：《安雅堂全集》，上海古籍出版社 2007 年版。

109. 宋琬：《宋琬全集》，齐鲁书社 2003 年版。

110. 苏轼：《苏轼诗集》，中华书局 1982 年版。

111. 孙鋐：《皇清诗选》，清康熙二十九年凤啸轩刻本影印本，齐鲁书社 1997 年版。

112. 孙康宜：《陈子龙柳如是诗词情缘》，陕西师范大学出版社 1998 年版。

113. 孙之梅：《钱谦益与明末清初文学》，齐鲁书社 1996 年版。

114. 孙枝蔚：《溉堂集》，《清人别集丛刊》本，上海古籍出版社 1980 年版。

115. 谈迁：《北游录》，中华书局 1997 年版。

116. 谈迁：《国榷》，古籍出版社 1958 年版。

117. 唐圭璋：《词话丛编》，中华书局 1986 年版。

118. 汪辟疆：《汪辟疆说近代诗》，上海古籍出版社 2001 年版。

119. 王夫之：《王船山诗文集》，中华书局 2006 年版。

120. 王士禛：《池北偶谈》，中华书局 1982 年版。

121. 王士禛：《分甘余话》，中华书局 1989 年版。

122. 王士禛:《王士禛全集》,齐鲁书社 2007 年版。

123. 王世贞:《弇山堂别集》,中华书局 1985 年版。

124. 王钟翰点校:《清史列传》,中华书局 1987 年版。

125. 魏禧:《魏叔子文集》,中华书局 2003 年版。

126. 魏中林:《清代诗学与中国文化》,巴蜀书社 2000 年版。

127. 文秉:《烈皇小识》,古籍出版社 2002 年版。

128. 邬国平、王镇远:《清代文学批评史》,上海古籍出版社 1995 年版。

129. 吴沆:《环溪诗话》《学海类编》本(53 册),1920 年上海涵芬楼安晁氏木活字影印本。

130. 吴嘉纪著,杨积庆笺校:《吴嘉纪诗笺校》,上海古籍出版社 1980 年版。

131. 吴宓:《吴宓诗话》,商务印书馆 2005 年版。

132. 吴讷:《文章辨体序说》,人民文学出版社 1962 年版。

133. 吴伟业:《绥寇纪略》,上海古籍出版社 1992 年版。

134. 吴伟业:《吴梅村全集》,上海古籍出版社 1999 年版。

135. 吴兆骞:《秋笳集》,上海古籍出版社 2009 年版。

136. 谢国桢:《明清之际党社运动考》,中华书局 1982 年版。

137. 谢国桢:《清代前期的学风》,上海书店出版社 2004 年版。

138. 徐江:《吴梅村研究》,首都师范大学出版社 2001 年版。

139. 徐世昌:《清诗汇》,北京出版社 1996 年版。

140. 徐世昌编:《晚晴簃诗汇》,中华书局 1990 年版。

141. 徐朔方、孙秋克:《明代文学史》,浙江大学出版社 2006 年版。

142. 徐鼒:《小腆纪传》,中华书局 1959 年版。

143. 徐鼒:《小腆纪年附考》,中华书局 1956 年版。

144. 许维遹校释:《韩诗外传集释》,中华书局 1980 年版。

145. 许学夷:《诗源辨体》,人民文学出版社 1987 年版。

146. 薛居正等:《旧五代史》,中华书局 1976 年版。

147. 薛天纬:《唐代歌行论》,人民文学出版社 2006 年版。

148. 严迪昌:《清诗史》,浙江古籍出版社 2002 年版。

149. 严羽:《沧浪诗话》,人民文学出版社 1983 年版。

150. 杨伯峻:《孟子译注》,中华书局 2005 年版。

151. 杨义:《中国叙事学》,中国社会科学出版社 2006 年版。

152. 叶君远:《清代诗坛第一家——吴梅村研究》,中华书局 2002 年版。

153. 叶君远:《吴伟业评传》,首都师范大学出版社 1999 年版。

154. 叶朗:《中国美学史大纲》,上海人民出版社 1985 年版。

155. 永瑢等:《四库全书总目提要》,商务印书馆 1931 年版。

156. 尤侗:《尤西堂杂俎》,大达图书供应社 1935 年版。

157. 元稹:《元稹集》,中华书局 1982 年版。

158. 袁宏道著,钱伯城笺校:《袁宏道集笺校》,上海古籍出版社 1981 年版。

159. 袁枚:《随园诗话》,人民文学出版社 1982 年版。

160. 袁中道:《珂雪斋集》,上海古籍出版社 1989 年版。

161. 张晖:《中国"诗史"传统》,三联书店 2012 年版。

162. 张晖:《易代之悲:钱澄之及其诗》,人民文学出版社 2014 年版。

163. 张健:《清代诗学研究》,北京大学出版社 1999 年版。

164. 张廷玉等:《明史》,中华书局 1974 年版。

165. 张维屏:《国朝诗人徵略》,中山大学出版社 2004 年版。

166. 张寅德:《叙述学研究》,中国社会科学出版社 1989 年版。

167. 张应昌:《清诗铎》,中华书局 1960 年版。

168. 赵伯陶:《中国文学编年史·清代前期卷》,湖南人民出版社 2006 年版。

169. 赵尔巽等:《清史稿》,中华书局 1977 年版。

170. 赵翼:《瓯北诗话》,人民文学出版社 1963 年版。

171. 赵园:《明清之际士大夫研究》,北京大学出版社 1999 年版。

172. 赵园:《制度·言论·心态》,北京大学出版社 2006 年版。

173. 郑廉:《豫变纪略》,《甲申史籍三种校本》,中州古籍出版社 2002 年版。

174. 钟林斌、李文禄:《公安派研究》,辽宁大学出版社 2001 年版。

175. 朱彝尊:《静志居诗话》,人民文学出版社 1990 年版。

176. 朱彝尊:《明诗综》,中华书局 2007 年版。

177. 朱彝尊:《曝书亭集》,商务印书馆 2004 年版。

178. 朱则杰:《清诗史》,江苏古籍出版社 2000 年版。

179. 朱则杰:《朱彝尊研究》,浙江古籍出版社 1995 年版。

二、期刊论文（以发表时间为序）：

1. 姚雪垠:《论圆圆曲》,《文学遗产》1980 年第 1 期。

2. 陈抱成:《试论吴伟业叙事诗的艺术特色》,《郑州大学学报》1981 年第 1 期。

3. 罗东升、何天杰:《论吴伟业史诗的思想特征》,《华南师大学报》1983 年第 2 期。

4. 朱则杰:《吴梅村歌行对唐人歌行的继承与发展》,《社会科学战线》1984 年第 3 期。

5. 黄天骥:《吴梅村的诗风与人品》,《文学评论》1985 年第 2 期。

6. 张克、陈曼平:《异军突起,边塞奇葩—试论吴兆骞的边塞诗创作》,《学习与探索》1985 年第 1 期。

7. 王志民：《唐人七言歌行论略》，《内蒙古师大学报》1986 年第 1 期。

8. 郝朴宁：《歌行诗的形成过程》，《云南师范大学学报》1987 年第 3 期。

9. 潘慧惠：《论骆宾王的七言歌行》，《杭州学院学报》1987 年第 4 期。

10. 张晶：《绮而有质，艳而有骨—初唐歌行略论》，《中州学刊》1987 年第 6 期。

11. 沐金华：《论梅村体》，《盐城师专学报》1988 年第 2 期。

12. 叶君远：《吴梅村〈鸳湖曲〉辨析》，《苏州大学学报》1988 年第 3 期。

13. 何振球：《论杨圻的梅村体歌行》，《苏州大学学报》1989 年第 1 期。

14. 周裕锴：《王杨卢骆当时体—试论初唐七言歌行的群体风格及其嬗递轨迹》，《天府新论》1988 年第 4 期。

15. 张浩逊：《浅说岑参的七言歌行体差别诗》，《唐都学刊》1989 年第 4 期。

16. 王从仁：《七言歌行体制溯源》，《上海师范大学学报》1990 年第 3 期。

17. 魏中林：《徘徊于灵与肉的悲歌—论吴梅村诗歌中的自我忏悔》，《苏州大学学报》1990 年第 1 期。

18. 刘世南：《论陈维崧及其诗》，《江西师范大学学报》1990 年第 4 期。

19. 伍福美：《试论"梅村体"诗歌的叙事艺术》，《华中师范大学学报》1992 年第 5 期。

20. 刘守安：《论钱谦益的文学思想》，《北京社会科学》1993 年第 2 期。

21. 尚定：《卢骆歌行的结构模式与艺术渊源》，《文学评论》1993 年第 6 期。

22. 程相占：《吴伟业的诗史思想》，《苏州大学学报》1995 年第 4 期。

23. 赵伯陶：《读施愚山集》，《江淮论坛》1995 年第 3 期。

24. 程相占：《论"梅村体"的用典》，《山东大学学报》1996 年第 1 期。

25. 陈居渊：《吴伟业〈鸳湖曲〉的写作时代与蕴意》，《中国文学研究》1996 年第 4 期。

26. 裴世俊：《简论吴梅村诗歌的悲剧特色》，《山东师范大学学报》1996 年第 5 期。

27. 孙之梅：《灵心、世运、学问—钱谦益的诗学纲领》，《山东大学学报》（哲社版）1996 年第 2 期。

28. 叶君远：《论吴梅村的早期诗歌》，《中国人民大学学报》1997 年第 1 期。

29. 郭建球：《论吴梅村叙事诗的艺术成就》，《中国文学研究》1997 年第 1 期。

30. 刘守安：《一代诗史梅村诗》，《文学评论》1997 年第 2 期。

31. 王英志：《钱谦益山水诗初探》，《南京大学学报》1997 年第 1 期。

32. 林心治：《歌行含义的衍变兼论歌行之体格》，《渝州大学学报》1998 年第 2 期。

33. 田晓春：《诗史与心史》，《徐州师范大学学报》1998 年第 2 期。

34. 叶君远：《论吴梅村诗歌的艺术特色》，《中国人民大学学报》1999 年第 3 期。

35. 徐江：《吴梅村八年遗民时期的诗歌创作与政治心态》，《河南大学学报》1999 年第 4 期。

36. 张采民：《论初唐七言歌行体》，《南京师大学报》1999 年第 4 期。

37. 薛天纬：《李杜歌行论》，《文学遗产》1999 年第 6 期。

38. 林启柱：《梅村体在文学史上的地位和影响》，《渝州大学学报》1999 年第 2 期。

39. 徐江：《吴梅村诗史论略》，《中国文化研究》，2000 年春之卷。

40. 张宇声：《论梅村体所受李杜歌行之影响》，《淄博学院学报》2000 年第 4 期。

41. 叶君远：《论"梅村体"》，《南京师范大学文学院学报》2002 年第 6 期。

42. 王于飞：《七言歌行的演变与"梅村体"》，《苏州大学学报》2002 年第 3 期。

43. 徐江：《吴梅村诗学理论刍论》，《中国文化研究》2002 年夏之卷。

44. 马承武：《李白歌行特征论》，《华中师范大学学报》2002 年第 6 期。

45. 赵淑平：《盛唐七言歌行简论》，《沈阳师范学院学报》2002 年第 3 期。

46. 魏中林、贺国强：《诗史思维与梅村体史诗》，《文学遗产》2003 年第 3 期。

47. 王于飞：《吴伟业行实考二则》，《南京师范大学学报》2003 年第 3 期。

48. 孙之梅：《明清人对"诗史"观念的检讨》，《文艺研究》2003 年第 5 期。

49. 于兵：《李白七言歌行成就述要》，《社会科学辑刊》2004 年第 2 期。

50. 潘承玉：《清代诗坛中坚：遗民—性情诗派》，《复旦学报》2004 年第 5 期。

51. 陈卓：《"梅村体"对唐代七言歌行的继承与发展》，《安庆师范学院学报》2004 年第 4 期。

52. 曾垂超：《"梅村体"辨》，《厦门教育学院学报》2004 年第 4 期。

53. 曾垂超：《论梅村体的诗史特征》，《闽江学院学报》2004 年第 6 期。

54. 叶君远：《论"梅村体"的形成和发展》，《社会科学辑刊》2005 年第 1 期。

55. 朱丽霞、肖晓阳：《柏梁体与歌行体的形成》，《山东社会科学》2005 年第 1 期。

56. 李洲良：《论春秋笔法与诗史关系》，《文学遗产》2006 年第 5 期。

57. 薛天纬：《歌行诗体论》，《文学评论》2007 年第 6 期。

58. 严迪昌：《"梅村体"论》，《语文知识》2007 年第 3 期。

59. 王艳花：《论李白的歌行体送别诗》，《甘肃社会科学》2009 年第 1 期。

60. 王小舒：《钱谦益的诗学观及其前后创作之异同》，《文艺研究》2009 年第 5 期。

61. 南生桥：《歌行体的"入律"和"仿古"》，《咸阳师范学院学报》2014 年第 5 期。

62. 李瑄：《"梅村体"歌行与吴梅村剧作的异质同构：题材、主题与叙事模式》，《浙江学刊》2016 年第 1 期。

63. 李瑄：《"梅村体"歌行的文体突破及其价值》，《文学遗产》2017 年第 3 期。

三、学位论文：

1. 程相占：《吴伟业与中国古代叙事诗》，1992 年山东大学博士论文。

2. 张仲谋：《清代宋诗师承论》，1997 年苏州大学博士论文。

3. 徐茂雯：《陈子龙诗学思想研究》，2001 年苏州大学硕士论文。

4. 曾垂超:《论梅村体》,2002 年中山大学硕士论文。

5. 丁功谊:《钱谦益文学思想研究》,2005 年首都师范大学博士论文。

6. 张金环:《论吴伟业的"诗史观"》,2006 年首都师范大学博士论文。

7. 吴思增:《陈子龙新诗风研究》,2006 年华东师范大学博士论文。

8. 陈卓:《论"梅村体"对唐代七言歌行的继承与发展》,2007 年安徽大学硕士论文。

9. 张亭立:《陈子龙研究》,2007 年华东师范大学博士论文。

10. 陈中伟:《清代叙事诗研究》,2010 年南京师范大学博士论文。

11. 夏明娟:《王士禛入蜀及蜀中诗文研究》,2011 年四川师范大学硕士论文。

12. 蒋军政:《吴伟业诗心与佛心》,2014 年中国海洋大学硕士论文。

13. 侯济民:《文人吴伟业新论》,2015 年天津师范大学硕士论文。

14. 吴林:《吴伟业文学研究》,2017 年陕西师范大学博士论文。

15. 戚睿元:《吴伟业"三上京师"与其文学创作研究》,2019 年黑龙江大学硕士论文。

16. 杜东花:《吴伟业序体文研究》,2020 年闽南师范大学硕士论文。

后　记

　　"不向长安路上行。却教山寺厌逢迎。味无味处求吾乐，材不材间过此生。宁作我，岂其卿。人间走遍却归耕。一松一竹真朋友，山鸟山花好弟兄。"这首《鹧鸪天·博山寺作》是辛弃疾中年时所作，颇能代表人到中年时的心境。从博士毕业至今，已过十年，其间工作、结婚、生子，从一个意气风发的少年变成了"镜中衰鬓已先斑"的中年大叔，青春已逝，流年似水。本书的出版既是我近年来科研成果的一个总结，也是人到中年送给自己的一份礼物。

　　书稿的写作过程充满了曲折与坎坷。由于选题的宏观性，资料的浩繁，疏漏之处很多，颇有力不从心的感觉。写作伊始，我总担心写作过程的枯燥，面对众多的诗人和一首首的诗歌，感到无从下手。但随着写作的深入，对诗人和诗歌感觉不再陌生，仿佛已经成为相知多年的好友。在易代之际，在动荡不安、战火纷飞的年代，文人士大夫总面临着生死的抉择，很多创作是他们的血泪之词。我曾慨叹吴伟业遭遇之不幸，钱谦益晚年心境之凄苦，吴兆骞人生之崎岖，也为陈子龙舍生取义的浩然正气所折服。遗民们九死一生，力图复国，顾炎武、钱澄之、吴嘉纪等人的诗歌如同他们的年谱，反映了他们在明末清初辛苦辗转、坎坷多难的人生。诗歌不仅抒写人生的苦痛，也有真挚纯真的爱情。吴伟业与卞玉京的乱世情缘，钱谦益与柳如是轰轰烈烈的爱情，朱彝尊与冯寿贞绝美的爱恋，让我看到了缠绵情意之外的至真至纯的性情，让我不免神往几百年前的秦淮河畔、江南水乡。人生的苦痛，爱情的美好，使人在追忆历史往事时，总怀有深沉的历史兴亡之感。

　　昔人已去，山河依旧。而我们在历史的笑谈中，通过诗歌架起了一座桥梁，开凿了一条隧道，在历史与现实之间穿梭。曾几何时，我有过怀疑自己文学研究的意义。在功利化色彩极浓的当下，诗词研究不会带来实际的经济效益。但诗词是诗人词人人生的印迹，读其诗词，如同与其谈话，而诗人词人之风流倜傥已跃然纸上。他们带给我的不仅是古典文化的熏染，而且也有人生的哲学，这是一笔巨大的精神财富。通过阅读，诗词不再是死的文字，而是一幅幅鲜活生动的画面，他们的音容笑貌竟是如此的清晰。文学作品更是宝贵的遗产，它是古老文明的火炬，我们有责任和义务加以传承和发扬。历史如浩瀚的大海，总给我们留下一些美丽的贝壳，让我们能通过它们来寻找古老文明的印迹。

本书的写作，也让我回忆起读博的美好时光。感谢叶老师及师母多年来对我无微不至的照顾与关心。每一篇学术论文的写作，每一步都是在叶老师的精心指导下完成的，从选题到修改，凝结着老师的心血与汗水，这些让我久久难忘。叶老师和蔼可亲，平易近人，每次见面，让人如沐春风。在治学方面，叶老师非常严谨，每次我写了论文，内心总惴惴不安，倒不是"畏先生嗔"，而是怕自己辜负了老师的期望。感谢李炳海老师、冷成金老师、王昕老师，通过聆听各位老师的教导，我学会了不少文学研究的方法，提高了自己的审美鉴赏水平，具备了批判的精神，也培养了自己思辨的能力。

感谢父母，正是父母的支持与鼓励，让我在科研路上不畏艰难，奋发图强。我一定用自己的成绩来报答他们！感谢我的妻子，她支持我的科研工作，照顾孩子，在教学之余承担了很多家务，感谢她辛勤的付出。

感谢人民出版社王怡石编辑，工作一丝不苟，不辞辛苦地校对、排版，您的严谨细致让我印象深刻。

每一本书是一个终点，又是一个新的起点，我愿在学术的田地里辛勤耕耘，去收获更多丰硕的果实。

姜克滨

2022 年 7 月书于山东

责任编辑：王怡石

封面设计：木　辛

图书在版编目（CIP）数据

清代前期歌行体与叙事研究/姜克滨 著 .—北京：人民出版社，2022.11

ISBN 978－7－01－025108－0

I.①清…　II.①姜…　III.①古典诗歌－诗歌研究－中国－清前期

　IV.① I207.227.49

中国版本图书馆 CIP 数据核字（2022）第 183103 号

清代前期歌行体与叙事研究

QINGDAI QIANQI GEXINGTI YU XUSHI YANJIU

姜克滨　著

人民出版社 出版发行

（100706　北京市东城区隆福寺街 99 号）

北京盛通印刷股份有限公司印刷　新华书店经销

2022 年 11 月第 1 版　2022 年 11 月北京第 1 次印刷

开本：710 毫米 ×1000 毫米 1/16　印张：16.75

字数：310 千字

ISBN 978－7－01－025108－0　定价：89.00 元

邮购地址 100706　北京市东城区隆福寺街 99 号

人民东方图书销售中心　电话（010）65250042　65289539